HANNE PAULSEN

DAS KONTOR DER DÜFTE

Eine Handvoll Glück

Roman

WILHELM HEYNE VERLAG
MÜNCHEN

MIX
Papier | Fördert
gute Waldnutzung
FSC® C014496

Penguin Random House Verlagsgruppe FSC® N001967

Originalausgabe 10/2023
Copyright © 2023 dieser Ausgabe
by Wilhelm Heyne Verlag, München,
in der Penguin Random House Verlagsgruppe GmbH,
Neumarkter Str. 28, 81673 München
Redaktion: Michelle Stöger
Umschlaggestaltung: t.mutzenbach design unter Verwendung von
Trevillion Images (Ildiko Neer , Elena Alferova); ullstein bild;
Shutterstock.com (ArtFamily, Tartila, alb2018)
Satz: Satzwerk Huber, Germering
Druck und Bindung: GGP Media GmbH, Pößneck
Printed in Germany
ISBN: 978-3-453-42600-9

www.heyne.de

Für Renate
Ich werde deinen Glauben an mich im Herzen tragen.

TEIL I

Ein wahrer Freund trägt mehr zu unserem Glück bei, als tausend Feinde zu unserem Unglück.

Marie von Ebner-Eschenbach

Prolog

Der Einschlag einer Granate ließ Carl zusammenzucken. Er duckte sich, als ein Haufen Erde auf ihn niederprasselte. Im knöchelhohen Schlamm konnte er sich kaum fortbewegen, doch der Schützengraben bot nur wenig Schutz, sobald ein weiterer Mörser einschlug, wurde lose Erde aufgewirbelt, die in einem mächtigen Schwall auf die Soldaten traf. Dichter Nebel versperrte die Sicht, ließ die gegnerische Frontlinie nur schemenhaft in der Ferne hier und da aufblitzen. Dafür waren laute Schreie von Verwundeten zu hören, Anweisungen für den Angriff, das Pfeifen von Gewehrkugeln von allen Seiten. Neben ihm ging ein Kamerad zu Boden. Er kannte ihn.

»Franz!«, schrie Carl laut, wollte sich zu ihm bücken, doch er wurde von hinten weitergedrängt. Der Geruch von verbranntem Fleisch kroch in seine Nase.

»Lass ihn liegen, der ist tot«, rief jemand laut.

Nein, das konnte er nicht. Er konnte Franz doch nicht einfach zurücklassen. Er war sein Stubennachbar, ein Mensch aus Fleisch und Blut. Jemand musste ihn von hier fortbringen.

Beißender Qualm stieg ihm in die Nase und Carl wurde der Atem knapp. Er hustete hektisch.

»Carl!«, rief jemand laut, doch er wollte seinen Weg in dem Schützengraben nicht fortsetzen. Seine Beine versagten ihm den Dienst, er verharrte auf der Stelle, als wäre er eine leblose Puppe. Seine Glieder gehorchten ihm nicht mehr.

»Carl!« Erneut dieser Ruf und er begann, mit den Armen wild um sich zu schlagen. Er wollte fort von hier, raus aus diesem Grauen. Wie konnten sich Menschen gegenseitig nur so etwas antun? Es würde keine Gewinner geben, nur Verlierer. Familien verloren ihre Liebsten, gute Männer ihr Leben. Der Kaiser seine Krone und die Deutschen den Krieg. Das musste doch jemand erkennen! Es musste aufhören, jemand musste dem Krieg ein Ende bereiten. Warum sah das denn niemand?

»Nein!«, schrie er und schlug weiter um sich.

»Carl, wach auf! Du bist zu Hause! Alles ist gut. Der Krieg ist schon lange vorbei!« Etwas klopfte gegen seine Wange und die Berührung drang in sein Bewusstsein.

Nur langsam erkannte er die weibliche Stimme, die sich zu ihm durchkämpfte. Er brauchte einige Zeit, bis er den Sinn der Worte verstand. Als er die Augen aufschlug, ging sein Atem schnell, seine Lunge rasselte auf unnatürliche Weise. Er hatte das Gefühl, nicht atmen zu können, doch da war gar kein Rauch.

»Du hast wieder geträumt. Alles ist gut, mein Liebster.« Die warme Stimme seiner Frau drang zu ihm. Ganz langsam erwachte auch sein Verstand, nahm die Umgebung wahr. Hier gab es keinen Schützengraben, das hier war sein Schlafzimmer, das er mit seiner Frau teilte.

»Greta«, murmelte er und fuhr sich mit einer Hand über die Augen, atmete hektisch, nur langsam gelang es ihm, sich zu beruhigen. »Es tut mir leid, es war ... ein fürchterlicher Albtraum«, sagte er stockend. Seine Stimme hörte sich fremd an, als würde sie gar nicht zu ihm gehören. Sie gehörte zu einem Mann, der Schreckliches erlebt und gesehen hatte. Einem Mann, der er einmal gewesen war, doch den er schon längst hinter sich gelassen hatte, so glaubte er jedenfalls.

Greta saß auf der Bettkante neben ihm und strich ihm über das Haar, wie sie es bei einem Kind tun würde. Er nahm ihre Hand in seine, die so voller Wärme und Liebe war. Seine Greta. Wie oft hatte sie schon hier gesessen und ihn aufgeweckt, wenn der Nebel des grauenvollen Krieges ihn zu verschlucken drohte. Ein Krieg, der nun schon zwanzig Jahre vorüber war und der keinen wirklichen Frieden gebracht hatte. Er hatte ein Volk hinterlassen, das in seiner Ehre gekränkt war und nun einem Führer folgte, der Ziele anstrebte, die Carl nicht nachvollziehen konnte. Er hatte Angst, dass es wieder Konfrontationen geben würde und Schlimmeres nach sich zog, als das, was ihn in seinen Träumen quälte. Der Geruch eines weiteren Krieges lag in der Luft, der Nebel einer Macht, die alles zu verschlingen drohte, legte sich über das Land, und niemand konnte sich dem entgegenstellen. Wo waren nur all die Männer geblieben, die bereits in einem Krieg gekämpft hatten, und am eigenen Leib erfahren hatten, dass es niemals gut ausging? Carl war einer dieser Männer, die angstvoll in die Zukunft blickten, weil sie genau wussten, was hinter ihnen lag. Wie grausam die Wirklichkeit war.

»Du hast schon lange nicht mehr geträumt«, sagte Greta und reichte ihm ein Glas Wasser. Er trank und fühlte sich etwas besser, als das Nass seine raue Kehle befeuchtete.

Greta beugte sich vor, küsste seine zitternden Lippen. Sobald er ihren warmen Körper spürte, überkam ihn jedoch eine Ruhe, als würde alles gut werden. Wenn Greta bei ihm war, fühlte er diesen Frieden, den er nur bei ihr empfand. Sie war die Frau, für die er lebte und die ihr Leben mit ihm teilte, Höhen wie Tiefen. Doch verborgen in seinem Herzen gab es eine Angst, die sich nie ganz verdrängen ließ. Die ihm manchmal den Hals zuschnürte. Und je länger die Regierung an der Macht war, umso enger schien sich die Schlinge zuzuziehen. Zumindest in seinen Träumen.

Er nickte. »Es tut mir leid, dass ich dich geweckt habe. Vielleicht sollte ich in einem anderen Raum schlafen.«

Greta gab einen Ton von sich, den er so noch nie von ihr gehört hatte. »Wenn du das tust, werde ich mich scheiden lassen«, erklärte sie ernst, dann lächelte sie. »So weit wird es noch kommen. Kein Traum und kein Krieg werden uns trennen können. Du weißt, dass ich ohne dich nicht schlafen kann.« Sie erhob sich und legte sich wieder auf die andere Seite des Bettes, huschte unter seine dicke Daunendecke und kuschelte sich in seinen Arm.

»Glaubst du, es wird wieder Krieg geben, jetzt, da Hitler selbst der Oberbefehlshaber der Wehrmacht geworden ist?«, fragte sie mit leiser Stimme.

»Ich weiß es nicht, Greta. Jeden Tag gibt es neue Gesetze, wer kommt da noch mit? Wir müssen uns übrigens einen neuen Zahnarzt suchen«, erklärte Carl mit belegter Stimme. Sein Herzschlag hatte sich mittlerweile beruhigt, doch die Nachwirkungen des Albtraums spürte er noch immer. Seine Hände zitterten, als würde er frieren. Er zog die Bettdecke höher, verbarg seine linke Hand darunter, Greta löschte das Licht der Nachttischlampe, dann griff sie unter die Decke, nahm seine Hand in ihre und das Zittern ließ augenblicklich nach.

»Warum?«, fragte Greta überrascht, legte ihren Kopf an seine Brust.

»Weil Doktor Goldmann aus der Krankenkasse ausgeschlossen wurde. Er ist doch Jude und musste seine Praxis schließen.«

Greta schüttelte den Kopf. »Wo soll das noch alles hinführen?«

»Das müsstest du deinen Bruder fragen. Der Herr Sturmbannführer wird dir sicherlich eine ausführliche Antwort darauf geben können.« Carl hasste den Sarkasmus in seiner Stimme, wenn er über seinen Schwager sprach.

»Hans lässt sich blenden. Das war schon vom ersten Tag an als kleiner Junge in der Hitlerjugend so und das hat mit den Jahren nur mehr zugenommen. Ich frage mich, was da schiefgelaufen ist.«

»Glaubst du, es hat etwas damit zu tun, dass dein Vater immer wieder die Hochzeit mit seiner Mutter verschoben hat, bis es zu spät war und er ins Ausland fliehen musste?«

»Immerhin hat Hans ihn gewarnt, dass gegen die Juden vorgegangen wird, nur deshalb konnte Papa überhaupt rechtzeitig fliehen. Dafür bin ich ihm dankbar, das müssen wir ihm zugutehalten. Doch dass er immer wieder versucht, Paul zu überreden, sich in der Partei zu engagieren, obwohl er erst sechzehn ist, nehme ich ihm krumm. Paul ist kein politischer Mensch, das will Hans einfach nicht verstehen.«

»Kaum jemand, der Mitglied in der Partei ist, ist ein politisch engagierter Mensch. Heute kann man es sich jedoch nicht mehr leisten, nicht in der Partei zu sein. Es ist nur eine

Frage der Zeit, wann man auf uns zukommt. Meine Mutter hatte dort einflussreiche Freunde, die mich immer wieder darauf ansprechen. Bislang konnte ich mich herausreden, aber wer weiß, wie lange noch. Hans sieht es auch nicht gern, es schadet angeblich seinem Ansehen.«

»Manchmal bin ich froh, dass Hans nicht mein richtiger Bruder ist, obwohl ich ihn liebe.«

»Und ich bin froh, dass er die meiste Zeit über in München lebt.« Carl drehte sich auf die Seite, zog Greta dicht an seinen Körper. »Lass uns jetzt schlafen. Danke, dass du mich aus diesem schrecklichen Traum geholt hast.«

Greta nickte zustimmend und gähnte. »Dafür bin ich da, schlaf gut, mein Liebling.« Sie küsste zärtlich seine Lippen. Langsam driftete er in den Dämmerzustand hinüber, nahm am Rande noch Gretas regelmäßigen Atem wahr und ergab sich beruhigt dem Schlaf. Für den Rest der Nacht wurde Carl von weiteren Träumen verschont und am nächsten Morgen konnte er sich schon gar nicht mehr daran erinnern.

Kapitel 1

Das Klirren der Gläser klang angenehm in ihren Ohren. Dieser helle Ton, der sich in Wellen im Raum ausbreitete. Helene blickte sich lächelnd um. Die Gäste hatten sich am Sonntagmittag im Salon der Villa am Harvestehuder Weg versammelt, um sie zu ehren. Es war ihre Familie, die sie über alles liebte. Sie sah auf das Kristallglas in ihrer Hand und die perlende Flüssigkeit darin.

Champagner!

Den hatte sie noch nie getrunken. Es sah lustig aus, wie die kleinen Blasen wie Perlen an einer Kette aufstiegen. Ob er genauso gut schmeckte, wie er aussah?

»Liebe Familie, wie schön, dass wir heute hier zusammengekommen sind, um diesen besonderen Anlass zu feiern. Lasst uns unsere liebe Helene hochleben, die ihren Abschluss an der Frauenoberschule mit Bravour bestanden hat.« Carl von Löwenstein stand vor dem Kamin, in dem tagsüber nur ein kleines Feuer brannte. Die Sonne versteckte sich zwar hinter den Wolken, doch die Kälte des Winters schien sich langsam zu verabschieden. Endlich kamen die Vorboten des Frühlings hervor.

Liebevoll blickte Carl zu seiner Tochter. »Mama und ich sind sehr stolz auf dich, mein Mädchen. Du warst immer eine fleißige Schülerin und hast uns sehr viel Freude bereitet. Nun lasst uns auf das Wohl von Helene anstoßen und auf ihre goldene Zukunft.«

»Vielen Dank, Papa. Danke, dass ihr alle gekommen seid«, bedankte sich Helene artig und stieß mit jedem ihrer Gäste an. Da war ihre Großmutter Johanna, ihr Bruder Paul, Evi und Felix von Domnitz. Und natürlich ihre Eltern. Dann endlich konnte sie den Champagner kosten und verzog das Gesicht, weil nicht nur die Perlen an der Nase prickelten, sondern es auch ganz anders schmeckte, als sie vermutet hatte. Wenn sie ehrlich war, mochte sie ihn nicht, aber das würde sie nicht laut sagen. Mama hatte die Flaschen extra aus dem Keller geholt, zu ihrem Ehrentag. Sie wollte sie nicht enttäuschen.

»Herzlichen Glückwunsch, Helene. Das hier ist von Papa und mir zu deinem Abschluss.« Ihre Mutter überreichte ihr ein kleines Päckchen, das sie in Seidenpapier eingewickelt und mit einer Schleife versehen hatte.

»Für mich?«, fragte Helene überrascht und packte es unbeholfen aus. Eine Schatulle, auf der der Name *Wilm* in goldenen Lettern graviert war, kam zum Vorschein. Vorsichtig öffnete sie den Deckel, ein zierliches Goldarmband war auf dunkelblauem Samt gebettet.

»Ist das schön! Vielen, vielen Dank.« Sie küsste ihre Mutter auf die Wange, fiel ihrem Vater um den Hals. »Danke, Papa.«

»Der Juwelier hat schon für Königin Viktoria einen goldenen Anhänger geschaffen. Halte es in Ehren, mein Kind«, erklärte Carl und half ihr, das Armband anzulegen. Es waren zwei zarte Kordeln, die wie Taue aussahen, die ineinander verschlungen waren. Den Verschluss zierte ein kleiner Anker.

Helene musterte das Schmuckstück an ihrem Arm und lächelte stolz. »Sieht es nicht wundervoll aus?«, fragte sie in die Runde und die Gäste applaudierten ihr. Ein schüchternes Lächeln glitt über Helenes Lippen.

»Aber ich habe hier noch etwas«, erklärte Carl und zog ein weiteres Geschenk hinter seinem Rücken hervor. »Ich habe an diesem Tag natürlich meine geliebte Frau nicht vergessen, die mir diese wundervollen Kinder geschenkt hat. Das hier ist für dich, liebe Greta. Danke für all deine Liebe und was du für unsere Familie tust.« Er trat vor, küsste seine Frau liebevoll auf die Wange und überreichte ihr ebenfalls ein kleines Päckchen.

»Aber das wäre doch nicht notwendig gewesen, Carl.« Gretas Wangen glühten, als sie das Geschenk entgegennahm. Es war ebenfalls eine dunkelblaue Schatulle, nur etwas größer. Greta öffnete den Deckel und klappte ihn sofort wieder zu. »O nein, das sollst du doch nicht.« Ihre Wangen bekamen vor Freude hektisch rote Flecken.

»Was ist es denn?«, fragte Paul, Helenes sechzehnjähriger Bruder neugierig.

»Ja, zeig uns, was Papa dir geschenkt hat«, forderte Helene sie auf.

»Na gut«, gab Greta schnell nach und öffnete erneut den Deckel, drehte die Schatulle, damit es alle sehen konnten.

»Gott, ist die schön.« Johanna schlug sich eine Hand vor den Mund. Sie war die Frau, die Gretas Vater immer hatte heiraten wollen, wozu es aber nie gekommen war. Doch für Greta war sie wie eine Mutter, da ihre leibliche Mutter bei ihrer Geburt gestorben war. Johannas Kinder, Clara und

Hans, waren wie Geschwister für Greta und im Kindesalter zu ihr in die Villa am Harvestehuder Weg gezogen, nachdem Levi Rosenthal das Land verlassen hatte. Für Helene war Johanna die beste Großmutter der Welt und sie wollte diese um nichts auf der Welt missen, obwohl sie nicht blutsverwandt waren.

»Die Perlen passen ganz wundervoll zu dir, Mama«, bestätigte Helene und fuhr andächtig über die einzelnen Perlen der zweireihigen Kette. »Und sie passen hervorragend zu den Ohrringen, die Papa dir zu Weihnachten geschenkt hat.«

Carl nahm die Kette aus der Schatulle und legte sie Greta um den Hals, schloss hinter ihr stehend den Verschluss. Dann küsste er ihren Nacken. »Die schönsten Perlen für die schönste Frau«, flüsterte er lächelnd.

»Vielen Dank, Carl.« Tränen schimmerten in Gretas grünen Augen und sie tastete verlegen nach ihrer Kette. »Dann lasst uns jetzt essen. Lina hat sich sehr viel Mühe mit dem Menü gegeben, an diesem besonderen Tag.« Greta war wie immer elegant gekleidet. Ihr brünettes Haar trug sie nicht, wie andere Frauen, zu einem Knoten gebunden, sondern kurz zu einem Bubikopf geschnitten. Sie fand es praktischer und Greta war für alles Nützliche zu haben. Noch war kein graues Haar zu sehen, obwohl sie bald die vierzig erreicht hatte und ihr eigener Vater bereits mit fünfunddreißig Jahren ergraut war. Auch trug sie gerne Hosen, was von der feinen Gesellschaft nicht gerne gesehen wurde. Eine deutsche Frau hatte Kleider zu tragen, doch ihre Mutter hatte schon immer ihren eigenen Kopf gehabt und dies an Helene weitergegeben. Heute trug Greta jedoch ein feines Kleid aus dunkelgrüner Seide, wadenlang, mit weißen Akzenten an Kragen und Manschetten.

Sie hatte sich dem Anlass angemessen gekleidet, um Carl und auch Helene eine Freude zu bereiten.

Helene selbst hatte ihr bestes Kleid angezogen. Es war aus Seidentaft gearbeitet, dunkelblau mit weißen Punkten und als Mantelkleid geschnitten, mit einem Gürtel in der Taille. Dazu trug sie üblicherweise einen weißen Hut, aber natürlich nicht im Haus. Die Schuhe hatten keinen hohen Absatz, weil sie für eine junge Frau relativ groß war und nicht zu sehr auffallen wollte. Die Größe hatte sie von ihrem Vater geerbt. Er war ebenfalls hochgewachsen und sah sehr stattlich aus. Kein Wunder, dass ihre Mutter sich einst Hals über Kopf in ihn verliebt hatte. Die beiden gaben ein schönes Paar ab, wie sie vor dem Kamin im Esszimmer standen. Carl mit seinen intensiv blauen Augen und den schwarzen Haaren, die an den Schläfen leicht grau wurden, was seiner Attraktivität allerdings keinen Abbruch tat.

Das Esszimmer war ein Raum, in dem sie ihre Mahlzeiten einnahmen, und der durch eine Schiebetür vom Salon getrennt werden konnte. Die Möbel stammten noch von ihren Großeltern, waren wertvoll und vor allem zeitlos. Über dem Kamin hing ein Bild, das ihre Mutter von Carls Vater geerbt hatte. Es war ein William Turner und sehr wertvoll.

Helene wandte sich dem langen Esstisch zu und hoffte, dass es heute keinen Fisch gab. Sie würde gerne etwas anderes essen. Ihre Mutter liebte Fisch und deshalb kam er zu fast allen Gelegenheiten auf den Tisch.

Lina, die früher als Küchenhilfe im Haushalt der von Löwensteins zu arbeiten angefangen hatte, war mittlerweile die hochgelobte Köchin im Hause. Martha, die früher hier als Köchin angestellt war, war vor fast zehn Jahren gestorben. So hatte Lina die Arbeit übernommen und vor Marthas Tod eine Menge von ihr gelernt. Margot, das neue Hausmädchen, war fleißig und gerade mal siebzehn Jahre alt. Da die Schulzeit in diesem Jahr von neun auf acht Jahre reduziert worden war, gab es viele junge Frauen, die eine Anstellung suchten. Neben Margot gab es noch Bille, die Küchenhilfe. Sie war eine Nichte von Lina, ein wenig langsam, wenn es darum ging, sich mehrere Dinge gleichzeitig zu merken, ansonsten aber ein liebenswertes und hübsches Mädchen.

Zu Helenes Freude stand zur Feier des Tages gekochtes Rindfleisch mit Meerrettichsoße auf dem Speiseplan. Eine ihrer Leibspeisen. Dafür hatte bestimmt Johanna gesorgt, und Helene warf ihr einen dankbaren Blick zu, den ihre Großmutter mit einem Nicken quittierte. Zwar behagte ihr der Rote-Bete-Salat nicht so sehr, sie ließ es sich aber trotzdem schmecken.

»Was hast du jetzt vor, nachdem du die Schule hinter dich gebracht hast?«, erkundigte sich Evi von Domnitz. Sie war eine gute Freundin ihrer Mutter und hatte einige Jahre in ihrem Haus gewohnt, bis sie Felix Wunderlich geheiratet hatte. Felix hatte den Namen seiner Frau angenommen, immerhin war sie die Alleinerbin einer Bankiersfamilie aus Berlin. Ihre Eltern waren früh verstorben, und Vera von Löwenstein, ihre echte Großmutter, die Helene nie hatte kennenlernen dürfen, hatte sich vor vielen Jahren Evi angenommen. Felix und Evi arbeiteten beide im Gewürzkontor der von Löwensteins, wo er mittlerweile die rechte Hand ihres Vaters und Evi zusammen mit ihrer Mutter für den Verkauf zuständig war.

Helene hob den Kopf. »Ich möchte wie Paul im Kontor arbeiten«, erklärte sie selbstbewusst.

Ihr Bruder hatte bereits vor einem Jahr die Schule abgeschlossen. Er wollte nicht studieren, nicht weiter die Schulbank drücken, sondern lieber einer Arbeit nachgehen. Wobei die Arbeit im Kontor ihm überhaupt keinen Spaß bereitete, wie er nicht müde wurde zu betonen. Er wollte etwas mit seinen Händen erschaffen. Helene hatte ihn beobachtet, wie er sich oft in der Küche herumtrieb, Lina dort über die Schulter schaute und gerne beim Kochen half. Sie war sich sicher, ihr Vater würde einen Herzinfarkt bekommen, sollte ihm das je zu Ohren kommen. Er war der Meinung, dass Paul einmal die Firma übernehmen sollte, dabei war es Helene, die sich viel mehr dafür interessierte. Nur musste sie ihren Vater davon überzeugen, dass sie das ebenso gut konnte wie Paul. Nein, sie würde ihn beeindrucken und zeigen, dass sie besser war als ihr Bruder.

»Warum willst du unbedingt im Kontor arbeiten?«, fragte Paul und schob sich genüsslich ein weiteres Stück Kartoffel in den Mund, auf dem er laut schmatzend kaute.

»Paul, benimm dich«, wies seine Mutter ihn zurecht.

»Weil ich das Abitur an der Frauenoberschule erlangt habe«, gab Helene zurück. Sie hasste es, das zu betonen, da er gerade mal einen Volksschulabschluss vorweisen konnte, wollte sich aber dennoch nicht zurückhalten.

»Pah, mit so einem Puddingabitur wirst du nicht weit kommen. Im Betrieb sind ganz andere Dinge gefordert als Kochen und Backen.« Paul verdrehte die Augen.

Helene streckte ihm die Zunge heraus.

»Ihr benehmt euch wie Kleinkinder.« Greta erhob ihre Stimme und sofort verstummten die beiden Streithähne.

»Ich habe sehr viel mehr gelernt als Kochen und Backen. Ich bin ein Ass in Mathematik und deutscher Sprache.

Außerdem habe ich einen Kurs in Buchhaltung belegt. Ich interessiere mich für Geschichte und ich spreche ausgezeichnet Englisch. Ich bringe also die besten Voraussetzungen mit. Außerdem arbeiten Mama und Tante Evi ebenfalls im Kontor. Warum soll ich es nicht auch tun, wenn ich es gerne möchte?« Helene blickte fragend in die Runde, erhoffte sich Hilfe von anderer Seite.

»Helene, wir haben doch schon einige Male darüber gesprochen«, begann ihr Vater und seufzte.

»Papa! Du wirst jetzt keinen Rückzieher machen? Du hast mir versprochen, wenn ich die Frauenoberschule schaffe, dann darf ich ein Praktikum im Kontor absolvieren.« Sie blickte ihren Vater abwartend an.

Er nickte. »Ja, das habe ich wirklich. Ich weiß nur nicht, ob das eine gute Idee ist.« Er sah Hilfe suchend zu seiner Frau.

Greta warf ihm ein Lächeln zu. »Du kennst meine Meinung dazu. Warum soll Helene nicht in der Firma arbeiten. Ich habe in ihrem Alter meinem Vater ebenfalls die Bücher geführt und im Laden ausgeholfen. Es schadet nicht, wenn man früh lernt, worauf es im Leben ankommt. Ich halte es für eine gute Idee. Die Zeiten, in der Frauen sich einen Mann suchen mussten, um etwas zu gelten, sind doch längst vorbei. Außerdem hätten wir beide uns niemals kennengelernt, wenn ich nicht hinter der Ladentheke gestanden hätte, mein Liebster.«

Erleichtert atmete Helene aus. Ihre Mutter war auf ihrer Seite, das war schon mal ein gutes Zeichen.

»Wir haben immer Verwendung für Praktikanten«, stimmte Felix von Domnitz mit ein. »Evi könnte jemanden gebrauchen, die ihr hilft, nicht wahr, Liebes?« Er drückte die Hand seiner Frau.

»Natürlich. Es würde mir viel Freude bereiten, Helene alles zu zeigen.« Evi nickte zustimmend.

»Ich will sie aber nicht im Lager sehen«, knurrte Paul.

»Keine Angst, bei deinen Konsorten lasse ich mich bestimmt nicht blicken.« Helene rümpfte die Nase.

»Wollt ihr jetzt wohl Ruhe geben?«, ermahnte sie nun auch Johanna. Sie ergriff selten das Wort, doch wenn sie etwas sagte, bemühte sich jeder schnell um Contenance. Greta warf ihr einen dankbaren Blick zu und Helene beschlich ein schlechtes Gewissen.

Motorengeräusche waren zu hören, kurz darauf vernahm man ein Klopfen an der Tür.

Margot, das Hausmädchen, öffnete und das Geräusch von schweren Stiefeln war in der Halle zu hören.

»Hallo, Margot! Schön wie immer! Wo haben Sie denn meine wundervolle Nichte versteckt?«, dröhnte eine dominante Stimme, die rasch lauter wurde.

Margot erschien im Esszimmer, ihre Wangen rotgefärbt. »Frau von Löwenstein, Ihr Bruder ist eingetroffen«, meldete sie und sah Greta erwartungsvoll an.

Kapitel 2

Greta warf Carl einen kurzen unauffälligen Blick zu, dann wandte sie sich an Margot. »Bitte legen Sie ein zusätzliches Gedeck auf.«

»Zwei! Ihr Bruder ist in Begleitung erschienen.« Margot wartete auf Zustimmung und nestelte nervös an den Rüschen ihrer weißen Schürze, die sie über dem schwarzen Kleid trug.

»Natürlich, dann zwei.« Greta trat vor und lief ihrem Bruder entgegen, der in diesem Augenblick den Raum betrat.

»Heil Hitler! Meine liebe Greta, wie schön dich zu sehen.« Er schloss sie in die Arme, küsste sie auf beide Wangen.

Greta murmelte etwas Unverständliches, das man mit viel gutem Willen als ein »Heil Hitler« verstehen konnte. Es fiel ihr sehr schwer, diese Worte über die Lippen zu bringen. Noch schwerer fiel es ihr zu glauben, dass ihr Bruder diesen fanatischen Österreicher vergötterte. Wie hatte er in die Fänge dieser Menschen geraten können, die nur Unheil über Deutschland brachten? Er lief mit offenen Augen in sein Unglück. Wie hatte Hans zu diesem Mitläufer werden können, der er jetzt war? Der liebe blonde Junge, der so gerne schnitzte und voller Wissbegier gewesen war. Als er in die Hitlerjugend eingetreten war, hatte er sich verändert. Der Prozess war schleichend vonstattengegangen, die Familie hatte das am Anfang gar nicht mitbekommen. Er war so voller Eifer gewesen, hatte die Ausflüge geliebt, von den Versammlungen erzählt, die Lieder gesungen. Allmählich war er immer stiller geworden, hatte kaum noch Zeit zu Hause verbracht, sich gegen Levi aufgelehnt, weil er Jude war. Johanna hatte das nicht geduldet, dass Hans so über ihren Mann sprach. Obwohl sie nie geheiratet hatten, weil es Anzeichen gab, dass dies keine gute Idee war, sprach Johanna liebevoll von ihrem Mann, wenn sie Levi erwähnte. Doch wenn Hans in der Nähe war, verstummte auch sie immer mehr. Sobald Hans volljährig wurde, trat er der Partei bei, wurde Mitglied der NSDAP. Er machte schnell Karriere, denn er war ein schlauer Bursche, und ging kurz darauf nach München. Mittlerweile war er Sturmbannführer der SS. Das alles beäugte die Familie mit stummem Entsetzen. Doch niemand wagte, laut darüber zu sprechen, schon gar nicht, in Hans' Anwesenheit. Es war mittlerweile gefährlich, sich kritisch zu äußern, und Carl war klug genug, sich daran zu halten. Greta war da weniger gnädig. Sie war nicht bereit, Kompromisse einzugehen, das hatte sie als junge Frau schon nicht getan und je älter sie wurde, desto unnachgiebiger wurde sie. Greta nahm jedoch Rücksicht auf ihre Kinder und hielt sich oft mit ihrer Meinung zurück, wenn Hans sie besuchte, obwohl ihr manchmal fast der Kragen platzte.

»Ich habe mir erlaubt, an diesem Freudentag meinen Freund und Kameraden Gideon von Hohenfels mitzubringen. Gideon, das ist die Hausherrin, Greta von Löwenstein. Sie ist so etwas wie meine Halbschwester. Obwohl wir nicht wirklich verwandt sind. Meine Mutter hat es unterlassen, einen Juden zu ehelichen, wofür ich nur dankbar sein kann.«

Greta wollte etwas erwidern, doch der Gast trat auf sie zu und verbeugte sich. »Heil Hitler, gnädige Frau. Ich muss mich entschuldigen, dass wir hier so unangemeldet zum Mittag-essen hereinplatzen.«

»Herr von Hohenfels, fühlen Sie sich in unserem Haus will-kommen.« Gretas Worte waren freundlicher, als es ihr Ton war. Sie musste sich zwingen, heiter zu wirken, reichte ihm die Hand und er deutete einen Handkuss an. »Darf ich Ih-nen meinen Mann, Carl von Löwenstein, vorstellen? Er hat im Krieg gedient und wir sind christlichen Glaubens«, erklärte Greta mit einem Seitenblick auf Hans.

»Willkommen, Herr von Hohenfels. Wie ich sehe, sind Sie Offizier des Heeres.«

»Jawohl«, er schlug die Hacken zusammen, sodass es laut knallte. »Sanitätsoffizier, Herr Major.« Er salutierte.

»Nehmen Sie den Arm herunter. Ich bin schon lange nicht mehr beim Militär«, erklärte Carl gelassen. »Bitte, setzen Sie sich doch und essen mit uns.«

Greta drehte sich um und sah, dass Margot zwei weitere Gedecke aufgelegt und auch Stühle an den Tisch gerückt hatte.

»Hallo, Mutter«, begrüßte Hans Johanna und küsste ihre Wange.

»Ich dachte schon, du übersiehst mich vollends«, be-schwerte sie sich.

»Das würde mir niemals durchgehen. Ich weiß, wie wich-tig die Mütter unserem Führer sind.« Hans grinste und wan-derte weiter zu Helene. »Da ist ja unsere Heldin!«, rief er aus-gelassen und zog sie vom Stuhl hoch, umarmte sie. »Helene! Mensch, nun bist du eine erwachsene Frau. Ich kann mich noch genau daran erinnern, wie du mit deinen ersten wackli-gen Schritten durch die Halle liefst.«

»Du hörst dich an, als hätten wir uns Jahrzehnte nicht gesehen«, erwiderte Helene ein wenig überrascht.

Hans legte den Kopf schräg. »Na, immerhin ist es fast zwei Jahre her. Als ich zuletzt in Hamburg war, warst du bei einer Freundin in Düsseldorf, wenn ich mich recht erinnere.«

Was hatte er doch für ein gutes Gedächtnis, sinnierte Greta, denn er lag mit seiner Einschätzung richtig. »Bitte, Herr von Hohenfels, nehmen Sie doch Platz und greifen Sie zu.« Er stand immer noch vor seinem Stuhl und wartete darauf, dass Hans alle begrüßt hatte.

»Fräulein von Löwenstein, ich freue mich, Sie persönlich kennenlernen zu dürfen. Ihr Onkel hat mir von Ihnen berichtet. Frau Stöver, sehr erfreut. Hans ist sehr stolz auf seine Mutter. Meine Damen und Herren, vielen Dank, für Ihre freundliche Aufnahme in Ihre Runde.« Er nickte allen wohlwollend zu, bevor er sich endlich setzte.

Während Hans die schwarze Uniform der SS trug, mit seinen silbernen Abzeichen, dazu ein Lettow-Hemd im üblichen Braun mit schwarzer Krawatte, trug von Hohenfels einen eher einfachen Waffenrock in Grau, mit goldener Achselschnur, wie es den Offizieren zustand.

Greta fragte sich, wie alt Gideon von Hohenfels wohl war und warum Hans ihn gerade heute mitgebracht hatte. Hatte es etwas mit Helene zu tun? Oder wollte er Paul imponieren, um ihn vielleicht doch noch auf seine Seite zu ziehen, damit er in die Hitlerjugend eintrat? Aber war ihr Sohn mittlerweile nicht schon viel zu alt dafür? Für sie stellte Hans eine Bedrohung für ihre Kinder dar und es widerstrebte ihr, dass er hier so einfach einfiel. Wie hatte sie ihn als Jungen geliebt. Doch aus dem Jungen von einst war ein Mann geworden, dessen Ideologien sie nicht gutheißen konnte. Nein, es ging sogar weiter: Sie lehnte sie rundum ab. Und das nicht nur, weil die Judenfeindlichkeit immer weitere Kreise zog. Hitler und seine Anhänger waren dafür verantwortlich, dass ihr Vater sein Geschäft hatte verlassen müssen und untergetaucht war. Natürlich waren sie Hans dankbar, dass er sie frühzeitig gewarnt hatte. Trotzdem konnte sie nicht fassen, dass Hans einen alten Mann verfolgte, der ihm immer ein guter Vater gewesen war, als er seinen verloren hatte. Levi Rosenthal hatte Hans wie seinen eigenen Sohn aufgezogen und ihn geliebt. Ebenso wie dessen Schwester Clara, die nun als Lehrerin in einem Mädchenpensionat am Rhein unterrichtete.

»Dann werde ich schnell noch eine Flasche Wein aus dem Keller holen«, erklärte Greta laut und erhob sich.

»Bleib doch sitzen, das kann Margot übernehmen.« Carl blickte sie vom anderen Ende des festlich gedeckten Tisches an.

»Nein, ich mache das gerne. Ich habe eine ganz besondere Flasche im Sinn, doch die muss ich selbst suchen«, erklärte Greta und war auch schon an der Tür.

Helene sah ihrer Mutter hinterher, wie sie den Raum verließ, als würde sie vor dieser Gesellschaft flüchten. Dabei fing ihr Blick den von Gideon von Hohenfels auf, der sie interessiert musterte. Als er bemerkte, dass Helene seine Neugier gespürt hatte, senkte er den Kopf und schnitt sorgfältig das Fleisch auf seinem Teller. Seine Wangen färbten sich leicht rot, was sie äußerst interessant fand. War der Herr nicht ganz so selbstsicher, wie er tat?

Er war ein gut aussehender Mann. Größer als ihr Onkel. Sein Haar war schwarz, die Augen grau. Er schien auf die dreißig zuzugehen und wie sie feststellte, trug er keinen Ehering. Von Hohenfels hatte auffallend weiße Zähne, vielleicht lag es auch daran, dass er so gebräunt aussah, als käme er gerade aus der Sommerfrische, dabei war es noch nicht warm genug dafür. Vermutlich segelte er, kam es Helene in den Sinn. Schade eigentlich, dass er der Partei angehörte, die ihre Mutter so sehr verabscheute. Und Helene natürlich auch. Sie hatten das Leben ihres Großvaters bedroht und nicht nur seines. Der Gestank des Krieges lag in der Luft, wie Vater immer sagte, und das machte ihr Angst. Sie hatte keine Ahnung, was das zu bedeuten hatte, doch die Angst der Menschen davor war überall zu spüren. Erneut wandte sie den Kopf und tat so, als würde sie dem Gespräch zwischen ihrem Vater, Felix von Domnitz und Onkel Hans folgen, doch sie sah wieder zu dem Gast. Er hatte gute Manieren und Helene war sich sicher, dass er aus einer wohlhabenden Familie stammte. Es interessierte sie brennend, was seine Familie tat. Waren es Geschäftsleute, war es alter Adel oder stammte er womöglich gar nicht aus Hamburg? In diesem Moment trafen sich ihre Blicke erneut. Diesmal sah er nicht weg, sondern schenkte ihr ein Lächeln. Dabei bildeten sich kleine Fältchen an seinen Augenwinkeln, was ihn ungeheuer attraktiv wirken ließ. Ohne wirklich darüber nachzudenken, erwiderte Helene das Lächeln zaghaft. Gideon griff nach dem Weinglas und trank einen Schluck. Margot hatte sein Glas vor wenigen Minuten gefüllt. Während er trank, ließ er sie nicht aus den Augen.

Helene wurde ganz warm, ihr Herz klopfte aufgeregt in der Brust. Wie bedauerlich, dass er sich dem Militär zugewandt hatte. Denn damit kam er für Helene nicht infrage. Sie suchte einen Ehemann, der später mit ihr zusammen im Kontor arbeiten würde. Bei Gideon von Hohenfels bekam man sofort den Eindruck, dass er dafür nicht gemacht war. Sie konnte noch nicht einmal sagen, warum sie ihn so einschätzte. Aber die Art, wie er sprach, wie er sich bewegte, zeugte davon, dass er ein Mann der Tat war. Er gehörte nicht hinter einen Schreibtisch. Wirklich schade. Wenn ihr Herz bei seinem bloßen Anblick so heftig reagierte, wäre es schön gewesen, ihn näher kennenzulernen. Doch seine Gesinnung stand ganz im Gegensatz zu ihrer. Ihre Mutter hatte ihr eine Menge davon erzählt, wie ihr Leben ausgesehen hatte, als die Nationalsozialisten noch nicht an der Macht waren. Selbst als der Krieg 1918 beendet war und man Deutschland mit Repressalien belegt hatte, war es ihnen besser ergangen. Vielleicht hatte man weniger zu essen, aber man durfte offen seine Meinung sagen, und Helene war so erzogen worden, dass sie für sich einstand. Doch in diesen Zeiten war es besser, wenn man ehrliche Ansichten nicht allzu laut äußerte. Schon allein deshalb würde es zwischen ihr und diesem Mann am anderen Ende der Tafel nicht funktionieren. Sie seufzte leise. Warum machte sie sich überhaupt Gedanken darüber? Schließlich war sie nicht auf der Suche nach jemandem, der ihr den Hof machte. Sie hatte ihre eigenen Ziele, endlich im Kontor zu arbeiten, war eines davon, das durfte sie nicht aus den Augen verlieren. Sie würde sich sonst selbst untreu werden.

Greta kontrollierte, ob die Kellertür hinter ihr auch wirklich geschlossen, ob ihr auch niemand gefolgt war. Die kahle Glühbirne, die von der Decke herunterhing, spendete nur spärlich Licht. Muffiger Geruch umgab sie. Die feuchte Kälte brachte Schimmel ins Haus. Es wurde Zeit, dass es endlich Sommer wurde. Vorsichtig setzte sie einen Fuß auf jede Treppenstufe, lief die steilen Absätze hinunter, bis sie unten im Weinkeller ankam. Hier war die Beleuchtung auch nicht wesentlich besser. Sie konnte sich noch daran erinnern, dass man früher eine Kerze mitnehmen musste, weil es kein elektrisches Licht gab. Einiges hatte sich seit damals verändert, leider nicht nur zum Besten.

Sie wandte sich dem Weinregal zu, das eine ganze Wand einnahm, und suchte eine der besonderen Flaschen heraus, die Carl von einer Reise aus Südamerika mitgebracht hatte. Schon ihr Schwiegervater hatte teure Weine gesammelt. Cornelius. Er hatte sie vom ersten Tag an gemocht und war auf ihrer Seite, was man von ihrer Schwiegermutter nicht behaupten konnte. Greta hatte ihren Frieden mit Vera gemacht, in der Nacht, als sie verstorben war. Würde Vera noch leben, wären sie alle schon längst Mitglieder der Partei. Schon vor mehr als zehn Jahren war sie eine große Anhängerin Hitlers gewesen. Um die Erinnerungen zu verdrängen, atmete sie tief durch, stellte die wertvolle Flasche Wein auf dem Boden ab, dann ging sie noch weiter in den Raum hinein. Klopfte gegen eine Wand, ganz am Ende des Raumes.

Dreimal.

Als von der anderen Seite ebenfalls dreimal geklopft wurde, glitt ein Lächeln über ihr Gesicht. Sie zog einen Schlüssel aus der Tasche, steckte ihn in ein verborgenes Loch und drehte. Es klickte. Dann zog sie an einem Regal und eine Tür öffnete sich schwerfällig. Das Regal war mit Flaschen gefüllt, die jedoch einzeln fixiert waren, sodass sie nicht aus dem Regal herausfallen konnten, wenn die geheime Tür aufschwang. Für jemanden, der nicht wusste, dass sich dahinter ein zusätzlicher

Raum befand, war es einfach nur ein Weinregal mit ein paar vergessenen Flaschen, die alt und vermutlich nicht mehr genießbar waren.

Greta betrat den winzigen Vorraum, der mit einem Vorhang versehen war, schob ihn ein kleines Stück beiseite und trat in den eigentlichen Raum, in den nur wenig Licht durch einen Lichtschacht fiel, der am unteren Ende mit einem kleinen Fenster abschloss, um etwas Luft in den Raum zu lassen. Vom Garten aus war der Lichtschacht mit einem Gitter versehen, sodass er nicht zu sehen war.

»Hallo, Greta. Ich habe heute gar nicht mit dir gerechnet.«

»Hallo, Papa, wir müssen vorsichtig sein. Hans ist im Haus.«

Levi Rosenthal sah seine Tochter an und nickte.

»Ich bringe dir später etwas zu essen. Es gibt Rindfleisch mit Meerrettichsoße und Rote Bete«, berichtete Greta und ergriff die Hand ihres Vaters. »Ich muss sofort wieder hoch, bevor noch jemand misstrauisch wird. Ich wollte dich nur warnen, dass du dich ruhig verhältst und das Fenster geschlossen.« Sie wusste gar nicht, warum sie das sagte. Levi Rosenthal verhielt sich seit fünf Jahren ruhig. Als wäre er hier lebendig begraben. Kein Laut, keine Möglichkeit darauf, dieses Verlies in naher Zukunft zu verlassen. Greta hätte vermutlich schon den Verstand verloren. Sie bewunderte ihren Vater dafür, mit welcher Ruhe er seine Isolation ertrug. Aber er wusste um die Alternative. Als Jude wäre er schon längst in eines der Lager deportiert worden, hätte sie nicht das Gerücht verbreitet, dass ihr Vater bereits vor Jahren das Land Richtung Amerika verlassen habe. Selbst die Rechnung für eine gefälschte Passage für eines der Schiffe konnte sie vorlegen. So hatte ihr jeder diese Lüge geglaubt. Selbst ihre eigene Familie wusste nicht, wo Levi sich aufhielt. Sein Leben stand auf dem Spiel. Und nicht nur seines. Auch den Mitwissern drohte eine Gefängnisstrafe, sollte jemals ans Licht kommen, dass sich in ihrem Haus ein Jude versteckte.

Levi sah Greta mit einem müden Lächeln an. »Weißt du, ich sitze nun schon so lange hier fest, dass es mir schon fast egal ist, ob er mich findet.«

Erschrocken schlug sich Greta die Hand vor den Mund. »Nein, so darfst du nicht denken. Irgendwann werden die Menschen aufwachen und sich auflehnen. Wir müssen nur noch ein wenig Geduld aufbringen.«

Müde strich sich Levi über das Gesicht. »Ich wäre gerne dabei gewesen, bei Helenes Ehrentag. Wie sieht sie aus?«

»Sehr schön. Sie trägt ihr neues Kleid, von dem ich dir erzählt habe. Das Armband gefällt ihr sehr. Ich muss jetzt leider wieder hoch, komme aber später noch einmal zu dir. Heute ist es sehr mild. Vielleicht können wir ein wenig an die frische Luft, wenn alle schlafen.« Sie küsste ihn auf die Wange und verließ den Raum, zog den Vorhang wieder hinter sich zu, der das Licht aus dem Raum schluckte. Dann trat sie aus dem Versteck, drückte die Tür zu und schloss sie ab. Ganz leise zog sie das Regal wieder an die richtige Stelle, dass auf dem Boden keine Spuren sichtbar waren.

»Was machst du da?«

Kapitel 3

Greta fuhr erschrocken zusammen, sie hatte keine Geräusche gehört und ihr Herz schlug ihr bis zum Hals.

»Mein Gott, Helene! Hast du mich erschreckt. Ich bekomme noch einen Herzinfarkt«, sagte sie atemlos. »Was soll ich hier schon tun, ich hole eine Flasche Wein.« Ihr Ton fiel wesentlich härter aus, als sie es wollte. Doch der Schreck saß ihr in den Knochen. Sie hatte im ersten Augenblick vermutet, dass Hans ihr gefolgt war. Wäre das der Fall gewesen, hätte das schreckliche Folgen gehabt.

Entrüstet schnaubte ihre Tochter. »Ich habe doch gesehen, dass du dort herausgekommen bist. Aus dieser ... dieser Wand.« Helene sprach leise, gestikulierte aber aufgeregt mit den Händen.

»Psst!«, zischte Greta und hielt sich einen Finger vor die Lippen. »Ist noch jemand hier?«

Helene schüttelte den Kopf. »Nein, ich bin allein. Was ist denn los, Mama?«

Greta griff nach der bereitstehenden Flasche. »Ich werde es dir später erklären, wenn unsere Gäste gegangen sind. Aber jetzt komm, wir müssen wieder nach oben. Man wird uns sonst vermissen. Du darfst niemand etwas sagen, hörst du?«

Helene überlegte einen Augenblick, dann nickte sie. Sie war ein gescheites Mädchen und erkannte wohl den Ernst der Lage. Zumindest hoffte Greta darauf.

»Ich möchte ...«, setzte Helene an, wurde aber unterbrochen.

»Na, was macht ihr denn so lange hier unten?« Schwere Stiefel waren auf der Steintreppe zu hören. Im nächsten Augenblick erschien Hans im Keller.

Sofort begriff Greta, dass sie in Schwierigkeiten steckte, ihr wurde schwindelig, und sie warf Helene einen warnenden Blick zu.

Helene lachte auf und strich sich eine Haarsträhne hinter ihr Ohr. »Wir können uns nicht einigen, welcher Wein es sein soll. Ich mag ja lieber den süßen, aber Mama meint, der trockene ist für Gäste mit geschulten Zungen die bessere Wahl. Was meinst du, Onkel Hans?« Sie hakte sich bei ihrem Onkel ein und wollte ihn zurück zur Treppe führen, doch er bewegte sich nicht von der Stelle.

Hans blickte die beiden Frauen eindringlich an, dann schritt er die Regalreihen ab. Greta hielt den Atem an, zwang sich dazu, Luft zu holen. Helene beobachtete sie genau. Auch wenn sie nicht wusste, was hier gespielt wurde, so begriff sie, dass sie auf der Hut sein musste. Es lag eine Spannung in der Luft, die man fast mit den Händen greifen konnte. Wenn Hans sie auch bemerkte, so war er ein guter Schauspieler und zeigte es nicht. An der Stelle, an der sich die Geheimtür befand, streckte er die Hand aus.

»Bitte lasst uns diesen Wein nehmen. Heute ist doch mein Ehrentag und da darf ich sicherlich auch den Wein aussuchen, Onkel Hans.« Helene nahm ihrer Mutter die Flasche aus der Hand und reichte sie an Hans weiter.

Dieser ließ die Hand sinken, warf einen kurzen Blick auf das Etikett. »Nun, dieser Wein ist doch halbtrocken. Der wird uns vermutlich allen schmecken.« Er lachte auf.

Wie Greta bemerkte, erreichte dieses Lächeln seine Augen nicht. Er war wachsam. Sie kannte ihn so gut, dass sie fast jede Regung deuten konnte. Verzweifelt suchte sie nach etwas, um ihn aus dem Keller zu locken. Doch ihr Kopf war vor Angst wie gelähmt. Sie musste sich zusammennehmen, sonst würde er noch etwas bemerken.

»Na bestens, dann können wir ja jetzt hinauf. Stellst du mir deinen Kameraden vor?«, fragte Helene mit zuckersüßer Stimme an ihrer Stelle. Auf Helene war Verlass. Sie rettete die Situation, wo Greta vollkommen versagte.

»Natürlich, wir sollten ihn ohnehin nicht länger warten lassen.« Hans drehte sich zu Greta um. »Die Flaschen im hinteren Regal solltest du bei Gelegenheit entsorgen, die sind bestimmt nicht mehr brauchbar. Da liegt ja der Staub der letzten zwanzig Jahre drauf.«

Greta nickte. »Carl wollte das übernehmen, er hat es bestimmt vergessen. Es sind Weine, die sein Vater gesammelt hat, vermutlich behält er sie aus Nostalgie.«

Hans zog die Stirn kraus. »Ja, du hast recht. Es gibt Wichtigeres zu tun.« Er legte einen Arm auf Helenes Schulter. »Dann mal los, mein Kind. Ab ans Tageslicht.«

Als sie die Treppe hintereinander hinaufstiegen, warf Helene Greta einen kurzen Blick zu, die vor Erleichterung tief ausatmete.

Mittlerweile war man bei Kaffee, Cognac und Wein angelangt. Dazu wurden kleine Kuchenstücke gereicht, die man sich mit zwei Fingern in den Mund schieben konnte. Die Männer hatten sich auf die Terrasse zurückgezogen, um zu rauchen.

»Was hältst du von Ribbentrop?«, warf Hans in die Runde.

»Unser neuer Außenminister?«, fragte Carl und hob die Schultern. »Wenn der Führer ihm vertraut, wird er ein guter Mann sein«, erklärte er in seiner diplomatischen Art.

»Unser Führer ist nun unser aller Oberbefehlshaber. Wenn du mich fragst, die einzige logische Entscheidung. Nur so werden wir den Krieg gewinnen.« Hans zog voller Überzeugung an seiner Zigarette.

»Welchen Krieg?«, wollte Carl wissen.

Hans warf Gideon ein wissendes Lächeln zu. »Österreich ist doch erst der Anfang. Du wirst sehen, in null Komma nichts werden wir uns die Oststaaten einverleiben. Zuerst Polen, dann Frankreich, Spanien, Italien und den Balkan. Sie werden umfallen wie die Pappsoldaten. Alles ein großes Reich unter einem Führer. Einzig England wird eine harte Nuss, allein aufgrund der geografischen Lage.« Seine Augen glänzten dabei eigentümlich.

»Sind Sie auch der Meinung?«, fragte Carl an Gideon gewandt.

»Ich gehöre nicht der Führungsetage an, wie Hans. Er verfügt über wesentlich mehr Informationen, als ich es tue«, erklärte von Hohenfels.

»Ich muss zugeben, dass ich nicht erwartet hätte, dass Österreich sich so wehrlos ergibt.« Carl trank seinen Kaffee und stellte mit nachdenklichem Blick die Tasse auf einem kleinen Tischchen ab.

»Carl, mal ganz unter uns. Wann trittst du der Partei bei? Du weißt, es ist unerlässlich, wenn es Krieg gibt. Du bist mit einer Jüdin verheiratet«, sagte Hans leise, als hätte er Angst, sie würden belauscht werden.

»Greta ist allenfalls ein jüdischer Mischling. Sie wurde christlich getauft und …«

»Ihr Vater ist Jude. Du solltest darüber nachdenken, ob du dich vielleicht scheiden lassen willst«, fiel Hans ihm ins Wort.

»Wie bitte?« Carl glaubte, seinen Ohren nicht zu trauen.

»Du kennst die Rassengesetze. Denk an deine Firma. Willst du alles verlieren? Komm nicht zu mir gelaufen, wenn die Gestapo vor deiner Tür steht. Als Parteimitglied sähe das schon ganz anders aus. Ich könnte für dich bürgen.«

»Die Firma ist seit Jahrzehnten in Familienbesitz. Meine Mutter war Parteimitglied und eine treue Anhängerin des Führers«, erklärte Carl, der so verblüfft war, dass ihm weitere Worte fehlten.

»Hast du eigentlich je etwas von Levi gehört? Wie es ihm in Amerika geht? Oder hat man ihm die Einreise verweigert?« Aus den Worten war herauszuhören, dass Hans etwas wissen wollte.

»Er schreibt ab und an eine Postkarte. Es scheint ihm gut zu gehen. Er vermisst uns«, erklärte Carl mit knappen Worten. Greta durfte von diesem Gespräch nichts erfahren, es würde sie nur beunruhigen.

»Wie dem auch sei, du könntest Karriere machen in der Partei, wenn man deine Verdienste von 1918 bedenkt.« Hans lächelte gewinnend.

»Ich kümmere mich lieber um das Kontor. Dort werde ich gebraucht. Du vergisst außerdem meine Kriegsverletzung.«

Hans winkte ab. »Du sollst ja nicht kämpfen. Aber kluge Köpfe, wie du einer bist, werden immer gebraucht. Es wäre nur zu deinem Vorteil. Zu euer aller Vorteil.«

»Ich wüsste nicht weshalb.« Carl hob seine Schultern.

»Wir werden Nahrungsmittel benötigen, große Mengen, um unsere Soldaten zu versorgen. Du hast Kontakte, die wir in Berlin nutzen könnten. Denk darüber nach.«

»Ich vertreibe Gewürze, Hans.« Carl war wie vor den Kopf geschlagen.

»Die beste Suppe schmeckt nicht ohne Salz, nicht wahr, Gideon?«, fragte Hans und lachte laut auf.

Helene war so angespannt, dass es sie nicht länger auf dem Stuhl hielt. Sie wollte so gerne wissen, was in diesem Haus vor sich ging, von dem sie keine Ahnung hatte. Auf jeden Fall war es etwas, das man vor Hans und natürlich auch vor Gideon geheim halten musste, so viel hatte sie verstanden. Sie war ja nicht dumm und kannte ihre Mutter genau. Sie hatte vor nichts Angst, selbst als Johanna mit ihren Kindern plötzlich vor der Tür stand, weil die SA-Schergen den Gemischtwarenladen zertrümmert und angezündet hatten, hatte ihre Mutter einen kühlen Kopf bewahrt und die Frau mit ihren Kindern bei sich aufgenommen. Zum Glück war ihr Großvater Levi damals schon nach Amerika ausgewandert. Helene hatte sich immer gefragt, warum Johanna ihn mit Hans und Clara nicht begleitet hatte. Helene war noch jung gewesen, doch konnte sich genau daran erinnern, als er mitten in der Nacht aufbrach, um ein Schiff zu besteigen. Erst viel später hatte sie verstanden, dass es Levis Glauben war, der ihn dazu gezwungen hatte, das Land zu verlassen. Sein Leben war am seidenen Faden gehangen.

Helene erhob sich und schlich hinüber ins Wohnzimmer, nahm dort heimlich eine Zigarette aus der Schildpattdose, die auf dem kleinen Beistelltisch stand, und huschte durch eine der Türen in den Garten.

Die Terrasse, auf der die Männer standen, lag um die Ecke. Sie konnte die leisen Stimmen hören, mit denen sie über etwas debattierten. Mit der Zigarette in der Hand stand sie da und bemerkte, dass sie die Streichhölzer vergessen hatte. So ein Mist.

»Darf ich Ihnen Feuer geben?«

Eine Hand kam in Sicht, die ihr ein silbernes Feuerzeug entgegenstreckte. Der Daumen rollte über das Rad und eine Flamme glomm auf, die wild im Wind tanzte, jedoch nicht ausging. Sie hielt schützend eine Hand dagegen.

»Das ist ein Zippo, es hält jedem Sturm stand«, erklärte Gideon von Hohenfels. »Warum verstecken Sie sich hier?«

Helene tat einen tiefen Zug und begann zu husten. »Ich darf eigentlich nicht rauchen«, wisperte sie ihm verschwörerisch zu. »Ich hoffe, Sie verraten mich nicht.«

Von Hohenfels beugte sich vor. »Wir sind Verbündete«, sagte er mit einem warmen Ton in der Stimme. Er blickte sie mit seinen grauen Augen an, die aus der Nähe besehen gar nicht mehr so kalt wirkten, wie sie dachte.

Sie konnte nicht anders, als ihm ein Lächeln zu schenken. »Geheime Verbündete?«, fragte sie nach und er nickte zustimmend, zog aus der Innenseite seiner Uniform ein Zigarettenetui.

»Wenn uns jemand erwischt, werde ich behaupten, ich hätte Ihnen eine angeboten und Sie haben als vollendete Gastgeberin nicht ablehnen können.« Er entnahm dem Etui eine Zigarette ohne Filter.

»Sie würden also für mich lügen? Das hätte ich nicht von Ihnen erwartet, Herr von Hohenfels.« Sie musterte ihn amüsiert.

»Ich würde es nicht gerade eine Lüge nennen. Sagen wir, wir beugen die Wahrheit etwas.« Er lächelte verschmitzt und nahm einen tiefen Zug.

Die plötzlich entstandene Stille war ein wenig unangenehm und Helene fröstelte es. Mit der Zigarette im Mundwinkel begann Gideon, seine Jacke aufzuknöpfen und sie auszuziehen. »Darf ich?«, fragte er knapp und legte ihr die Uniformjacke um die Schultern.

Sie versank fast darin, dennoch spürte sie seine Körperwärme, die noch in dem Stoff hing. »Danke«, sagte sie leise. Der Duft seines Eau de Cologne stieg ihr in die Nase und sie musste zugeben, dass es angenehm roch. »Sie arbeiten also mit meinem Onkel zusammen?«, fragte sie, um etwas zu sagen.

»Nein, wir kennen uns von der Offiziersanwärterschule.«

»Aha. Sie sind aber jünger als Onkel Hans.«

»Das liegt daran, dass ich direkt nach meinem Studium in die Dienste unseres Führers getreten bin«, erklärte er voller Eifer und seine Augen leuchteten dabei auf eine freudige Weise.

»Was haben Sie studiert? Sind Sie Anwalt?« Helene war neugierig. Dieser Mann interessierte sie auf eine ganz eigentümliche Weise. Zwar schreckte sie seine Uniform ab, aber sie war nicht unüblich. Im alltäglichen Leben traf man ständig auf Männer, die dem Regime dienten. Es war eher der Mann, der sie lockte, mehr über ihn zu erfahren.

»Mediziner.«

»Oh, dann sind Sie Arzt?«

Er nickte und Helene fiel auf, dass er keineswegs eine wichtige Miene dabei aufsetzte, sondern es gelassen tat.

»Sie sind also ein Doktor?«

Jetzt lächelte er charmant. »Nein, ich habe nicht promoviert. Noch nicht, ich arbeite daran.«

»Was nicht ist, kann noch werden. Das sagt zumindest meine Mutter immer.«

»So ist es. Ich bin gerade dabei, meine Doktorarbeit zu schreiben. Stehe kurz vor dem Abschluss.«

Plötzlich waren Schritte zu hören und Helene erschrak. Sie wusste so schnell nicht, wohin mit ihrer Zigarette in der Hand. Hektisch blickte sie sich um.

»Da bist du ja! Deine Mutter ist auf der Suche nach dir, Helene.«

Ihr Vater stand plötzlich vor ihr und sah sie verwirrt an.

»Ihre Tochter war so freundlich, mir bei einer Zigarette Gesellschaft zu leisten und mir Ihren wunderbaren Garten zu zeigen«, erklärte Gideon von Hohenfels und zog an der Zigarette, die sich vor wenigen Sekunden noch in Helenes Händen befunden hatte. Keine Ahnung, wie sie den Weg zu ihm gefunden hatte. Und wo war seine geblieben?

»Hier draußen ist es viel zu kalt. Du wirst dir noch den Tod holen.« Carl von Löwenstein schüttelte den Kopf und machte auf dem Absatz kehrt. Helene und Gideon schlossen sich ihm mit einigen Schritten Abstand an.

»Danke«, murmelte Helene und beobachtete Gideon dabei, wie er seinen Zigarettenstummel austrat, den er verdeckt in der linken Hand gehalten hatte. Er tat einen letzten Zug an ihrer Zigarette, schnipste sie ins feuchte Gras, wo sie zischend erlosch.

»Sie sind mir etwas schuldig, liebe Helene«, flüsterte er ihr zu, ohne sie anzusehen.

Nur zögerlich setzte Helene ihren Weg fort. Sie wusste nicht, was er damit meinte. »Was denn?«, fragte sie daher.

»Gehen Sie mit mir aus. Essen oder ins Kino. Das sollte es Ihnen doch wert sein, dass ich Sie gerettet habe.« Herausfordernd sah er ihr nun tief in die Augen und lächelte dabei.

»Wie alt sind Sie?«, wollte Helene wissen.

»Neunundzwanzig. Ist das ein Kriterium, das Ihre Entscheidung beeinflusst?«

»Gideon! Kommst du? Wir müssen los.« Das war Onkel Hans, der zum Aufbruch drängte und bereits im Flur stand.

Helene schüttelte den Kopf als Antwort auf seine Frage.

»Was sagen Sie?«, flüsterte von Hohenfels und Helene rang mit sich.

»In Ordnung«, sagte sie knapp.

»Wann?«

»Am Sonntag. Haben Sie dann frei?«

Er lächelte. »Für Sie nehme ich mir frei, wann immer Sie wollen, Fräulein von Löwenstein.« Er nahm ihr die Jacke ab und hielt ihr die Hand entgegen. »Es war mir eine Ehre, Sie kennenzulernen.« Er schlug die Hacken zusammen und verbeugte sich formell.

Nachdem er Helenes Hand losgelassen hatte, fasste sie sich an den Hals. Er war ein imposanter Mann und es fiel ihr schwer, in seiner Gegenwart zu atmen.

»Was für ein gut aussehender Mann.«

Helene blickte zur Seite und sah Johanna überrascht an, die lautlos neben sie getreten war.

»Aber von einem schönen Teller isst man nie allein. Merk'
dir das, mein Kind«, erklärte sie mit einem wissenden Blick
und stieg die Treppe ins Obergeschoss hinauf.

Kapitel 4

Gideon von Hohenfels warf die Tür des Hauses am Holstenwall, in dem er bereits seit seiner Kindheit wohnte, hinter sich ins Schloss. Ein schmales hohes Haus über drei Etagen. Gideon nutzte davon nur das Erdgeschoss und die erste Etage. In dem Stockwerk darüber wohnte Pia, die Haushälterin, die ihn versorgte und bereits für seine Eltern tätig gewesen war.

Gideons Vater war im Krieg gefallen, wovon sich seine Mutter nie erholt hatte. Sie war vor vier Jahren an einer Lungenembolie gestorben und er hatte Pia behalten, die seine Mutter bis zum Ende gepflegt hatte. Sie war mittlerweile über sechzig und hätte auf der Straße gestanden. Seine Mutter hatte ihn gebeten, sich um die ältere Frau zu kümmern, und er hielt sein Versprechen. Er hatte ohnehin keine Zeit für Hausarbeit, so war er froh, dass es Pia gab. Sie war wie eine Großmutter, die er nie hatte.

»Guten Abend, gnädiger Herr. Ich mache mich gleich an das Abendessen«, begrüßte Pia ihn, die gerade aus der Küche kam.

»Mach dir keine Umstände, ich habe ausgiebig zu Mittag gegessen. Es reicht, wenn du mir eine Scheibe Brot zubereitest.«

»Ich habe Butterschmalz da«, verriet sie mit einem Lächeln, da sie wusste, wie gern er es aß.

»Wunderbar«, sagte Gideon und ging in sein Arbeitszimmer, das neben dem Wohnzimmer im Erdgeschoss lag.

Er war bestens gelaunt. Das war besser gelaufen als gehofft. Helene von Löwenstein war eine reizende Person. Wer hätte das gedacht, als Hans Stöver von seiner Nichte erzählt hatte, die eigentlich gar nicht seine Nichte war. Er knöpfte die Uniform auf und zog die Jacke aus, hing sie über den Holzstuhl und setzte sich an den Schreibtisch. Er hatte heute noch einige Papiere durchzuarbeiten und wollte dies so schnell wie möglich erledigen.

Der Schreibtisch aus Mahagoni stammte noch von seinem Vater, der ebenfalls Arzt gewesen war, wie der Rest der Ausstattung des Arbeitszimmers. Gideon erinnerte sich, dass er als Kind unter dem Tisch gehockt hatte, während sein Vater Berichte zu seinen Forschungsarbeiten verfasste, die in allerlei Fachzeitschriften veröffentlicht wurden. Er hat sich immer gewünscht, dass auch Gideon Arzt würde, leider hatte er dies nicht mehr erleben dürfen. Er wäre stolz auf seinen Sohn. Seine Mutter war es, bis zu dem Tag, als er der Partei beitrat.

»Ein Arzt steht immer auf der Seite des Patienten, egal, welcher Nation, Herkunft, Religion und Hautfarbe«, hatte sie gesagt. »Ein Arzt ist zur Neutralität verpflichtet.« Er hatte ihre Stimme im Ohr. Doch sie irrte sich. Stets hatte er es vermieden, mit ihr darüber zu diskutieren, denn er wusste, seine Mutter würde ihre Meinung dazu nicht ändern. Er seine allerdings auch nicht.

Es klopfte an der Tür und Pia trat ein, brachte ihm unaufgefordert ein Glas Milch, als wäre er noch immer neun Jahre alt.

»Vielen Dank, Pia. Du kannst jetzt Feierabend machen. Ich werde noch eine Weile arbeiten.« Er lächelte sie gütig an.

»Bleiben Sie nicht mehr zu lange auf, gnädiger Herr.« Sie wandte sich zur Tür und verließ leise den Raum. Für Pia würde er vermutlich immer der kleine Junge sein, der er einmal gewesen war. Gnädiger Herr hin oder her.

Helene wartete, bis sie mit ihrer Mutter allein war. Es dauerte einige Zeit, bis ihr Vater sich ins Schlafzimmer zurückzog. Der Tag war anstrengend für ihn gewesen und sein Bein, das im Krieg verwundet worden war, schmerzte. Man sah ihm kaum an, dass er es leicht nachzog. Höchstens an Tagen wie heute, wenn er lange auf den Beinen war und das Wetter kalt und eisig. Sie hatten noch im Wohnzimmer zusammengesessen und über den Tag gesprochen.

Johanna war schließlich als Erste zu Bett gegangen. Wann immer Hans zu Besuch kam, war sie anschließend sehr erschöpft. Es fiel ihr zunehmend schwerer, zu verbergen, wie wenig sie von seiner Karriere hielt. Als er das Haus vor Jahren verließ, um in Berlin eine Ausbildung in der Hauptkadettenanstalt zu absolvieren, hatten alle geahnt, dass das nicht gut ausgehen würde. Und als er als Rekrut der SS-Verfügungstruppe an der Feldherrenhalle vereidigt wurde, war Helene zusammen mit Johanna und Greta nach München gereist. Wie stolz er war, als er ihnen den Ehrendolch zeigte. Er trug die Inschrift: *Meine Ehre heißt Treue.* Und diese Treue trug er seit diesem Tag wie ein Mahnmal mit geschwollener Brust in sich. Dass Johanna mit einem jüdischen Mann lebte, schien er dabei zu verdrängen. Seine Hetzreden gegen Menschen jüdischen Glaubens wurden immer bedrohlicher, obwohl Levi Rosenthal ihm ein guter Ersatzvater gewesen war. Johanna litt darunter, konnte aber nicht viel bei Hans bewirken.

Als er eines Nachts aufgetaucht war, hatte Helene sich im Nachthemd heruntergeschlichen und im Dunkeln auf dem Treppenabsatz beobachtet, was sich im Erdgeschoss abspielte. Hans hatte Johanna, Clara und Levi bei ihnen abgesetzt und darauf bestanden, nein, er hatte befohlen, dass Levi die Stadt unbedingt verlassen sollte. Kurz danach war das Geschäft, das Levi zusammen mit Johanna betrieb, von der SA verwüstet und später in Brand gesteckt worden. Greta hatte erklärt, dass Levi noch in dieser Nacht ein Schiff bestiegen und nach Amerika abgereist war, zu Verwandten, die ihn bei sich aufnehmen würden. Er hatte Levi vermutlich das Leben gerettet, dennoch trug er die Mitschuld daran, dass man Juden für alles Unheil in der Welt verantwortlich machte. Seitdem hatte es nur wenige Postkarten von Levi gegeben, in denen er schrieb, dass es ihm gut ging. Doch so ganz konnte Helene das nicht glauben.

Sie blickte ihre Mutter eindringlich an, die ihr auf dem grünen Sofa gegenübersaß. Helene selbst hatte sich auf einem der Sessel niedergelassen.

»Was wollte dieser Gideon von Hohenfels von dir?«, fragte Greta und blickte sie über ihre Brille hinweg an. Sie hielt ein Buch in den Händen und benötigte seit einiger Zeit die Sehhilfe, wenn sie las.

»Nichts Besonderes. Er hat sich nur freundlich mit mir unterhalten«, erklärte Helene und überschlug die Beine.

»Er ist an dir interessiert.«

»Mutter, nicht jeder Mann, der sich mit mir unterhält, hat direkt Hintergedanken.«

»Ich habe seine Blicke gesehen, wie er dich gemustert hat. Dieser Mann ist gefährlich.« Greta beugte sich vor und griff nach ihrem Weinglas.

»Das ist Onkel Hans auch«, sagte Helene leise und erhob sich, setzte sich neben ihre Mutter auf das Sofa. »Was ist da unten im Keller geschehen?«, fragte sie leise.

»Nichts«, sagte Greta und stellte das Glas wieder auf dem Tisch ab.

»Ich habe doch Augen im Kopf, Mutter. Ich bin nicht dumm und vor allem bin ich kein Kind mehr. Du kannst mit mir sprechen, über was auch immer. Ich werde nichts verraten, wenn ich es nicht soll.« Ihr war klar, dass es um etwas ging, was niemand wissen durfte.

»Es gibt nichts, worüber du dir Sorgen machen musst, mein Kind. Du solltest jetzt zu Bett gehen, wenn du morgen ausgeschlafen zu deinem ersten Arbeitstag erscheinen möchtest.«

Wenn ihre Mutter in dieser Stimmung war, wusste Helene, dass sie bei ihr nicht weiterkommen würde. Greta hatte einen eisernen Willen. Etwas geschah dort unten und Helene fragte sich, was es wohl war. Aber sie würde dem schon noch auf die Schliche kommen.

Auch wenn Helene nicht annähernd zufrieden war, nickte sie. Sie war eine fügsame Tochter, zumindest bis zu einem gewissen Grad. Sie war mit ihrer Mutter noch nicht fertig, auch wenn es erst einmal den Anschein hatte. Morgen war ein neuer Tag. Sie musste ihre Mutter davon überzeugen, dass sie jetzt eine erwachsene Frau war und kein kleines Mädchen

mehr. Wenn ihr dies gelang, dann würde sie erfahren, welches Geheimnis ihre Mutter verbarg, womöglich selbst vor
ihrem Vater.

Kapitel 5

Beeindruckend hoch ragten die Gebäude vor Helene auf, als sie am nächsten Morgen mit ihrer Mutter vor den Toren der Speicherstadt ankam, um am Zollhaus Einlass zu erhalten.

»Guten Morgen, Frau von Löwenstein«, grüßte einer der Wachleute. »Wie ich sehe, sind Sie heute in Begleitung Ihres Fräulein Tochter.« Er nickte auch ihr zu.

»Guten Morgen, heute ist mein erster Arbeitstag im Kontor«, erklärte Helene voller Eifer.

»Oh, dann ist das heute nicht nur ein schöner Frühlingstag, sondern auch ein besonderer. Dann wünsche ich Ihnen alles Gute, Fräulein von Löwenstein.« Er tippte an seine Mütze und winkte sie durch.

»Hier musst du jeden Morgen und Abend vorbei. Wenn du etwas ausführst, musst du es anmelden und verzollen. Wage nicht, einfach Gewürze aus dem Zollfreigebiet herauszuschmuggeln.« Greta sah ihre Tochter ernst an.

»Nein, Mama, das weiß ich doch. Das hast du mir und Paul doch schon hundert Mal erklärt.«

Greta verdrehte die Augen. »Das kann man euch Kindern nicht oft genug sagen. Hier steht der gute Ruf der Familie von Löwenstein auf dem Spiel.«

Gemeinsam betraten sie die Büroräume, die im Erdgeschoss des Kontors lagen. Sofort umfingen Helene exotische Düfte. Sie hielt förmlich ihre Nase in die Höhe und schnupperte. »Es duftet hier wie zu Hause und auch wieder nicht. So viele Gerüche liegen in der Luft«, rief sie begeistert und erntete ein strahlendes Lächeln von Greta.

»Das ist mir auch aufgefallen, als ich zum ersten Mal diese Räume betrat«, erklärte ihre Mutter und ihr Blick schweifte ab, als würde sie sich genau an diesen Augenblick erinnern.

»Dann solltest du mal hoch ins Lager, danach willst du gar nicht mehr gehen«, rief ihr Bruder, der mit einem Packen Rechnungen unter dem Arm aus dem Büro seines Vaters trat.

»Helene ist doch gerade erst angekommen«, erklärte Greta und deutete auf einen freien Schreibtisch. »Das wird dein neuer Arbeitsplatz. Jetzt stelle ich dich erst einmal unseren Mitarbeitern vor.«

Greta nahm ihren Arm und führte sie von Tisch zu Tisch. »Das sind Frau Antje Klein, Frauke Hubertus und Inge Cramer. Sie sind die Stenotypistinnen und arbeiten schon mehr als zwanzig Jahre hier. Manni Weseke hat als Assistent von Bruno Klaasen hier begonnen. Mittlerweile hat er seinen Posten übernommen, nachdem Herr Klaasen vor drei Jahren starb. Du weißt ja, er war der Bruder von Johanna.«

»Guten Tag, meine Damen. Herr Weseke«, grüßte Helene freundlich und reichte allen die Hand, knickste höflich.

»Ach, nennen Sie mich Manni, so wie alle, gnädiges Fräulein«, winkte Manni Weseke ab und stieß dabei beinahe sein Tintenfass um.

»Ich glaube, du wirst deine Ungeschicklichkeit noch mit ins Grab nehmen«, erklärte Greta und lachte.

»Bei meinem Glück fällt der Sarg noch vom Wagen«, rief Manni gut gelaunt und zwinkerte Helene zu.

»Wie du hörst, verstehen wir uns alle prächtig«, wandte sich Greta an ihre Tochter und zog sie weiter. »Evi macht die Buchhaltung, wie du weißt. Dein Bruder ist ihr behilflich.«

»Ja, leider.« Paul verzog das Gesicht; er hatte seinen Schreibtisch direkt gegenüber von Evi von Domnitz.

»Buchhaltung kann äußerst interessant sein«, erklärte Evi und warf Paul einen Blick zu, der ihn in seine Schranken wies. »Viele jungen Männer deines Alters wären froh, in solch einem Unternehmen arbeiten zu dürfen, das dazu auch noch der eigenen Familie gehört.«

»Ja, aber ich bin nun mal nicht viele. Ich will etwas ganz anderes«, murrte er.

»Was genau denn?«, horchte Evi nach.

Paul hob die Schultern. Er trug einen hellen Anzug, dessen Jacke er ausgezogen hatte. Die Hose war etwas groß und er trug Hosenträger, um sie an Ort und Stelle zu halten. Die Ärmel seines weißen gestärkten Hemds hatte er bis zu den Ellenbogen aufgekrempelt. Seine Finger waren übersät mit blauen Tintenflecken. »Ich würde lieber etwas mit den Händen erschaffen.«

»Na, dann solltest du dir aber vorher die Tinte abwaschen«, entgegnete Helene trocken und er streckte ihr zur Antwort die Zunge heraus.

»Wenn ihr euch wie kleine Kinder benehmt, schicke ich euch beide nach Hause«, rief Greta tadelnd.

»Wer wird denn so streng sein?« Die Stimme kam aus einem der Büros, die höher lagen und über eine Holztreppe im Raum zu erreichen waren. Dort befanden sich drei Büros.

Die ihrer Eltern und das von Felix von Domnitz, dem Prokuristen.

Helene entdeckte ihren Vater, der an der Brüstung stand und auf sie hinunterblickte. »Da bist du ja, mein Kind. Alles Gute für deinen ersten Arbeitstag.«

»Danke, Papa«, rief sie ihm zu.

»Komm zu mir, ich stelle dir die wirklich wichtigen Leute hier im Betrieb vor.«

Greta schmunzelte. »Und ich dachte, das wäre Manni. Den hat sie schon kennengelernt.«

Alle Anwesenden lachten und Manni nickte ergeben. »Ja, macht euch nur alle lustig über mich. Wenn ich erst mal in Rente gehe, werdet ihr noch an mich denken.«

»Na, bis zu deinem Ruhestand hast du ja noch mindestens zwanzig Jahre«, erklärte Carl von Löwenstein, nahm Helene auf der Empore in Empfang und führte sie in sein Büro. »Bitte setz dich.« Er wies auf einen der schweren Sessel, die vor dem wuchtigen Holzschreibtisch standen, und nahm selbst dahinter Platz.

Helene blickte sich neugierig um. Es war sehr lange her, dass sie hier gewesen war, denn in die Speicherstadt konnte man nicht einfach so hineinspazieren, wie man wollte. Das war nicht der richtige Ort für ein Kind, aber nun war sie kein Kind mehr.

Ihr Vater betrachtete sie eingehend. Er trug einen dunklen dreiteiligen Anzug, mit einer Krawatte und einem weißen Hemd, so wie er jeden Tag zur Arbeit ging. Er war der geborene Unternehmerspross. Sein Vater hatte ihm nach seinem Tod das angesehene Kontor vermacht und seine Mutter hatte stets darauf geachtet, dass sein Ruf nicht beschädigt wurde, das hatte Helene von Greta erfahren.

Der Raum war mit gediegenen Möbeln ausgestattet. Schweres Holz, dunkel gebeizt. Der Stuhl war mit Leder bezogen, die Sessel vor dem Tisch waren ebenfalls aus dunkelbraunem Leder im Chesterfield-Stil. Er knarzte, als Helene sich setzte.

»Schon mein Vater und dein Urgroßvater haben auf diesem Stuhl gesessen«, begann Carl seinen Vortrag. »Sie haben dieses Unternehmen zu dem gemacht, was es heute ist und was du einmal erben wirst.« Er machte eine bedeutende Pause. »Ich bin überzeugt, dass du, meine liebe Helene, einmal diese Firma übernehmen wirst. Paul ist ein guter Junge, aber sein Herz schlägt nicht für das Kontor. Ja, es schlägt wohl für Gewürze, wenn sie in der Küche zu den Mahlzeiten gegeben werden, aber nicht für deren Vertrieb. Ich hoffe daher, dass du dir deiner Verantwortung bewusst bist. Deine Mutter und ich werden nicht ewig leben und eines Tages – ich hoffe, dieser Tag liegt noch in weiter Ferne – wirst du dich an diese Worte erinnern. Du bist eine starke und selbstbewusste junge Frau und ich bin mir sicher, dass du in der Lage sein wirst, hier das Ruder zu übernehmen. Es ist nicht üblich, dass ein Unternehmen an eine Frau geht, doch deine Mutter hat mich davon überzeugt, dass du es schaffen wirst, wenn du hart genug arbeitest und alles von der Pike auf lernst. Du bist deiner Mutter so ähnlich.« Er lächelte, verschränkte die Finger miteinander und legte sie auf der Tischplatte ab.

»Ich werde sehr fleißig sein, Vater«, versprach Helene und war sich dem Ernst dieses Gesprächs durchaus bewusst. »Ich werde das Erbe fortführen, das Paul und ich einmal erhalten werden. Auch wenn Paul vielleicht einen anderen Weg einschlagen wird, so ist es doch unser gemeinsames Erbe, und wer weiß, möglicherweise wird er seine Meinung noch einmal ändern und diese Firma in sein Herz schließen.«

»Für mich ist es wichtig, dass du sie in dein Herz schließt. Auf dir ruhen alle meine Hoffnungen. Und nun geh und mach dich mit allem vertraut und lerne, mein Kind.« Er erhob sich, trat um den Tisch herum und schloss Helene in die Arme.

»Danke, Papa. Ich werde dich nicht enttäuschen.« Helene blickte zu ihrem Vater auf, in seine blauen Augen, die ihren so ähnlich waren.

»Das weiß ich, Helene.« Er lächelte und sie war sicher, dass es niemals einen Mann geben würde, den sie so sehr lieben würde, wie ihren Vater. Mit ihm konnte es niemand aufnehmen, schon gar nicht ein gewisser Arzt, der sie in der Nacht in ihren Träumen begleitet hatte.

Man hatte Manni Weseke beauftragt, Helene durch die Lager zu führen. Sie war ganz trunken von der Vielzahl der Gewürze, die sie im Sortiment führten. Die Gerüche schienen sie förmlich zu erschlagen. Pfeffer, der in der Nase kitzelte, scharfer Chili, aromatisches Basilikum, herber Thymian, beruhigender Salbei. In jeder Ecke roch es anders. Ganz besonders interessant fand sie den sechsten Stock, wo über Winden die Säcke hinaufbefördert wurden, um deren Inhalt später zu veredeln. Hier herrschte ein reges Treiben. Männer riefen in hartem Ton Kommandos und Helene versuchte, nicht im Weg zu stehen.

»Sie werden sich schon an all das hier gewöhnen, Fräulein von Löwenstein.«

»Bitte nennen Sie mich ruhig Helene, ich bin ja noch nicht so alt«, bat sie mit einem Lächeln und beobachtete die

Arbeiter, wie sie die schweren Säcke schulterten, als würden sie nichts wiegen.

»Kommen Sie, Fräulein Helene, ich zeige Ihnen, wo wir die einzelnen Gewürzsorten lagern.« Er deutete die Richtung an und ließ sie vorgehen.

Als sie an einem jungen Mann vorbeiging, stieß dieser einen Pfiff aus.

»Hey, Sandberg, lass die Frau in Ruhe. Sie wird mal deine Chefin werden«, erklärte Manni im scharfen Ton.

»Wat? Diese Lütte? Ein Weibsbild hatte hier noch nie was zu melden«, rief Sandberg und schob sich die Schiebermütze aus der Stirn, während er sich mit dem Unterarm den Schweiß abwischte.

»Was nicht ist, kann ja noch werden. Sie werden sehen, die Zeiten ändern sich, Herr Sandberg«, erklärte Helene hoheitsvoll und wandte sich zum Gehen.

»Mein Name ist Lasse, Herr Sandberg ist mein Vater«, rief er ihr hinterher.

»Hören Sie nicht hin, Fräulein Helene. Einige Männer haben ein zu loses Mundwerk.« Wesecke bedeutete ihr weiterzugehen.

Helene lachte. »Glauben Sie nicht, ich lasse mich davon einschüchtern, Herr Manni. Ich weiß mich schon zu wehren.« Sie warf einen Blick über ihre Schulter und fing Lasses kecken Blick auf und sah ein strahlendes Lächeln auf seinem Gesicht.

Was für ein frecher Kerl.

Den Rest des Tages machte sich Helene mit den unterschiedlichsten Gewürzen vertraut. Es gab einige, deren Namen sie noch nie gehört hatte und von denen sie nicht einmal wusste, dass man sie als Gewürze verwendete. Was machte man wohl mit Pottasche oder Kurkuma? Manni hatte ihr ein Verzeichnis über alle Arten gegeben, die sie im Sortiment führten. Es waren mehr als zweihundert. Sie nahm sich vor, alle kennenzulernen und sie zu unterscheiden. Doch das war schwieriger als gedacht. Einige der Gewürze ähnelten sich ungemein, besonders die Salze. Und es gab welche, die brannten in der Nase, wenn man ihnen mit dem Gesicht zu nahe kam.

»Wie schaffen Sie es nur, alles auseinanderzuhalten?«, fragte Helene und schüttelte verzweifelt den Kopf.

»Mädchen, Sie sind gerade mal einen halben Tag hier. Es ist die Erfahrung, die das Wissen mit sich bringt. Sie werden es schon lernen, da habe ich keine Bedenken.« Manni lächelte ihr aufmunternd zu. »Sie haben keine Vorstellung, was ich am Anfang alles falsch gemacht habe. Zum Beispiel habe ich in den roten Pfeffer niesen müssen und er hat sich im ganzen Raum verteilt. Wir haben uns alle den ganzen Tag jucken müssen«, erzählte er mit einem Grinsen auf den Lippen.

»Oja! Daran kann ich mich noch sehr gut erinnern«, rief Frau Hubertus vom anderen Ende des Raums und kratzte über ihre Haut. Alle begannen zu lachen.

»Dann werde ich mich wohl vom roten Pfeffer fernhalten, das ist meine erste Lektion«, erklärte Helene und lachte mit.

Am Abend war Helene sehr müde. Sie konnte beim Abendessen kaum noch die Augen offen halten.

»Und, wie hat dir der erste Tag im Kontor gefallen, Schwesterherz?«, wollte Paul wissen und setzte sich ihr am Tisch gegenüber.

»Ich fand es wunderbar, auch wenn ich reichlich erschöpft bin«, gab sie zu.

»Arbeiten ist schon etwas anderes, als nur zur Schule zu gehen«, erklärte Paul altklug.

»Aber es ist wesentlich interessanter und die Zeit vergeht wie im Flug«, erklärte sie voller Eifer und war auf einmal gar nicht mehr müde.

»Ich wollte, ich könnte das auch sagen«, knurrte Paul.

Sie saßen am Esstisch zusammen, das Abendessen war bereits aufgetragen worden. Johanna hatte sich entschuldigt, weil sie eine Migräne plagte.

Carl blickte seinen Sohn streng an. »Wenn du dich mit ein wenig mehr Begeisterung an die Arbeit machen würdest, dann ginge die Zeit auch schneller um.«

Paul schob sich eine Kartoffel in den Mund, die er vorher in Bratensoße getunkt hatte. Er kaute schnell. »Ich bin mit Begeisterung dabei.«

»Bitte sprich nicht mit vollem Mund«, maßregelte ihn Greta.

»Tu ich doch gar nicht.« Er schluckte schnell. »Wie schmeckt euch die Soße? Ich habe Lina etwas von dem Selleriesalz mitgebracht, das wir geliefert bekommen haben. Ich finde, es verleiht der Soße eine zusätzliche Note. Und ja, Mutter, ich habe es am Zoll angemeldet.«

Helene grinste. Ihr Bruder war ihrer Mutter zuvorgekommen, sie hatte schon den Mund geöffnet, schloss ihn jetzt wieder und setzte eine zufriedene Miene auf.

»Ja, ich finde auch, dass die Soße besser schmeckt als üblich. Du solltest dir wirklich überlegen, ob du nicht als Koch arbeiten willst, Paul. Du verbringst mehr Zeit in der Küche als im Kontor.« Helene nickte zustimmend.

»Das kannst du nach einem Tag im Kontor beurteilen?«, fragte Carl neugierig und warf seiner Tochter einen fragenden Blick zu.

Helene lehnte sich schnaubend zurück. »Ach, Papa, wir wissen doch alle, dass es um Pauls Berufswunsch anders bestellt ist, als es in der Familie vorgesehen ist. Er ist ein kreativer Kopf und ich denke, die Arbeit im Kontor ist nicht das Richtige für ihn.«

Greta schnitt den Braten in kleine Stücke und tupfte eines davon in die Soße. Nachdem sie gekostet hatte, nickte sie anerkennend. »Nun, wenn wir dich schon in der Firma verlieren, dann wendest du dich zumindest etwas zu, von dem du wirklich Ahnung hast.«

»Es ist ja nicht so, dass ich mich ganz von den Gewürzen abwende. Ich liebe sie, aber eben nur dann, wenn ich mit ihnen kochen kann«, erklärte Paul, und Helene hatte das Gefühl, dass ihre Eltern ihm zum ersten Mal richtig zuhörten und sich dafür interessierten, was ihr Bruder wollte.

»Aber Kochen? Ist das nicht nur etwas für Frauen?«, hakte Greta nach.

»Seit wann bist du so altmodisch in deinen Ansichten, Mama? Ich habe dich immer für eine moderne Frau gehalten. Du hast selbst in Großvaters Laden gearbeitet, als es für Frauen nicht schicklich war, das hast du mir selbst immer wieder erzählt.« Helene sah ihre Mutter überrascht an. So etwas passte gar nicht zu ihr.

Resigniert legte Greta ihr Besteck auf dem Teller ab. »Du hast ja recht. Es ist nur, man will für seine Kinder immer das Beste, und Kinder wissen nun mal nicht, was das Beste für sie ist, weil ihnen die Erfahrungen fehlen.«

»Aber wir können aus unseren Fehlern lernen«, warf Paul ein.

»Man möchte seine Kinder jedoch vor diesen Fehlern und Enttäuschungen bewahren, so ist das nun mal.« Carl hatte die ganze Zeit zugehört, legte seine Hand auf die von Greta und drückte sie. »Wir sollten den Kindern vielleicht ein wenig Freiheiten lassen, meine Liebe.«

Greta lächelte und berührte ihr Haar, das akkurat in Wasserwellen gelegt war. Dann tastete sie nervös nach ihrer Perlenkette, die sie um den Hals trug. »Sie sind zu schnell erwachsen geworden und ich wünschte, sie müssten nicht in Zeiten wie diesen aufwachsen. Alle reden von Krieg, das würde ich unseren Kindern gerne ersparen. Du und ich wissen, was Krieg bedeutet.« Sie sah ihn vielsagend an.

Carl nickte bedeutungsvoll. »Ja, das wissen wir. Aber auch wir werden das Rad der Zeit nicht aufhalten können und müssen uns fügen, ob wir wollen oder nicht. Dann liegt es nun wohl an Helene, die Frau zu werden, die das Unternehmen in die nächste Generation führt.« Er sagte es so überraschend, als hätte er nicht schon längst mit ihr darüber gesprochen.

»Und du meinst, Helene wird das meistern?« Ihre Mutter schien nicht überzeugt davon.

»Sie ist die Tochter ihrer Mutter. Wenn ich sie ansehe, sehe ich dich vor vielen Jahren, als wir uns kennenlernten und du mir erklärt hast, dass eine Frau einen eigenen Beruf braucht.« Er lächelte sie liebevoll an und Greta schloss ergeben die Augen.

»Du hast ja recht. Dann sollten wir auf die nächste Generation trinken.« Greta erhob ihr Weinglas und alle anderen taten es ihr gleich, auch wenn die Gläser von Helene und Paul nur Limonade enthielten, stießen sie auf die Zukunft an. Was auch immer diese bringen würde.

Kapitel 6

Es verstand sich von selbst, dass Gideon bei Carl von Löwenstein um Erlaubnis bat, seine Tochter am Sonntagabend ins Kino ausführen zu dürfen. Er rief im Kontor an und atmete erleichtert aus, als er Helenes Vater sofort an den Apparat bekam.

»Ich hoffe, Sie hegen ehrbare Absichten?«, fragte von Löwenstein in strengem Ton.

»Natürlich, Herr von Löwenstein. Ich habe Helene einen Kinoabend versprochen und würde gerne mein Wort halten. Ich weiß, sie ist noch sehr jung, ich werde auf sie achten, als wäre sie meine Schwester«, versprach er.

Er hörte von Löwensteins lautlose Zweifel und fragte sich, wie er diese zerstreuen könnte.

»Ich verbürge mich mit meinem Ehrenwort, Herr von Löwenstein. Helene ist die Nichte meines Vorgesetzten. Ich weiß um die Brisanz. Sie können sich auf mich verlassen. Mein Vater, Professor von Hohenfels, hat mich gelehrt, wie sich ein Ehrenmann zu verhalten hat.«

Er brachte nicht gerne den Namen seines toten Vaters ins Spiel, doch von Löwenstein war nicht einfach zu überzeugen.

»Nun gut, wenn Helene einverstanden ist, habe ich nichts dagegen«, stimmte er letztendlich zu.

»Ich danke Ihnen für Ihr Vertrauen.« Dann ließ er sich mit Helene verbinden und sie vereinbarten eine Uhrzeit. Er würde sie um neunzehn Uhr in der Villa am Harvestehuder Weg abholen.

Am Sonntagmorgen hatte er noch eine Verabredung, die er nicht hatte verschieben können, also machte er sich auf den Weg zur Binnenalster, wo das Treffen stattfinden sollte.

Er nahm im Eiscafé Platz, bestellte eine Tasse Kaffee und wartete. Nach einer Viertelstunde setzte sich ein Mann zu ihm, legte die Sonntagszeitung auf dem Tisch ab und verlangte ebenfalls einen Kaffee. Er trug einen schwarzen Mantel und Hut, was nicht gerade unauffällig aussah.

»Wie sieht es aus, von Hohenfels?«, fragte er, während er sich eine Zigarette ansteckte und Gideon ebenfalls eine anbot.

»Ich habe den Kontakt hergestellt. Heute Abend treffe ich mich mit der Tochter des Hauses«, erklärte er leise. Sie saßen abseits, die Tische um sie herum waren nicht besetzt. Zu dieser frühen Stunde waren nur wenige Familien hier, die Kaffee tranken oder ihren Kindern ein Eis spendierten.

»Ich will nach jedem Treffen einen Bericht. Wir müssen herausfinden, ob dieser Jude das Land wirklich verlassen hat.«

»Finden Sie das nicht ein wenig viel Aufwand, um Stövers Loyalität zu überprüfen?«

Der Mann hob die Schultern. »Dafür ist die Gestapo zuständig. Wir sind die Überwacher der Überwacher. Sei deinen Freunden nah, aber deinen Feinden noch näher. Wir wissen nicht, auf welcher Seite Sturmbannführer Stöver steht. Immerhin ist er von einem Juden großgezogen worden. Das ist ein Makel auf seiner weißen Weste. Er ist für einen wichtigen

Posten vorgesehen und wir wollen sichergehen, dass wir uns keine Laus ins Fell setzen.«

Das klang plausibel.

»Warum haben Sie gerade mich für diese Aufgabe ausgesucht?«

Der zweite Kaffee wurde gebracht und man wartete, bis der Kellner den Tisch wieder verlassen hatte.

»Nun, Sie kennen Stöver bereits eine ganze Weile. Ich denke, Sie wollen sich Ihre Sporen verdienen. Wir haben Großes mit Ihnen vor, von Hohenfels. Wenn Sie diese Aufgabe zu unserer Zufriedenheit erledigen, wird Ihnen ein Posten als Militärarzt offenstehen. Wir beabsichtigen, ein Außenlager von Sachsenhausen zu errichten. Neuengamme liegt in der Nähe, eine stillgelegte Ziegelei, die dazu umgebaut werden soll. Wir brauchen einen ärztlichen Leiter.« Er sah Gideon mit hochgezogenen Augenbrauen an.

»Sie meinen, ich käme für diesen Posten in Betracht?«

»Ich beabsichtige, das Konzentrationslager zu einer großen Wirkstätte auszubauen, und Sie sind mein Mann. Wir werden etwas Großes vollbringen. Doch zuerst beschaffen Sie mir Informationen über Stöver.«

Der Mann trank seinen Kaffee aus und erhob sich. »Ich erwarte Ihren Bericht, von Hohenfels.«

»Natürlich, Herr Graf von Eltz.« Gideon erhob sich und verabschiedete sich mit einem Heil Hitler von dem Chef der Gestapo der Unterabteilung A Inspektion acht, die für die Verfolgung von Straftaten von Mitgliedern der NS-Organisation zuständig war.

Gideon mochte von Eltz nicht. Er war ein unangenehmer Zeitgenosse, hatte aber gute Verbindungen. Er war ein

Duzfreund von Reichsführer-SS Heinrich Himmler und mit Reinhard Heydrich, Chef der Sicherheitspolizei, bekannt. Vor von Eltz sollte man sich in Acht nehmen und ihn sich nicht zum Feind machen. Er fragte sich, was Stöver getan hatte, dass er auf von Eltz' Radar geraten war?

Helene war aufgeregt. Was sollte sie bloß anziehen? Sie war noch nie zu einer Verabredung gegangen und wusste nicht, was angemessen war. Das neue Kleid, das sie auf der Feier zu ihrem Schulabschluss getragen hatte? Nein, es war vermutlich viel zu fein. O Gott, sie würde sich blamieren. Sie sollte diese Verabredung absagen, das wäre der einfachste Weg. Ein Klopfen an der Tür ließ sie herumfahren und den Schrank mit ihren Kleidern wieder schließen.

»Ja, bitte.«

Die Tür öffnete sich und ihre Mutter betrat ihr Zimmer. »Du siehst aus, als könntest du das hier gebrauchen.«

Sie trug einen Karton unter dem Arm und drückte ihn Helene in die Hände.

»Was ist das?«

»Schau nach, dann weißt du es.« Ihre Mutter lächelte vielsagend.

Helene legte den Karton auf ihr Bett und hob vorsichtig den Deckel. Zum Vorschein kam ein flaschengrünes Kleid aus Pannesamt mit halblangen Ärmeln. Der Ausschnitt war mit dunkelgrüner Seide belegt, ebenso der Abschluss der Ärmel und der Saum des Rocks. Dazu gehörten ein weißer Gürtel und eine ungefütterte Jacke.

»O Mama, das ist wunderschön. Eine traumhafte Farbe. Ist das für mich?«

»Natürlich. Ich denke, du solltest bei deiner ersten Verabredung ein neues Kleid tragen.« Sie sah Helene stolz an.

»Hat Papa dir davon erzählt? Natürlich hat er das, woher solltest du es sonst wissen?« Sie schlug sich gegen die Stirn. Was für eine dumme Frage.

»Gefällt dir von Hohenfels?«

»Mama! Er hat mich lediglich ins Kino eingeladen. Und ich freue mich, dass ich ausgehen darf. Es hat nichts mit Herrn von Hohenfels zu tun. Er ist doch viel zu alt für mich.«

Greta hob die Schultern. »Wir wissen nicht, was dieser Mann für Absichten hat. Du musst vorsichtig sein, hörst du.«

»Aber das bin ich doch, Mama. Warum schenkst du mir ein Kleid, wenn du Bedenken hast?«

»Weil ich will, dass meine Tochter die schönste Frau des Abends ist. Man weiß nie, wer einem über den Weg läuft. Du bist schließlich Helene von Löwenstein, nicht irgendein kleines Fräulein.«

Helene lachte. Ihre Mutter war immer so selbstbewusst. Sie wünschte, sie hätte mehr von ihr.

»Im Karton findest du auch die passenden Schuhe und ein paar neue Strümpfe.«

Helene umarmte ihre Mutter und küsste ihre Wange. »Danke, Mama. Ich glaube, es wird ein sehr schöner Abend.«

»Amüsier dich, mein Mädchen.« Greta verließ mit einem Lächeln das Zimmer.

Helene wartete ungeduldig im Salon, als sie hörte, wie ein Wagen in der Auffahrt hielt. Sie musste sich zwingen, nicht sofort zur Tür zu laufen, sondern darauf warten, dass Margot den Besuch anmeldete.

»Ich komme sofort, Margot.« Sie nahm ihre Handtasche und trat in den Flur, wo Gideon von Hohenfels auf sie wartete. Zu ihrer Überraschung stellte sie fest, dass er einen feinen Anzug trug und keine Uniform.

»Fräulein Helene.« Er nahm ihre Hand und deutete einen Handkuss an.

»Wollen wir los?«, fragte Helene ungeduldig, weil sie wusste, dass bestimmt irgendwo ihre Eltern hinter einer Tür lauschten.

Er bot ihr seinen Arm an und gemeinsam verließen sie das Haus.

»Sie haben ein schönes Auto«, erklärte Helene, als Gideon ihr die Wagentür aufhielt und sich anschließend neben ihr niederließ.

»Vielen Dank. Können Sie Auto fahren?« Er startete den Wagen und fuhr der Ausfahrt entgegen, dann auf die Straße Richtung Innenstadt.

»Ich? Wo denken Sie hin. Ich habe gerade die Frauenoberschule beendet, mein Leben fängt gerade erst an. Welchen Film werden wir uns ansehen?«

»Ich dachte an *Es leuchten die Sterne*. Der Film wird hochgelobt. Sie mögen doch sicherlich Revuefilme?«

»Ist das dieser Film mit La Jana? Sie ist eine wunderschöne Schauspielerin. Ich habe noch keine schönere Frau gesehen.«

Gideon sah sie kurz von der Seite an. »Ich schon«, antwortete er vielsagend und richtete dann seine Aufmerksamkeit wieder auf die Straße.

»Dann haben Sie wohl viele Frauenbekanntschaften«, rutschte es Helene heraus und bereute im nächsten Augenblick ihre achtlos gewählten Worte.

»Wo denken Sie hin? Ich spreche von der jungen Dame, die gerade neben mir sitzt.«

Helene lachte auf. »Glauben Sie, dass ich auf dieses Kompliment hereinfalle?« Sie schüttelte den Kopf, konnte aber trotzdem nicht verhindern, dass ihre Wangen rot wurden.

»Sie bekommen wohl nicht oft Komplimente?«

»Warum glauben Sie das?«

»Weil Sie nicht damit umgehen können«, gab er ehrlich zu.

Helene warf ihm einen kurzen Blick zu, sagte aber nichts dazu. Sie wollte nicht zugeben, dass dies ihre erste Verabredung ihres Lebens war.

»Wohin fahren wir?« Sie fuhren schon eine Weile und Helene hatte neugierig aus dem Fenster geschaut. Sie fuhren in Richtung Uhlenhorst.

»Ich dachte, wir probieren den Olympia Palast aus. Ich war dort noch nicht. Haben Sie es schon besucht?«

Sie schüttelte den Kopf. »Nein, ich gehe nicht oft ins Kino. Dafür hat mir bisher die Zeit gefehlt.«

»Und ich dachte, Kino wäre der neue Zeitvertreib der jungen Leute.« Er lächelte.

»Nun, ich bin eben nicht wie alle anderen in meinem Alter«, sagte sie frei heraus.

»Stört es Sie eigentlich, Helene, dass ich elf Jahre älter bin als Sie?« Er sah sie wieder kurz an.

»Woher wissen Sie, wie alt ich bin?«

Er lachte wieder dieses charmante Lachen. »Ich gebe es zu, ich habe Ihren Onkel gefragt.«

»Dann wissen Sie sicherlich auch, dass mein Großvater Jude ist.« Sie blickte ihn aufmerksam an. »Ich weiß nicht, wie Sie dazu stehen.«

Er nickte, ohne sie anzusehen. »Aber nur Ihr Großvater ist jüdischer Abstammung. Ihre übrigen Großeltern waren Christen, soweit ich weiß.«

»Sie scheinen meinen Onkel wirklich über mich ausgefragt zu haben. Ich hoffe, Sie kommen nicht in Schwierigkeiten, wenn Sie mit mir ausgehen.«

»Nicht, was Ihre Herkunft betrifft«, murmelte er und parkte den Wagen am Straßenrand.

»Zwei Mal Loge, bitte.« Gideon kaufte die Karten an der Kasse und zusammen betraten sie das Gebäude. Es wimmelte hier von Leuten, die sich auf gleich mehrere Kinosäle verteilten. Ihr Film wurde im großen Hauptkino gezeigt. Ihre Sitzplätze befanden sich im oberen Bereich, den man über eine große Treppe von der Haupthalle aus betreten musste. Die Logen bestanden aus jeweils einer Bank, die in einem Halbrund um einen kleinen Tisch angeordnet war. Es gab hohe Rückenlehnen und Sichtschutz zum Nebentisch, was dem Ganzen eine intime Atmosphäre verlieh.

»Das ist ja hübsch«, erklärte Helene und setzte sich. Der Blick auf die Leinwand war hervorragend.

»Darf ich Ihnen etwas zu trinken holen?«, bot Gideon an.

»Eine Sinalco wäre wunderbar.«

Er nickte und machte sich auf den Weg in die Halle, kehrte wenig später mit zwei Limonadenflaschen zurück. »Ich habe uns auch etwas zu knabbern besorgt, falls wir uns langweilen.«

Er legte eine Packung Studentenfutter auf dem kleinen Tisch ab.

»Das will ich doch nicht hoffen, dass wir uns langweilen«, erklärte Helene und steckte sich eine Rosine in den Mund.

Die Bank bot nicht gerade viel Spielraum und als sie nebeneinandersaßen, berührten sich ihre Knie, Helene konnte seine Wärme durch den Stoff spüren. Es war ihr nicht unangenehm. Er war ein schöner Mann, doch Helene wurde nicht ganz schlau aus ihm. Was wollte er von ihr?

»Warum haben Sie mich eingeladen, Gideon?«, fragte sie daher frei heraus und blickte ihn eindringlich an. Sie griff zu der kleinen Flasche und trank schnell einen Schluck Limonade, um ihre Unsicherheit zu überspielen, denn Gideon schien darauf keine Antwort zu wissen. Er folgte mit seinem Blick ihrer Zunge, mit der sie sich über die Lippen fuhr.

Er blinzelte.

»Verzeihung, wie war Ihre Frage?«

Hatte er ihre Frage absichtlich überhört? Langweilte sie ihn etwa?

Das Licht begann zu flackern und erlosch dann gänzlich. Dafür fuhr der rote Vorhang auseinander und gab den Blick auf die Leinwand frei.

Die Gespräche um sie herum verstummten als der Vorspann zur Wochenschau begann.

»Warum haben Sie mich eingeladen?«, wiederholte Helene und beugte sich zu ihm hinüber, damit er sie verstehen konnte. Im Schein der Leinwand sah sein Profil noch interessanter aus.

»Weil ich einen Abend in angenehmer Gesellschaft verbringen wollte. Diese Abende gab es in letzter Zeit viel zu selten für mich«, erklärte er ihr nun unverblümt.

»Warum?«

Der Ton der Wochenschau wurde lauter, sodass man sich kaum unterhalten konnte. Gideon legte einen Arm auf die

Rückenlehne und rückte ein Stück näher. »Ich war für einige Monate in Berlin, doch nun haben mich meine Aufgaben zurück nach Hamburg gebracht.«

»Dann bleiben Sie also hier in der Stadt?«

Er nickte. »Ja, schließlich ist das hier meine Heimatstadt. Sagen Sie, waren Sie schon in Berlin?«

Sie schüttelte bedauernd den Kopf. »Nein, ich war in München, als mein Onkel vereidigt wurde. Aber damals war ich noch ein Kind und kann mich kaum noch erinnern.«

»Wenn Sie meine ... ich denke, Sie sollten die ganze Welt sehen.« Er räusperte sich und blickte zur Leinwand, auf der gerade in einem Ausschnitt gezeigt wurde, dass Österreich bei einer Volksabstimmung zu neunundneunzig Prozent für den Anschluss an Deutschland gestimmt hatte.

»Ich habe Wichtigeres zu erledigen, als durch die Welt zu tingeln. Außerdem sind die Zeiten im Augenblick zu ungewiss, um lange Reisen zu planen.«

Mittlerweile sah man den Vorspann des Filmes und Musik ertönte – die Ouvertüre zum Film.

»Erzählen Sie mir mehr davon, was sind Ihre Pläne?«, forderte er sie auf.

»Ich arbeite im Kontor meiner Eltern, weil ich es später einmal übernehmen werde.«

»Sie?«

»Ja, ich werde die Nachfolgerin meines Vaters. Meinem Bruder ist nicht daran gelegen, aber mir. Ich denke, ich werde diese Herausforderung meistern können. Natürlich stehe ich noch ganz am Anfang, Sie haben gar keine Vorstellung, die Welt der Gewürze ist eine ganz wunderbare. Mit den exotischen Düften reise ich durch die Welt. Der Zauber der Farben trägt mich in ferne Länder und ihre Vielfalt eröffnet mir ganz neue Sinne.«

Gideon blickte sie an, als hätte sie den Verstand verloren. Sie begann leise zu kichern. »Es tut mir leid. Ich glaube, meine Fantasie ist mit mir durchgegangen.« Er musste sie für ein dummes Mädchen halten und das war ihr nun peinlich.

»Nein, es war ... wunderschön, was Sie gesagt haben.« Er blickte sie an und ihre Köpfe waren nur wenige Zentimeter voneinander getrennt. Wenn er den Kopf nur ein wenig näher brachte, würden ihre Lippen sich begegnen. Jeder verharrte auf der Stelle, keiner wagte, sich als Erster zu bewegen. Nur ihre Blicke schienen miteinander zu verschmelzen. Ein Paukenschlag ließ diesen zauberhaften Augenblick platzen, wie einen aufgeblasenen Fesselballon. Helene zuckte zusammen und richtete ihre Aufmerksamkeit auf die Leinwand, wo Carla Rust davon träumte, Schauspielerin zu werden. Als Helene nach dem Studentenfutter griff, tat es Gideon auch und im Dunkeln des Kinosaals berührten sich ihre Finger. Erschrocken zuckte Helene zurück.

»Verzeihung«, murmelte Gideon, nahm eine Nuss und steckte sie Helene lächelnd in den Mund. »Das war Ihre Nuss.«

Kapitel 7

Zusammen mit den anderen Besuchern strömten sie aus dem Lichtspielhaus.

»Wie hat es Ihnen gefallen?«, wollte Gideon wissen. Wenn er ehrlich war, hatte er wenig von diesem Film mitbekommen. Seine Aufmerksamkeit war die meiste Zeit auf Helene gerichtet. Es war ihm eine Freude, sie dabei zu beobachten, wie sie sich an dem Film erfreute, die Musik genoss und mit den Protagonisten litt, bis am Ende alles gut ausging.

»Oh, ich fand den Film ganz wunderbar. Die Musik war so berauschend. Finden Sie nicht auch?« Sie hatte sich bei ihm untergehakt. Der Abend war mild, obwohl es zwischenzeitlich geregnet hatte.

»Ich mag den Frühlingsregen. Finden Sie nicht auch, dass er ganz wunderbar riecht, nach frischem Gras und leuchtenden Blumen, so als stünde der Sommer bereits vor der Tür.« Sie strahlte über das ganze Gesicht.

»Ich denke, Sie sollten öfter ausgehen«, erklärte er und sie hielten am Wagen an.

»Warum?«

»Weil ich es mag, wie ausgelassen Sie sind. Wollen wir vielleicht noch ein Gläschen trinken? Ganz in der Nähe gibt es ein Lokal.«

»In der Nähe?«

»Ja, nur um die Ecke. Dort können wir ein Glas Wein trinken und wenn Sie möchten, vielleicht auch ein Tänzchen wagen. Tanzen Sie, Helene?«

»Ich habe die Frauenoberschule besucht. Natürlich kann ich tanzen«, erklärte Helene und hob ihr Kinn ein wenig in die Höhe. »Dort lernt man nicht nur kochen und backen, sondern auch, wie man an der Seite eines Mannes eine gute Figur macht.«

»Gut, dann kommen Sie.« Er nahm ihren Arm und gemeinsam liefen sie einer Gruppe von jungen Leuten hinterher, die wohl das gleiche Ziel hatten.

Glanz und Gloria stand in goldenen Lettern über dem Eingang. Man hielt ihnen die Tür auf und Gideon betrat zuerst das Lokal, um ihr die Tür aufzuhalten. Es war erstaunlich voll.

»Ob wir hier noch einen Tisch bekommen?«, fragte Helene unsicher.

»Natürlich. Warten Sie einen Moment.« Gideon schlug sich zur Bar durch, sprach kurz mit dem Oberkellner und kam dann zurück. »Im hinteren Bereich wird gerade ein Tisch für uns frei«, erklärte er mit einem breiten Grinsen im Gesicht und nahm ihre Hand in seine. »Bleiben Sie dicht hinter mir.« Er lotste sie durch die Menge an Leuten, die sich laut unterhielten oder tanzten. Der Barkeeper räumte gerade benutzte Gläser von einem Tisch, als jemand sich setzen wollte, doch er schickte die jungen Leute wieder weg, winkte Gideon zu. »Da ist unser Tisch«, verkündete er gut gelaunt.

»Was wollt ihr trinken?«, fragte der Kellner und sah Helene an.

»Eine Limo«, antwortete sie zögerlich. Etwas anderes fiel ihr nicht ein. Sie war noch nie in einem Lokal gewesen.

»Wir nehmen zwei Gläser Sekt«, erklärte Gideon indes und sah sie fragend an.

Langsam nickte Helene. »Sie wollen mich doch nicht betrunken machen?«, hakte sie vorsichtig nach.

Gideon schüttelte lachend den Kopf. »Wo denken Sie hin, liebe Helene. Gegen ein Glas wird Ihr werter Vater nichts einzuwenden haben.«

»Nein, ich denke nicht.« Sie musste laut sprechen, weil der Geräuschpegel der Gespräche und der Musik so hoch war. »Oh, hören Sie, es wird das Lied aus dem Film gespielt«, rief sie begeistert.

»Wollen wir einen Tanz wagen?« Er hielt ihr die Hand hin.

Ohne lange zu zögern, erhob sie sich und ließ sich von Gideon auf die kleine Tanzfläche führen, wo sich bereits andere Paare zu der Musik bewegten. Gideon hielt sie locker in den Armen, führte aber mit sicheren Bewegungen. Er war ein guter Tänzer, so wie sie vermutet hatte. Auch Helene schlug sich wacker und schmiegte sich in seine Arme. Die Melodie lud zum Träumen ein. Es fühlte sich herrlich an, mit Gideon über die Tanzfläche zu schweben. Er war routiniert und sympathisch, in seiner Gegenwart fiel es ihr nicht schwer, sich wohlzufühlen.

»Sie sind eine ausgezeichnete Tänzerin«, lobte er und blickte zu ihr hinunter.

Die Welt schien für einen kurzen Moment stillzustehen. Seine grauen Augen blickten bis tief in ihre Seele. Die Musik spielte weiter, doch sie beide bewegten sich nicht mehr, standen sich nah gegenüber und sahen sich nur an.

»Wollen wir uns wieder setzen?«, fragte Gideon nach einer Weile.

Helene erwachte wie aus einer Trance, sah sich verblüfft um. »Ja, gern.« Sie lächelte verlegen.

Er führte sie zurück an den Tisch und Helene trank schnell einen Schluck Sekt, der dort auf sie wartete. Einen sehr großen Schluck.

»Das ist ein so schöner Abend! Ich bin Ihnen sehr dankbar, Gideon. Ich habe das Gefühl, in diesem Augenblick endlich einmal zu leben. Fast erscheint es mir, als hätte ich mein Leben bislang im Tiefschlaf verbracht.«

»Nein, das kommt Ihnen nur so vor.« Er bedachte sie mit einem liebevollen Blick.

»Wollen wir noch einmal tanzen, bevor ich nach Hause muss?«, fragte sie und sah sehnsüchtig zu der Tanzfläche hinüber.

»Mit dem größten Vergnügen, kommen Sie.« Er ergriff ihre Hand. Sobald sie auf der Tanzfläche ankamen, wechselte das Tempo der Musik und es wurde ein langsames Stück gespielt.

»Oh!« Helene blickte sich unsicher um. Die Paare um sie herum lagen sich sofort in den Armen, bewegten sich bedächtig zur Musik.

Ohne etwas zu sagen, zog Gideon sie näher an sich. Ganz automatisch legte Helene ihre Arme um seinen Nacken und ergab sich dem Rhythmus der Musik. Sie nahm seinen Duft wahr. Er roch nach herber Pampelmuse, einer Note von Lavendel und Leder. Für Helene roch er unwiderstehlich. Sie schloss die Augen und wünschte, sie könnte ewig so tanzen und in seinen Armen liegen.

Plötzlich kam Bewegung in die Menge, die Tür am Eingang stand offen und Männer in braunen Uniformen strömten herein, mit Schlagstöcken in den Händen.

»So leid es mir tut, aber wir sollten diesen Tanz abbrechen. Kommen Sie, wir nehmen den Hinterausgang.« Gideon packte sie unsanft am Arm, schob sie Richtung Tisch, damit Helene ihre Handtasche holen konnte, und dann zu den Toiletten, wo sich die Tür zum Hinterausgang befand.

Helene hörte, wie Gläser zu Bruch gingen, Frauen schrien.

»Kommen Sie schnell, Helene.«

Sie liefen die dunkle Gasse entlang, ihre Schritte hallten laut von den Wänden der umliegenden Häuser wider. Er hielt ihre Hand ganz fest in seiner, als würde er sie für nichts in der Welt loslassen wollen.

Sie bogen zwei Mal links ab, und plötzlich standen sie vor Gideons Wagen. Er schloss auf, sie stiegen ein und fuhren so schnell es ging davon.

»Himmel! Das war knapp!«, rief Helene und begann zu kichern.

Gideon lachte ebenfalls auf. »Ja, das war es«, bestätigte er.

»Was war denn los?«

»Das Lokal steht auf dem Index, weil dort nicht nur deutsche Musik gespielt wird. Die SA macht ab und zu Kontrollbesuche.«

»Das darf mein Vater auf keinen Fall erfahren. Er würde mich sonst nie wieder ausgehen lassen und meine Mutter schon gar nicht.« Helene sah ihn von der Seite an.

Stille breitete sich zwischen ihnen aus, die nur von dem Rattern des Motors unterbrochen wurde. Helene warf ihm einen Seitenblick zu, als er bremste und den Wagen am Straßenrand anhielt. Er beugte sich zu ihr hinüber und drehte mit einem Finger am Kinn ihren Kopf in seine Richtung. »Was sagen Sie? Wollen wir beide ein weiteres Geheimnis teilen?«, flüsterte er und sah sie wieder intensiv an.

Helene hatte Angst, dass ihr die Stimme versagte, daher nickte sie nur.

»Nun denn ...« Er beugte sich zu ihr und berührte ihre Lippen mit den seinen.

Sie schloss die Augen, um sich ganz diesem Moment hinzugeben. Sein Mund fühlte sich kühl auf ihrem an. Er übte keinen Druck aus, bedrängte sie nicht, sondern küsste einfach nur sachte ihre Lippen. Bevor sie länger darüber nachdenken konnte, hob er seinen Kopf und blickte sie verlangend an. »Das habe ich schon den ganzen Abend über tun wollen. Sie schmecken wundervoll. Ich muss mich zwingen, Sie nach Hause zu fahren, sonst wird Ihr Vater mir niemals erlauben, Sie erneut auszuführen.«

»Wollen Sie das denn, Gideon?«, fragte sie vorsichtig nach.

»Gehen Sie mit mir essen. Nächsten Samstag«, forderte er sie auf.

»Nun, ich weiß noch nicht genau, ob ich dann frei bin«, erwiderte Helene kokett.

Gideon legte den Gang ein und fuhr weiter. Es war nicht mehr viel Verkehr auf den Straßen. Gideon dachte wohl einen Moment über ihre Worte nach. Hatte sie ihn verärgert? Plötzlich sagte er mit einem Schmunzeln auf den Lippen. »Wissen Sie, Helene, ich glaube, Sie werden es einrichten können und Zeit für mich haben.«

Kapitel 8

»Bockshornklee? Was ist das für ein Gewürz? Den Namen habe ich noch nie gehört?« Helene blickte auf ein kleines Tütchen in ihrer Hand. Sie war zusammen mit Manni Weseke ins Lager gegangen, um Lieferungen, die nur aus kleinen Mengen bestanden, den Regalen zuzuordnen.

»Es stammt aus dem Mittelmeerraum und wächst krautig, in etwa wie Klee. Es wird meist für Currymischungen benötigt, zählt jedoch zu den Hülsenfrüchten. Ein Geheimtipp, wenn Sie mich fragen, Fräulein Helene.«

»Warum haben wir es nicht in Pulverform, sondern als Samen?« Sie suchte in den Regalen vergeblich nach dem Pulver.

»Wir bekommen nur Samen geliefert, weil es so länger haltbar ist. Das Pulver verdirbt nach einem halben Jahr, die kleinen Bohnen sind bis zu drei Jahre haltbar.«

Helene stöhnte auf. »Woher Sie das alles wissen. Ich werde mir niemals alles merken können.« Sie schlug ein kleines Notizbuch auf, in dem sie sich wichtige Dinge notierte.

»Das werden Sie auch alles lernen. So schwer ist das nicht. Im Büro haben wir ausreichend Fachbücher, darin können Sie alles zu den einzelnen Gewürzen nachschlagen, die wir im Sortiment haben. Ich werde sie Ihnen später zeigen.«

»Das ist sehr freundlich, Herr Manni.«

»Ich bin kurz im Postamt, um diese Bestellung hier auf-
zugeben, sie muss heute noch raus«, sagte er und machte sich auf den Weg, mit einem großen Paket unter dem
Arm.

»Ich räume die Bestellungen weiter ein«, rief sie ihm hinterher und machte sich an die Arbeit.

Es fiel ihr einigermaßen schwer, sich darauf zu konzen-
trieren. Der Kuss mit Gideon wollte ihr einfach nicht aus dem
Kopf gehen. Wie wundervoll er sich angefühlt hatte. Helene
kam nicht umhin, andauernd zu lächeln. Vermutlich sah man
ihr an, dass sie endlich geküsst worden war. Die Welt konnte
sich doch nicht einfach so weiterdrehen, als wäre nichts geschehen. Ob er sie noch einmal küssen würde? Ihre Gedanken kreisten nur noch um diesen Moment, dabei war das Wochenende noch weit entfernt.

»Safran«, murmelte sie vor sich hin. Sie wusste, dass diese
Fäden wertvoll waren, weil sie zu den teuersten Gewürzen gehörten, die gehandelt wurden. Das hatte ihr Vater ihr beige-
bracht, als sie noch ein kleines Kind war.

»Und wie hat Ihnen der Film gefallen, gnädiges Fräulein?«

Erschrocken fuhr Helene herum und ließ die kleine Dose
fallen. Sie sah ihr hinterher, wie sie unter eines der Regale
rollte.

»Entschuldigung, ich wollte Sie nicht erschrecken.« Der
junge Mann grinste und ging vor ihr auf die Knie, um nach
der Dose zu suchen. Kam kurze Zeit später wieder auf die
Beine.

»Sie sind Lasse Sandberg, nicht wahr? Woher wissen Sie
von dem Film?« Helene hatte sich den Namen des jungen
Manns gemerkt, als er kürzlich mit ihr gesprochen hatte.

»Ich war auch im Kino, mit meiner Schwester. Ina Sand-berg, Sie waren mit ihr zusammen in der Schule.«

Bei dem Namen Ina Sandberg klingelte etwas bei Helene. »Ina Sandberg ist Ihre Schwester?« Sie konnte es fast nicht glauben.

»Ja, so ist es, auch wenn sie es gerne abstreitet.« Er grinste breit. »Sie waren früher öfter bei uns zu Hause.«

Helene konnte sich nur dunkel an den Jungen erinnern, der nur am Wochenende zu Hause war, weil er zum Reichsarbeits-dienst abkommandiert war.

»Ja, ich erinnere mich dunkel. Sie haben Ina immer an den Zöpfen gezogen.«

Er lachte auf. »Ja, ich fühle mich noch heute schuldig.«

»Wie geht es ihr? Ich habe sie seit dem Schulabschluss nicht mehr gesehen.«

»Sie arbeitet als Krankenschwester im Hospital.«

Ja, das passte zu ihr. Sie war schon immer ein sehr freund-licher und hilfsbereiter Mensch gewesen.

»Bestellen Sie Ihrer Schwester bitte meine besten Grüße und wir müssen uns mal wieder treffen.«

»Wir beide?«, fragte er und trat einen Schritt näher. »Oder sind Sie schon an diesen älteren Mann vergeben, mit dem Sie im Kino waren?« Er schob seine Mütze aus dem Gesicht.

»Sie sind ganz schön unverschämt, Herr Sandberg. Ich wüsste nicht, was Sie das angeht.«

Er grinste wieder, was Helene ziemlich anmaßend fand, sie kam sich wie ein kleines Mädchen vor, dabei war er gerade mal fünf Jahre älter als sie.

»Darf ich Sie wohl nächsten Sonntag in den Zoo einla-den?«, fragte er ganz direkt.

Schritte näherten sich.

»Schnell.« Unruhig blickte er zur Tür, durch die jeden Augenblick jemand kam.

»Ich lade Sie zu einem Zoobesuch ein und danach auf ein Eis. Ja oder nein?«

»Ja«, wisperte Helene.

»Dann treffen wir uns am Alsterpavillon. Um drei Uhr.« Er reichte ihr die Dose mit den Safranfäden und war verschwunden.

»Und, sind Sie fertig, gnädiges Fräulein?« Manni Weseke kam von der Poststation zurück, die sich am anderen Ende des Gebäudes befand, da die Speicherstadt über eine eigene Versandstation verfügte.

»Ich ... nein ... einen Moment bitte.«

Weseke schüttelte den Kopf. »Ich glaube, Sie haben geträumt, Fräulein Helene.«

Beim Abendessen spürte Helene die Blicke ihrer Mutter ganz deutlich. Als sie den Kopf hob, sah sie Helene fragend an.

»Wie war dein Kinobesuch, mein Kind? Wir hatten noch keine Gelegenheit, darüber zu sprechen.«

Alle Augenpaare am Tisch waren nun auf Helene gerichtet. Ihr war bewusst, dass ihre Familie neugierig darauf war zu erfahren, wie der Abend mit Gideon von Hohenfels verlaufen war und welche Absichten er verfolgte.

»Wir waren im Olympia und haben *Es leuchten die Sterne* gesehen. Der Film war wunderbar. La Jana ist so eine fantastische Tänzerin und die Musik hat mir auch gefallen.«

»Welche Musik?« Johanna sah sie erstaunt an.

»Die Musik im Film. Es ist ein Revuefilm«, erklärte Helene und schob sich einen Löffel voll grüne Bohnen in den Mund. Montags gab es immer Eintopf im Hause von Löwenstein.

»Und nach dem Kino?«, wollte Carl wissen. »Du warst erst gegen ein Uhr zu Hause.«

»Hast du mich überwacht?«, rief Helene überrascht.

»Du bist noch nicht volljährig, mein Schatz. Ich bin schließlich für dich verantwortlich, und dass du dich mit einem Mann triffst, der wesentlich älter ist, behagt mir nicht«, gab Carl zu.

Greta nickte zustimmend, als hätten ihre Eltern sich abgesprochen.

»Ich denke eher, dass es die Gesinnung von Gideon ist, die dir nicht gefällt.«

»Oh, er ist also schon Gideon?« Ihr Vater legte sein Besteck auf dem Tellerrand ab.

»Die Zeiten ändern sich nun mal, Papa. Wir leben nicht mehr im letzten Jahrhundert. Was ist schon dabei, wenn ich ihn beim Vornamen nenne?« Helene verstand das Theater nicht.

»Du weißt nicht, was dieser Mann von dir will. Heutzutage muss man aufpassen. Vielleicht will er etwas über die Familie herausfinden«, warf ihre Mutter ein.

»Dann seid ihr euch einig, dass ein Mann mich nicht um meinetwillen einlädt, sondern weil es um den Namen von Löwenstein geht. Das ist ja sehr interessant.«

Carl atmete hörbar aus. »Mein Gott, Mädchen. Die ganze Welt dreht sich nun mal nicht nur um dich. Wir steuern auf harte Zeiten zu, das musst du doch auch sehen. Wir müssen vorsichtig sein. Du giltst nun mal als jüdischer Mischling zweiten Grades, weil dein Großvater diesem Glauben angehört. Die Regierung findet immer einen Vorwand, jemanden ins Gefängnis zu stecken.« Seine Worte klangen hart in Helenes Ohren, was sie noch mehr aufregte.

»Aber ich habe doch gar nichts getan. Warum sollte man mich einsperren? Das würde Onkel Hans niemals zulassen.« Wusste ihr Vater womöglich davon, dass sie in einem Lokal war, das von SA gestürmt wurde?

»Dein lieber Onkel kann dich nicht vor allem beschützen. Du gehörst einer Familie an, der eine angesehene Firma gehört. Die Nazis reißen sich doch alles unter den Nagel und nutzen dazu jede Gelegenheit. Hans hat mich zum wiederholten Male gedrängt, der Partei beizutreten. Ich halte es für eine Warnung.« Er sah kurz zu Johanna hinüber, die betreten den Blick senkte.

»Ich weiß nicht, was ich falsch gemacht habe. Warum dieser Junge so die Augen vor der Wahrheit verschließt«, murmelte sie und Tränen traten ihr in die Augen.

»Du hast gar nichts falsch gemacht, Johanna.« Greta berührte ihre Hand. »Sieh dir die Menschen doch an. Wir gehören zu den wenigen, die nicht willenlos den Rufen der Regierung folgen, sondern Fragen stellen. Viele folgen ihnen wie die Lämmer zur Schlachtbank und niemand kann sie davor bewahren. Das wird alles ein schlimmes Ende nehmen, wenn ihr mich fragt. Allerdings dürfen wir das noch nicht einmal laut sagen.« Greta reichte Johanna ein Taschentuch, damit diese ihre Tränen abwischen konnte.

»Johanna! Bitte weine nicht. Ich verspreche, dass ich vorsichtig sein werde. Hätte ich diese Einladung ausgeschlagen, hätte das nur weitere Fragen aufgeworfen, meint ihr nicht auch?« Helene schaute abwartend in die Runde. Ihr Bruder hatte bisher noch nichts dazu gesagt, aber er war auch noch zu jung, um sich über diese Dinge Gedanken zu machen. Sie hatte ein schlechtes Gewissen, dass sie mit Gideon ausgegangen war. Wie sollte sie erklären, dass sie nun zum Essen verabredet waren?

»Natürlich hätte es das, wo Hans ihn der Familie vorgestellt hat. Ich kann nur hoffen, dass keine weiteren Einladungen folgen werden.« Greta griff nach ihrem Glas und trank einen Schluck. Es war ihr anzusehen, dass dieses Gespräch sie mitnahm. Ihr prüfender Blick blieb an Helene hängen.

»Ich fürchte doch«, antwortete diese leise.

»Was soll das heißen?« Carl stand kurz davor, die Fassung zu verlieren, was bei ihrem Vater nur selten vorkam, wo er immer so ruhig und ausgeglichen war.

»Vater, ich verspreche dir, dass ich ihn danach nicht wieder treffen werde. Aber Herr von Hohenfels hat mich am Samstagabend zum Essen eingeladen. Ich konnte nicht Nein sagen. Aber ich werde weitere Verabredungen ausschlagen, mit der Begründung, dass ich auf meinen guten Ruf achten muss und außerdem zu viel Arbeit im Kontor habe.« Sie hoffte auf Zustimmung bei ihren Eltern und damit auch die Erlaubnis, dass sie das Essen mit Gideon wahrnehmen durfte.

»Du glaubst doch nicht, dass der Kerl aufgibt«, gab nun doch noch Paul seinen Senf dazu.

»Natürlich wird er das. Ich kann sehr überzeugend sein, wenn ich will.«

»Na, dann brauchst du dich ja nur wie immer zu benehmen, dann wird er froh sein, wenn er dich wieder los ist.« Paul grinste breit.

»Du bist so eine Dumpfbacke«, schimpfte Helene los, aber ein strenger Blick von Greta ließ sie verstummen, dabei lag ihr noch so viel mehr auf der Zunge.

»Hört auf zu zanken. Nun gut, ein Essen und falls eine neue Einladung folgt, werde ich ein ernstes Wort mit diesem von Hohenfels sprechen.« Carls Worte klangen selbstsicher, doch sein Blick wanderte zu seiner Frau, was vermuten ließ, dass ihm die ganze Angelegenheit nicht geheuer war. Greta nickte jedoch aufmunternd.

»Das sehe ich auch so, mein Lieber. Wir werden uns keine Spione ins Haus holen.« Greta lächelte ihre Tochter an. »Ich habe eine Überraschung für dich. Meine Freundin Dörte hat mir geschrieben. Sie will im August mit Ingrid nach Hamburg kommen. Ist das nicht eine schöne Nachricht?«

Dörte war die Jugendfreundin ihrer Mutter und mit Jan Karven verheiratet, dessen Familie ein Stahlimperium im Ruhrgebiet gehörte. Ingrid war deren Tochter und eine Freundin von Helene, obwohl sie sich in den letzten zwei Jahren nicht gesehen hatten.

»Wann kommen sie denn genau? Ich muss doch zur Arbeit und habe gar keine Zeit«, wandte Helene ein.

»Ich denke, wir werden uns einige Tage freinehmen um unserem Besuch Gesellschaft zu leisten. Sie werden nicht bei uns wohnen, sondern bei Dörtes Eltern«, berichtete Greta und begann endlich zu essen.

»Ich dachte, ihre Eltern sprechen nicht mehr mit Dörte? So war es zumindest in den letzten zwanzig Jahren.« Carl hob überrascht eine Augenbraue.

»Ihre Eltern haben Dörte die Hand zur Versöhnung gereicht. Sie haben eingesehen, dass es falsch war, ihre

Tochter schwanger vor die Tür zu setzen.« Greta schüttelte den Kopf.

»Würdest du so handeln?«, fragte Helene neugierig. Nicht, dass sie beabsichtigte, schwanger zu werden. Das wäre eine Katastrophe, weil ihr Vater sicherlich darauf bestehen würde, dass sie den Vater des Kindes heiraten müsste.

»Dich vor die Tür setzen?«, rief Greta überrascht aus. »Ich denke nicht, dass es irgendeine Situation geben könnte, in der ich so handeln würde. Aber Dörtes Eltern stammen aus einer anderen Ära. Früher war vieles schwieriger.«

»Schade, ich habe mir schon Hoffnungen auf Helenes Zimmer gemacht. Ihres ist größer als meins«, erklärte Paul und grinste breit.

»Darauf kannst du warten, bis zu schwarz wirst«, schimpfte Helene.

»Warum werde ich das Gefühl nicht los, dass du dich über diesen Besuch nicht freust, Helene? Ingrid war doch immer deine beste Freundin, auch wenn ihr nicht gemeinsam aufgewachsen seid«, schaltete sich nun Johanna ein und faltete die Hände auf dem Tisch. Sie hatte den Teller zur Seite geschoben und kaum etwas angerührt.

»Sie ist auch eine gute Freundin, nur hängt sie zu sehr an den Lippen des Führers. Und seit sie diese großen Regierungsaufträge bekommen, trägt sie ihre Nase ziemlich hoch, wenn ich ihre Briefe richtig deute. Ich hoffe, ich irre mich«, erzählte Helene und leerte endlich ihren Teller.

»Warum hast du nie ein Wort darüber verloren?«, fragte Greta überrascht.

»Weil es ja nur Briefe sind. Ich habe nicht erwartet, dass sie uns so bald besuchen würden, wo die Zeiten so ungewiss sind.« Helene hob die Schultern. Sie hoffte, dass Ingrid sich nicht wirklich zu einem hochnäsigen jungen Fräulein entwickelt hatte.

Kapitel 9

Das Messer fuhr leicht durch das Fruchtfleisch der Sternfrucht und ließ es einfach in feine Scheiben zerteilen. Ähnlich funktionierte es mit dem Pfirsich, der Banane und der Mango. Bei der Ananas sah es etwas anders aus. Der grüne Strunk ließ sich schon wesentlich schwerer entfernen und die stachelige Haut saß fest an der Frucht.

»Verdammt«, schimpfte Paul, als das Messer abrutschte und ihm aus der Hand fiel. Scheppernd landete es auf dem Boden.

»Was tun Sie hier, gnädiger Herr?« Bille, die Küchenhilfe, kam verschlafen in die Küche.

Paul lachte. »Gnädiger Herr? Ich glaube, so hat mich noch niemand genannt«, erklärte er belustigt. »Ich bin doch Paul.«

»Und ich bin Bille. Das beantwortet aber nicht meine Frage, warum Sie sich mit dem Messer umbringen wollen.« Ihre blauen Augen funkelten vergnügt. Sie trug ein geblümtes Nachthemd, darüber eine Strickjacke.

»Du bist die Küchenhilfe, nicht wahr?«, fragte Paul nach und wusch das Messer unter dem Hahn mit Wasser ab, dann versuchte er erneut, die Ananas von ihrer Schale zu befreien, doch sie rollte davon.

»Sie müssen für eine flache Schnittfläche sorgen, dann hat die Frucht einen festen Stand und Sie können die Schale der

Länge nach herunterschneiden.« Ohne zu fragen, nahm Bille ihm das scharfe Messer aus der Hand und zeigte ihm, was sie gerade erklärt hatte. Schnitt danach die Frucht in mundgerechte Stücke. »Warum haben Sie nicht Bescheid gegeben, dann hätten wir Ihnen doch etwas zu essen gemacht?«

»Ich wollte es gerne selbst ausprobieren. Ich habe hier einige neue Gewürze, die ich für einen Fruchtsalat ausprobieren möchte.«

»Meine Tante hat mir schon erzählt, dass Sie ständig neue Gewürze anschleppen.« Sie lachte.

»Deine Tante?«, fragte er verblüfft.

»Lina, die Köchin, ist die Schwester meiner Mutter. Wir sind verwandt«, erklärte Bille, während sie einen Löffel aus der Schublade holte und die Fruchtstücke in der weißen Porzellanschüssel umrührte. »Welche Gewürze wollen Sie denn verarbeiten?«

»Du brauchst mich nicht zu siezen, ich bin Paul«, erklärte er und holte eine Papiertüte aus der Hosentasche, schüttete den Inhalt auf einen kleinen Unterteller.

»Was ist das?«, fragte Bille überrascht.

»Wir haben hier schwarzen Kardamom. Er hat eine süßliche Kakaonote und stammt aus Nepal, das liegt in Asien. Dann Himalaya Pfeffer. Es ist eigentlich kein richtiger Pfeffer, der scharf ist, obwohl er das Wort Pfeffer im Namen trägt, sondern hat eine zusätzliche fruchtige Note und getrocknete Pfefferminze. Ich glaube, wenn wir das zu den Früchten geben, wird der Geschmack der süßen Früchte auf eine besondere Weise unterstützt.«

Bille sah ihn verwundert an. »Wie alt bist du?«, fragte sie neugierig.

»Ich werde bald siebzehn«, machte er sich ein wenig wichtig, denn es dauerte noch sechs Monate, bis er endlich Geburtstag hatte. »Wie alt bist du?«

»Ich bin schon siebzehn«, gab Bille zu. »Ich habe noch nie einen Jungen kennengelernt, der sich so für Gewürze interessiert.«

»Es sind weniger die Gewürze, die mich so sehr interessieren, obwohl sie es sollten. Es ist mehr das Kochen, das mich begeistert.« Er rührte einige Körnchen der Gewürze in den Fruchtsalat und sah sich fragend um. »Wo finde ich die Teelöffel?«

Bille ging hinüber zum Büfettschrank, zog eine Schublade auf, holte zwei kleine Löffel und reichte ihm einen. Gemeinsam probierten sie.

Bille nickte anerkennend. »Ja, es schmeckt, aber ich finde, der Geschmack ist noch nicht sehr intensiv, man bemerkt ihn kaum.«

Paul stimmte ihr zu. »Ja, wir sollten noch etwas nachwürzen.«

Er streute weitere Körnchen darüber. Bille lachte und tat es ihm gleich, nahm eine weitere Portion der Gewürze und gab sie hinzu, dann rührte sie um. Gemeinsam probierten sie erneut und Paul war zufrieden. »Das schmeckt richtig gut.« Er sah Bille fragend an.

Sie kaute, zog die Augenbrauen zusammen, dann lächelte sie plötzlich. »Nein, es schmeckt nicht nur richtig gut, es schmeckt hervorragend, Paul. Ich glaube, aus dir kann ein ganz großer Koch werden.« Sie strahlte ihn förmlich an.

Paul winkte ab. »Nur weil ich ein paar Früchte geschnitten habe, wird aus mir noch lange kein guter Koch. Ich habe ansonsten kaum eine Ahnung, was das Kochen betrifft.«

»Aber du könntest es lernen. Tante Lina sagt, dass du schon öfter bei ihr in der Küche geholfen hast, bevor ich eingestellt wurde.«

Er nickte. Das stimmte. Früher war er nach der Schule immer zuerst in die Küche gelaufen, weil er umkam vor Hunger. Doch bald hatte ihn die Neugier hierhergeführt. Lina übertrug ihm kleinere Aufgaben. Er schälte Karotten oder Kohlrabi. Wusch Rosenkohl und pellte gekochte Kartoffeln für einen Salat. Es bereitete ihm ungeheures Vergnügen, dass er darüber seine Hausaufgaben vergaß, was ihm wiederum Ärger mit seinem Vater einbrachte. Nun lag endlich die verhasste Schule hinter ihm. Sein Vater hatte natürlich hohe Ziele für ihn gesteckt, doch Paul wusste, was er in seinem Leben erreichen wollte: eine Kochlehre absolvieren und ein eigenes Restaurant eröffnen. »Ich habe ja noch Zeit. Vielleicht wird mein Vater irgendwann einsehen, dass ich ein Koch bin. Ein eigenes Restaurant, davon träume ich«, gab er zu und Billes Augen wurden groß.

»Du hast große Ziele. Wie kann man so jung schon wissen, was man mit seinem Leben anfangen will?« Sie zog die Stirn kraus.

»Du weißt es also noch nicht?« Er verschränkte die Arme vor der Brust und lehnte sich lässig gegen den Arbeitstisch. Sie sah niedlich aus mit ihren Sommersprossen auf der Nase und dem roten Haar, das sie zu Zöpfen geflochten trug. Ihr Lachen klang hell.

»Was soll aus mir schon werden? Ich bin eine Küchenhilfe. Vielleicht kann ich später einmal in deinem Restaurant als Hilfsköchin arbeiten, für mehr wird es wohl nicht reichen.«

»Warte mal ab. Deine Tante hat es auch bis zur Köchin geschafft. Wenn man etwas erreichen will, dann muss man hart dafür arbeiten, kann es aber schaffen.«

Bille schüttelte den Kopf. »Tante Lina redet davon, dass es Krieg geben wird. Dieser Hitler will die ganze Welt erobern. Dann kann ich froh sein, wenn ich überhaupt noch eine Anstellung habe.« Sie gähnte. »Ich werde jetzt ins Bett gehen, sonst komme ich morgen nicht raus und meine Tante macht mir die Hölle heiß.« Sie lächelte. »Gute Nacht, Paul. Schlaf gut.«

Sie ging an ihm vorbei, streifte mit ihrem Ellenbogen seine Hüfte. Er wusste nicht, ob das Zufall war oder pure Absicht.

»Bille! Was ist dein Lieblingsgewürz?«, rief er ihr hinterher, als sie schon fast die Küche verlassen hatte.

»Wacholderbeeren. Ich mag ihren Duft«, gestand sie ihm.

»Schlaf gut, Bille.«

Als Bille am nächsten Abend zu Bett ging, fand sie ein kleines Säckchen auf ihrem Kopfkissen. Es war mit einer rosa Schleife zugebunden. Neugierig öffnete sie es und warf einen Blick hinein. Tief sog sie den Duft ein. Wacholderbeeren. Es roch himmlisch. Mit einem Lächeln legte sie das Säckchen unter ihr Kopfkissen.

Diesmal kam Gideon von Hohenfels nicht in Zivil, sondern trug seine Uniform. Er holte Helene zu Hause ab und hielt ihr die Tür seines Wagens auf. Er sah wieder so stattlich aus, mit seiner Uniform und den schwarzen Haaren, die akkurat geschnitten waren. Er war frisch rasiert, roch angenehm nach herben Lavendel.

»Ich hoffe, Sie bringen mich nicht wieder in Gefahr«, merkte Helene an, als sie Richtung Innenstadt fuhren. Sie benutzte absichtlich das Sie, um keine Nähe zuzulassen. Wie sollte sie ihm am Ende dieses Abends verständlich machen, dass es keine weiteren Verabredungen geben würde? Aber vielleicht machte sie sich auch unnötig Sorgen und er wollte sie gar nicht mehr treffen. Immerhin war sie wesentlich jünger, als er es war.

Gideon sah sie von der Seite an. »Keine Angst. Das Lokal hat einen ausgezeichneten Ruf. Dort wird gutes Essen serviert und keine verbotene Musik gespielt, versprochen.« Er zwinkerte ihr zu.

Sie fuhren Richtung Botanischer Garten und Gideon suchte dort einen Parkplatz.

»Den Rest müssen wir leider zu Fuß gehen. Aber es ist nicht weit.« Gideon bot ihr seine Hand an, um ihr aus dem Wagen zu helfen. Helene hatte sich zwingen müssen, sich nicht besonders hübsch zu machen. Es wäre ihren Eltern aufgefallen und sie wollte sie nicht enttäuschen. Sie trug das gepunktete Kleid, das sie zur Feier der Schulentlassung getragen hatte. Dazu den weißen Hut mit den passenden Handschuhen und einer Tasche. Auch die Schuhe hatte sie darauf abgestimmt.

»Sie sehen sehr hübsch aus, Helene«, bemerkte Gideon und bot ihr seinen Arm an.

»Danke, aber das Kleid kennen Sie doch schon.«

Er lächelte. »Für mich sehen Sie in allen Kleidern wunderschön aus.«

»Sie sind ein Schmeichler und ich frage mich, was dahintersteckt, Herr Sanitätsoffizier.«

Statt einer Antwort räusperte sich Gideon nur. »Wir sind da.«

Sie hielten vor einem Gebäude, das allerdings einen verlassenen Eindruck machte. An der Tür hing ein Schild. *Wegen Wasserrohrbruch geschlossen!*

»Na prima. Damit habe ich nicht gerechnet«, empörte sich Gideon und rüttelte an der verschlossenen Tür, die jedoch nicht nachgab. »Geschlossen«, murmelte er, als konnte er es nicht glauben und sah an dem Gebäude hinauf. Es war ein um die Jahrhundertwende erbautes Reihenhaus, die Fenster in den oberen Geschossen lagen alle im Dunkeln. Es sah unbewohnt aus. Ein Geisterhaus. Helene fragte sich, ob das Lokal schon länger geschlossen war und Gideon eventuell davon gewusst hatte? Würde er so weit gehen?

»Was machen wir jetzt?«, fragte Helene enttäuscht. Auch wenn sie versprochen hatte, ihn nach diesem Abend nicht wiederzusehen, so wollte sie nicht, dass der Abend bereits zu Ende war.

»Vertrauen Sie mir, Helene?« Gideon sah sie eindringlich an.

Zögerlich nickte sie. Er nahm ihren Arm, führte sie zurück zu seinem Wagen.

»Wo fahren wir denn hin?«, wollte sie wissen.

»Dorthin, wo es etwas Gutes zu essen gibt.«

Als Gideon den Wagen am Hostenwall parkte, fragte er sich, ob es eine gute Idee war, Helene hierherzubringen. Würde sie mit ihm gehen? Ihm war in diesem Moment nichts anderes eingefallen, als sie zu sich nach Hause einzuladen, obwohl es nicht schicklich war.

»Wer wohnt hier?«, fragte sie überrascht und blickte an der Fassade hinauf.

»Ich, Helene. Das ist mein Elternhaus. Pia, meine Haushälterin, wird sicherlich etwas Feines für uns kochen«, erklärte er zuversichtlich.

»Ich soll mit zu Ihnen kommen?«, fragte sie und Panik breitete sich auf ihrem Gesicht aus.

»Sie brauchen keine Angst zu haben, meine Haushälterin ist ebenfalls zugegen. Eine Frau, die die sechzig bereits überschritten hat und Ihr Leumund sein wird.« Er biss sich auf die Lippen. Es war gewagt, würde Helene jetzt einen Rückzieher machen und den Abend frühzeitig beenden? Er blickte in ihre blauen Augen. Unsicherheit spiegelte sich darin. »Ich hätte Sie nicht für einen Hasenfuß gehalten.«

»Das bin ich auch nicht.« Sie versuchte, ihrer Stimme einen festen Ton zu verleihen, was ihr nur mittelmäßig gelang.

»Na, kommen Sie schon. Ich werde Ihnen nichts tun. Wir wollen einen schönen Abend verbringen, oder nicht? Wenn Sie darauf bestehen, fahre ich Sie natürlich sofort nach Hause.« Als Helene keine Antwort gab, griff er nach dem Schlüssel und wollte den Wagen starten, doch da schritt sie ein.

»Nein, bitte nicht. Warten Sie. Ich glaube, ich bin sehr hungrig«, sagte sie und lächelte verschwörerisch.

Sie war doch mutiger, als er erwartet hatte. Wer hätte das von Fräulein von Löwenstein gedacht?

Kapitel 10

Mit schnellen Schritten lief Helene die kurze Treppe zur Tür hinauf und schlüpfte ins Haus. Sie wollte vermeiden, dass jemand von den Nachbarn oder den Passanten sie erkannte. Ihr Ruf wäre beschädigt, wüsste man, dass sie einen Mann zu Hause besuchte, der nicht mit ihr verheiratet war.

Zwar lebte man nicht mehr im neunzehnten Jahrhundert, dennoch war es verboten, dass Unverheiratete gemeinsam übernachteten. Das Kupplungsverbot sah hohe Strafen vor. Zwar hatte Helene nicht die Absicht, hier die Nacht zu verbringen, doch ihr guter Ruf war ihr wichtig. Ihre Eltern wären enttäuscht von ihr, wenn ihnen Gerüchte zu Ohren kämen, und sie wollte ihre Eltern auf keinen Fall desillusionieren.

»Pia! Wir haben einen Gast«, rief Gideon laut, schaltete das Flurlicht an und blickte sich suchend um.

Helene folgte ihm langsam. Sie sah sich die Fotografien der Familie, die im Flur aufgehängt waren, neugierig an. Eine zeigte ein Hochzeitspaar, das nur Gideons Eltern sein konnten. Dann gab es mehrere Familienfotos, auf denen Gideon sehr jung war. Er trug einen schicken Anzug, keine Uniform. Vermutlich war es sein Schulabschluss. Und es gab ein Gemälde einer sehr schönen Frau. Es zeigte seine Mutter, die auf einem Stuhl vor einem Fenster saß und verträumt hinausblickte. Jetzt wusste Helene, woher Gideon sein gutes Aussehen hatte. Die schwarzen Haare und grauen Augen hatte er von seiner Mutter geerbt.

»Pia musste offenbar dringend ihre Schwester besuchen, sie ist an einer Lungenentzündung erkrankt.« Er hielt einen Zettel in die Höhe. »Sie hat mir eine Nachricht hinterlassen. Zum Glück steht Essen auf dem Herd, das wir nur warm zu machen brauchen.«

Helene wandte ihren Blick von dem Porträt ab und blickte Gideon unsicher an. »Ich bin mir nicht sicher, ob ich bleiben soll.«

Gideon trat näher, hob eine Hand und strich ihr über die Wange. »Mach dir keine Sorgen. Niemand hat dich gesehen. Ich würde mich sehr freuen, wenn du bleibst und wir gemeinsam zu Abend essen, wie ursprünglich geplant. Ich fahre dich später nach Hause. Versprochen.«

Er war wieder zum vertrauten Du übergegangen und seine kurze Berührung fühlte sich angenehm auf ihrer Haut an. Sie schloss für eine Sekunde die Augen, dann nickte sie. »Was hat Pia denn vorbereitet?«

»Wollen wir mal nachsehen.« Er griff nach ihrem Mantel und half ihr, ihn auszuziehen, hing ihn an die Garderobe, dann nahm er ihre Hand und zog sie in die Küche.

Gideon hob den Deckel an und sah in den Topf. »Stielmuseintopf mit Mettwürstchen. Magst du das?«

Zustimmend nickte Helene. »Ja natürlich. Ich bin ziemlich unkompliziert, was Essen betrifft. Mir schmeckt fast alles.«

Gideon drehte die Gasflamme auf und zündete sie an, stellte sie kleiner, damit er den Topf langsam erhitzen konnte.

»Rührst du um, damit es am Boden nicht anbrennt, ich decke schnell den Tisch im Esszimmer.«

Helene beobachtete ihn dabei, wie er seine Uniformjacke auszog, sie über die Lehne eines Stuhls in der Küche hing. Seine schmalen Hüften kamen in der Uniformhose und den hohen Stiefeln gut zur Geltung. Als ihre Blicke sich trafen, war klar, dass er sie dabei erwischt hatte, wie sie ihn musterte. Allerdings sagte Gideon nichts dazu, sondern verließ mit einem Lächeln die Küche.

Lange dauerte es nicht, bis der Eintopf warm war, und Helene brachte ihn hinüber in das Esszimmer, wo Gideon zwei Kristallgläser mit Wein füllte.

»Du trinkst doch ein Glas?«

Zögerlich nickte Helene, weil sie nicht zugeben wollte, dass sie Wein nicht mochte. Den Topf stellte sie auf einen Untersetzer, füllte die Teller und Gideon war ihr mit dem Stuhl behilflich. Gemeinsam begangen sie zu essen.

»Das schmeckt sehr gut, ich liebe Eintöpfe«, tat sie kund.

»Das freut mich. Pia hat schon für meine Eltern gekocht. Ich bin sehr froh, dass ich sie habe. Allein wäre ich wohl aufgeschmissen. Dann müsste ich wohl bald heiraten.« Er sah sie an und Helene erwiderte sein Lächeln.

Helene ließ ihren Blick unauffällig durch den Raum schweifen. Das Esszimmer war ähnlich wie das in ihrem Zuhause eingerichtet, mit einem Geschirrschrank und passender Kommode aus Mahagoni. Gehäkelte Spitzendecken lagen darauf, um die Holzfläche zu schonen. Es gab noch mehr Bilder der Familie. Gideon in Gardeuniform. Seine Mutter musste sehr stolz auf ihn gewesen sein. Dies war eindeutig das Haus seiner Eltern. Er hatte alles so belassen, wie es schon immer gewesen sein musste.

»Was denkst du?«, fragte Gideon, der ihrem Blick gefolgt war.

»Du wohnst sehr schön.«

»Man kann dieses Haus wohl kaum mit der Villa vergleichen, in der du aufgewachsen bist.«

»Aber du fühlst dich hier wohl, sonst hättest du etwas verändert.«

Gideon nickte zustimmend. »Ich bin auch erst meist spät am Abend zu Hause. Hier fehlt eine weibliche Hand, die sich um alles kümmert.« Er sah sie vielsagend an, während Helene den Blick senkte.

»Gideon, ich muss dir etwas beichten.« Sie hatte ihren Teller geleert und griff zu dem Glas, trank einen Schluck, auch wenn es ihr nicht besonders schmeckte. Doch es kam ihr kindisch vor, nach einer Limonade zu fragen, so begnügte sie sich mit dem Wein, der herb schmeckte.

Schnell aß Gideon den letzten Rest auf seinem Teller und schob ihn dann von sich. »Was ist los, Helene?«

Sie spielte mit der Kante der Stoffserviette, weil sie nicht wusste, wie sie ihm die Wahrheit sagen sollte. Verlegen räusperte sie sich.

»Wir können uns nicht wiedersehen, Gideon«, platzte es dann aus ihr heraus. Ihre Stimme hörte sich in ihren Ohren viel zu schrill an. Sie musste sich zwingen, das Zittern ihrer Beine zu unterdrücken.

Es entstand eine Stille, die man fast mit den Händen greifen konnte, bis Gideon fragte: »Warum nicht? Gibt es einen anderen Mann?«

Fast wäre es Helene lieber, es würde jemanden geben, denn die Wahrheit konnte sie nicht sagen. Es würde sofort den Verdacht auf ihre Familie lenken, dass sie dem Führer feindlich gegenüberstanden. Darauf stand Gefängnis, wenn nicht sogar Schlimmeres. Die Gestapo hatte ihren Augen und Ohren überall und wer wusste, ob Gideon sie nicht verraten würde?

»Nein, es gibt keinen anderen Mann, aber meine Eltern halten mich für zu jung, dass ich abends ausgehe, dazu mit einem ... einem erfahrenen Mann. Bitte verstehe das nicht falsch, aber sie wollen, dass ich mich auf die Arbeit konzentriere und schnell alles lerne.«

Gideon erhob sich und nahm sein Glas in die Hand. »Wollen wir uns nicht ins Wohnzimmer setzen? Dort ist es gemütlicher. Nimm dein Glas mit, dann unterhalten wir uns weiter.«

Sie folgte ihm, traute sich nicht, ihn darum zu bitten, sie sofort nach Hause zu fahren. Helene fühlte sich nicht wohl, so allein mit Gideon in diesem Haus, obwohl es sehr geschmackvoll war. Sie versuchte, ihre Nerven damit zu beruhigen, dass Gideon immerhin ein Freund ihres Onkels war. Er bedeutete ihr, sich auf das dunkelrot-geblümte Sofa zu setzen, und sie tat ihm den Gefallen. Er ließ sich neben Helene nieder und nahm ihr das Weinglas ab, stellte beide Gläser auf den niedrigen Couchtisch.

»Ich kann verstehen, dass deine Eltern sich Sorgen machen, Helene. Vermutlich würde ich nicht anders denken, wenn ich eine Tochter hätte. Jeder Vater macht sich Sorgen. Die Frage ist jedoch, was du möchtest, Helene. Willst du mich auch nicht wiedersehen? Oder gefällt es dir, Zeit mit mir zu verbringen?« Er sah sie eindringlich an. Seine grauen Augen schienen sich in ihre Seele zu bohren, ihr Herz tief in ihrem Innersten zu berühren. Er hatte recht. Was wollte *sie* eigentlich?

Kapitel 11

Es gab Momente, an denen man am Morgen erwachte und nichts war mehr wie zu dem Zeitpunkt, an dem man eingeschlafen war. Helene schlug die Augen auf und fühlte sich wie ein komplett anderer Mensch. Am liebsten wäre sie gar nicht aufgestanden und hätte gerne das Frühstück geschwänzt, doch sie wusste, dass dies nur Fragen aufwerfen würde, also wusch sie sich, kleidete sich an und ging hinunter in den Frühstücksraum. Die gesamte Familie saß bereits am Tisch und alle blickten sie neugierig an.

»Hast du verschlafen, Schwesterchen?«, feixte Paul und köpfte sein Frühstücksei, als würde er einem Feind Kontra bieten.

Helene war übel. Sie hatte Kopfschmerzen und würde sich gleich wieder hinlegen. Sie hätte gestern diesen Wein nicht trinken dürfen, er war schuld daran, dass es ihr nicht gut ging. Er war an allem schuld, was gestern geschehen war, wie ihr schien.

»Wie war dein Abendessen mit von Hohenfels?«, fragte ihr Vater und blickte sich streng an.

»Ich habe ihm erklärt, dass wir uns nicht wieder treffen werden«, antwortete sie knapp und goss sich eine Tasse Tee ein, gab etwas Kandis und Zitrone hinzu.

»Und, wie hat er es aufgenommen?« Carl wollte es ganz genau wissen.

Helene hob die Schultern. »Wie soll er es schon aufgenommen haben. Er war sicherlich nicht begeistert, einen Korb zu erhalten, aber er hat es akzeptiert. Ich habe ihm erklärt, dass mir die Zeit für weitere Treffen fehlt, weil ich meine Arbeit im Kontor ernst nehme und noch eine Menge lernen muss.«

»Und das hat dieser Mann einfach so hingenommen?« Johanna schien ihr nicht ganz glauben zu wollen. Helene fühlte sich unwohl unter ihren skeptischen Blicken. Es war ihr, als würde ihre Großmutter immer alles wissen, bevor es jemand anderer tat. Sie war klug und auch wenn sie wenig sagte, hatte sie eine schnelle Auffassungsgabe.

»Ich kann sehr überzeugend sein, wenn ich will. Herr von Hohenfels ist nicht der Mann, der sich einer Frau aufdrängt, mag auch seine politische Einstellung die falsche sein.«

»Das hast du ihm hoffentlich nicht offen gesagt?« Greta blickte sie erschrocken an.

Ein mildes Lächeln glitt Helene über die Lippen. »Nein, natürlich nicht. Hältst du mich für so dumm, Mama?« Das war schon fast eine Beleidigung.

Erleichtert atmete Greta aus und griff nach ihrer Hand. »Nein, natürlich nicht, mein Kind.«

Helene nahm ein Franzbrötchen, riss es auseinander und bestrich es mit Butter. »Ich gehe heute übrigens in den Zoo«, verkündigte sie schnell, die Gunst der Stunde nutzend.

»Allein?« Carl musterte sie auffallend.

»Nein, ich bin ... mit Ina Sandberg. Ihr kennt sie, ich bin mit ihr zur Schule gegangen.«

»Sandberg?« Der Name kam Carl bekannt vor.

»Ihr Bruder arbeitet bei uns im Lager. Lasse Sandberg. Ich denke, ihr habt nichts dagegen, dass ich mich mit Ina treffe, ihre Familie ist politisch nicht aktiv«, setzte sie spitz hinzu.

Greta warf ihrem Mann einen kurzen Blick zu. »Nein, natürlich nicht. Wir wollen nur dein Bestes, Kind. Falls dir das nicht klar sein sollte. Wir wollen dich lediglich vor Unheil bewahren.«

Helene hob die Schultern. »Ich sehe zwar kein Unheil, aber bei einem Besuch im Zoo wird mir ja wohl nichts geschehen.«

»Außer, du wirst von den Elefanten gefressen«, fügte Paul unnötigerweise hinzu.

»Paul!«, mahnte Johanna streng.

»Elefanten fressen keine Menschen. Und außerdem, wer mich frisst, spuckt mich wieder aus. Ich bin ziemlich zäh«, erklärte Helene und lachte über ihre Worte, froh darüber, dass ihre Eltern die Notlüge geschluckt hatten und keine weiteren Fragen stellten.

Helene wartete bereits eine Viertelstunde am Jungfernstieg und überlegte, ob sie wieder gehen sollte. Vermutlich hatte Lasse Sandberg sich nur einen Scherz mit ihr erlaubt. Wie dumm sie doch war, auf ihn hereinzufallen. Nein, sie war nicht wütend, sondern enttäuscht, und wusste noch nicht einmal warum. Er war eingebildet und selbstgefällig. Wenn sie sich schnell auf den Weg machte, würde niemand erkennen, dass man sie einfach hatte stehen lassen. Sie blickte nach rechts und links, wollte die Straße überqueren, ein Stück konnte sie mit der Elektrischen fahren, da hielt neben ihr ein Moped und versperrte ihr den Weg.

»Hallo, schöne Dame! Sie wollen doch nicht etwa schon nach Hause?«

Der junge Mann schob seine Schlägermütze aus dem Gesicht.

Lasse Sandberg!

»Ich sollte jetzt eigentlich böse auf Sie sein. Sie haben mich absichtlich warten lassen.« Helene zog einen Schmollmund.

»Es tut mir leid, aber ich war noch arbeiten und es hat länger gedauert als gedacht. Danach musste ich mich noch umziehen.«

»Sie haben heute im Kontor gearbeitet?« Helene konnte es nicht glauben, denn sonntags arbeitete man nicht in der Firma ihres Vaters.

Lasse schüttelte den Kopf. »Nein, im Hafen. Ich arbeite dort ab und zu als Aushilfe bei den Scheuerleuten, wenn Not am Mann ist. Ich kann jeden Groschen gebrauchen. Mein Vater hatte einen Unfall und kann die Familie nicht mehr versorgen, also muss ich ran. Trauen Sie sich, hinten aufzuspringen?« Er gab leicht Gas, der Motor des roten Mopeds knatterte auf. »Bis zum Neuen Pferdemarkt ist es ja nicht weit.« In seinen Augen lag ein spöttischer Ausdruck, der besagte, dass sie wohl nicht genug Courage besaß, mit ihm auf einem Moped zu fahren.

Sie hängte sich ihre Handtasche über die Schulter, hielt sich an ihm fest und schwang ein Bein über den Bock. Zum Glück trug sie einen weit schwingenden Rock. In einem engen Kleid wäre das unmöglich gewesen.

»Halten Sie sich gut fest!«, rief Sandberg, dann gab er Gas und sie fuhren los.

Helene umfasste seine Taille mit beiden Armen. Die meiste Zeit hatte sie die Augen geschlossen. Sie war noch nie auf einem motorisierten Zweirad gefahren, nur mit dem Fahrrad, doch das zählte nicht.

»Geht es Ihnen gut?«, fragte Lasse über seine Schulter.

Der Motor war so laut, dass sie ihn kaum verstehen konnte.

»Ja, alles bestens«, rief sie gegen den Fahrtwind an.

Nach wenigen Kilometern hielten sie vor den Toren des Tierparks Hagenbeck, aus denen zwei gewaltige Elefantenköpfen aus Kupfer ragten. Der Park war voller Menschen, die das schöne Wetter nutzten, um einen Tag an der frischen Luft zu verbringen. Kinder rannten laut lachend herum, Säuglinge wurden in Kinderwagen geschoben und verheiratete Paare liefen Hand in Hand die sauberen Wege entlang. Direkt hinter dem Eingang befand sich das neue Elefantengehege. Die Menschen drängten sich davor und so beschlossen Lasse und Helene, sich erst einmal weiter umzusehen.

»Darf ich Ihnen ein Eis spendieren?«, fragte Lasse, als sie einem Eiswagen entgegenliefen.

»Gerne. Ich mag Schokolade.«

Lasse kehrte mit zwei Hörnchen Schokoladeneis zurück und sie setzten sich auf eine freie Bank und beobachteten die Besucher.

»Ist das Ihr Moped?«, fragte Helene und aß ihr Eis, das in der Sonne zu schmelzen drohte.

»Nein, es gehört einem Freund. Ich habe es mir für heute geborgt«, gab er ehrlich zu. »Ich spare auf ein eigenes. Daher arbeite ich an den Sonntagen, wenn sich die Gelegenheit ergibt. Erzählen Sie mir etwas über sich, Helene. Warum arbeiten Sie im Kontor?« Er blickte sie mit seinen grünen Augen neugierig an.

Sie hob die Schultern. »Irgendetwas muss ich ja tun. Ich vertrete die Ansicht, dass ich mich nicht von einem Mann abhängig machen will. Ich bin mehr als eine Frau, die nur darauf wartet, von einem Mann geheiratet zu werden. Ich werde das Kontor eines Tages selbst leiten.«

Lasse grinste.

»Lachen Sie ruhig, aber Sie werden es erleben. Dann arbeiten Sie nämlich für mich, mein lieber Lasse.« Sie reckte ihr Kinn vor.

»Tue ich das nicht schon längst?« Er streckte die Hand aus und wischte ein wenig Eis von ihrem Kinn.

»Nicht! Lassen Sie das. Behandeln Sie mich nicht wie ein Kind.« Helene war wütend, weil sie den Eindruck hatte, dass er sie nicht ernst nahm.

»Ich behandele Sie keineswegs wie Kind, Helene. Das müssten Sie doch schon längst bemerkt haben«, gab er zu bedenken. »Kommen Sie, ich will mir die Anlage der chinesischen Leoparden ansehen.«

Helene schob sich den Rest der Waffel in den Mund und wischte sich die Finger an einem Spitzentaschentuch ab, das sie aus der Handtasche kramte. Sie liefen den geschwungenen Weg weiter, an den Gehegen der asiatischen Steppe mit den Kamelen und Dromedaren vorbei, weiter zu den Armurtigern und zum Nordland-Panorama mit den Walrossen und Pinguinen.

»Wollen wir mit der Rundbahn fahren?«, schlug Lasse vor, doch Helene schüttelte den Kopf.

»Nein, ich möchte mir alles aus der Nähe ansehen.« Es war nur die halbe Wahrheit. Sie wollte nicht, dass Lasse noch mehr Geld für sie ausgab. Er würde es vermutlich ablehnen, wenn sie die Karten bezahlte, daher zog sie es vor, zu Fuß weiter durch den Park zu schlendern. Wenn sein Vater nach einem Unfall nicht arbeiten konnte, waren er und seine Familie auf jeden Groschen angewiesen.

»Schauen Sie sich die lustigen Männchen an.« Sie blieben vor einem Bereich stehen, wo eine kleine Gruppe von Tieren aufrecht in der Sonne stand.

»Das sind Erdmännchen«, erklärte Lasse. »Sie gehören zu der Familie der Mangusten und leben in den trockenen Gegenden in Südafrika.«

Helene machte große Augen. »Interessieren Sie sich für Tiere oder woher wissen Sie all diese Dinge?«, fragte sie überrascht.

»Ich lese viel«, gab Lasse zu, dann trat er lachend zur Seite und ein Schild mit den Erklärungen zu den Tieren wurde sichtbar.

»Oh! Sie Scheusal! Warum veralbern Sie mich schon wieder?« Sie schlug ihm sachte gegen die Brust und Lasse reagierte sofort, hielt ihre Hand fest, drückte sie gegen sein Hemd, das sich rau unter ihren Fingern anfühlte. Er war ordentlich gekleidet. Trug eine saubere braune Cordhose, die er mit Hosenträgern fixiert hatte, und ein kariertes Hemd aus grauer Baumwolle mit grünen Streifen. Es passte gut zu der dunkelgrünen Schlägermütze, die er ständig auf dem Kopf hatte.

»Ich glaube nicht, dass Sie mich für ein Scheusal halten, Helene, sonst würden Sie nicht mit mir ausgehen. Ich glaube auch nicht, dass dieser Mann, mit dem Sie im Kino waren, Ihnen viel bedeutet, denn sonst hätten Sie meine Einladung nicht angenommen.« Seine Worte zeugten von einer Menge Selbstvertrauen, doch sein Blick war eher fragend.

Sie standen sich nah gegenüber, etwas verborgen neben einer Hecke, die sie vor den Blicken der anderen Zoobesucher schützte. Helene wusste nicht, was sie darauf erwidern sollte. Was empfand sie für Gideon nach ihrem letzten Treffen? Sie war zu verwirrt, als dass sie eine klare Antwort geben konnte. War Lasse nur ein Lückenbüßer, den sie benutzte, weil ihre Eltern eine Beziehung zu Gideon untersagten?

»Wollen wir uns später etwas Spaß gönnen?«, fragte er, als Helene nichts sagte.

»Was meinen Sie mit Spaß?«

»Ich würde Sie gerne zum Tanzen einladen.«

»Wohin genau?« Sie würde auf keinen Fall wieder in das Lokal gehen, in dem sie mit Gideon tanzen war.

»Auf St. Pauli gibt es ein Lokal, das Freunden von mir gehört. Es wird Ihnen gefallen.«

»Aber ich bin dafür gar nicht richtig angezogen«, gab sie zu bedenken.

Lasse winkte ab. »Es ist kein feiner Laden, außerdem sehen Sie toll aus. Geben Sie sich einen Ruck. Aber vorher schauen wir uns noch die Elefanten an.«

Kapitel 12

Laute Musik schlug Ihnen entgegen, als Lasse die Tür zu dem Lokal öffnete und den schweren Vorhang zur Seite schob. Der Raum war benebelt von Zigarettenqualm, dass man kaum etwas sehen konnte. Zögerlich blieb Helene stehen. Das war ihr nicht ganz geheuer.

»Kommen Sie.« Lasse ergriff ihre Hand und zog sie weiter. Die Tür fiel hinter Helene laut ins Schloss. Sobald sie den dicken Vorhang hinter sich gelassen hatten, wurde die Musik so laut, dass man sein eigenes Wort nicht mehr verstand. Eine Musikgruppe spielte auf einer Bühne und junge Leute tanzten dazu.

Lasse zog sie zu der Theke, wo sich die Leute drängten, um Getränke zu bestellen. Er erkämpfte ihnen einen Platz und hob sie auf einen freien Barhocker.

»Was wollt ihr trinken?«, fragte der Kellner, über den Tresen gebeugt.

»Bier?«, fragte Lasse und sah Helene fragend an. Als sie nicht sofort reagierte, bestellte er beim Kellner eine Limonade und ein Bier.

»Was ist das für Musik?«, fragte Helene irritiert mit Blick auf die Sänger. Sie kannte nur deutsche Schlager.

»Jazz und Blues. Aus Amerika«, rief ihr Lasse ins Ohr.

»Das ist doch verboten«, rutschte es Helene heraus.

Lasse grinste breit. »Es ist nur verboten, wenn man sich erwischen lässt.«

Der Kellner reichte ihnen zwei Flaschen und Lasse drückte ihm Geld in die Hand. »Lassen Sie uns auf ein Abenteuer trinken.« Er hielt ihr die Limonade entgegen.

Da griff Helene nach der Flasche Bier und lachte. »Aber nur, wenn du mich ab sofort duzt. Ich bin Helene«, sagte sie und stieß mit ihm an.

»Möchtest du tanzen?«, fragte Lasse und griff nach ihrer Hand, zog sie vom Hocker.

»Ich kann zu dieser Musik nicht tanzen«, wehrte sie ab, doch sie hatte keine Chance. Lasse zog sie auf die Tanzfläche. »Was um Himmels willen ist das?«, rief sie lachend, als sie sah, wie Lasse sich schnell zur Musik bewegte.

»Man nennt es Lindy Hob. Die Schwarzen aus Harlem tanzen es«, rief er ihr zu. »Es ist im Viervierteltakt. Mach es mir einfach nach.« Er griff nach ihrer Hand und langsam ging der Rhythmus auf Helene über. Er tippte mit den Fußspitzen auf, tanzte auf sie zu, dann wieder zurück. Der Rhythmus war eine Abfolge von schnellen Schritten, die das Paar von einer offenen in eine geschlossene Position brachte, immer im schnellen Takt zur Musik. Zwischendurch gab es immer wieder eine Damendrehung, wobei ihr Rock sich aufbauschte. Abwechselnd drehte sich auch Lasse um seine eigene Achse, ging in die Knie und lehnte sich so weit zurück, bis er mit dem Rücken fast den Boden berührte, ohne ihre Hand loszulassen.

»Nicht zu fassen!«, rief Helene ausgelassen. So hatte sie sich noch nie bewegt. Die Musik gefiel ihr, sie war leicht und beschwingt, ging einem direkt ins Blut.

Lasse lachte laut auf. »Du musst die Fersen in die Luft heben und auf den Fußspitzen tanzen.«

Sie nickte zum Zeichen, dass sie verstanden hatte.

Er zog sie näher zu sich, legte eine Hand unter ihr Schulterblatt und ganz automatisch griff Helene mit einer Hand nach seinem Oberarm, die Finger der beiden anderen Hände verschränkten sie ineinander, ließen sie aber locker hängen. Sie traten einen Schritt zurück, ohne das andere Bein nachzuziehen, sondern kamen direkt wieder aufeinander zu. »Du machst das großartig«, lobte Lasse sie und Helene konnte nicht anders, als sich darüber zu freuen. Ihre Wangen wurden ganz heiß.

»Jetzt drei nach rechts und drei nach links«, gab er das Kommando. Er führte gekonnt, sie hüpften drei Schritte erst zu einer Seite, dann zur anderen. Lasse erhöhte das Tempo, als er merkte, dass sie mit dem Rhythmus und der Schrittfolge zurechtkam.

»Jetzt eine Drehung!«, rief er ihr zu. Er ließ sie los, damit sie sich beide drehten, dann ergriff er wieder ihre Finger, zog sie in seine Arme. »Sehr gut!« Sie tanzten, als hätten sie nie etwas anderes getan. Erst als die Musiker auf der Bühne eine Pause einlegten, verließen auch sie die Tanzfläche.

»Himmel ist mir warm!«, rief sie fröhlich und lachte auf. Hastig trank sie ein Schluck Bier, doch es schäumte und der Schaum lief ihr in die Nase. Sie prustete los und Lasse reichte ihr ein paar Servietten, die auf dem Tresen lagen.

»Du trinkst wohl nicht oft Bier, was?«, fragte er lachend.

»Nein, nie.« Schnell wischte sie sich den Schaum aus dem Gesicht.

»Du scheinst eine Menge Dinge, die Spaß machen, nicht zu tun.« Lasse sah auf sie hinunter.

»Was genau meinst du?«, fragte Helene irritiert und ehe sie es sich versah, drückte Lasse ihr einen Kuss auf die Lippen.

Als er sie wieder freigab, lächelte er. »Das zum Beispiel.«

»Ich gehöre nicht zu den Mädchen, die wahllos mit anderen Männern in der Öffentlichkeit herumknutschen«, sagte sie ein wenig schärfer als beabsichtigt.

»Ich bitte um Verzeihung.« Dann beugte er sich wieder herunter und als Helene ihren Kopf nicht zur Seite drehte, küsste er sie erneut. Vorsichtig, als würde jede Bewegung sie verschrecken wie ein scheues Reh, das sie im Grunde nicht war. Sie war eine neugierige Füchsin, die stets ihre Ohren gespitzt hatte.

Ein schriller Pfiff ließ beide auseinanderfahren. Da sie gerade noch diesen zarten Kuss genossen hatte, brauchte sie einen Moment, bis ihr bewusst wurde, dass etwas nicht stimmte. Schreie um sie herum, Menschen, die hastig auseinanderliefen, Stühle, die umkippten. Die Musiker auf der Bühne packten ihre Instrumente, versuchten, diese in Sicherheit zu bringen.

»Was ist los?«, rief Helene aufgeregt, als Lasse nach ihrer Hand griff und sie Richtung Ausgang zog. Doch die Besucher stürmten ihnen entgegen, weil durch die Tür die Schergen in schwarzen Uniformen brachen. Mit Schlagstöcken in den Händen und hasserfüllten Augen.

»Wir müssen hier schleunigst weg.« Lasse zog sie in die entgegengesetzte Richtung, doch auch von dort kamen die Gestapomänner herein.

»Sie sind festgenommen!« Ein Mann zerrte an Helenes Arm, fort von Lasse.

»Hey, lassen Sie das Mädchen los!«, rief er aufgebracht, ging im nächsten Moment jedoch zu Boden, weil ihn ein Schlagstock an der Schläfe traf.

»Grund Gütiger! Was tun Sie denn?« Helene wollte Lasse helfen, doch der Mann, der ihren Arm ergriffen hatte, ließ sie nicht los, sondern zerrte sie nach draußen, verfrachtete sie in einen Polizeiwagen, wo bereits andere junge Mädchen und Männer saßen. Krachend fiel die eiserne Tür ins Schloss und wurde verriegelt. Das Geräusch hatte etwas Endgültiges an sich.

Sie zitterte am ganzen Leib. Wenn ihre Eltern erfuhren, dass sie ins Gefängnis gebracht worden war, würden sie das nicht überleben. Aber viel schlimmer war ihre Angst um Lasse. Was war aus ihm geworden? Er war verletzt und sie hoffte, dass ihm jemand geholfen hatte. Sie saß zusammen mit anderen Jugendlichen in einer Zelle. Niemand wagte, ein Wort zu sprechen. Einige Mädchen weinten leise vor sich hin. Im Raum breitete sich der Geruch von Angst, Schweiß und Urin aus. Sie wünschte, sie könnte einfach nach Hause gehen.

»Was werden sie mit uns machen?«, hörte sie einen Jungen flüstern.

»Keine Ahnung. Vielleicht kommen wir in ein Arbeitslager«, flüsterte ein anderer.

Schritte wurden laut. Stiefel, die hart auf den Boden traten. Die Tür wurde geöffnet und ein Militärpolizist trat ein. »Helene von Löwenstein?«

Helene blieb das Herz stehen. Sie wagte kaum zu atmen. Gab sich nicht zu erkennen.

»Wer von euch ist Helene von Löwenstein?« Der Mann blickte die Mädchen der Reihe nach an. Erneut begann eine von ihnen zu weinen.

»Bist du das etwa?« Der Wachmann trat auf das Mädchen zu, das unkontrolliert zu zittern begann.

»Nein! Ich bin Helene von Löwenstein!« Sie erhob sich und sah dem Mann fest in die Augen. Sie wollte keine Angst zeigen, obwohl ihr Herz so hart in ihrer Brust pochte, als würde es jeden Moment herausspringen.

Er kam auf sie. »Folgen Sie mir.«

Helene trat aus der Zelle und nach ihr wurde die Tür wieder verriegelt. Mit schnellen Schritten lief der Polizist einen Gang entlang und Helene hatte Schwierigkeiten, sich seinem Stechschritt anzupassen.

»Wohin bringen Sie mich?«, fragte sie, bekam jedoch keine Antwort.

Der Gang war lang und es roch unangenehm nach Schimmel und fauligem Wasser. Sie passierten einige Türen, die hinter ihr verriegelt wurden. Dann wurde sie in einen Raum geführt, in dem es einen Schreibtisch gab und einige Schränke mit einer Menge Aktenordner. Vor dem Tisch standen zwei Stühle. Der Mann deutete auf einen. »Setzen Sie sich«, wies er sie an, dann ließ er sie allein.

Kaum hatte Helene Platz genommen, wurde die Tür geöffnet und zwei Männer traten ein. Einer nahm hinter dem Schreibtisch Platz, der andere auf einem Stuhl, der an der Wand stand.

Der Mann trug die schwarze Uniform der SS, was schon allein Furcht einflößend war, wenn sie diese nicht schon von ihrem Onkel kennen würde. Der Mann, der sie anblickte, hatte kurz geschorenes blondes Haar, eine markante Nase und stechende hellblaue Augen.

»Wie geht es Lasse Sandberg? Er wurde verletzt«, sagte sie.

Ein Lächeln breitete sich auf dem Gesicht des Mannes aus. »Sie sind ganz die Tochter Ihrer Mutter.«

»Sie ... Sie kennen meine Mutter?«, fragte Helene unsicher.

»Oja, ich hatte bereits das Vergnügen. Vor einigen Jahren.«

Der Tonfall, wie er die Worte aussprach, gefiel ihr ganz und gar nicht. Sie mochte diesen Mann nicht, wollte es ihm aber auf keinen Fall zeigen.

»Wenn Sie meine Mutter kennen, dann kennen Sie auch sicherlich meinen Onkel, Sturmbannführer Hans Stöver«, erklärte sie in kaltem Ton. »Mit wem habe ich das Vergnügen?«

Der Mann nickte, ohne seinen Namen oder Dienstgrad zu nennen.

»Was werfen Sie mir vor? Warum werde ich hier festgehalten?«

Der Mann verschränkte die Arme vor der Brust, lehnte sich auf dem Stuhl zurück. »Ihr Großvater ist Jude.« Es war keine Frage, sondern eine Feststellung.

»Ich bin katholisch getauft«, erklärte sie, was die Sache jedoch nicht besser machte. Sie griff zu der Kette, die sie um den Hals trug, ein goldenes Kreuz, das Johanna ihr zur Kommunion geschenkt hatte.

»Wo hält sich Ihr Großvater derzeit auf? Und erzählen Sie mir nicht, dass er in Amerika ist. Er ist dort niemals angekommen. Er hat das Land gar nicht erst verlassen. Also, wo halten Sie ihn versteckt?«

»Ich weiß nicht, wovon Sie sprechen. Mein Großvater lebt in New York. Er schreibt uns Postkarten«, erklärte sie mit Nachdruck.

Erneut öffnete sich die Tür hinter ihrem Rücken und schwere Stiefel waren zu hören. Im ersten Augenblick dachte sie, dass vielleicht ihr Vater sie abholen würde, doch die Schritte passten nicht zu ihm.

»Heil Hitler, Obergruppenführer von Eltz.«

»Heil Hitler, Herr von Hohenfels.«

Der SS-Mann hatte sich erhoben und die Hand ausgestreckt.

Überrascht blickte Helene zu dem Mann, der sich neben sie stellte.

»Darf ich fragen, warum Fräulein von Löwenstein sich in Gewahrsam der Gestapo befindet?«, fragte Gideon und seine Stimme klang so freundlich, als erkundigte er sich nach dem Wetter.

»Das Fräulein wurde mit anderen Halbstarken aufgegriffen, die ein Lokal besuchten, in dem verbotene Musik gespielt wurde.«

»Verbotene Musik? Das muss sich wohl um einen Irrtum handeln, Obergruppenführer. Das junge Fräulein war diesen Abend in meiner Begleitung unterwegs und hatte das Lokal nur kurz betreten, um die Toilette zu benutzen. Sie können sie wohl nicht dafür verantwortlich machen, dass die Natur ihren eigenen Gesetzen folgt.«

Von Eltz hob fragend eine Augenbraue. »Ist das wahr? Sie waren in Begleitung von SS-Hauptsturmführer von Hohenfels?« Er sah Helene eindringlich an, als würde er die Wahrheit in ihrem Gesicht lesen können.

»Ja, das ist korrekt.« Ihre Stimme klang bei Weitem nicht so fest, wie sie gehofft hatte.

»Woher kennen Sie Lasse Sandberg?« Die Worte kamen von dem Mann, der hinten an der Wand saß.

»Er ist ein Angestellter meines Vaters. Ich habe ihn erkannt, als ich das Lokal betrat.« Was war sie doch für eine gewandte Lügnerin. Ihr war bisher nicht bewusst gewesen, dass sie das überhaupt konnte. Doch sie musste das jetzt durchziehen, sonst würde auch Gideon als Lügner dastehen. »Was ist mit ihm geschehen?«, fragte sie erneut nach.

Von Eltz drehte sich zu dem Untergebenen um und nickte.

»Er wurde ins Krankenhaus gebracht, wo man seine Wunde versorgt hat.«

»Es ist Ihre Schuld, wenn er morgen nicht zur Arbeit erscheint. Ich werde meinem Vater davon berichten«, sagte sie trotzig.

»So? Werden Sie das?«, fragte von Eltz und beiden war wohl klar, dass dies nur eine leere Drohung war. »Mein liebes Fräulein, ich bin hier der Chef der Gestapo, ich denke nicht, dass Ihr Vater etwas gegen mich ausrichten kann. Insbesondere, da er nicht einmal Mitglied der Partei ist.«

»Dann darf ich Fräulein von Löwenstein nun nach Hause begleiten? Ich denke, Ihre Familie wird sich bereits Sorgen um sie machen.« Mit diesen Worten wandte sich Gideon an Helene und bedeutete ihr zu gehen.

»Herr Obergruppenführer, einen schönen Abend. Heil Hitler.« Gideon nickte den beiden Herren zu und führte Helene nach draußen. Erst als sie in seinem Wagen saß, konnte sie wieder atmen.

»Wollen wir darüber sprechen?«, fragte Gideon.

»Bring mich erst hier weg«, bat Helene und mied seinen Blick.

Es war mittlerweile dunkel geworden. Ein Blick auf ihre Uhr zeigte, dass es nach dreiundzwanzig Uhr war. Sie musste nach Hause, dringend. Sie hatte keinen blassen Schimmer, was sie ihren Eltern sagen sollte. Die Wahrheit durfte keinesfalls ans Licht kommen.

Gideon startete den Wagen und fuhr in Richtung Außenalster, parkte einige Häuser von der Villa ihrer Eltern entfernt.

»Woher wusstest du, dass man mich festgenommen hat?«, fragte Helene mit ihrer direkten Art.

»Ein Freund hat mich benachrichtigt. Was hast du in dem Tanzlokal gemacht?« Seine Stimme klang nun alles andere als freundlich.

»Ich war aus, mit einem Bekannten.«

»In einem Club, in dem man verbotene Musik spielt?«

»Du hörst dich an wie mein Vater. Ich hatte keine Ahnung, dass man dort solche Musik spielt. Wir waren im Zoo und dann hat Lasse mich dorthin gebracht.«

»Wer ist dieser Lasse?« Nun hörte sich Gideon geradezu gefährlich leise an.

»Das habe ich doch schon gesagt. Er ist ein Mitarbeiter meines Vaters.«

Gideon atmete langsam aus und sah sie von der Seite an. »Du solltest deine Freunde besser auswählen. Dieser Lasse Sandberg hat eine Polizeiakte. Er ist politisch aktiv. Ein Kommunist. Er ist kein Umgang für ein junges Fräulein wie dich. Ich möchte nicht, dass du dich mit solchen Männern triffst. Das wirft ein schlechtes Licht auf dich.«

Auch wenn sie es sich verbat, dass er ihr Vorhaltungen machte, so hatte er wohl recht. Dies alles rückte sie in ein schlechtes Licht, würde es bekannt werden.

»Es tut mir leid«, murmelte sie.

»Jetzt haben wir ein weiteres Geheimnis, das wir beide teilen. Es scheint mir, als würde unsere Beziehung nur aus Heimlichkeiten bestehen.«

»Ich wollte das nicht.« Tränen sammelten sich in ihren Augen.

»Ganz ruhig, es ist noch einmal gut gegangen.« Gideon griff nach ihren Händen, die sie in ihrem Schoß gefaltet hatte, und drückte sie. »Ich passe auf dich auf.«

»Du hast für mich gelogen«, brachte sie gequält heraus. »Ich möchte nicht, dass du für mich solche Risiken eingehst.«

»Ich musste dich da herausholen. Es gab keinen anderen Weg. Ich habe es für dich getan.«

»Warum?« Ihre Frage war nur mehr ein Flüstern.

»Du weißt warum.«

Energisch schüttelte sie den Kopf.

»Du weißt, dass ich mich in dich verliebt habe, Helene. Obwohl dein Benehmen uns beide in Schwierigkeiten bringt.«

Ihr stockte für einen Moment der Atem, sie überlegte, was sie darauf antworten sollte. Ihr fiel nichts Sinnvolles ein außer der Wahrheit. »Nein, das wusste ich nicht, aber ich fühle mich geehrt, dass du so für mich empfindest. Was geschieht mit den Leuten, die auch festgenommen wurden?«

Gideon schüttelte nur den Kopf.

»Bitte, ich muss es wissen, Gideon. Was geschieht mit ihnen?«

Gideon atmete hart aus und fuhr sich mit der Hand über das Gesicht. »Sie kommen vermutlich in ein Arbeitslager«, knurrte er.

»Was? Nur weil sie in einem Lokal waren?« Für Helene war das unbegreiflich.

»Sie haben gegen das Gesetz verstoßen.«

»Warum wollte von Eltz wissen, wo sich mein Großvater aufhält? Was hat er mit dieser ganzen Sache zu tun?«

»Juden müssen sich registrieren.«

»Aber er lebt nicht mehr in Hamburg«, rief sie verzweifelt. »Wie kommt dieser Mann nur auf diese Idee?«

Gideon legte einen Arm um ihre Schultern, zog sie an sich. »Helene, ich wünschte, dein Großvater wäre kein Jude.«

»Wirst du trotzdem wieder mit mir schlafen?«, fragte sie und sah traurig zu ihm auf. »Oder bin ich für dich nur ein jüdischer Mischling zweiter Klasse, dem du lieber gar nicht erst begegnet wärst?«

Kapitel 13

Es fühlte sich angenehm an, Helene hier in seinem Haus, auf seinem Sofa zu haben. Sie sah so wunderschön aus, dass er beinahe den Auftrag vergaß, den er auszuführen hatte. Doch nur für einen kurzen Moment. Sein Pflichtgefühl war zu groß, als dass er ihn vollkommen aus den Augen verlieren könnte. Helene war nicht reinen Blutes und es wäre fatal, wenn er auch nur für eine Sekunde darüber hinwegsah. Das durfte er nicht, selbst wenn er es wollte. Er hatte schließlich einen Eid geschworen, seinem Führer zu folgen, und den galt es einzuhalten. Er musste herausfinden, ob die Familie von Löwenstein gegen den Staat arbeitete und einen Juden versteckte.

Allerdings brachte ihre Äußerung, dass sie ihn nicht wiedersehen durfte, die ganze Unternehmung in Gefahr. Er musste sie dazu bringen, dass sie sich gegen ihre Eltern auflehnte.

»Ich kann verstehen, dass deine Eltern sich Sorgen machen. Doch die Frage ist, was du möchtest, Helene. Willst du mich auch nicht mehr wiedersehen?« Er sah sie verlangend an. Es musste ihm gelingen, dass sie nicht aus seinem

Leben verschwand. Auf weitere Hilfe von ihrem Onkel konnte er nicht hoffen, ohne dass dieser hellhörig wurde. Er musste vorsichtig sein, nicht nur, um sein eigenes Leben zu schützen. Sein Vorgesetzter erwartete Resultate. Hans Stöver bekleidete eine hohe Position in der Partei, wenn er jedoch darin verwickelt war, Juden zu verstecken, würde es ihm das Genick brechen.

Helene blickte ihn aus ihren blauen Augen an, denen er einfach nicht widerstehen konnte. Sie war atemberaubend in ihrer Jugend, ihrer Ahnungslosigkeit, dass er seine Gefühle nicht länger unter Kontrolle hatte. Er beugte sich zu ihr und drückte ihr einen zärtlichen Kuss auf die Lippen. Als er spürte, wie sie diese Liebkosung erwiderte, zog er sie in seine Arme. Er musste die Gunst der Stunde nutzen, da sie ungestört waren.

Mit Schwung zog er die zierliche junge Frau auf seinen Schoß und sie wehrte sich nicht dagegen. Es war riskant. Wenn er zu weit ging, konnte er alles kaputt machen doch er spürte, dass auch Helene ihn wollte. Sie legte ihre Arme um seinen Hals, drückte sich an ihn.

»Ich will dich so sehr, Helene. Möchtest du es auch?«, flüsterte er an ihren Lippen.

Sie hatte ihre Augen geschlossen, als sie nickte. »Ja, ich will dich auch, Gideon.«

»Sieh mich an«, forderte er. »Ich will es in deinen Augen sehen, dass du mir die Erlaubnis gibst.«

Helene kniete rittlings über seinem Schoß, umschloss sein Gesicht mit beiden Händen. »Ja, ich will dich, Gideon von Hohenfels. Genügt dir das als Antwort?«, wisperte sie an seinem Mund.

»Aber nicht hier.« Er schob seine Hände unter ihre Kehrseite und erhob sich mit ihr, trug Helene in den ersten Stock hinauf, brachte sie in sein Schlafzimmer.

Er vermied es, die helle Deckenleuchte anzuschalten, denn er hatte Angst, dass das grelle Licht sie verschrecken würde. Stattdessen betätigte er den Knipser für die kleine Nachttischlampe, die nur spärlich Licht spendete. Er stellte Helene auf ihren Füßen ab, öffnete die Knöpfe an ihrem Kleid und schob es ihr von den Schultern. Sie trug ein champagnerfarbenes Unterkleid aus Seide, auch das fand schnell den Weg auf den Boden. Ihre weiße Unterwäsche war ein wenig verspielt und er lächelte.

»Du lachst mich aus.« Helene verschränkte die Arme vor ihrer Brust.

»Nein, das tue ich nicht. Ich kann nur nicht verstehen, dass du gerade mich ausgesucht hast«, sagte er im ehrlichen Ton und begann, sein Hemd aufzuknöpfen, zog es aus der Hose und streifte es anschließend über seinen Kopf. Er wollte nicht, dass Helene alleine ohne Kleidung dastand.

Sie zerrte an seinem Rippunterhemd und so streifte er es ebenfalls mit einer geschmeidigen Bewegung ab.

Gebannt starrte sie ihn an. Vermutlich hatte sie noch nie einen halb nackten Mann gesehen. Er nahm ihre Hände und legte sie sich auf seine Schultern. Er spürte ihre Zurückhaltung, Angst lag in ihrem Blick, als würde sie jeden Moment das Weite suchen.

»Hab keine Angst, mein Liebes. Es ist etwas ganz Normales zwischen Mann und Frau«, sagte er in bedächtigem Ton.

Sie bewegte ihre Finger nach unten, fuhr durch sein dichtes Brusthaar, machte sich langsam mit seinem Körper vertraut.

Sie streichelte die Sehnen entlang, erst an den Armen, dann an seinem Oberkörper. Langsam wurde Helene mutiger, öffnete die Knöpfe seiner Hose, streifte sie ihm von den Hüften und blickte sich dann zu dem Bett um, vor dem sie standen.

Es war ein breites Doppelbett, allerdings gab es nur ein Kopfkissen und eine Daunendecke. Er lebte schließlich allein.

Helene ergriff die Initiative, öffnete ihren Büstenhalter und warf ihn achtlos zur Seite. Sie legte sich ins Bett und zog die Decke bis zu ihrem Kinn hinauf. Ihre prüde Art hatte etwas so Sinnliches an sich, dass Gideon seine Begierde schwer zügeln konnte. Schnell wurde Gideon seine Stiefel los und auch den Rest der Kleidung. Nackt stieg er zu ihr in Bett.

»Kannst du das Licht ausmachen?«, flüsterte Helene.

Gideon drehte sich zu ihr, zog sie in seine Arme. »Später. Es gibt keinen Grund, sich zu schämen, mein Liebes. Wenn du nach Hause möchtest, dann sag es mir, wir müssen das hier nicht tun.«

Sofort schüttelte Helene den Kopf. »Nein, es ist nur, ich habe noch nie ...«

»Ich weiß. Du bist keine Frau, die sich einfach dem nächstbesten Mann hingibt. Ich frage mich daher, warum ich?« Er sah ihr ins Gesicht, in der Hoffnung, dort die Antwort auf seine Frage zu finden, doch sie wagte nicht, ihm in die Augen zu sehen.

»Schau mich an, Helene. Sag es mir. Warum hast du mich ausgesucht?«

Sie rutschte tiefer in die Kissen und Gideon folgte ihr, beugte sich über sie. Helene streckte die Hand aus und fuhr über sein Kinn, auf dem sich die Bartstoppeln des Tages gebildet hatten. Er mochte diese Berührungen, die so zart und dennoch besitzergreifend waren. Sie ließen ihn hart werden, als ob er es nicht schon längst wäre. Er wollte Helene sich zu eigen machen, aber er brauchte eine Antwort auf seine Frage. Hatte sie sich vielleicht in ihn verliebt?

»Sag es mir, bitte. Ich muss es wissen.«

»Ich habe mich in dich verliebt, Gideon. Du bist so selbstsicher und reif und ich mag Männer, die wissen, was sie wollen. Meine Eltern wollen mich vor dir beschützen, aber ich war schon immer eine Rebellin und will mir nichts vorschreiben lassen. Ich bin hierfür alt genug und weiß, was ich tue.«

Das wusste sie nicht, er sah es in ihren Augen, trotzdem war sie bereit, diesen Weg mit ihm zu gehen, und das machte ihn unsäglich stolz.

»Bitte, das Licht«, wisperte sie und er tat ihr den Gefallen, schaltete die kleine Nachttischlampe aus.

»Dann wirst du mich weiterhin treffen wollen?«, fragte er ein wenig atemlos in die Dunkelheit hinein.

Helene legte ihm die Hand in den Nacken, zog ihn zu sich und küsste ihn begehrlich. »Ja, das werde ich, aber nur, wenn du mich endlich zu einer richtigen Frau machst.«

»Wir sind schon dabei, Helene. Du bist mein und ich verspreche dir, du wirst es nicht bereuen.« Dann küsste er sie vorsichtig, gab sich alle Mühe, nicht zu stürmisch zu sein, um sie nicht zu verschrecken. Sie war eine Frau, die man behutsam und vorsichtig behandeln musste, damit sie ihm nicht auf die Schliche kam.

Kapitel 14

Helene gab Gideon noch einen letzten kleinen Kuss, dann stieg sie aus dem Wagen, ging den Rest des Weges bis zur Villa zu Fuß. Sie dachte fieberhaft darüber nach, was sie sagen sollte, warum sie so spät kam, wo sie doch angeblich mit Ina im Tierpark gewesen war, der schon längst geschlossen hatte.

Es war mittlerweile weit nach Mitternacht. Der Mond stand hoch am Himmel, teilte sein breites Lächeln mit der Welt. Vielleicht würde es nicht auffallen, wenn sie durch den Hausboteneingang ins Haus gelangte. Manchmal stand auch die Terrassentür offen. Das war eine gute Idee. Sie nahm den linken Weg, der um das Haus herum in den Garten führte. Schnell huschte sie auf die Terrasse zu, als sich plötzlich ein Schatten aus dem Dunkeln löste. Wie angewurzelt blieb Helene stehen, als eine Zigarre aufflammte und das Gesicht des Mannes erhellte, der dort im Verborgenen stand.

»Großvater?« Helene sprach leise. Sie war zu verwundert, dachte im ersten Moment an eine Sinnestäuschung, eine Einbildung, dass ihr Gehirn ihr einen bösen Streich spielte.

»Hier ist ein Glas Cognac für dich, den du so gerne trinkst.« Greta trat durch die Tür auf die Terrasse, verharrte in der Bewegung, als sie den starren Blick ihres Vaters sah. Sie hatte geflüstert, nun stieß sie einen kleinen Schrei aus. »Helene! Um

Himmels willen, was tust du um diese Zeit hier draußen? Wo kommst du her? Ich dachte, du liegst schon längst in deinem Bett«, zischte sie aufgeregt.

»Nun lass mal das Kind«, meinte Levi mit ruhiger Stimme.

»Großvater! Du bist wieder zurück? Wie bist du ins Land gekommen? Es ist hier gefährlich für dich.« Helene trat näher, ohne auf die Fragen ihrer Mutter einzugehen. Sie ergriff die Hand ihres Großvaters, drückte einen Kuss auf die faltige raue Haut, unter der die blauen Adern sich deutlich abhoben. Er war in keiner guten Verfassung. Sein Bart war lang, die Haare schon lange nicht mehr geschnitten worden. Seine Augen blickten sie trübe an. »Sag doch, warum bist du aus Amerika wieder hierhergekommen?« Helene war so verwirrt, sie konnte das alles nicht begreifen. Alle Juden versuchten, irgendwie aus dem Land zu fliehen, obwohl es kaum noch Möglichkeiten gab, und ihr Großvater war wieder hier. »Es ist gefährlich, sich hier aufzuhalten.« Sie warf sich in seine Arme und begann, hemmungslos zu weinen.

»Ist schon gut, mein Mädchen. Es gibt keinen Grund, sich aufzuregen. Weine nicht.« Er strich ihr langsam über den Rücken.

Sie brauchte noch einige Minuten, bis sie sich wieder beruhigt hatte. Er war so lange her, dass sie ihren Großvater zuletzt gesehen hatte, ihn hier plötzlich vorzufinden, war ein Schock. »Wann bist du angekommen?«

»Psst!«, raunte Greta. »Ihr müsst leise sein, damit euch niemand hört.«

»Aber warum?« Helene verstand das alles nicht.

»Ich bin nicht zurückgekommen, mein Kind … ich war nie weg«, erklärte Levi mit knappen Worten.

»Wie bitte?« Helene schlug sich die Hand vor den Mund. Augenblicklich versiegten ihre Tränen. Sie wischte sie mit dem Handrücken fort.

Levi nickte langsam. »Ich war die ganze Zeit hier.«

Helene blickte von einem zum anderen. »Was bedeutet das? Hier?« Sie war zu verwirrt, um den Sinn hinter den Worten zu verstehen, die Bedeutung zu begreifen.

Levi warf seiner Tochter einen fragenden Blick zu, dann nickte Greta. »Komm mit, wir reden unten weiter, wo wir sicher sind. Hier draußen könnte uns das Personal überraschen.«

Leise stiegen sie zu dritt die Treppe in den Keller hinunter. Die Frauen hatten ihre Schuhe ausgezogen, um nicht unnötig Geräusche zu verursachen. Im Haus war alles still, sodass man davon ausgehen konnte, dass die Bewohner schliefen, doch Greta hatte auch vermutet, dass Helene längst in ihrem Bett liegen würde, und hatte sich getäuscht. Wenn sie jemand erwischte, brachte das nicht nur Levi in Gefahr, sondern sie alle.

Greta entsperrte das Weinregal, schob es zur Seite und öffnete die Tür, die zu Levis Versteck führte. Immer wenn es schlimm für ihren Vater wurde, brachte sie ihn mitten in der Nacht an die frische Luft. Dort rauchte er eine seiner Zigarren, die er so liebte, trank ein Gläschen Cognac, so, als wäre er ein ganz normaler Mensch, als könnte er sein Leben, wie er es kannte, weiterführen. Doch diese Welt existierte nicht mehr. Sie war so weit von ihm und seiner Familie entfernt, als würde ein ganzes Meer dazwischenliegen. Politische Gesinnungen spalteten die Gesellschaft, die Mehrheit der Deutschen gehorchten der Regierung, und Greta stand nur kopfschüttelnd daneben und konnte nicht glauben, warum niemand etwas unternahm.

»Hier lebst du?«, fragte Helene und sah sich in dem kleinen Raum um, den Greta für ihren Vater eingerichtet hatte.

»Helene! Du darfst niemandem davon erzählen, hörst du. Niemand hat davon Kenntnis. Wir müssen deinen Großvater schützen«, erklärte Greta eindringlich. Ihr war es nicht recht, dass sie ihre Tochter zu einer Mitwisserin machte, doch die Ereignisse überschlugen sich und nun hatte sie keine andere Wahl.

»Du meinst, selbst Papa und Johanna wissen nichts davon?«, fragte Helene nach und ihre Augen wurden groß.

»Nein, niemand weiß es, außer mir ... und jetzt auch dir. Es ist eine schwere Bürde, dieses Geheimnis mit sich zu tragen. Verstehst du das? Es wird nicht leicht sein, aber Leben hängen davon ab.« Greta machte einen Schritt auf ihre Tochter zu, berührte ihren Arm. »Vor allem Großvaters Leben hängt davon ab. Die Gestapo ist immer auf der Suche nach Juden, die sich verstecken. Familien, die Juden bei sich aufgenommen haben, wurden abgeführt. Keiner weiß, wohin, sie tauchen nie wieder auf. Es ist also von höchster Dringlichkeit, dass du dieses Geheimnis tief in deinem Herzen vergräbst. Jede noch so kleine Andeutung kann unser Untergang sein, das muss dir klar sein. Besonders wenn Hans im Haus ist. Ich habe das Gefühl, als ahnte er, dass ich etwas vor ihm verheimliche. Er ist dem Regime verfallen und würde uns alle ans Messer liefern, nur um seiner Ideologie zu folgen. Es muss unser beider Geheimnis bleiben, versprich es mir, Helene.«

»Aua! Du tust mir weh, Mama.«

Erschrocken zog Greta ihre Hand weg, ließ Helenes Arm los, der sich rot an der Stelle färbte, an der sie ihre Tochter gepackt hatte. Doch es war wichtig, dass ihre Tochter verstand, was alles auf dem Spiel stand. »Liebes, wir würden alles verlieren, wenn herauskommt, dass wir Levi hier verstecken. Von Hans können wir keine Hilfe erwarten, nicht mehr. Man wird uns ins Gefängnis stecken. Wir würden das Kontor verlieren.« Greta war unendlich verzweifelt, weil ihr nicht klar war, ob Helene den Ernst der Lage begreifen konnte. Sie war noch viel zu jung und unbeschwert.

»Aber warum würde Hans uns nicht helfen? Er hat doch Großvater und Johanna zu uns gebracht, bevor sie verhaftet wurden«, überlegte Helene leise.

»Damals war er ein Mitläufer, doch mittlerweile ist er aufgestiegen, gehört der Führungsriege an. Er ist so sehr verstrickt mit dem Regime, dass er die größte Gefahr für uns darstellt. Und dieser von Hohenfels gehört auch dazu. Ich frage mich, warum Hans ihn mitgebracht hat. Vermutlich, um ihn auf dich anzusetzen, um dich auszuspionieren. Du musst sehr vorsichtig sein, hörst du. Bitte rede mit ihm nicht über unsere Familie.«

Greta sah, wie die Wangen ihrer Tochter rot wurden. Es war ihr peinlich, über diesen Mann zu sprechen, sie konnte es verstehen.

»Wer ist von Hohenfels?«, wollte Levi wissen.

»Ein Freund von Hans. Er hat ihn letztens zum Essen mitgebracht und er hat danach Helene ausgeführt«, erklärte Greta mit knappen Worten.

»Er ist Arzt, so wie sein Vater auch. Aber ich ... werde ihn nicht mehr treffen. Mama und Papa haben es verboten, weil er wesentlich älter ist, als ich es bin«, erzählte Helene leise und setzte sich zu ihrem Großvater auf das schmale Bett, nahm seine Hand in ihre. »Wie geht es dir? Wie kannst du es hier aushalten, in diesem winzigen Raum? Bekommst du genug zu essen?«

Levi drückte die Hand seiner Enkelin. »Mein Kind, ich habe im Krieg ganz andere Dinge überstanden. Damals 1918. Ich brauche nicht viel. Nur fehlt mir Johanna. Doch sie darf nichts davon wissen. Ich will nicht, dass sie in einen Konflikt mit ihren Kindern gerät. Hans ist ihr Sohn, auch wenn sie es nicht gutheißt, dass er ein Nazi ist, so bleibt er doch immer ihr Sohn. Sie soll sich nicht für eine Seite entscheiden müssen. Wenn dieser ganze Spuk erst einmal vorbei ist, dann werden wir alle wieder gemeinsam hier leben können.« Er lächelte Helene zuversichtlich an, tätschelte ihre Hand, die so klein in seiner aussah.

»Du glaubst wirklich, dass die Dinge sich ändern werden?« Helene konnte diese Zuversicht nicht recht teilen.

Levi nickte zu dem Nachttisch. »Ich habe hier eine Menge Zeit und verbringe sie damit, zu lesen oder Radio zu hören, und ich habe das Buch dieses Österreichers gelesen. Was er vorhat, ist verrückt, und es wird Menschen geben, die ihn aufhalten werden, davon bin ich überzeugt. Seine Weltanschauung ist so grotesk, er wird nicht ewig so weitermachen können. Auch wenn er mein Landsmann ist, bin ich sicher, dass seine Überzeugungen die eines fanatischen Soziopathen sind und diese Menschen werden nicht ewig die Welt blenden können. Wir müssen nur die Zeit abwarten, sie arbeitet für uns, mein Kind. So lange wir schweigen, bin ich in Sicherheit und ihr seid es auch.«

»O Papa!« Greta ging in die Hocke und umarmte ihre Tochter und ihren Vater. Sie weinte, weil sie es hasste, Helene diese Belastung der Geheimniskrämerei aufzubürden. Sie weinte, weil das Leben in diesem Keller eines Menschen unwürdig war, und sie weinte, weil sie das alles nicht mit Carl teilen konnte, obwohl es richtig gewesen wäre, ihn einzuweihen. Sie hasste es, jeden Tag aufs Neue, ihren Mann zu belügen, und rang mit sich, ihm doch die Wahrheit zu sagen.

»Weine nicht, Mama. Ich werde nichts verraten. Dieses Geheimnis ist bei mir sicher. Ich bin sehr gut darin, Geheimnisse für mich zu bewahren«, erklärte Helene selbstbewusst und umarmte Greta und Levi fest.

»Gnädiges Fräulein, Telefon für Sie!« Margots Stimme hallte durch das Haus bis in den ersten Stock.

»Ich komme!«, rief Helene und rannte die Treppe hinunter. Das Telefon war in der Halle montiert. »Telefon für mich? Wer ist es denn?« Vielleicht rief ja Gideon an.

Margot hielt den Hörer der Sprechmuschel zu. »Eine junge Dame für Sie. Sie hat ihren Namen nicht genannt«, wisperte sie, als hätte sie Angst, man könnte sie am anderen Ende verstehen.

Helene nahm den Hörer entgegen und nannte ihren Namen. »Helene von Löwenstein hier. Wer spricht dort?«

Zuerst war nur ein Rauschen zu hören, dann eine helle Stimme. »Helene? Hallo, hier ist Ina … Ina Sandberg. Wir sind zusammen zur Schule gegangen. Vielleicht erinnerst du dich noch an mich?«

Helene lachte. »Natürlich erinnere ich mich an dich, Ina. So lange liegt unsere Schulzeit ja noch nicht zurück. Wie geht es dir? Was kann ich für dich tun?«

»Helene, ich weiß, dass du dich mit Lasse getroffen hast. Hast du eine Ahnung, wo er abgeblieben ist? Er ist seit einigen

Tagen verschwunden. Niemand weiß, wo er steckt. Wir machen uns große Sorgen um ihn.«

»Lasse? Ist er denn nicht nach Hause gekommen?«, fragte Helene überrascht.

»Nein, er ist spurlos verschwunden. Wir haben schon überall nach ihm gesucht. Vielleicht weißt du ja etwas? Mein Vater ist sehr krank und kann nicht arbeiten, wir sind auf den Lohn von Lasse angewiesen. Kannst du mir weiterhelfen?«

Helene sah sich vorsichtig um, ob auch niemand in der Nähe war, der sie belauschte. »Wir waren tanzen, in einem Lokal auf St. Pauli und wurden von der SA aufgehalten. Aber mehr kann ich dir nicht sagen. Ich weiß nicht, was mit Lasse geschehen ist. Wir wurden getrennt. Mich hat man nach einigen Stunden gehen lassen und ich dachte, er wäre auch wieder auf freiem Fuß.«

»Wurde Lasse denn auch verhaftet?«, fragte Ina aufgeregt nach.

»Ina, ich kann es dir nicht sagen, wir wurden bereits in dem Lokal getrennt.«

»Kannst du denn nicht nachforschen, wo er sein könnte?« Ina schniefte am anderen Ende der Leitung. Sie weinte, das war deutlich zu hören.

»Es tut mir leid, aber ich kann dir da wirklich nicht weiterhelfen.« Sie konnte ihrer Freundin unmöglich sagen, dass Lasse zusammengeschlagen worden war. Vielleicht war er ja im Hospital und würde bald wieder auftauchen.

»Trotzdem vielen Dank, Helene. Ich weiß, von welchem Lokal du sprichst. Lasse geht oft dorthin, ich werde mich bei den Kellnern umhören. Danke für deine Hilfe.«

»Du brauchst mir nicht zu danken, ich hab doch gar nichts getan.« Helene hatte ein schlechtes Gewissen. »Ina, warte. Du solltest die Krankenhäuser absuchen, eventuell ist er dort gelandet, die SA war nicht gerade zimperlich. Vielleicht wurde er verletzt.«

Ina seufzte. »Das habe ich doch schon. In jedem einzelnen Krankenhaus habe ich mich nach ihm erkundigt. Nichts, keine Spur.«

»Wenn ich etwas höre, werde ich mich bei dir melden, versprochen.«

»Danke, Helene, das wäre sehr freundlich von dir.«

»Selbstverständlich. Mach's gut, Ina.« Helene legte den Hörer auf die Gabel zurück und verharrte einen Moment, als sie eine Bewegung aus dem Augenwinkel wahrnahm. Ihre Mutter stand an der Schwelle zum Arbeitszimmer ihres Vaters und sah sie erschrocken an.

»Kommst du bitte mal in Papas Büro?«, sagte sie mit strenger Stimme und lief voran.

Als Helene ihr folgte, schloss sie leise die Tür.

»Gibt es etwas, was du mir erzählen möchtest? Ich kam nicht umhin, dein Gespräch zu belauschen, auch wenn es nicht in meiner Absicht lag, doch deine Worte waren gut zu verstehen.«

Etwas an der Stimme ihrer Mutter ließ Helene glauben, dass sie die Wahrheit sagte. »Nun, was ist geschehen?«

»Ina Sandberg, du kennst sie, wir sind zusammen zur Schule gegangen und sie hat uns oft besucht, weil wir zusammen Hausaufgaben gemacht haben ...«

Greta nickte. »Natürlich, die kleine blonde Ina. Was ist mit ihr? Du warst doch mit ihr im Tierpark. Oder etwa nicht?«

Helene trat von einem Bein auf das andere. »Ja, ich war im Tierpark, allerdings nicht mit Ina, sondern mit Lasse, ihrem Bruder. Du kennst ihn ebenfalls, er arbeitet bei uns im Lager.«

»Lasse Sandberg? Dieser flotte Kerl, der immer einen lockeren Spruch auf den Lippen hat. Was ist mit ihm? Er ist seit ein paar Tagen nicht mehr zur Arbeit erschienen.«

»Ina sucht ihn. Er ist verschwunden. Wir waren zusammen im Tierpark und danach …« Helene biss sich auf die Unterlippe. Es war ihr peinlich, die Wahrheit zuzugeben, aber im Grunde wusste ihre Mutter ohnehin schon, was geschehen war.

»Was war danach? Ich habe etwas von einem Lokal auf St. Pauli verstanden.«

Helene nickte und setzte sich auf einen Stuhl, der vor dem Schreibtisch ihres Vaters stand. Der Raum war mit dunkeln deckenhohen Regalen ausgestattet. Dort gab es neben Aktenordnern auch eine Menge Bücher. Darunter die ganze Brockhaus Enzyklopädie. Sie ließ ihren Blick darübergleiten. Wie oft hatte sie die Bände zur Hand genommen, um darin zu lesen. Ihre Gedanken schweiften ab und sie musste sich zwingen, beim Thema zu bleiben. Sie hatte große Angst, dass ihre Mutter sie bestrafen würde.

»Helene! Hörst du mir zu?«, fragte ihre Mutter und lehnte sich gegen den Schreibtisch, direkt neben Helene.

»Ja, natürlich, bitte entschuldige. Lasse wollte mit mir tanzen und wir sind in das Lokal. Wir waren nur ganz kurz dort, gerade erst angekommen, dann wurde es von den Schlägern der SA gestürmt. Wir wurden festgenommen.«

»O Gott, Kind!« Greta schlug sich die Hand vor den Mund.

»Mir ist nichts geschehen, Mama. Man hat mir nur ein paar Fragen gestellt und mich dann gehen lassen.«

»Das kann doch nicht stimmen. Warum hat man dich einfach so gehen lassen?« Greta blickte sie skeptisch an.

»Herr von Hohenfels hat mich dort herausgeholt. Frage mich nicht, woher er wusste, dass ich dort war. Dieser von Eltz war ein abscheulicher Kerl und hätte mich mit Sicherheit noch länger festgehalten, wenn Gideon nicht aufgetaucht wäre.«

»Von Eltz?«, horchte Greta auf. »Du sprichst von Graf von Eltz?« Ihre Augen bekamen einen panischen Ausdruck. »Klein, blond und arrogant?«

»Ja, genau«, bestätigte Helene.

»Was hatte von Eltz damit zu tun?«

Helene hob die Schultern. »Er ist Obergruppenführer.«

»Welche Farbe hatte seine Uniform?«

»Schwarz. Er ist der Chef der Gestapo hier in Hamburg. Das hat er mir großspurig erklärt. Kennst du ihn etwa?« Helenes Stimme zitterte vor Anspannung.

Ihre Mutter nickte langsam. »Allerdings. Ich hatte das Vergnügen, diesem Despoten einmal zu begegnen. Er ist kein freundlicher Mensch. Ich bin froh, dass du da mit heiler Haut rausgekommen bist. Warum hast du mir denn nichts gesagt?« Sie sah Helene finster an.

»Weil ich Angst hatte, Mama. Ich war nur froh, dass man mich hatte gehen lassen. Aber Lasse wurde geschlagen und ging in dem Lokal zu Boden und nun ist er verschwunden. Was ist, wenn er nicht mehr am Leben ist? Inas Familie ist auf Lasses Lohn angewiesen. Der Vater ist schwer krank. Die Familie ist sehr verzweifelt.«

Greta nickte. »Ja, ich habe davon gehört. Er hat auf den Schuten gearbeitet und hatte einen bösen Unfall.«

»Wir müssen ihnen helfen. Kannst du Papa nicht fragen, ob er weiß, wo Lasse abgeblieben ist?«

Ihre Mutter schüttelte den Kopf. »Du weißt, was los ist, wenn dein Vater von dieser Sache erfährt. Er wird dir vermutlich für den Rest deines Lebens Stubenarrest geben. Nein, dein Vater darf auf keinen Fall etwas davon erfahren. Das bleibt unter uns. Verstanden?«

Helene nickte. Sie war ihrer Mutter dankbar, dass sie nicht böse war, gleichzeitig hatte sie ein schlechtes Gewissen, etwas vor ihrem Vater zu verheimlichen.

»Ich werde mich darum kümmern, du hast mein Wort.« Sie nahm Helenes Hand und zog sie auf die Füße. »Du musst vorsichtiger sein, mein Kind. Versprich es mir. Sonst werde ich dich nie wieder aus dem Haus lassen. Die Zeiten sind so ungewiss. Wie konntest du dich nur in diese Lage bringen? Ich bin sehr froh, dass ich davon erfahren habe. Aber wenn ich noch einmal so eine Geschichte höre, werde ich dich eigenhändig übers Knie legen.«

Helene sah ihr nur kurz in die Augen, so sehr schämte sie sich. »Ich verspreche es dir, Mama. Großes Ehrenwort.«

TEIL II

Der Ziellose erleidet sein Schicksal -
der Zielbewusste gestaltet es.

Immanuel Kant

Kapitel 15

Helene sortierte die Rechnungen alphabetisch, um sie dann in den Ordner der Debitoren abzuheften. Sie verabscheute diese Art von Büroarbeit. Aber ihr Vater bestand darauf, dass sie alle Abteilungen der Firma durchlief. *Nur, wenn du alle Bereiche eines Unternehmens kennst, kannst du die richtigen Entscheidungen treffen*, betonte er ständig und dem hatte Helene nichts entgegenzusetzen. Er hatte ja recht, dass sie sich mit allem auskennen musste, auch wenn ihr die Arbeit nicht immer Spaß machte. Trotzdem arbeitete sie lieber zusammen mit Manni Weseke im Lager und schlich sich aus dem Büro, so oft es ging. Sie hielt dann immer Ausschau nach Lasse Sandberg, doch er schien wie von Erdboden verschwunden. Es gab niemanden, an den sie sich diesbezüglich wenden konnte, ohne dass es weitere Fragen aufwarf. Also hielt sie ihren Mund, dafür die Augen offen.

Seit Mitte September war Dörte mit ihrer Tochter Ingrid in Hamburg. Sie hatten sich bisher zwei Mal getroffen. Helene und Ingrid waren als Kinder die besten Freundinnen gewesen, doch wie Helene erwartet hatte, hatten die beiden jungen

Frauen nun nicht mehr viel gemein. Ingrid war nur darauf bedacht, einen reichen Mann zu finden, der ihr ebenbürtig war und sie heiraten wollte. Dazu war sie auch noch eine glühende Verehrerin des Führers, weil die Geschäfte ihres Vaters durch Regierungsaufträge einträgliche Gewinne abwarfen. Stahl war eine begehrte Handelsware und wurde nicht nur in Deutschland benötigt. Im Gegensatz zu Helene interessierte sich Ingrid nicht für das Unternehmen ihrer Familie. Viel lieber erzählte sie von neuen Kleidern, die ihre Mutter ihr kaufte. Die neusten Modelle aus Paris und London. Helene trug auch gerne schöne Kleider, doch war sie bei Weitem nicht so versessen darauf. Vielleicht lag es auch daran, dass es nur einen Mann gab, dem Helene gefallen wollte. In den letzten Monaten war es schwierig gewesen, sich mit Gideon zu treffen. Sie hatte ihn nur einmal in seinem Haus besucht, als seine Haushälterin für einige Tage verreist war, das war Anfang August gewesen. Danach war Gideon überraschend zurück nach Berlin abkommandiert worden und seither hatten sie sich nicht mehr gesehen. Ob er überhaupt noch an sie dachte? Auch Hans war nicht mehr in der Villa aufgetaucht und Johanna war der Meinung, es würde sich etwas Schlimmes zusammenbrauen. Sie war in der letzten Zeit sichtlich gealtert und sah in allem nur etwas Schlechtes. Wie gerne hätte sie ihr erzählt, dass Levi am Leben war, und zwar ganz in der Nähe, ja sogar im selben Haus wohnte. Doch sie durfte es nicht. Dieses Geheimnis musste sie ebenso bewahren wie ihre Liebe zu Gideon.

»Bist du fertig, Helene? Wir müssen heute eher gehen, wir sind doch bei den von Asperns eingeladen.« Ihre Mutter kam aus ihrem Büro, bereits im Mantel und mit ihrer Handtasche am Arm.

Helene verdrehte die Augen. Sie hatte keine Lust auf eine Feier bei den Großeltern von Ingrid. Dort würde es vor Parteimitgliedern nur so wimmeln und sie musste sich Lobeshymnen auf den Führer anhören, während ihr Großvater im Keller ausharren musste, um sein Leben zu retten. Das war so ungerecht. »Ja, ich komme schon«, sagte sie mit wenig Begeisterung.

»Was ist los, Helene?«, fragte Greta, als sie im Wagen nach Hause fuhren. Mittlerweile fuhr ihre Mutter nicht mehr selbst, so wie sie es früher immer getan hatte. *Es ist viel zu viel Verkehr*, war ihre Begründung und ließ sich von Wilhelm Tesch fahren, der schon seit Ewigkeiten in den Diensten der Familie von Löwenstein stand.

»Du weißt, dass ich nicht gerne auf Veranstaltungen gehe, die nur von älteren Herrschaften besucht werden. Dich und Papa natürlich ausgeschlossen«, erklärte Helene in aller Ehrlichkeit.

»Ingrid wird dort sein und ich denke, auch einige junge Männer.«

»Ja, die alle Mitglieder der Partei sind.« Helene warf ihrer Mutter einen wissenden Blick zu und die nickte ergeben.

»Aber Ingrid ...«

»Ingrid würde Hitler heiraten, wenn er sie darum bitten würde. Ich verstehe mich einfach nicht mehr mit ihr, unsere Interessen liegen weit auseinander.«

»Aber als Kinder wart ihr doch die besten Freundinnen.« Greta wollte es einfach nicht verstehen.

»Ja, als junge Mädchen, doch jetzt sind wir erwachsen.« Helene blickte aus dem Seitenfenster, obwohl sie kaum etwas sah, weil es bereits dunkel war. Sie hasste den November.

Nicht nur war das Wetter ständig schlecht, auch wurde es so früh dunkel. Das drückte auf ihre Stimmung.

»Aha! Ich glaube, ich habe den Augenblick verpasst, an dem aus meiner Tochter eine erwachsene Frau geworden ist.« Greta warf ihr einen heiteren Blick zu.

»Mama, ich bin achtzehn Jahre alt, das dürfte dich nicht überraschen«, warf Helene ein.

»Offiziell bist du erst mit einundzwanzig erwachsen. Bis dahin hast du noch drei Jahre, mein Kind. Und was mich angeht, wirst du immer mein kleines Mädchen bleiben. Das kannst du mir nicht übel nehmen. Wenn du selbst erst einmal Kinder hast, wirst du verstehen, was ich meine.«

Helene stöhnte auf. »Es gibt Menschen, die können noch so alt werden und werden doch nie erwachsen.«

»Ja, das beste Beispiel ist dein Vater. Ich hoffe, er kommt pünktlich nach Hause, damit er noch Zeit hat, sich umzuziehen. Wie ich ihn kenne, hat er ebenfalls kein gesteigertes Interesse an dieser Abendgesellschaft. Doch ich werde es ihm nicht ersparen können.«

Obwohl Helene keine Lust auf diese Veranstaltung hatte und ihren Bruder beneidete, der zu Hause bleibe durfte, zog sie eines der neuen Kleider an, das ihre Mutter bei der Schneiderin in Auftrag gegeben hatte. Ein Traum aus smaragdgrüner Seide. Nicht einfacher Seidentaft, sondern aus echter chinesischer Seide. Es hatte einen raffinierten Schnitt, war in der Taille gerafft, mit einem bodenlangen weit schwingenden Rock und breiten Trägern, die am Rücken diagonal verliefen. Es brachte ihre schmale Taille ideal zur Geltung. Dazu trug sie ein kurzes Pelzjäckchen. Zum Geburtstag hatte ihr Vater ihr ein Collier mit den dazugehörigen Ohrringen, besetzt mit Smaragden geschenkt, die wunderbar zu dem Kleid passten. Ihre Mutter hatte Schuhe gefunden, die mit Stoff bezogen waren und farblich das Kleid wunderbar ergänzten. Als Helene einen Blick in den Spiegel warf, nickte sie zustimmend. Sie konnte es gut und gern mit Ingrid aufnehmen, schon allein, weil sie größer und schlanker war. Eigentlich war es Helene egal, sie gab nicht viel auf ihr Aussehen, wollte nicht mit ihrer Freundin konkurrieren, doch Ingrids Großeltern waren Menschen, denen Geld und Einfluss alles bedeutete. Helene wollte nicht, dass man auf sie herabblickte, sondern eine gute Figur machen, vor allem ihren Eltern zuliebe.

Vorsichtig schritt sie die Treppe ins Erdgeschoss hinunter und wünschte, Levi könnte sie so sehen. Er wäre sicherlich stolz auf sie.

»Da bist du ja. Ich hatte schon Angst, wir kommen zu spät los«, meinte ihr Vater und ließ sich die Fliege von Greta binden.

»Nun, ich bin fertig, Papa, was man von dir nicht behaupten kann«, sagte sie mit einem Lächeln auf den Lippen und musterte ihre Eltern. Was für ein schönes Paar sie doch abgaben.

»Donnerlüttchen, seht ihr gestriegelt aus«, rief Paul und rutschte am Geländer die Treppe hinunter.

»Paul! Wirst du denn nie erwachsen? Im nächsten Jahr bist du alt genug, um uns zu solchen Feierlichkeiten zu begleiten«, sagte Carl streng.

»Na, bis dahin bin ich schon auf der Hotelfachschule, dann habe ich für so einen Unsinn keine Zeit«, winkte Paul ab.

Seine Eltern wechselten kurz einen Blick, als hätten sie berechtigte Zweifel, ob das alles so eintreffen würde.

»Wollen wir?«, fragte Helene und hakte sich bei ihren Eltern ein, drängte sie zum Aufbruch.

»Warum hast du es denn plötzlich so eilig?«, wollte Greta wissen.

»Na, je eher wir da sind, umso eher können wir wieder nach Hause«, schlussfolgerte Helene augenzwinkernd. »Ihr kennt das doch: Was als Erstes reinkommt, geht als Erstes wieder raus. Ein äußerst sinnvolles Prinzip, das sich für das Lager im Kontor bewährt hat.«

»Dieses Mädchen wird es einmal weit bringen, aber Manni Weseke setzt ihr eindeutig zu viele Flausen in den Kopf«, sagte Carl lächelnd und gab ihr einen kleinen Kuss auf die Wange.

Der Salon der Villa der Familie von Aspern war überfüllt von Gästen. Zum Glück gab es keine feste Sitzordnung beim Abendessen, sondern es wurde ein Büfett angeboten. Von allem nur das Beste, wie Helene bemerkte und sich an ihrem Glas Sekt festhielt, das man ihr beim Eintreffen angeboten hatte. Eine Himbeere schwamm darin und kleine Perlen stiegen am Rand des Glases hinauf.

»Da bist du ja! Ich habe schon Ausschau nach dir gehalten.«

Helene drehte sich um. »Ingrid, wie schön, dich zu sehen.« Sie lächelte charmant, auch wenn es ihr schwerfiel.

»Was trägst du nur für ein zauberhaftes Kleid, Helene? Wo doch sonst grün meine Farbe ist, es passt hervorragend zu meinen roten Haaren. Männer haben eine Schwäche für Rot, auch wenn es immer heißt, dass Blondinen bevorzugt werden. Du musst natürlich etwas vorsichtig sein, Brünetten wird schnell unterstellt, nicht arisch zu sein.« Ingrid blinzelte kokett.

Helene traute ihren Ohren nicht. Sie machte Ingrids Neid auf ihr neues Kleid für diese anmaßende Äußerung verantwortlich, etwas anderes konnte sie sich nicht erklären. Ihr Ton war nur auf den ersten Blick freundlich, wenn man hinter die Maske blickte, sah Ingrid keinesfalls wohlgesonnen aus.

»Komm mit, ich will dir einen hinreißenden Mann vorstellen. Er ist so gut aussehend und ich bin mir sicher, dass er meinen Vater bald um meine Hand bitten wird, dann werde ich womöglich hier in Hamburg leben, wäre das nicht wunderbar?« Ingrid hakte sich bei Helene unter und dirigierte sie durch den Salon auf die andere Seite, wo eine ganze Reihe von Männern in Uniformen sich unterhielten.

»Herr von Hohenfels, darf ich Ihnen meine Freundin Helene von Löwenstein vorstellen? Helene, das ist Gideon von Hohenfels, ein guter Freund meines Großvaters und ein noch besserer Freund von mir.«

Als Gideon sich zu ihr umdrehte, blieb ihr fast das Herz stehen. Sie hatte nicht erwartet, ihm so unverhofft gegenüberzustehen. Gideon blickte sie beide abwechselnd an, dann glitt dieses wunderschöne Lächeln über seine Lippen.

»Fräulein von Löwenstein, was für eine Freude. Ingrid, die Dame und ich kennen uns bereits. Ich hatte das Vergnügen, Fräulein von Löwenstein im Frühjahr kennenzulernen«, erklärte er ungezwungen, nahm Helenes Hand und deutete einen Handkuss an.

»Herr von Hohenfels, was für eine Überraschung. Sie sind also wieder in der Stadt.« Helene war ein wenig atemlos, bei der Berührung seiner Hand begann sie leicht zu zittern. Sie hoffte, dass es nicht auffiel. Vor allem, dass Ingrid es nicht sah, die sie äußerst neugierig musterte.

»Aber Gideon ist doch schon seit September wieder in der Stadt. Wir haben uns auf der Geburtstagsfeier meines Großvaters kennengelernt«, plapperte Ingrid munter drauflos.

»Seit September?« Helene sah ihn fragend an.

»Ja, ich hatte in der letzten Zeit eine Menge zu tun. Mir wurde die ärztliche Leitung von Neuengamme übertragen, da blieb kaum eine freie Minute, müssen Sie wissen.«

»Nun, heute haben Sie zumindest Zeit gefunden, an dieser Feier teilzunehmen.« Helene konnte diese Spitzfindigkeit nicht unterdrücken.

Gideon fuhr sich nervös über sein Haar, das nach Pomade duftete und im Schein der Lampen glänzte.

»Und du darfst unseren Ruderausflug Ende September nicht vergessen, als es noch herrlich warm war. Der letzte schöne Tag in diesem Sommer.« Ingrid sah Helene triumphierend an. »Gideon hat wundervoll kräftige Arme.«

»Freut mich zu hören«, sagte Helene und ihre Worte trieften nur so vor Ironie. »Wenn ihr mich entschuldigen wollt, ich werde zum Büfett gehen, ich sterbe vor Hunger.« Helene nickte den beiden zu und verschwand in der Menge.

Sie kam gar nicht schnell genug aus dem Salon heraus. Gideon hier wiederzusehen war für sich genommen schon ein Schock, doch dass er anscheinend Ingrid Avancen machte, ein noch viel größerer. Sie hatte gedacht, er würde sie lieben, doch da schien sie sich gewaltig geirrt zu haben. So wie die Dinge standen, galt sein Interesse nun ihrer ehemals besten Freundin.

Sie verschwand auf der Toilette, ließ kaltes Wasser über ihre Handgelenke fließen, bis diese ganz blau wurden. Sie spürte die Kälte nicht, denn der Schmerz in ihrem Herzen war tausendmal schlimmer. Es fühlte sich an, als würde es in Millionen Stücke zerspringen. Wie hatte sie nur so dumm sein und seinen Worten Glauben schenken können? Er hatte sie eindeutig belogen. Und was zum Teufel war Neuengamme?

Ein Klopfen an der Tür schreckte sie aus ihren Gedanken auf und sie schloss den Wasserhahn, trocknete die Hände am bereitgelegten Gästehandtuch, dann öffnete sie die Tür. Eine ältere Dame stand davor.

»Verzeihung.« Helene drängte sich an ihr vorbei und suchte einen Angestellten, der ihr den Mantel bringen sollte. Sie wollte auf keinen Fall hierbleiben, sondern würde ein Taxi nach Hause nehmen. Allerdings konnte sie ihren Eltern nicht Bescheid geben, sie würden nur unangenehme Fragen stellen. Wäre sie nur zu Hause geblieben.

»Hallo, schöne Frau.«

Erschrocken fuhr Helene herum und sah Gideon hinter sich stehen. Sie schloss für einen Moment die Augen. Mit aller Macht kämpfte sie gegen den Drang, ihn berühren zu wollen. Ständig kamen und gingen Gäste, sie waren hier nicht allein.

»Wie ich höre, wollen Sie um Ingrids Hand anhalten?« Sie konnte nicht anders, als ihn direkt darauf anzusprechen.

»Wie bitte?« Gideon wurde blass. »Wer behauptet das?«

»Ich habe es direkt aus erster Hand erfahren.«

»Was soll das bedeuten?« Gideon sah sich um und nutzte den Moment, dass sie im Augenblick allein in der Halle standen, griff nach ihrer Hand und zog sie in das nächstbeste Zimmer, dessen Tür nicht abgeschlossen war.

»Was machst du denn?«, zischte Helene, nachdem Gideon die Tür hinter sich schloss. Es war eine kleine Bibliothek, die Wände waren mit Regalen und Büchern bestückt. Hier brannte nur eine kleine Tischleuchte, der größte Teil des Raumes lag im Halbdunkeln.

»Ingrid hat mir erzählt, dass du bei ihrem Vater um ihre Hand anhalten willst. Ich habe nicht einmal gewusst, dass du Ingrid überhaupt kennst.« Verzweiflung war aus ihren Worten zu hören.

»Woher kennst du sie denn? Sie lebt in Düsseldorf.«

»Dörte, ihre Mutter, und meine Mutter waren früher die besten Freundinnen. Wir haben als Kinder viel Zeit miteinander verbracht. Und woher kennst *du* Ingrid, wo sie doch in Düsseldorf lebt?« Sie war nicht gewillt, klein beizugeben. Wenn er unangenehme Fragen stellte, durfte sie es schließlich auch.

Ein Lächeln kroch wie eine lästige Spinne über sein Gesicht. »Bist du etwa eifersüchtig? Ja, ich denke, das bist du. Ingrids Großvater ist ein hohes Tier in der Partei hier in Hamburg. Ich habe oft mit ihm zu tun, weil wir Grundstücke von ihm gekauft haben, die wir dringend brauchen. Ich habe die medizinische Leitung für Neuengamme erhalten, eine große Aufgabe und Ehre für mich.«

Es fiel Helene schwer, ein Schnaufen zu unterdrücken. »Neuengamme, was soll das sein?«

»Wir errichten vor den Toren Hamburgs ein ... Arbeitslager. Es ist ein Außenlager von Sachsenhausen und ich habe die Herausforderung für mein berufliches Vorankommen angenommen. Diese Abendgesellschaft ist eine lästige Pflicht, nichts weiter.«

»Sachsenhausen? Aber das ist doch ein Konzentrationslager. Warst du deshalb in Berlin? Werden wir nun auch in Hamburg so ein Lager bekommen?«

»Helene!«, er berührte ihre Schulter. »Wir brauchen doch einen Ort, wo wir unsere Häftlinge unterbringen können. Sie werden dort in der Ziegelei arbeiten und dem Deutschen Reich dienen.«

»Welche Art von Häftlingen?«

»Ich glaube nicht, dass dich das als Frau interessieren sollte. Mach dir keine Gedanken darüber.« Er strich zärtlich über ihre Wange. Diese Geste war sehr verwirrend, lenkte Helene ab.

»Gideon! Ich will es wissen. Behandele mich nicht wie ein kleines Kind. Du bist doch Arzt. Warum arbeitest du in einem Konzentrationslager?«

Gideon stöhnte auf. »Helene, was soll ich dir sagen? Es gibt Häftlinge, die sich verletzen oder krank werden. Wir kümmern uns um diese Männer, auch sie brauchen medizinische Versorgung.«

»Du hast mir immer noch nicht gesagt, welche Häftlinge dort untergebracht sind.« Sie ließ nicht locker.

Er hob die Schultern, versenkte seine Hände tief in den Hosentaschen. »Es sind Häftlinge aller Art. Juden, politische Gegner, Querulanten. Warum willst du das denn so genau wissen?«

»Lasse Sandberg! Ist er in Neuengamme?« Ihre Stimme war kaum zu hören, doch an Gideons Blick erkannte sie, dass er sie verstanden hatte und genau wusste, wovon sie sprach.

»Wer soll das sein?«, gab er sich ahnungslos.

»Du weißt genau, wer das ist. Der junge Mann, der mit mir festgenommen worden war. Seit diesem Tag ist er spurlos verschwunden. Er war ein guter Arbeiter und fehlt in unserem Kontor.«

»Das ist alles, du bist nur auf der Suche nach einem Arbeiter für das Kontor? Oder steckt mehr dahinter?«

»Wer ist jetzt von uns beiden hier eifersüchtig? Lasse war ein Bekannter, mehr nicht. Er hat nichts verbrochen, wofür man ihn hätte inhaftieren müssen. Kannst du nicht herausbekommen, was aus ihm geworden ist?«

»Ich verstehe dein Interesse an diesem Mann nicht.« Die Härte, die in Gideons Gesicht trat, war neu für Helene. Diese Seite hatte er noch nie von sich gezeigt.

»Lasse ist der Bruder einer Schulfreundin. Ina ist verzweifelt, weil er die Familie unterhalten hat. Sein Vater ist schwer erkrankt und kann nicht mehr arbeiten. Also, wenn du etwas weißt, wäre ich dir sehr dankbar, wenn du mir Bescheid gibst.«

Gideon trat näher. »Wie dankbar wärst du denn für Informationen?«, fragte er und zog sie in seine Arme.

Helene war sich nicht sicher, ob ihr das gefiel. Sie hatte sich so sehr nach Gideon verzehrt, doch jetzt, wo sie ihm gegenüberstand und erfahren hatte, dass er sich nicht bei ihr gemeldet hatte, sondern sich einer anderen Frau zuwandte, sah sie ihn plötzlich mit anderen Augen. Sie wurde den Gedanken nicht los, dass ihre Eltern vielleicht nicht unrecht gehabt hatten. Benutzte er sie nur? Spielte er ein falsches Spiel, und sie war zu naiv, das alles zu durchschauen, weil sie doch noch ein kleines Kind war?

»Du weißt, dass ich dich liebe, Helene.« Er beugte sich hinunter und wollte sie küssen, da wurde die Tür geöffnet und er ließ sie abrupt los, ging auf Abstand, sodass er schnell zwei Schritte zwischen ihnen brachte.

»Hier seid ihr! Ich habe mich schon gewundert, wo ihr abgeblieben seid.« Ingrid stand plötzlich im Türrahmen.

Irritiert sah sie von einem zum anderen. »Was macht ihr hier, so allein? Nicht, dass noch jemand auf dumme Gedanken kommt. Gideon, ich brauche dich im Salon. Mein Großvater möchte gerne mit dir sprechen.« Sie streckte ihre Hand nach ihm aus, als wollte sie ihn ganz für sich beanspruchen.

»Natürlich, ich komme sofort.« Er wartete, machte aber keine Anstalten, sich zu bewegen.

Ingrid verharrte noch einen Moment, dann schien sie zu verstehen. »Ich will Großvater nicht warten lassen.« Damit machte sie auf dem Absatz kehrt, strebte die gegenüberliegende Tür des Salons an.

»Wann sehe ich dich wieder?«, fragte Gideon leise, wenn auch eindringlich.

Helene rang mit sich. »Du siehst mich erst wieder, wenn du mir sagen kannst, wo Lasse Sandberg abgeblieben ist.«

Kapitel 16

Helene hatte Gideon einfach stehen lassen. Der Schock saß so tief in ihr, dass es scheinbar noch andere Frauen in seinem Leben gab, von denen sie nichts wusste. Sie fragte sich, ob sie nicht doch nur ein dummes Ding war, das auf den erstbesten Mann hereingefallen war, der ihr schöne Augen machte.

Es war peinlich und beschämend. Ein Glück, dass niemand wusste, dass sie eine Nacht mit Gideon verbracht hatte, und sie würde alles Menschenmögliche tun, dass das auch so blieb. Wenn ihre Eltern davon erfuhren, nicht auszudenken, wie enttäuscht sie von ihr wären. Vermutlich würden sie Helene in ein Mädchenpensionat für Hauswirtschaft schicken, um sie aus der Stadt zu schaffen. Auf jeden Fall würden sie ihr niemals die Leitung der Firma übertragen und das galt es, um jeden Preis zu verhindern. Hier stand nicht weniger als ihre Zukunft auf dem Spiel.

Zurück im Salon suchte sie den Raum nach ihren Eltern ab. Vielleicht hatte sie ja Glück und sie würden bald aufbrechen. Die Villa der von Asperns war ein riesiger Klotz aus dem letzten Jahrhundert. Die Vorfahren waren Seeleute gewesen, was man dem Ambiente auch ansah. Die gediegene Ausstattung hatte nichts Modernes an sich, sondern sah noch aus, wie zu der Zeit, als das Haus im Jahr 1888 erbaut worden war. Es passte zu den konservativen von Asperns, die ihr Geld mit Stoffen gemacht hatten. Sie betrieben bis vor Kurzem noch ein Kontor in der Speicherstadt, doch Ingrids Großvater hatte die Firma zugunsten seiner Stellung in der Partei aufgegeben. Wenn er da mal nicht auf das falsche Pferd gesetzt hatte, überlegte Helene, als sie zielstrebig auf ihre Eltern zusteuerte, die in einem Kreis mit anderen Gästen standen.

»Ich gratuliere Ihnen, von Löwenstein. Als Mitglied der Partei werden Ihnen einige Vorteile winken, es war die beste Entscheidung, die Sie treffen konnten«, verkündete Anton von Aspern gerade lautstark und schlug ihrem Vater wohlwollend auf die Schulter. »Es zeugt davon, dass Sie von unserer Sache überzeugt sind. Schon Ihre werte Mutter hat die Partei unterstützt. Wir werden den Sieg davontragen.«

»Welchen Sieg denn?«, fragte Helene laut. Sie musste sich verhört haben. Ihr Vater würde niemals ein Mitglied der NSDAP werden, das war einfach unmöglich.

Von Aspern drehte sich zu Helene um. »Junges Fräulein! Ich spreche davon, neuen Lebensraum im Osten zu erlangen, das Großdeutsche Reich zu erweitern und es von Bolschewiken und Juden zu befreien.« Er lachte hart auf. »Aber davon haben junge Fräuleins keine Ahnung.«

»Mein Großvater ist Jude«, sagte sie in hartem Ton und reckte ihr Kinn in die Höhe. Sie sah, wie ihre Mutter ihr einen warnenden Blick zuwarf, den sie aber ignorierte. Sie würde nicht zulassen, dass man so über Levi sprach.

Von Aspern räusperte sich und musterte sie abschätzig. »Ich denke, Sie sollten sich mit solchen Äußerungen lieber zurückhalten. Wo steckt eigentlich Ingrid?«

Ihre Mutter zog am Arm und schob sie Richtung Büfett. »Was machst du denn? Willst du uns alle in Gefahr bringen?«, zischte Greta ihr zu.

»Seit wann ist Papa ein Nazi? Warum ist er der Partei beigetreten?«, wollte sie wissen.

»Nicht hier«, murmelte Greta.

»Greta! Was war denn eben los?« Dörte Karven trat zu ihnen, mit Ingrid im Schlepptau.

»Nur ein kleines Missverständnis, liebe Dörte«, winkte Greta ab, ohne auf den Vorfall einzugehen.

»Aus Helene ist ja eine richtige junge Dame geworden. Sie sieht so erwachsen aus. Ingrid, du solltest dir mal ein Beispiel an deiner Freundin nehmen. Wo du doch bald heiraten wirst, würde dir ein wenig mehr Eleganz gut zu Gesichte stehen. Du bist nun nicht mehr das kleine Mädchen, das du gerne spielst.«

Ingrids Gesicht lief vor Scham rot an. »Ja, Mama«, sagte sie beleidigt und wand sich wie ein Wurm in der Erde, der sich gerne verstecken würde.

»Ingrid wird bald heiraten?«, fragte Greta interessiert nach, froh das Thema zu wechseln.

»Ja, ein junger Arzt macht ihr den Hof und wir haben große Hoffnung, dass Ingrid bald Frau Doktor sein wird.«

Helene betete, dass ihre Mutter keine weiteren Fragen stellen würde, doch da kannte sie ihre Mutter schlecht.

»Was für schöne Neuigkeiten. Wie lautet denn der Name des Arztes?«

»Doktor Gideon von Hohenfels, er hat gerade erst promoviert. Mein Vater hat die beiden bekannt gemacht und Ingrid hatte sich auf der Stelle verliebt. Er ist so charmant und wir

sind überglücklich, dass seine Wahl auf Ingrid gefallen ist.«
Dörte lächelte ihre Tochter stolz an.

Greta warf Helene einen kurzen erstaunten Blick zu. Ihr
Mund blieb einen Moment offen stehen, so überrascht war
sie, doch sie fing sich rasch wieder. »Wie wunderbar, dann
wünsche ich dir viel Erfolg, Ingrid. Man muss immer prüfen,
auf wen man sich einlässt, bevor man sich auf ewig bindet.«

»Vielen Dank, Tante Greta«, erwiderte Ingrid, ließ dabei
aber Helene nicht aus den Augen. Sie schien zu spüren, dass
da mehr im Spiel war, als nur eine belanglose Bekanntschaft,
und hob triumphierend den Kopf, weil sie anscheinend den
Sieg davontrug.

»Mama, ich habe schreckliche Kopfschmerzen, können wir
bitte nach Hause gehen?«, klagte Helene und hatte Mühe, die
Tränen der Enttäuschung zurückzuhalten.

»Natürlich, mein Kind. Ich werde deinen Vater holen.«

»Oh, ihr wollt schon gehen. Aber ihr habt doch noch gar
nichts vom Büfett gegessen. Kein Wunder, dass es Helene
nicht gut geht. Komm mit, mein Kind, ich bereite dir einen
Teller zu.« Dörte ließ sich nicht beirren und zog Helene in
Richtung Büfett.

»Gibt es denn einen Mann, der dir den Hof macht?«, erkundigte sie sich neugierig, während sie einen Teller nahm
und kleine Häppchen mit Lachs, Kaviar und Heringssalat auf-
häufte.

Helene wurde schon beim Zuschauen übel. »Nein, dafür
habe ich keine Zeit. Die Arbeit im Kontor beansprucht mich
sehr«, erklärte sie leise.

»Du armes Kind. Wollen wir hoffen, dass du am Ende
nicht übrig bleibst und als alte Jungfer endest. Wir sollten

die Arbeit den Männern überlassen. Es gibt doch so viele Dinge, um die wir Frauen uns kümmern können. Ich gehe davon aus, dass Ingrid schnell Mutter wird, sobald sie verheiratet ist. Das ist doch unsere eigentliche Berufung, nicht wahr?«

Na, da konnte Gideon sich ja glücklich schätzen, eine brave Hausfrau zu bekommen. Gerne hätte sie ihren Gedanken laut ausgesprochen, doch das wagte sie natürlich nicht.

»Ah, da ist er ja. Gideon, kennst du schon Helene?« Sie zog Gideon am Ärmel zu sich heran, der gerade an ihnen vorüberging.

»Ja, wir wurden einander bereits vorgestellt«, erklärte Gideon und lächelte.

»Wir kennen uns«, murmelte auch Helene nicht gerade begeistert.

»Wo ist denn nur schon wieder Ingrid abgeblieben?« Dörte schaute sich suchend um, lief in eine Richtung, wo sie ihre Tochter vermutete, und ließ Helene und Gideon einfach stehen.

Peinlich berührt blickte Helene auf den Teller, der sich in ihrer Hand befand. »Möchtest du vielleicht etwas essen?«, fragte sie, weil ihr nichts anderes einfiel, und hielt Gideon den Teller entgegen.

»Nein, danke. Ich habe keinen Appetit. Helene, wir müssen uns unbedingt sehen«, flüsterte er ihr zu.

»Ich denke, deine Verlobte wird dir wohl keine Zeit dazu lassen.« Helene hob eine Augenbraue in die Höhe.

»Du weißt, wem mein Herz gehört.«

Sie schüttelte den Kopf. »Auf jeden Fall keiner Frau, die ein jüdischer Mischling ist.«

»Helene!«, knurrte er, die Augen immer auf die anderen Gäste gerichtet, ob auch niemand in der Nähe ihr Gespräch belauschte.

In diesem Augenblick sah Helene ihre Mutter als retten-den Engel auf sie zueilen. »Papa ist jetzt bereit, wir können gehen, Liebes. Guten Abend, Herr von Hohenfels.« Sie strafte ihn mit Nichtachtung und übersah seine ausgestreckte Hand geflissentlich.

»Gnädige Frau!« Gideon schlug die Haken zusammen und verbeugte sich galant.

»Du bist ganz blass, mein Kind. Ich mache mir ernsthafte Sorgen um dich.« Greta legte beschützend den Arm um ihre Schultern. »Du weißt, dass du eine Familie hast, die sich um dich kümmern wird. Familie ist das, was dich auffängt, wenn du fällst.« Sie warf Gideon einen Seitenblick zu.

Helene wusste nicht, was das zu bedeuten hatte, aber in diesem Moment war sie ihrer Mutter sehr dankbar, sie an ihrer Seite zu wissen. Wenn sie eines von Greta geerbt hatte, dann ihren eisernen Willen und ihren Stolz. Sie küsste ihre Mutter auf die Wange. »Dann lass uns gehen. Auf Wiederse-hen, Herr von Hohenfels, ich wünsche Ihnen für die Zukunft alles Gute.« Helene nickt ihm zu, wandte sich dann zum Ge-hen.

Greta nahm Helene den Teller mit den Häppchen ab und drückte ihn Gideon in die Hand. »Alles Gute, Herr Haupt-sturmführer.« Sie ergriff Helenes Hand und gemeinsam ver-ließen sie den Salon.

Erst als sie im Fond des Wagens saßen und Wilhelm Gas gab, schloss Helene die Augen. Ihr Vater hatte sie bei den Gast-gebern entschuldigt, dass sie schon so früh die Gesellschaft verließen. »Seit wann ist von Hohenfels denn Hauptsturm-führer?«, murmelte sie.

»Er ist befördert worden und steht nun über Hans. Ob deinem Bruder das gefallen wird?«, überlegte ihr Vater laut und sah seine Frau skeptisch an.

Als der Wagen durch die Nacht fuhr, stellte sie überrascht fest, dass ihre Kopfschmerzen wie durch ein Wunder verschwunden waren.

Während der gesamten Heimfahrt sah Greta ihre Tochter liebevoll an. Sie wusste nicht, was zwischen ihr und diesem von Hohenfels vorgefallen war, doch spürte sie genau, dass er der Grund war, warum Helene sich nicht gut fühlte. Ihr bedeutete dieser Mann wohl doch mehr, als Greta oder Carl vermutet hatten, nun war er mit Ingrid so gut wie verlobt. Das musste ein Schlag für Helene sein, was Greta durchaus nach-vollziehen konnte, wenngleich sie froh war, dass das Schicksal so entschieden hatte. Dieser Mann war nicht echt, wie sie es immer ausdrückte. Er versteckte sein wahres Gesicht hinter einer freundlichen Maske, die niemand hinterfragte. Doch Greta konnte man nicht täuschen. Sie hatte in den letzten Jahren zu viele Lügner gesehen und entlarvt, da kam ihr dieser von Hohenfels gerade recht. Sie würde mit Helene sprechen müssen, denn sie wollte auf keinen Fall, dass man ihrer Tochter das Herz bracht. Sie würde darüber hinwegkommen, da war sich Greta sicher, und dann feststellen, was für ein Einsehen das Schicksal mit ihr hatte.

Als der Wagen plötzlich hart bremste, musste sie sich fest-halten und wurde so aus ihren Gedanken gerissen.

»Was ist denn los, Wilhelm?«, fragte Carl und blickte aus dem Fenster.

Sie standen am Bornplatz, nicht weit von der jüdischen Synagoge entfernt.

»Ich sehe eine ganze Reihe von SA-Männern in Uniformen und Wagen, die vor der Synagoge stehen«, berichtete Tesch. »Sie sollten besser im Wagen bleiben.«

»Da ist doch Joseph Carlebach, er ist der Oberrabbiner der jüdischen Gemeinde in Altona. Ich kenne ihn, er ist ein Freund meines Vaters.« Greta deutete auf einen Mann, der mitten auf der Straße stand. Sie öffnete die Tür und stieg rasch aus.

»Greta, warte! Bleib um Himmels willen hier«, rief Carl ihr nach.

»Mama!« Helenes Schrei ging ihr durch Mark und Bein.

Sie wollte schon wieder einsteigen, da sah sie, wie zwei Männer auf Carlebach einschlugen. »Lassen Sie umgehend den Mann in Ruhe!« Greta lief los, ohne auf die Rufe ihrer Familie oder ihres Fahrers zu achten.

»Lassen Sie das! Warum schlagen Sie den Mann?«

Ein Oberst der Sturmabteilung hob seinen Arm und wollte mit dem Schlagstock auf den älteren Mann erneut einschlagen, da hielt Greta seinen Arm fest.

»Was soll das? Machen Sie, dass Sie nach Hause kommen. Sie haben hier nichts zu suchen. Oder gehören Sie vielleicht zu diesem Judenpack?«

Der Mann machte sich frei und schob Greta zur Seite.

»Nein, ich gehöre nicht dazu. Mein Name ist Greta von Löwenstein und Sie werden jetzt diesen Mann augenblicklich in Ruhe lassen.«

»So weit kommt es noch, dass ich mir von einem Weibsbild etwas sagen lasse.« Als Greta nach seinem Schlagstock greifen wollte, stieß er sie so heftig, dass sie zu Boden fiel und ihr Kleid riss.

»Was fällt Ihnen ein! Das ist meine Frau!« Carl war mit wenigen Schritten bei ihr, half ihr auf die Beine. »Was in Gottes Namen ist hier los?«

Als er keine Antwort erhielt, zeigte Carl sein Parteiabzeichen. »Ich bin Major Carl von Löwenstein und erwarte eine Antwort.«

Der SA-Mann salutierte. »Bitte entschuldigen Sie, Herr Major. Wir nehmen die Synagoge auseinander, weil sich dort Sympathisanten des Attentäters verstecken. Wir haben Befehl, diese in Schutzhaft zu nehmen.«

»Welcher Attentäter?«, wollte Carl wissen.

»Der deutsche Legationssekretär von Rath ist in Paris erschossen worden.«

Am Abend hatte es kaum ein anderes Thema gegeben, allerdings war nicht bekannt, dass von Rath gestorben war.

»Der Legationssekretär ist gestorben?«

»Er ist kaltblütig von diesem polnischen Juden erschossen worden. Reichsminister Goebbels hat dazu aufgerufen, alle Synagogen in Brand zu setzen, jüdische Symbole zu vernichten und auch jüdische Geschäfte zu zerstören. Wir werden sie alle ausrotten, sie sind die Feinde des Großdeutschen Reiches. Die Feuerwehr hat das Verbot einzuschreiten, es sollen nur die Wohnhäuser arischer Anwohner geschützt werden. Sie sollten jetzt Ihre Frau in Sicherheit bringen, Herr Major. Das wird hier noch sehr hässlich werden.«

»Ich gehe nicht ohne Joseph!«, rief Greta aufgebracht und machte sich von Carl los.

»Greta, bitte gehen Sie. Es ist zu gefährlich.« Joseph Carlebach hatte sich mittlerweile aufgerappelt und hielt sich ein Taschentuch an die blutende Stirn.

»Sie haben eine Wunde am Kopf, das muss sich ein Arzt ansehen. Wir werden Sie mit dem Wagen in ein Krankenhaus fahren.«

Doch Carlebach winkte ab und lief mit schnellen Schritten davon.

»Warum will er sich denn nicht helfen lassen?« Greta war vollkommen verzweifelt. Der Mann war oft bei ihrem Vater zu Gast gewesen, er musste doch wissen, dass ihm bei Greta keine Gefahr drohte.

»Sie werden ihn im Krankenhaus nicht behandeln, Greta. Komm, lass uns gehen, wir müssen hier schnellstens weg und Helene und dich in Sicherheit bringen.«

Tränen sammelten sich in Gretas Augen, aber sie wusste, dass Carl recht hatte. Sie allein konnte hier nichts ausrichten, die Feinde waren in der Übermacht. Mit schnellen Schritten liefen sie zum Wagen und stiegen ein.

»Schnell, Wilhelm. Wenden Sie den Wagen und nehmen Sie die Parallelstraße. Bringen Sie uns auf direktem Wege nach Hause«, wies Carl den Fahrer an.

»Was war denn los, Mama?« Helene war total verstört. »Du blutest an der Wange.«

Erst jetzt spürte sie den Schmerz. Sie hatte sich die Haut auf dem rauen Kopfsteinpflaster aufgerissen, als man sie zu Boden stieß.

Carl reichte ihr ein sauberes Taschentuch. »Hier, mein Schatz, drück das auf die Wunde, ich sehe es mir zu Hause an.«

»Papa, was ist geschehen?«, wandte sich Helene nun an ihren Vater.

»Auf den Legationssekretär in der deutschen Botschaft in Paris wurde geschossen und er ist heute wohl seinen Verletzungen erlegen. Der Täter war angeblich Jude. Das ist die Vergeltung dafür. Sie stecken alle Synagogen in Brand und zerstören jüdische Geschäfte. Wir können von Glück sagen, dass dein Großvater schon vor Jahren das Land verlassen hat. Nicht auszudenken, wenn er noch in der Stadt wäre.«

Greta warf ihrer Tochter einen kurzen Blick zu, die blass neben ihrem Vater saß. Sie betete, dass Helene nichts Falsches sagte. Als Helene den Blick abwandte und aus dem Fenster blickte, war ihr klar, dass dies nicht geschehen würde. Sie konnte sich auf ihre Tochter verlassen, weil Helene klug genug war, die Brisanz der Lage zu erfassen.

»Und du gehörst nun zu diesen Leuten, die fähig sind, anderen Menschen so etwas anzutun?«, sagte Helene plötzlich voller Abscheu. »Ich verstehe es nicht. Wie konntest du das nur tun? Mitglied der Partei zu werden?«

»Das verstehst du nicht, Helene«, murmelte Carl.

»Natürlich verstehe ich das. Sie töten Menschen. Die Leute verschwinden spurlos. Hast du dir schon mal darüber Gedanken gemacht? Lasse Sandberg, einer deiner Angestellten, ist unauffindbar und niemand stellt Fragen, wo er abgeblieben ist.«

»War Sandberg etwa Jude?«, fragte Carl verwirrt.

»Nein, aber er ist Kommunist, das habe ich zumindest gehört«, erzählte Helene aufgebracht.

»Helene, ich möchte, dass du dich da heraushältst. Es ist gefährlich, sich nach Menschen zu erkundigen. Ich möchte nicht, dass du dich in Gefahr begibst.« Greta sprach eindringlich auf ihre Tochter ein.

»So wie du heute Abend, Mama?«

»Helene! Wie sprichst du mit deiner Mutter?« Carl war nun wirklich aufgebracht. »Ich habe meine Gründe, dass ich der Partei beigetreten bin. Ich habe es nur zum Besten der Familie getan, nicht wegen meiner Ideologie. Ich muss dich und deine Mutter schützen, weil euer Großvater den falschen Glauben hat. Und das ist nicht meine Meinung, sondern die derer, die hier das Sagen haben. Wenn wir alle diesen Wahnsinn überleben wollen, dann müssen wir mit den Wölfen heulen. So war das schon immer. Wir haben keine andere Wahl. Ich habe bereits einen Krieg miterlebt und die Zeichen stehen für einen weiteren. Und das wirst auch du nicht ändern können, Helene, selbst wenn du es wolltest.«

Helene lehnte sich wie ein bockiges Kind zurück und schwieg den Rest der Fahrt. Greta war ihr sehr dankbar dafür. Sie konnte verstehen, wie sich ihre Tochter fühlte, doch Carl hatte recht. Die Zeichen standen auf Krieg.

Kapitel 17

Drei Tage später las Helene in den letzten Ausgaben des Völkischen Beobachters die Leitartikel und konnte nicht glauben, was sie dort fand. Es war Sonntag und sie musste nicht ins Kontor. Sie war extra früh aufgestanden, um vor ihren Eltern die Zeitung zu lesen. Als die beiden zum Frühstück erschienen, sah sie entgeistert auf die Schlagzeilen.

»Stimmt es, dass die Juden zum Krieg gegen Deutschland auffordern?«, fragte sie betroffen.

»Wo hast du das her?« Ihr Vater war nicht gut aufgelegt und goss sich eine Tasse Kaffee ein.

»Es steht so in der Zeitung. Sie schreiben etwas von der Judenfrage, was ist denn damit gemeint?«

»Kind, du solltest dich nicht mit diesen Dingen beschäftigen.« Ihre Mutter schüttelte missbilligend den Kopf.

»Aber ich muss doch wissen, was da draußen in der Welt geschieht. Wenn es Krieg gibt, dann will ich das nicht als Letzte erfahren. In mir fließt auch jüdisches Blut, also muss ich wissen, was mit der Judenfrage gemeint ist.« Helene verschränkte die Hände vor der Brust, als Zeichen dafür, dass sie nicht lockerlassen würde.

»Diesen Dickkopf hat sie von dir«, meinte Carl und sah seine Frau aufgebracht an.

»Das liegt daran, dass wir unsere Kinder zur Selbstständigkeit erziehen. Wo ist eigentlich Paul?« Greta blickte zu Margot, die ihr Tee einschenkte.

»Der junge Herr schläft noch. Er hat mich gebeten, Ihnen auszurichten, dass er keinen Appetit hat und ausschlafen will.«

»Wo kommen wir denn dahin. Er hat gefälligst am gemeinsamen Frühstück teilzunehmen.« Carl schlug mit der flachen Hand auf den Tisch, dass die Tassen gewaltig wackelten.

Margot erschreckte so sehr, dass sie etwas Tee verschüttete. »Bitte entschuldigen Sie, gnädige Frau. Ich hole Ihnen eine neue Tasse.«

»Nicht nötig, Margot. Ich nehme die Serviette. Carl, wir sollten Paul schlafen lassen. Vermutlich hat er wieder bis spät in der Nacht in der Küche gestanden und gekocht.«

Carl schüttelte den Kopf. »Dieser Junge hat nur Flausen im Kopf. Aber das werde ich ihm noch austreiben. Koch, als wäre das ein Beruf, auf den man stolz sein könnte.« Er schüttelte missbilligend den Kopf.

Ihr Vater hatte heute wirklich schlechte Laune. Nun wagte auch Helene nicht, noch weiterzubohren. Es musste jemand anderen geben, der ihre Fragen beantworten konnte, und sie hatte auch schon eine Idee, wer das sein sollte.

Sie hatte Glück, dass ihre Eltern am Sonntag immer zur Kirche fuhren. Eigentlich ging sie immer mit, doch sie entschuldigte sich mit einer Migräne und ihre Mutter brachte Verständnis für sie auf. Sobald ihre Eltern das Haus verlassen hatten, schnappte sie sich ihr Fahrrad und fuhr in südliche Richtung, an der Binnenalster vorbei, zum Haus am Holstenwall. Unterwegs kam sie an zerstörten Geschäften vorbei, vor denen Polizisten standen, um zu verhindern, dass diese geplündert wurden. Rauch stieg aus einigen Häusern auf. Es sah aus, als wäre der Krieg schon längst ausgebrochen. Das war alles so verwirrend, dass Helene nicht mehr wusste, was sie noch glauben sollte. Warum war ihr Vater plötzlich in die Partei eingetreten? Hatte man ihnen die Firma wegnehmen wollen? Weil sie und Mama als jüdische Mischlinge galten? Das durfte nicht geschehen, denn die Firma gehörte ihrem Vater und er war Arier. Oder hatte er Schwierigkeiten, weil er Mama geheiratet hatte?

Sie hatte so viele Fragen, auf die ihr niemand Antworten geben wollte, doch sie würde dafür sorgen, dass sie diese bekam. Sie lehnte das Fahrrad an die Hauswand am Holstenwall und klingelte. Als niemand öffnete, versuchte sie es erneut. Vor lauter Frust, weil sie den Weg umsonst gefahren war, klingelte sie ein drittes Mal, diesmal Sturm.

»Verdammt! Ich komme ja schon! Was ist denn los ... Helene?« Gideon hatte die Tür aufgerissen, trug eine Hose und ein Oberhemd, das er nur übergeworfen hatte. Seine Füße waren nackt. Er schien direkt aus dem Bett zu kommen.

»Helene! Was machst du hier?« Er fuhr sich durch sein Haar, das wirr vom Kopf abstand. Er kam eindeutig aus dem Bett.

»Entschuldige, Gideon, aber ich muss dich unbedingt sprechen. Lässt du mich wohl kurz rein?«

Gideon warf einen Blick über seine Schulter, dann öffnete er die Tür einen Spalt breiter und ließ sie eintreten.

»Hast du auf die Uhr geschaut? Es ist gerade mal neun Uhr und wir haben Sonntag.« Er führte sie in den Salon.

»Ja, ich weiß, es tut mir auch leid, aber es ging nicht anders. Hast du etwas über Lasse Sandberg herausgefunden?«

»Helene, du solltest diesen Jungen vergessen. Er ist ein politischer Gefangener und wird so schnell das Gefängnis nicht verlassen können«, sagte er leise.

»Dann hast du das also schon gewusst. Warum hast du mir das nicht gesagt? In welchem Gefängnis sitzt er ein?« Helene war wütend auf ihn. Mit einem Mal konnte sie sein Handeln nicht mehr nachvollziehen.

»Was ist denn los, Gideon?«

Erschrocken drehte sich Helene um, weil sie nicht erwartet hatte, dass sich noch eine weitere Person im Haus aufhielt. Zu ihrer Verwunderung war es nicht Ingrid, wie man im ersten Moment vermuten sollte. Nein, diese Frau war wesentlich älter. Sie war nur leicht bekleidet und es war unschwer zu erkennen, dass sie die Nacht bei Gideon verbracht hatte. Ihr Gesicht schien ein wenig verzerrt, weil die Schminke verlaufen war. Dunkle Ränder unter den Augen, das Haar zerzaust. Roter Lippenstift verschmiert. Sie sah billig aus und blickte Helene spöttisch an.

Das alles war Helene unsagbar peinlich. Sie wünschte, sie hätte das hier nicht gesehen. Doch anstatt Ärger wallte Mitleid in ihr auf. Mitleid mit Ingrid, die keine Ahnung davon hatte, was für einen Mann sie bald heiraten würde. Genau wie sie hatte Gideon Ingrid dazu gebracht, sich in ihn zu verlieben, nur damit er sie hintergehen und auf ihrem Herz herumtrampeln konnte. Wie hatte sie sich nur so von ihm blenden lassen können? Jegliche Spur von Zuneigung war verschwunden. Ihr Herz tat noch nicht einmal mehr weh. Zumindest kaum noch. Doch an die Stelle von Liebe trat nun etwas anderes: Zorn und Verachtung für diesen Mann. Er war genauso ein Kerl, wie die Männer, die vor einigen Nächten den alten Rabbiner auf der Straße geschlagen und ihre Mutter verletzt hatten.

»Wer ist das denn, deine neueste Verlobte?« Helene konnte die Ironie in ihrer Stimme nicht verbergen.

»Wat will die denn?«, fragte die Frau und sah sie arrogant an, zog den Morgenmantel enger um ihre schmalen Hüften. Es war schwerlich zu übersehen, dass sie darunter nackt war.

»Rosa, zieh dich an und geh nach Hause.« Gideon war der Auftritt der Dame sichtlich unangenehm.

»Ich soll wegen dieser Kleinen hier gehen?«, fragte Rosa nach und schien es nicht glauben zu können.

»Geh einfach!«, schrie Gideon nun laut, sodass selbst Helene zusammenzuckte. So hatte sie ihn noch nie erlebt.

»Ich krieg noch mein Geld!«, erwiderte Rosa hochmütig, machte auf dem Absatz kehrt und verschwand die Treppe nach oben.

Gideon folgte ihr, kehrte kurz darauf zurück.

Es dauerte keine zwei Minuten, da kam Rosa halb bekleidet die Treppe wieder herunter, lief zur Haustür, die hinter ihr krachend in Schloss fiel.

»Hast du auch mit ihr geschlafen, während wir beide …« Sie beendete den Satz nicht.

»Helene! Was willst du von mir?« Gideon fuhr sich mit beiden Händen durch sein Haar und strich es zurück, doch ohne Pomade hielt es nicht und fiel ihm wieder in die Stirn. »Möchtest du einen Kaffee?« Er ging hinüber in die Küche, ohne auf eine Antwort zu warten, und füllte einen Kessel mit Wasser.

»Erkläre mir, was die Judenfrage ist?«

Vor Überraschung ließ er den Kessel auf den Herd knallen. »Wie bitte?«

»Erkläre es mir. Was bedeutet das … die Judenfrage?« Helene lehnte sich an die Türzarge. »Du musst es doch wissen, jetzt wo du in der Partei aufgestiegen bist, Herr Doktor.« Verachtung lag in ihrer Stimme. Sie wusste gar nicht, was sie je an diesem Mann bewundert hatte. So wie er vor ihr stand, war er auch nur ein weiteres schönes Gesicht, das nicht hielt, was es versprach.

»Wo hast du das her?«

»Es steht in der Zeitung. Du wirst mir doch so eine simple Frage beantworten können, immerhin hast du studiert.«

Gideon schaltete den Herd ein, dann kam er auf Helene zu, die sich zwingen musste, nicht zurückzuweichen.

»Dir muss doch bekannt sein, dass wir Deutschland von den Juden befreien wollen. Sie sind die Wurzel allen Übels. Du kannst nicht so verblendet sein, das nicht zu sehen«, presste Gideon hervor.

Helene schüttelte den Kopf. Zwar hatte sie bereits in der Schule miterlebt, dass man gegen die Juden hetzte, doch in so klaren Worten hatte es noch niemand gewagt, es ihr ins Gesicht zu sagen.

Sie hatte sich nie für Politik interessiert und ihre Eltern hatten alles getan, um sie von dem Weltgeschehen fernzuhalten, was sich nun als großer Fehler herausstellte. Sie würde nie mehr die Augen vor der Wahrheit verschließen. Wenn gute Männer, wie es ihr Großvater war, keine andere Wahl hatten, als sich in einem dunklen Kellerloch zu verstecken, dann war die Lage prekärer, als sie vermutete. »Ich muss wissen, was genau das zu bedeuten hat. Was geschieht mit den Juden? Wo sollen sie denn alle hin?«

»Helene, du solltest dich nicht mit diesen Fragen quälen. Es kann gefährlich sein.« Gideon versuchte, sie zu berühren, doch Helene wich vor ihm zurück.

»Siehst du denn nicht, was dort draußen los ist? Überall brennen Häuser oder sie wurden zerstört. Wie kannst du für eine Sache kämpfen, die so etwas zulässt?«

»Daran sind die Juden doch selbst schuld. Sie müssen sich nicht wundern, wenn sie in Konzentrationslagern landen und ihnen das Eigentum weggenommen wird, weil sie es sich auf unerlaubten Wegen beschafft haben. Du musst endlich aufwachen.« Er griff nach ihrer Hand.

»Ich gehöre selbst zu diesen so feindlichen Juden, von denen du sprichst. Du siehst sie als Feinde, aber warst dir nicht zu fein dafür, mit einer von ihnen ins Bett zu gehen«, schleuderte sie ihm entgegen.

Gideon machte einen Schritt auf sie zu, doch in diesem Augenblick begann der Kessel auf dem Herd zu pfeifen. Gideon ging zurück, um ihn zur Seite zu stellen. »Verflucht! Ist das heiß!«, rief er erschrocken.

»Hast du dich verbrannt? Du musst die Hand unter kaltes Wasser halten.«

Helene kam näher, sah sich seine Hand an.

»Nein, schon gut. Es ist nichts geschehen.« Sie standen sich nah gegenüber und Gideon berührte ihre Wange. »Was ist nur mit dir los? So kenne ich dich gar nicht.«

Du hast mir das Herz gebrochen … das sagte sie jedoch nicht laut, aber ihre Augen sendeten genau diese Botschaft. »Ich will, dass du Lasse Sandberg aus dem Gefängnis holst«, forderte sie stattdessen.

Gideon stieß ein lautes Lachen aus. »Ich glaube, du überschätzt meine Befugnisse.«

Helene schüttelte den Kopf. »Nein, ich glaube, das tue ich nicht. Ich weiß, dass du etwas mit seiner Inhaftierung zu tun hast, und ich verlange, dass du dafür sorgst, dass er wieder freikommt. Seine Familie braucht ihn.«

»Und du? Brauchst du ihn auch?« Gideon musterte sie abschätzend.

»Ich kenne ihn kaum. Ich habe keine Ahnung, was du dir in deinem Kopf zusammenspinnst, aber ich kann dir sagen, dass du falschliegst. Lasse ist der Bruder einer Schulfreundin und jemand, der für meinen Vater arbeitet, mehr nicht. Du warst der Mann, den ...« Sie hielt inne.

»Ja?«

Helene schüttelte den Kopf. Sie würde ihm ganz sicher nicht zeigen, wie sehr er sie verletzt hatte. »Ich will, dass du dafür sorgst, dass Lasse freikommt, sonst ...«

»Sonst was?« Gideon zog eine Augenbraue in die Höhe. »Willst du mir etwa drohen?« Er lachte auf, verhöhnte sie.

»Ich hätte niemals erwartet, dass ich dich einmal verabscheuen würde. Aber du warst nie ernsthaft an mir interessiert, nicht wahr?« Plötzlich stand ihr alles klar vor Augen. »Ist es, weil mein Großvater Jude ist? Das kann es doch nicht sein. Dafür sind wir nicht wichtig genug. Was also war es?«

»Wo versteckt ihr deinen Großvater?«, rief er aufgebracht. »Los, sag es mir. Ich muss es wissen. Hat dein Onkel Hans etwas damit zu tun?« Er spie die Worte nur so aus. Etwas in Gideons Gesicht veränderte sich, doch Helene erkannte die Gefahr zu spät. Als sie diese Glut in seinen Augen sah, wollte sie zur Tür, doch Gideon war schneller, ergriff ihre Hand und zog sie dicht an seinen Körper. »Vielleicht wollte ich einfach nur ein wenig Spaß haben.« Er versuchte, sie zu küssen, doch Helene wehrte sich nach Kräften, kam aber nicht gegen Gideon an.

Ohne große Anstrengung hob er sie hoch, trug sie hinüber ins Wohnzimmer und ließ sie auf das Sofa fallen.

»Lass mich los, du Scheusal!«, rief sie, klopfte mit ihren Fäusten gegen seinen Rücken, doch es war, als würde sie gegen einen Felsen ankämpfen. Mit aller Gewalt riss er ihr den Mantel vom Körper, fingerte an den Knöpfen ihres Kleids, doch als es nicht schnell genug ging, riss er daran, dass die Knöpfe absprangen.

»Lass mich los!«, schrie Helene, doch ihre Kräfte schwanden zusehends. Sie kam nicht gegen ihn an.

»Hilfe!«, schrie sie, da warf sich Gideon über sie und hielt ihr mit einer Hand den Mund zu, während er mit der anderen unter ihr Kleid griff und ihr Höschen herunterriss. Er öffnete schnell seine Hose, zog sie zu den Knien hinunter.

Gegen diesen groß gewachsenen Mann hatte Helene nur wenig entgegenzusetzen. Tränen traten ihr in die Augen, als sie spürte, wie er mit Gewalt in sie eindrang. Das hier hatte nichts mehr mit der Liebesnacht zu tun, die sie vor wenigen Monaten verbracht hatten. Diese rohe Gewalt, die er ihr antat, lähmte sie vollkommen. Sie ließ von ihm ab, schloss die Augen und hoffte, dass es bald vorbei sein würde. Die Schmerzen, die er ihr zufügte, waren zu viel für ihre Seele. Es war, als würde sie ihren Körper verlassen und von oben herab auf die Szenerie starren. Sie hörte das Keuchen aus Gideons Mund und wandte den Kopf zur Seite, weil ihr übel wurde. Seine Hand, die nach ihren Brüsten tastete, ignorierte sie vollkommen. Er berührt nur den Stoff des Kleides, versuchte sie, sich einzureden. Das bist nicht du, die hier unter ihm liegt. Tausend Gedanken schossen ihr durch den Kopf, schrien laut durcheinander. Das bist nicht du, sondern eine andere Frau, der das passiert, dir geschieht nichts, du bist in Sicherheit. Gebetsmühlenartig sagte sie sich das immer wieder vor, konzentrierte sich ganz darauf. Er würde es nicht schaffen, sie zu zerstören. Sie würde das hier überleben und vergessen. Wie in einem dichten Nebel nahm sie das laute Stöhnen von Gideon wahr, die Wärme, die sich in ihr ausbreitete, als sein Samen sich in ihr ergoss, wie er auf ihrem Körper zusammenbrach, nachdem er endlich fertig war. Ihr war speiübel, der Schmerz in ihrem Unterleib breitete sich wie ein Lauffeuer in ihr aus. Doch Helene verdrängte das alles. Ihr Kopf war leer, es gab nur einen einzigen Gedanken, der übrig blieb, als sich der Nebel lichtete, wie auf einer Wiese, die von den frühen Sonnenstrahlen beschienen wurde, und alles zum Leben erweckte: Es ist vorbei. Es ist vorbei und sie war noch am Leben und irgendwann würde sie sich dafür rächen. Nicht jetzt, aber irgendwann. Und dann Gnade ihm Gott.

Kapitel 18

Helene wischte sich die Tränen aus den Augenwinkeln. Er würde sie nicht weinen sehen, niemals. Das schwor sie sich. Mühsam befreite sie sich von seinem Körper, während sie zeitgleich gegen die Übelkeit ankämpfte, die aus ihrem Magen hochstieg. Bittere Galle schmeckte sie im Mund und sie schluckte hart. Ihr Kleid war am Ausschnitt zerrissen, doch sie scherte sich nicht darum, fand ein Handtuch in der Küche und wischte zwischen ihren Beinen, zog ihr Höschen an. Es war beschämend und erniedrigend, doch Helene ließ all diese Gefühle nicht zu. Aus dem Augenwinkel sah sie Gideon auf dem Sofa liegen, der hart atmete und einen Unterarm über seine Augen gelegt hatte.

»Es tut mir leid, Helene«, murmelte er und richtete sich auf den Unterarmen gestützt auf. Es war ein groteskes Bild, wie er dalag, mit dem offenen Hemd, seine Hose bis zu den Knien heruntergezogen. Wie hatte sie diesen Mann nur jemals anziehend finden können? »Wirklich, ich wollte das nicht.«

»Spar dir deinen Atem, ich glaube dir ohnehin nie wieder ein Wort«, sagte sie völlig emotionslos. Schnell zog sie ihren Mantel über. »Ich erwarte von dir, dass Lasse Sandberg zu seiner Familie zurückkehrt.«

»Du glaubst, du bist in der Position, Forderungen zu stellen?« Gideon erhob sich schwerfällig und zog seine Hose hoch, schloss die Knöpfe.

»Sollte das nicht geschehen, werde ich Ingrid erzählen, was du für ein Mann bist und dass du mich vergewaltigt hast.« Sie blickte ihm geradewegs in die Augen und war stolz auf sich, dass sie diesen Mut aufbrachte.

Er lachte selbstgefällig. »Und du glaubst, sie würde deinen Worten Glauben schenken? Du bist wirklich naiv, Helene. Das gefällt mir so an dir.«

»Nun, Ingrid mag vielleicht das dumme Mädchen sein, das ich war, als wir uns kennenlernten, aber wie willst du ihr erklären, dass ich weiß, dass sich auf der Innenseite deines Oberschenkels ein Muttermal in Form eines Ankers befindet?« Die Worte kamen gelassen aus ihrem Mund, als würde sie über das Wetter plaudern. »Ich denke nicht, dass jemand darüber Bescheid weiß, der dich nicht nackt gesehen hat. Und sollte sie mir nicht glauben, kann Rosa es ebenfalls bestätigen. Du solltest vorsichtig sein, wen du dir zum Feind machst, Gideon.«

Als er schwieg, wandte sie sich zum Gehen. »Ich erwarte, dass Lasse in zwei Tagen wieder zur Arbeit erscheint. Dann werde ich über das hier«, sie deutete auf die Couch, »niemals ein Wort verlieren. Es ist in deinem Interesse, dass du es auch für dich behältst. Lebe wohl, Gideon.« Mit schnellen Schritten rannte sie hinaus und schloss die Haustür hinter sich. Erst als sie schon einige Meter mit dem Rad hinter sich gebracht hatte, wagte sie endlich wieder zu atmen. Sie hatte Angst, dass Gideon sie in letzter Sekunde einholen und ihr den Weg versperren würde, doch er war ihr nicht gefolgt.

Sie musste sich beeilen, denn sie wollte wieder zu Hause sein, bevor ihre Eltern aus der Kirche zurückkamen. Manchmal gingen sie noch am Alsterufer spazieren, doch es begann leicht zu schneien und so würden sie wohl auf direktem Wege nach Hause kommen. Helene trat in die Pedale, als ginge es darum, ein Rennen zu gewinnen. Ihr ganzer Körper fühlte sich zerschunden an und tat weh, doch sie ignorierte den Schmerz. Sie tat es für Lasse, redete sie sich ein, um es überhaupt ertragen zu können.

Sie bog in die Einfahrt zur Villa ein und stellte erleichtert fest, dass der Wagen ihrer Eltern noch nicht wieder zurück war. Sie sprang vom Rad, warf es achtlos zu Boden und rannte die Treppe hinauf.

»Gnädiges Fräulein, ist alles in Ordnung?«, fragte Margot, die ihr die Tür öffnete.

»Ja, natürlich, ich bin mit dem Rad hingefallen, es ist rutschig draußen. Bitte lassen Sie mir ein Bad ein«, rief Helene über ihre Schulter hinweg. Sie musste in ihr Zimmer, denn jeden Augenblick würde ihre Contenance in sich zusammenfallen. Sobald die Tür ihres Zimmers hinter ihr ins Schloss gefallen war, begann sie hemmungslos zu weinen. Lautlos. Die Tränen rannen ihr die Wangen hinunter und sie hatte nicht einmal die Kraft, sie wegzuwischen. Langsam glitt sie an der Tür entlang auf den Boden und weinte stille Tränen. Weinte, weil ihr Körper überall schmerzte, und sie weinte um einen jungen Mann, der vermutlich wegen ihr ins Gefängnis gekommen war. Wenn Lasse nun gar nicht mehr am Leben war? Was sollte sie Ina nur sagen? Doch am meisten weinte sie um sich selbst. Nicht, weil sie so sehr erniedrigt oder die Familienehre beschmutzt worden war, sondern weil sie sich so sehr in einem

Menschen getäuscht hatte. Wie sollte sie je wieder einem Mann vertrauen können? Wie sollte sie wieder den Mut finden, ihre Liebe einem anderen zu schenken? In all ihrer Trauer und Wut fasste sie einen Entschluss: Sie schwor sich, dass sie diesen Fehler nicht noch einmal begehen würde. Für den Rest ihres Lebens würde sie nie wieder einem Mann vertrauen, auch wenn sein Gesicht und seine Worte noch so schön waren. In Zukunft würde sie gegen jedwede Avancen aufbegehren und wenn es das Letzte ist, was sie tun würde. Nie wieder würde sie in solch einen Hinterhalt geraten. Sie würde diese Worte wie ein Schild vor sich hertragen, wenn sie in den Kampf zog. Niemals wieder – das war die Losung ihres neuen Lebens. Niemals wieder.

»Warum liegt Helenes Fahrrad vor der Tür?«, fragte Greta, als sie die Halle betrat. Sie war mit Carl nach dem Gottesdienst noch einmal am Bornplatz vorbeigefahren. Die Synagoge war niedergebrannt worden. Polizei sicherte das Gebäude. Greta hatte aussteigen wollen, doch Carl hatte sie zurückgehalten, damit sie nicht wieder in Schwierigkeiten geriet. Danach waren sie in ein Café eingekehrt und hatten neben einem Kaffee auch einen kleinen Cognac getrunken. Sie konnte nicht fassen, was mit der Welt geschehen war. Dass Carl jetzt auch noch der Partei beigetreten war, machte alles nur noch schlimmer. Nachdem sie Carl am Kontor abgesetzt hatten, weil er etwas erledigen wollte, fuhr Wilhelm sie nach Hause.

»Das gnädige Fräulein ist mit dem Rad gestürzt. Sie hat ein Bad genommen und schläft jetzt«, berichtete Margot.

»Was? Hat sie sich was gebrochen?« Greta lief die Treppe hinauf, klopfte an Helenes Tür.

»Ja bitte«, hörte man ihre zarte Stimme.

Greta öffnete die Tür und sah Helene im Bett liegen. »Du bist gestürzt? Ist dir etwas passiert?« Sie schloss die Tür hinter sich und trat besorgt näher. Ihr gefiel gar nicht, was sie da sah. Helene sah verändert aus, nicht wie ihre kleine Tochter. Sie hatte den Ausdruck einer erwachsenen Frau angenommen.

»Nein, Mama. Es ist alles in Ordnung.«

Wobei es überhaupt nicht danach aussah. Helene war kreidebleich, die Augen gerötet vom Weinen. Als Greta sich auf der Bettkante niederließ, setzte sich Helene auf.

»Es sieht aber nicht danach aus, als wäre alles in Ordnung.« Greta griff nach Helenes Händen, nahm sie in ihre. Sie waren eiskalt, obwohl sie ja gebadet hatte. »Was ist los, mein Kind? Du weißt, dass wir über alles sprechen können.«

Dieser Satz sorgte dafür, dass alle Dämme brachen. Helene warf sich in ihre Arme und weinte hemmungslos. Und Greta ließ sie gewähren. Sie kannte ihre Tochter gut und wusste, sie würde reden, wenn sie bereit dazu war. Das Einzige, was sie im Augenblick für sie tun konnte, war, ihr eine Schulter anzubieten, an der sie sich ausweinen konnte.

»Es ist also nicht alles in Ordnung?«, sagte Greta, nachdem Helene sie eine Weile traurig angeblickt hatte und die Tränen langsam versiegten.

»Nein, Mama, ist es nicht. Aber ich kann dir unmöglich die Wahrheit sagen.«

»Ist dir etwas passiert?«, tastete sich Greta vorsichtig voran.

Helene nickte und schloss die Augen. »Ich kann nicht ... nicht darüber sprechen. Es geht einfach nicht, es ist zu schrecklich.« Sie holte schluchzend Atem.

»Hat dir jemand etwas angetan?« Sie wagte diese Frage kaum zu stellen.

Als Helene nickte, musste Greta sich zusammenreißen. Sie wusste, wenn sie jetzt das Falsche sagte, würde Helene dichtmachen und die Möglichkeit, ihr zu helfen, wäre für immer vertan.

»Ist es das, was ich vermute? Und du weißt, dass Mütter immer das Schlimmste vermuten.«

Helene schloss die Augen, dann nickte sie.

»O mein Gott. Wer? Wer war es?«

»Das wirst du nicht erfahren, Mama. Ich kann es dir nicht sagen.«

»Aber warum denn nicht?«

»Weil du dann losläufst und alles nur noch schlimmer wird. Ich will es einfach nur vergessen, hörst du. Du darfst vor allem Papa nichts davon erzählen, bitte versprich es mir.«

Greta zog sie in ihre Arme und wiegte sie wie ein kleines Kind hin und her. »Nein, natürlich werde ich Papa nichts erzählen. Ich werde schweigen wie ein Grab. Es ist ein Geheimnis zwischen uns, das wir teilen. Ein weiteres unserer Geheimnisse.« Sie strich Helene über das Haar und dachte nach, dann fiel es ihr wie Schuppen von den Augen. »Es war Gideon von Hohenfels, nicht wahr?« Ihre Stimme war nur ein Flüstern, aber es konnte nicht anders sein.

»Mama«, versuchte Helene das Gespräch zu beenden, doch Greta ließ es nicht zu.

»Ich verspreche dir, dass ich nichts unternehmen werde, ich werde Stillschweigen bewahren, doch ich will die Wahrheit wissen, nur so kann ich richtig handeln. War es von Hohenfels, der dir das angetan hat?«

Ergeben nickte Helene. »Ja, ich hatte mich in ihn verliebt. Mama, ich hatte mich so sehr verliebt und ich dachte, nein, er behauptete, dass er mich auch liebt. Doch das war alles nur gelogen. Er wird sich mit Ingrid verloben und sie hat keine Ahnung, wen sie da heiraten wird.« Ihre Stimme hörte sich an, als wäre sie hundert Jahre alt.

»Hat er dir wehgetan, müssen wir einen Arzt konsultieren?«

Schnell schüttelte Helene den Kopf. »Nein, Mama, der Schmerz in meiner Brust ist viel größer. Aber wir dürfen Tante Dörte oder Ingrid nichts davon erzählen. Sie würden mir niemals glauben. Es ist viel zu gefährlich, allein schon wegen Großvater.« Sie war kaum zu verstehen. »Wir müssen es vergessen. Ganz einfach vergessen.«

Greta nickte. »Ja, die Zeit heilt alle Wunden und auch deine werden heilen, mein Liebes.« Sie strich ihr eine verirrte Haarsträhne aus dem Gesicht. »Du wirst vergessen«, flüsterte Greta. *Ich aber nicht*, dieser Gedanke verfestigte sich in ihrem Kopf. Bei Gott, dieser Kerl würde nicht ungeschoren davonkommen. Dafür würde sie sorgen.

»Werde ich es jemals wieder tun können, Mama?«

»Was, mein Kind?«

Helene sah ihre Mutter besorgt an. Sie suchte nach den richtigen Worten. Sie schien sie nicht finden zu können. »Werde ich jemals wieder genug vertrauen können, um mich wieder zu verlieben?«, brachte sie dann endlich hervor.

Zart strich Greta über die Wange ihrer Tochter. »Ja, mein Kind. Wenn der richtige Mann deinen Weg kreuzt, dann wirst du es können. Mit der Zeit wird es leichter werden. Du wirst lernen, mit der Vergangenheit zu leben. Es darf nur nicht dein Leben bestimmen. Lass es nicht zu. Gibt ihm nicht diese Macht über dich.«

»Aber wie erkenne ich, ob jemand der Richtige ist. Wie werde ich es wissen? Ich denke, es ist besser, wenn ich mich nicht mehr verliebe.« Die Verzweiflung in dem Blick ihrer Tochter rührte Greta.

»Nein, diesen Gedanken solltest du verwerfen. Wir Menschen sind nicht dazu gemacht, allein zu bleiben. Nicht du wirst erkennen, wenn du den richtigen Mann triffst, sondern dein Herz.« Greta zog sie in ihre Arme, wiegte sie, wie ein kleines Kind, bis Helene eingeschlafen war.

Kapitel 19

Gideon lief mit langen Schritten in seinem Büro hin und her, die Hände auf dem Rücken verschränkt. Vor dem Fenster blieb er stehen, sahen einen Trupp Gefangener, die nach ihrer Vierzehnstundenschicht Aufstellung nahmen. Einige konnten sich kaum noch auf den Beinen halten. Andere stand selbst nach diesem langen Tag noch kerzengerade. Sie waren die, die am längsten durchhielten. Das wusste er aus Erfahrung. Sie galt es zu brechen, der Rest würde dann mit ihnen fallen. Allen waren die Haare geschoren worden, alle trugen sie die gleiche gestreifte Kleidung, sodass niemand aus der Masse hervorstach. Die Gefangenen sollten das gleiche Gewand eines Straftäters tragen, egal, aus welchem Grund sie hier waren: Wegen ihrer jüdischen Abstammung, politischen Verfehlung, weil sie Kommunisten, Diebe oder Mörder waren. Dennoch erkannte Gideon ein Gesicht, das sich von den anderen abhob. Es hatte den gleichen hochmütigen Ausdruck des Widerstands, den er auch bei Helene gesehen hatte. Es gab nur wenige Menschen, die sich nicht besiegen ließen, Helene gehörte dazu und dieser Mann da unten ebenfalls. Helene hatte ihr Leben für ihn riskiert und er war vermutlich der Mann, in den sie sich verliebt hatte, nachdem er ihr das Herz gebrochen hatte. Es war seine eigene Schuld, dass alles so gekommen war.

Er hätte diese ganze Sache anders anpacken müssen. Aber wer hätte gedacht, dass ihm Helene so viel bedeuten würde?

Mittlerweile war es dunkel geworden und Gideon fokussierte den Blick, erkannte sein eigenes Gesicht, das sich im Fenster spiegelte. Ein bitterer Geschmack machte sich in seinem Mund breit. Was war er nur für ein Mistkerl! Abrupt drehte er sich um, rannte los und erreichte nur mit Mühe die Toilettenanlagen auf dem Gang, übergab sich ins Waschbecken. Galle verließ seinen Körper, der Ekel, der sich in ihm vor sich selbst aufgestaut hatte. Nichts weniger hatte er verdient.

»Alles in Ordnung, Hauptsturmführer?«

Sein Adjutant war in den Raum getreten, gerade als Gideon sich mit einem feuchten Taschentuch das Gesicht abwischte.

»Ja, Braun, es geht mir gut. Bringen Sie den Insassen Sandberg in mein Büro.«

»Sandberg?«, fragte Braun nach.

»Genau, Sandberg. Nummer 275 889. Jetzt sofort.« Seine Stimme klang schneidend. Er musste es hinter sich bringen, bevor er es sich doch noch anders überlegte.

»Zu Befehl, Herr Hauptsturmführer.« Braun salutierte und machte sich auf den Weg.

Gideon lehnte sich erschöpft an die Wand und schloss für einen Moment die Augen. Er war hin- und hergerissen, hatte große Schuld auf sich geladen und drohte, daran zu zerbrechen. Gleichzeitig musste er seiner Gesinnung folgen, die durfte er nicht verraten. Verdammt, wie sollte er sich nur entscheiden? Helenes Liebe hatte er ohnehin schon verspielt, was machte das jetzt noch für einen Unterschied? Er wusste es nicht, dennoch wollte er ihr diesen letzten Gefallen tun.

Über dem Waschbecken hing ein Spiegel, in dem er einen kurzen Blick warf. Was er sah, erschreckte Gideon, er spülte seinen Mund aus, um diesen widerlichen Geschmack loszuwerden, richtete sein Haar und zog die Krawatte zurecht. Er setzte diesen gleichgültigen freundlichen Blick auf, den er einstudiert hatte, damit niemand seine Gefühle und seine Gedanken erraten konnte. Eine Maske zu tragen war in diesen Zeiten Gold wert. Mit mühsamen Schritten ging er zurück in sein Büro, wo bereits ein Mann auf einem Stuhl saß, die Füße und Hände in Ketten.

»Nehmen Sie ihm die Fesseln ab und dann lassen Sie uns allein, Braun«, wies Gideon seinen Adjutanten an, der ihn überrascht anblickte.

»Sind Sie sicher, Herr Hauptsturmführer?«

»Machen Sie, was ich sage«, knurrte Gideon und ließ sich auf seinem Stuhl nieder.

Als sie endlich allein waren, sah er den jungen Mann an und fragte sich, ob er von Helene auch das bekommen hatte, was sie bereit war, ihm zu geben. Jetzt vermutlich nicht mehr, denn er hatte sich ihr aufgezwungen, doch er würde ohnehin Ingrid Karven heiraten, sie war einfach die bessere Wahl. Ihr Vater war ein Großindustrieller, der es weit in der Partei bringen würde, aufgrund seiner persönlichen Freundschaft zu Hitler. Und wenn Gideon es weit bringen wollte, dann musste er eine Frau heiraten, die über solche Verbindungen verfügte, und keine Frau, die zu den jüdischen Mischlingen zählte. Das war einfach nicht möglich. Zu einer anderen Zeit vielleicht, aber es gab nun mal keine andere als diese hier und er musste tun, was seine Stellung festigte. Damit war er schon immer am besten gefahren.

»Weißt du eigentlich, welches Glück du hast, Sandberg? Ein richtiger Glückspilz bist du.«

Der Mann, der ihm gegenübersaß, verzog nur angewidert den Mund, für mehr fehlte ihm wohl die Kraft. Er war ausgemergelt, erschöpft und desillusioniert. Doch war sein Wille ungebrochen, wie diese Geste zeigte. Ein Mann, der den Kampf niemals aufgab, bis in den Tod hinein.

»Du kannst dich glücklich schätzen, dass es eine Frau gibt, die wohl sehr viel für dich empfindet, ansonsten hätte sie wohl kaum ihre Jungfräulichkeit für dich geopfert.« Er lachte hämisch auf. Er würde ihm schon zeigen, wer hier das Sagen hatte.

Sandberg blickte ihm mit einem Auge an, das andere war fast gänzlich zugeschwollen. Er hatte sich wohl mit einem der Wärter angelegt. »Haben Sie meiner Schwester etwas angetan?«, fragte er und auch seine Zähne waren blutverschmiert.

»Deiner Schwester?« Gideon schüttelte den Kopf. »Die kenne ich nicht. Es gibt jemand anderen, der mir wesentlich mehr am Herzen liegt, und es tut mir in der Seele weh, dass diese Frau an einer Kreatur wie dir Gefallen findet.« Gideon räusperte sich. »Nun gut. Das tut nichts zur Sache. Du wirst jetzt gleich durch diese Tür gehen und mich begleiten. Du wirst keine Fragen stellen. Wenn du am Leben bleiben willst, solltest du dich fügen.«

»Wo bringen Sie mich hin?«, nuschelte Sandberg, obwohl er kaum in der Lage war, die Lippen zu bewegen.

»Ich sagte doch gerade, du sollst keine Fragen stellen, wenn du weiterleben willst. Es wird nur diese eine Gelegenheit für dich geben, dieses Lager zu verlassen. Verpatzt du sie, ist es vorbei. Also sei klug und halte dein Kommunistenmaul, ansonsten schicke ich dich mit dem nächsten Transport in ein anderes Konzentrationslager. Verstanden?« Gideon musterte ihn voller Abscheu, dennoch keimte auch Neid in ihm auf. Der Kampfeswille dieses Mannes beeindruckte ihn.

Sandberg nickte und Gideon erhob sich. Legte ihm die Handschellen an, verzichtete aber auf die Fußfesseln und brachte ihn hinaus in das Vorzimmer seines Büros.

»Herr Hauptsturmführer!« Braun erhob sich und wollte ihm den Gefangenen abnehmen, doch Gideon winkte ab.

»Ich werde den Gefangenen ins Krankenhaus begleiten. Er ist für einige Forschungen vorgesehen. Ich werde heute nicht mehr zurückkommen. Wenn etwas Wichtiges ist, kümmern Sie sich darum, Braun.«

»Jawohl, Herr Hauptsturmführer, soll ich nach Ihrem Fahrer schicken?«

»Nein, danke. Ich fahre selbst. Wir sehen uns morgen. Guten Abend.«

»Natürlich, Herr Hauptsturmführer, guten Abend und Heil Hitler.«

Gideon steuerte den Wagen mit sicherer Hand durch die Nacht. Anstelle in Richtung des Krankenhauses zu fahren, fuhr er zum Marktplatz in der Nähe des Michels und stoppte das Auto an der Ecke Neuer Wall und Jungfernstieg. Während der Motor im Leerlauf lief, schloss er die Handschellen auf, die Sandberg die ganze Zeit trug. Dann griff er hinter den Rücksitz, holte einen Pullover und eine Hose hervor. »Hier, zieh das über deine Kleidung, sonst wirst du von der nächsten Streife sofort wieder einkassiert.« Er warf Sandberg die Sachen in den Schoß, der keine Fragen stellte, sondern das tat, was Gideon ihm befohlen hatte.

»Und jetzt raus aus dem Wagen. Geh nach Hause und morgen wirst du wieder deine Arbeit bei den von Löwensteins aufnehmen. Habe ich mich klar ausgedrückt?«

Sandberg sah ihn verwirrt an. »Warum tun Sie das?«

Gideon holte Luft und wollte ein *Raus aus dem Wagen* brüllen, doch dann hielt er inne. Ja, warum tat er das und lief Gefahr, selbst in große Schwierigkeiten zu geraten? Im schwachen Lichtschein der Straßenlaterne blickte er Lasse Sandberg an. »Aus Liebe zu einer Frau, deren Herz ich niemals besitzen werde. Deren Liebe ich für immer verloren habe. Aber das geht dich nicht das Geringste an. Und jetzt verschwinde, bevor ich es mir anders überlege.«

Sandberg nickte. »Danke.« Dann öffnete er die Beifahrertür und stieg schnell aus. Er sah sich kurz um und war auch schon im Dunkel der Nacht verschwunden. Die Schwärze verschluckte ihn, als hätte es ihn nie gegeben.

Gideon saß noch eine Weile im Wagen, zog eine Zigarette aus dem goldenen Etui und zündete sie an. »Jetzt haben wir noch ein Geheimnis, das wir teilen, liebe Helene«, murmelte er mit der Zigarette im Mundwinkel, legte den Gang ein und fuhr Richtung Holstenwall. Er hoffte, dass ihm das nicht noch vor die Füße fallen würde.

Nach drei Tagen auf ihrem Zimmer fühlte sich Helene wieder einigermaßen in der Lage, in der Arbeit zu erscheinen. Ihre Mutter machte sich große Sorgen und wollte mit ihr ins Krankenhaus, sollte sich ihr Zustand nicht bessern, schon deshalb quälte sie sich aus dem Bett. Sie würde sich nicht in einem Hospital untersuchen lassen und beschämende Fragen beantworten. Sie wollte das alles so schnell wie möglich vergessen und darum fuhr sie am Mittwoch mit ihrer Mutter ins Kontor. Sie würde den Tag schon irgendwie überstehen können.

»Gnädiges Fräulein Helene, wie habe ich Sie vermisst«, empfing Manni Weseke sie. »Ihre Mutter sagte, Sie hätten sich eine Erkältung eingefangen, ich hoffe, es geht Ihnen wieder besser?«

Dieser Mann verbreitete immer gute Laune, sodass Helene lächeln musste. »Ja, Herr Manni, es geht mir gut.«

»Na, dann kommen Sie, wir haben neue Lieferungen erhalten, die wir in unseren Katalog aufnehmen müssen.«

Zusammen mit Weseke ging sie hinauf ins Lager, packte die Kartons aus, die mit der Post geliefert wurden und nicht als Großbestellung über den Seeweg kamen.

»Schauen Sie, hier haben wir ganze Nelken von den Molukken-Inseln«, erklärte er und deutete auf einen großen Karton.

»Woher?« Davon hatte Helene noch nie gehört.

»Na die Molukkeninseln in Indonesien, eine große Inselgruppe im Indischen Ozean. Ich war zwar noch nie persönlich dort, aber es soll dort sehr schön sein.«

Helene öffnete eine der Tüten und roch daran. »Mhm, die riechen aber intensiv.«

»Das liegt daran, dass sie zu den Myrtengewächsen gehören, die haben einen hohen Anteil an ätherischen Ölen, dem Eugenol. Das finden wir auch in Cassia-Zimt. Der müsste in dem anderen Karton sein. Von dem verkaufen wir nicht so viel, zu viel davon ist schädlich. Wir verkaufen fast nur den Ceylon–Zimt, der wird aber in großen Säcken angeliefert. Gestern ist eine große Menge eingetroffen, wir sollten eine Probe von oben holen, um die Qualität zu testen. Ich bin leider

192

noch nicht dazu gekommen. Es war in der letzten Zeit einfach zu viel zu tun.«

»Das kann ich doch machen. Ich laufe schnell hoch und hole welchen.«

Helene nahm einen der Probebehälter, die im Verkaufsraum ausgestellt waren, und lief hinauf in die sechste Etage, wo die Säcke von den Schuten in das Lager hinaufgezogen wurden. Das funktionierte ganz automatisch, wie sie festgestellt hatte. Überhaupt war hier in der Speicherstadt alles modern und fortschrittlich.

»Entschuldigung, ich hätte gerne Proben von dem Zimt, der gestern angeliefert wurde«, rief sie einem der Arbeiter zu.

»Die Säcke stehen noch hier«, erklärte er und drehte sich zu ihr um.

»Lasse?«, fragte sie leise und war erschrocken. Es war seine Stimme, aber dieser Mann sah um Jahre gealtert aus. »Lasse! Du bist es wirklich.« Es gab keinen Zweifel. Sie rannte auf ihn zu und warf sich in seine Arme, dabei konnte er sich nur mit Mühe auf den Beinen halten.

»Na, na, nicht so stürmisch, du holst mich noch von den Beinen.« Er lachte leise.

»Lasse, was machst du hier? Wo warst du?« Tausend Fragen hatte Helene und sie konnte sie nicht alle auf einmal stellen.

»Man hat mich gehen lassen. Er hat mich gehen lassen. Einfach so«, murmelte Lasse und schien ein wenig verwirrt.

»Wer?«, wollte Helene wissen. »Wer war er?«

»Na dieser Kerl der SS. Mit dem du im Kino warst, als ich dich gesehen habe. Mir kommt es wie Jahre vor.«

»Gideon? Gideon von Hohenfels? Er hat dich wirklich gehen lassen?« Sie konnte es nicht glauben.

Lasses Hände begangen zu zittern. »Ja, er dachte, dass wir beide, dass wir … ein Paar wären. Ist es wahr, dass du dich an ihn gewandt hast, dass du dafür gesorgt hast, dass ich wieder freikomme?« Seine Stimme klang tonlos.

Helene nickte vorsichtig, sie wagte nicht, ihn anzusehen, er sah so geschwächt aus, aber sie war erleichtert, ihn lebend vor sich zu haben. »Was haben sie mit dir gemacht? Warum haben sie dir deine Haare abgeschnitten?«

Er fuhr sich mit der Hand über die kurzen Stoppeln. »Sie scheren einem den Kopf, wegen der Läuse, damit man sich nicht untereinander ansteckt. Es ist nicht schlimm, die wachsen ja wieder. So spare ich mir für einige Zeit den Friseur.« Er versuchte sich an einem Lächeln, das ihm nicht wirklich gelingen wollte.

»Geht es dir gut?«, fragte sie ein wenig befangen. Sie wollte ihn nicht in Verlegenheit bringen.

»Ja, danke. Ich muss mich wohl bei dir bedanken. Vermutlich hast du mir das Leben gerettet«, gab er zögerlich zu.

»Ich? Aber wieso denn?« Sie verstand nicht ganz, wovon er sprach.

»Helene, man hatte mich in ein Konzentrationslager gesteckt und zum Arbeitsdienst eingeteilt. Du hast keine Vorstellung, wie es dort zugeht. Die Menschen werden geschunden, bis sie nicht mehr können. Denen ist egal, ob man an den Strapazen stirbt oder nicht.«

»Nein, Lasse, das kann doch nicht sein. Gideon ist Arzt, er hat einen Eid geschworen, den Menschen zu helfen.« Helene konnte es nicht glauben. Was erzählte Lasse denn da?

»Glaub mir, Helene, die nehmen einem alles. Deine Würde, deinen Stolz, selbst deine Haare. Es sind menschenverachtende

Zustände, die von Menschen selbst erschaffen werden, die jeglichen Glauben an Humanität und Moral verloren haben. Ich kann dich nur vor diesen von Hohenfels warnen. Er ist nicht der Mann, der er vorgibt, zu sein. Er ist hochgefährlich. Du darfst dich auf keinen Fall weiter mit ihm treffen. Und das sage ich nicht, weil ich eifersüchtig bin. Du musst dich vor ihm in Acht nehmen. Er mag zwar Arzt sein, doch die Frage ist, was genau tut er als Arzt in einem Konzentrationslager? Er ist kein Arzt, der Patienten behandelt. Lass dich nicht von ihm blenden, dieser Mann ist der Teufel persönlich.«

Helene blickte ihn traurig an. »Du brauchst dir keine Sorgen zu machen. Er wird sich in Kürze mit einer Freundin von mir verloben, die bessere Kontakte zur Partei hat und keine jüdischen Vorfahren.«

»Dann musst du deine Freundin vor ihm warnen.« Er umfasste ihre Oberarme und schüttelte sie leicht.

»Das kann ich nicht, Lasse. Meine Freundin und ihre Familie ... sie gehören zum erweiterten Kreis, der dem Führer hörig ist. Sie würde mir niemals Glauben schenken, mir vermutlich Eifersucht unterstellen. Ich bin nicht für sie verantwortlich. Bitte lass mich los, du tust mir weh.« Sie drehte sich aus seinen Händen, rieb über die Oberarme, die leichte Abdrücke aufwiesen.

Sofort nahm er seine Hände von ihr und trat einen Schritt zurück. Laut atmend strich er über seinen Kopf. »Bitte entschuldige. Das wollte ich nicht. Ich bin dir sehr dankbar, Helene. Was auch immer du dafür tun musstest, damit ich dort herauskomme.« Es war ihm anzusehen, dass es ihm leidtat, sie so hart angepackt zu haben. Er fuhr sich über den Kopf und atmete hart, als hätte er Schmerzen.

Helene schloss die Augen. Sie konnte ihm auf keinen Fall sagen, was geschehen war. Das war einfach unmöglich. Niemals hätte sie gedacht, dass Gideon ihren Forderungen nachgeben würde. Warum auch immer er Lasse aus diesem Zuchthaus entlassen hatte, sie war froh darüber. Der Preis dafür war verdammt hoch gewesen, doch das alles würde für immer ihr Geheimnis bleiben.

»Ich freue mich, dass du am Leben bist. Bestelle Ina liebe Grüße von mir. Ich muss jetzt mit dem Zimt wieder nach unten, sonst schickt Herr Manni noch einen Suchtrupp nach mir los.«

»Warte, ich öffne dir einen Sack.« Lasse zog ein Messer aus der Hosentasche und schnitt einen der Säcke auf, nahm ihr die Schale ab und befüllte sie, dann band er den Beutel mit einem Sisalstrick wieder zu.

»Hier, bitte.«

»Danke, Lasse. Tu mir einen Gefallen und bring dich nicht wieder in Schwierigkeiten.«

Er schüttelte den Kopf. »Das kann ich dir leider nicht versprechen. Jemand muss das alles aufhalten.«

»Aber du kannst es doch nicht allein, du kommst gegen diese Übermacht nicht an«, rief sie verzweifelt. »Du hast doch am eigenen Leib erlebt, wie sie vorgehen.«

»Ich alleine nicht. Aber ich bin nicht allein, wir sind viele, Helene. Im Untergrund, doch eines Tages werden wir auferstehen und diesem ganzen Spuk ein Ende setzen. Du musst Vertrauen haben.«

Helene begriff, dass hier Dinge am Werk waren, von denen sie keine Ahnung hatte. Sie musste zuversichtlich sein. Etwas anderes blieb ihr nicht übrig. »Bitte sei vorsichtig und pass auf dich auf.«

Sie nahm den Zimt und wandte sich der Treppe zu.

»Helene!«, rief Lasse ihr nach. »Bitte richte deinem Vater meinen Dank aus, dass er meinen Lohn an meine Familie weitergezahlt hat. Das war sehr anständig von ihm und ist nicht üblich. Ich werde das alles abarbeiten, versprochen.«

»Ich werde es ihm ausrichten, aber du bist uns nichts schuldig, Lasse. Es ist alles in Ordnung und ich bin froh, dass du wieder bei uns bist.« Sie schritt langsam die Stufen hinunter und dachte über seine Worte nach. Ihr war klar, dass es nicht ihr Vater gewesen war, der den Lohn weitergezahlt hatte, dafür war ihre Mutter zuständig und sie war sehr korrekt, wenn es um die Abrechnungen ging. Ein Beweis dafür, dass sie ihr Versprechen eingelöst hatte, sich um die Familie Sandberg zu kümmern. Sie würde ihrer Mutter auf ewig dankbar sein, dass sie ihrem Vater nichts verraten hatte und sie zu ihrem Wort stand. Ihre Mutter war eine Frau der Tat und sie konnte nur hoffen, dass sie ihr künftig würde nacheifern können. Auch wenn sie ein schlechtes Gewissen hatte, vor ihrem Vater Geheimnisse zu haben, doch es gab Themen, die konnte sie eben nur mit ihrer Mutter teilen.

Sie beide waren sich ähnlicher, als Helene es zugeben wollte. Nicht nur äußerlich, sondern auch in Sachen Temperament und Willensstärke. Das war eine Tatsache, die sie nicht von der Hand weisen konnte. Und wenn sie ehrlich war, war Helene stolz darauf.

Kapitel 20

Paul lehnte an der Türzarge, die in die Küche führte und sah dem Treiben dort zu. Lina gab Bille Anweisungen und schimpfte mit ihr, weil sie nicht schnell genug arbeitete.

»Wir haben noch eine Menge zu tun, Bille. Die Herrschaften haben heute Gäste und die Kartoffeln müssen noch geschält werden, damit die endlich auf den Herd kommen und die Heringe müssen gesäubert werden. Warum muss ich alles alleine machen? Du weißt doch, was zu tun ist!«, schimpfte Lina und schob sich eine Haarsträhne aus dem Gesicht.

»Kann ich vielleicht helfen? Hier sind zwei Hände, die etwas zu tun brauchen.« Er krempelte die Ärmel seines Hemdes auf, wusch sich sorgfältig die Hände.

Lina wandte sich um. »Der junge Herr! Dich schickt der Himmel. Endlich jemand, der weiß, was er tut.« Lina blickte zur Zimmerdecke, als wäre eine höhere Macht dafür verantwortlich, dass er in der Küche auftauchte. Früher hatte sie immer versucht, ihn wegzuschicken, aber darüber waren sie längst hinaus. Sie kannte Pauls Träume und wusste, dass er in der Küche seine Zukunft sah.

»Womit soll ich beginnen?«, fragte er und nahm eine Schürze vom Haken, band sie sich um.

»Die Kartoffeln müssen geschält werden, wir brauchen mindestens dreißig Stück.«

Paul stöhnte auf, lächelte aber dabei und zwinkerte Bille zu, die heimlich die Augen verdrehte.

»Du kannst froh sein, ich muss zwanzig Zwiebeln schälen und bin schon fast blind«, beschwerte sie sich und schenkte ihm ein reizendes Lächeln.

»Wir können tauschen«, bot er ihr an.

»Kommt nicht infrage. Bille schält Kartoffeln, als würde sie dabei einschlafen. Bei den scharfen Zwiebeln ist sie wesentlich schneller«, bestimmte Lina und schnitt einem Hering, der gewässert hatte, den Bauch auf, holte die Milch heraus und putzte ihn. Der nächste Fisch hatte Rogen im Bauch.

»Wie lange haben die Heringe gewässert?«, fragte Paul neugierig.

»Die habe ich vor drei Tagen eingelegt und jeden Tag das Wasser gewechselt«, rief Bille und verzog den Mund. »Ich hasse es, die Fische anzufassen.«

»Die Milch der männlichen Heringe werden wir später noch für den Heringsstipp gebrauchen«, erklärte Lina. »So hat schon meine Großmutter das Gericht zubereitet.«

»Na, da bin ich gespannt.« Paul schälte geschickt die Kartoffeln. »Warum benutzt du nicht Pellkartoffeln für den Salat?«

»Weil die Kartoffeln als Beilage gereicht werden und nicht direkt in den Salat kommen. Das sieht feiner aus. Wir sind ja hier nicht bei Hempels.« Lina grinste.

»Nein, wir sind bei von Hempels«, erklärte Paul und lachte auf.

»Die Zwiebeln sind geschält und in Scheiben geschnitten«, verkündete Bille. »Was mache ich jetzt damit?«

»In die Pfanne, leicht anbraten. Aber pass auf, dass sie nicht braun werden. Sie sollen nur weich werden und ihre Schärfe verlieren. Wenn sie verbrennen, musst du neue schälen.« Lina blickte streng und Paul wusste, wenn Bille das vermasselte, würde es Ärger geben.

»Komm, ich übernehme das. Du schälst die restlichen zehn Kartoffeln fertig.« Er tauschte mit Bille den Platz und sie lächelte ihn dankbar an.

Paul gab etwas Butterschmalz in eine Gusspfanne und dann die Zwiebeln dazu. Unter ständigem Rühren briet er auf kleiner Flamme die Zwiebeln glasig, und sobald sie leicht durchsichtig wurden, nahm er die Pfanne vom Herd und gab die Scheiben in eine Schüssel. »Fertig«, rief er gut gelaunt.

»Du bist ein Engel«, Lina schüttelte den Kopf, »an dir ist wirklich ein Koch verloren gegangen.«

»Ich bin ein Koch, an mir ist gar nichts verloren gegangen«, erklärte er mit hochgezogenen Augenbrauen. »Was sollen wir als Nächstes tun?«

»Wenn Bille mit den Kartoffeln fertig ist, können die auf den Herd und sie schält fünf Äpfel und die Schnitze in kleine Stücke. Achte darauf, dass du die Spelzen großzügig ausschneidest. Die Herrschaften sollen nicht daran ersticken. Und Paul, du kannst die Milch der Heringe durch ein feines Sieb drücken. Die Haut muss im Sieb bleiben. Es waren leider nicht viele männliche Heringe dabei, jetzt haben wir mehr Rogen als Milch, aber das ist nicht zu ändern.«

Bille verzog das Gesicht und Paul lachte auf.

»Was habt ihr denn?«, fragte Lina und schüttelte den Kopf.

Paul machte sich an die Arbeit. Übergab die ausgedrückte Milch an Lina, die diese mit der sauren Sahne und Kuhmilch vermengte, mit Essig, Zitrone und Zucker abschmeckte.

»Welche Gewürze benutzt du?«, wollte Paul wissen und sah genau zu, wie Lina die Soße für den Hering anrührte.

»Lorbeerblätter, Pigmentkörner, schwarzen Pfeffer, Wacholderbeeren und etwas Senf. Frischen Dill, den habe ich aus dem Garten, er sorgt für eine angenehme Note.«

Paul nickte zustimmend. »Ich würde noch etwas Kreuzkümmel für die Verdauung hinzugeben und auch etwas Zitronenpfeffer, das macht es fruchtig, sowie einen Hauch Fenchelsamen.«

»Das ist eine gute Idee, Paul. Du weißt, wo du die Gewürze findest, schmeck bitte ab. Eigentlich muss das jetzt einige Tage durchziehen, doch wer konnte wissen, dass wir gerade heute Besuch bekommen? Du darfst jetzt den Hering in mundgerechte Stücke schneiden. Nimm aber nicht deinen Mund als Beispiel, du verdrückst ja einen Hering fast im Ganzen.« Lina schlug ihm lachend auf die Schultern.

»Nein, das schaffst nur du«, erklärte Paul und erhielt prompt einen kleinen Schlag in den Nacken. »Nicht so frech, gnädiger Herr. Sonst hast du demnächst Küchenverbot.«

Paul lachte auf. »Du brauchst mich doch, sonst bist du ganz schön aufgeschmissen.«

»Kleine Stücke, denk daran. Ich bin kurz oben und schaue nach, ob Margot den Tisch richtig gedeckt hat.« Sie machte sich auf den Weg nach oben ins Esszimmer und ließ die beiden jungen Leute allein. Still ging jeder seiner Arbeit nach.

»Die Schürze steht dir richtig gut«, sagte Bille, als sie neben Paul trat und zusah, wie er den Fisch in kleine Stücke schnitt.

»So, findest du?«, fragte Paul und blickte auf das Mädchen herunter, steckte ihr ein Stück Hering in den Mund. Sie lächelte, kaute genüsslich und sah entzückend dabei aus. Ihr rotes Haar trug sie unter einem bunten Tuch, das sie sich um den Kopf gebunden hatte. »Ich mag dein Tuch. Es passt gut zu deinem schönen Haar.«

»Niemand mag rotes Haar. Ich wurde in der Schule immer nur gehänselt.«

»Ich mag rotes Haar«, gab Paul zu. Wenn seine Hände nicht nach Fisch riechen würden, hätte er ihr eine Strähne aus dem Gesicht gestrichen.

Verlegen blickte Bille zu Boden. »Vielleicht hast du ja mal wieder Lust, abends mit mir zu kochen, wenn Tante Lina schon zu Bett gegangen ist«, wisperte sie und sah wieder zu ihm auf.

»Jederzeit. Wann wollen wir uns treffen?« Er sprach ebenfalls leise.

Als sie Linas Schritte auf der Treppe hörten, ging Bille zurück an den Herd, wo die Kartoffeln zu kochen begannen. »Morgen Abend?«, fragte sie leise und Paul nickte.

»Du bist mit dem Fisch noch nicht fertig?«, rief Lina überrascht.

»Du hast gesagt, ich soll kleine Stücke schneiden. Das dauert bei mir. Ich kann nur große Stücke«, rief er gut gelaunt und zwinkerte Bille zu, die sich mit einem Lächeln abwandte.

Helene kam spät aus dem Kontor zurück und als sie hörte, dass Gäste erwartet wurden, war sie nicht gerade begeistert. Sie wollte nur rasch etwas essen und dann zu Bett gehen, doch wenn Gäste im Haus waren, würde sie sich nicht so schnell zurückziehen können. Daher machte sie sich frisch und zog sich um. Sie entschied sich für eine Hose im Marlene-Stil dazu einen figurbetonten Pullover mit Rollkragen. Beides in Schwarz, was ihr ein schlankes, androgynes Aussehen verlieh. Das Haar fasste sie streng am Hinterkopf zusammen. Sie legte nur ein wenig Wimperntusche, Rouge auf und benutzte den dunkelroten Lippenstift, den ihre Mutter ihr zum letzten Weihnachtsfest geschenkt hatte. Sie warf einen letzten Blick in den Spiegel und fühlte sich sehr erwachsen. Sie sah älter als achtzehn Jahre aus und das freute sie. Wer auch immer heute kam, sie würde ihren Eltern keine Schande machen.

Auf der Treppe stieß sie auf Paul, den sie schon einige Tage nicht gesehen hatte. Er war mit ihrem Vater in Lübeck gewesen, um dort neue Kunden zu akquirieren. Heute sah er irgendwie anders aus. Er trug Hemd und Hose, keine Hosenträger, und sein Haar war ordentlich gekämmt.

»Hast du dein Haar schneiden lassen?«, wollte Helene überrascht wissen.

»Ja, wurde mal wieder Zeit. Wie findest du es?«, fragte er und klang erstaunlich erwachsen.

»Schick! Sehr schick, sogar. Es lässt dich direkt vernünftig aussehen.« Sie lächelte.

»Du siehst auch klasse aus, Schwesterchen.« Gemeinsam betraten sie den Salon, wo der Besuch bereits eingetroffen war und mit ihren Eltern ein Glas Sherry trank.

»Ah, da kommen sie ja«, meinte Carl und legte einen Arm um Greta, die sich jedoch frei machte, und Helene zur Seite zog.

»Bitte lass dir nichts anmerken, mein Kind, aber Gideon von Hohenfels ist ebenfalls unter den Gästen. Bleib stark, du darfst nicht die Fassung verlieren«, sprach sie eindringlich auf ihre Tochter ein.

Helenes Züge verhärteten sich, dann zeigte sie ein Lächeln, das nicht echt war. »Natürlich nicht, Mutter. Diese Genugtuung werde ich ihm nicht gönnen.« Helene tat so, als hätte sie sich über etwas Wichtiges, wie das Blumenarrangement, unterhalten und wandte sich ihrem Vater zu, nicht ohne vorher noch dankbar die Hand ihrer Mutter zu drücken.

»Helene und Paul, kommt her, Kinder, und begrüßt bitte unsere Gäste. Tante Dörte und Ingrid sind euch bekannt. Ihr Verlobter Doktor Gideon von Hohenfels und Herr Herbert Backe, Senator der Kaiser-Wilhelm-Gesellschaft zur Förderung der Wissenschaften. Er ist ein Freund der Familie Karven.« Dörte strahlte zu Backe auf, als würde es sich um den Führer persönlich handeln.

Helene versuchte, die Fassung zu bewahren, augenblicklich stieg Übelkeit in ihr auf und nur mit knapper Not gelang es ihr, Gideon nicht ins Gesicht zu springen. Wie konnte er es wagen, hier einfach aufzukreuzen? Sie mied seinen Blick, versuchte auszublenden, dass Ingrid an seinem Arm hing, als wäre sie dort festgewachsen. »Guten Abend, meine Herrschaften«, gab sie sich betont freundlich. »Guten Abend«, stimmte nun auch Paul mit ein und machte einen Diener in die Runde.

»Heil Hitler, meine jungen Freunde!«, rief Backe.

Helene schenkte dem spitzgesichtigen Mann mit der Brille ein aufgesetztes Lächeln.

»Helene, schau dir nur meinen Verlobungsring an. Ist er nicht wunderschön?« Ingrid hielt ihr die linke Hand entgegen, an deren Finger ein goldener Ring mit einem großen Diamanten funkelte. Nach Helenes Dafürhalten waren Ringe wie dieser zu opulent und unpraktisch, weil man an dem hochstehenden Stein ständig hängen blieb, doch das behielt sie für sich. »O ja, sehr schön. Ich gratuliere dir zur Verlobung.« Sie richtete ihre Glückwünsche absichtlich nur an Ingrid, doch dieser schien es gar nicht aufzufallen. Gideon hingegen schon, wenn man seinen Blick richtig deutete.

»Bitte lasst uns im Esszimmer Platz nehmen«, erklärte Carl und nahm Gretas Arm. Paul war so freundlich und führte seine Schwester zu Tisch, was sie ihm hoch anrechnete. Er wirkte heute ohnehin sehr erwachsen auf sie. Sie fing den Blick ihrer Mutter auf, die ihr bekräftigend zunickte. Sie würde das hier überstehen, so wie sie alles überstehen würde.

»Dass der sich hierher traut«, murmelte Paul und sah Helene vielsagend an.

»Ich weiß nicht, wovon du sprichst.«

»Wir wissen beide, warum Onkel Hans ihn damals mitgebracht hat.« Paul verdrehte die Augen.

»Und, hat der junge Herr schon seinen Arbeitsdienst angetreten?«, wollte Backe an Paul gewandt wissen, rückte seine Brille zurecht.

»Oh, mein Sohn ist siebzehn Jahre alt. Er wird erst im Sommer nächsten Jahres achtzehn und sich dann zum Arbeitsdienst melden«, erklärte Greta stattdessen und bat Margot, zusammen mit Rachel, dem Stubenmädchen, das Essen aufzutragen.

»Wir müssen alle unsere Pflicht erfüllen«, warf Backe ein und begann anschließend mit Carl eine Diskussion über die Weltwirtschaftslage.

Helene spürte die Erleichterung, die von Paul abfiel, dass er nicht mehr im Fokus der Aufmerksamkeit stand. »Eher gehe ich ins Wasser, als mich zum Reichsarbeitsdienst zu melden«, knurrte er leise.

»Psst«, zischte Helene ihm zu. Sie hatte Angst, dass jemand seine Worte hörte und er dann die Konsequenzen zu tragen hätte. »Sei still.« Sie rollte mit den Augen und reichte ihm die Schüssel mit den Kartoffeln weiter.

»Oh, ich muss ihre wunderbare Küche loben. Der Heringssalat ist ein Gedicht«, rief der Senator aus. »Bitte bestellen Sie der Köchin meine besten Grüße.«

»Da müssen Sie wohl meinem Sohn danken. Wie mir zu Ohren gekommen ist, hat er tatkräftig an unserem heutigen Essen mitgewirkt«, erklärte Carl nicht ohne Stolz in der Stimme.

»Ist das so? Dann haben Sie also einen Sohn, der seine Freizeit gerne in der Küche verbringt?«

»Nein«, widersprach Helene augenblicklich. »Mein Bruder wird eine Kochfachschule besuchen und ich bin sicher, dass er irgendwann sein eigenes Restaurant führen wird, das ich dann mit den Gewürzen aus unserem Kontor beliefern werde.« Sie lächelte in die Runde, nicht ohne Herbert Backe einen vielsagenden Blick zuzuwerfen.

»Das sind ja hochtrabende Ziele, die der Tochter des Hauses da vorschweben.« Gideon sah sie aufmerksam an.

»Wer nicht groß denkt, wird niemals etwas Großes erreichen«, erklärte Helene und griff nach dem Wein, der zur Feier des Tages serviert wurde.

»Wer hoch fliegt, kann tief stürzen«, konterte Gideon daraufhin ohne Umschweife.

»Aber nicht, wenn er ein Sicherheitsnetz hat. Paul wird immer den Rückhalt der Familie haben.« Sie sah Gideon an, als wollte sie ihn mit ihren Blicken durchbohren.

»Wie mir scheint, haben Sie gleich zwei Kinder, die sich hohe Ziele stecken, mein lieber von Löwenstein. Das finde ich sehr lobenswert.« Senator Backe nickte begeistert und erhob sein Glas. »Lassen Sie uns auf die nächste Generation trinken.«

»Auf die nächste Generation und den Führer«, erklärte Gideon und alle erhoben ihre Gläser. Die Einzige, die nicht trank, war Helene. Doch außer Gideon schien das niemand zu bemerken.

Helene konnte es nicht abwarten, dass die Tafel aufgehoben wurde. So schnell sie konnte, flüchtete sie in das Arbeitszimmer ihres Vaters. Sie schloss leise die Tür hinter sich und lehnte sich dagegen. Es war unerträglich, wie Tante Dörte und Ingrid sich aufführten. Sie saßen hier und lachten, während ihr Großvater unten im Keller hockte und jeden Tag um sein Leben bangen musste. Sie stieß sich von der Tür ab und ging hinüber zum Büfettschrank wo sie sich ein Glas Cognac eingoss und schnell einen kleinen Schluck trank. Der Alkohol brannte ihr in der Kehle. Sie war es nicht gewohnt, so etwas zu trinken und musste husten.

»Du solltest nichts trinken, wenn du es nicht verträgst.«

Ertappt drehte sich Helene um und sah Gideon in der Tür stehen.

»Was kümmert dich das? Findest du es nicht merkwürdig, dass mir immer nur dann danach ist, mich zu betrinken, wenn du in der Nähe bist?«

Gideon grinste. »Ist das die Retourkutsche dafür, dass ich mich mit Ingrid verlobt habe? Du scheinst ja immer noch eifersüchtig zu sein, liebe Helene.«

Ein kleines Lachen kam Helene über die Lippen. »Nein, weiß Gott nicht. Ingrid gebührt mein vollstes Mitleid. Wer will schon mit einem Mann verheiratet sein, der seine Lust mit Prostituierten stillt und sich mit Gewalt nimmt, was er nicht freiwillig bekommen kann? Die liebe Ingrid hat mein Mitgefühl, weil sie nicht weiß, in wen sie sich verliebt hat. Dass ihr Verlobter zwei Gesichter hat, dass er ein Lügner und Opportunist ist, der seinesgleichen sucht.«

»Aber du wirst es ihr mit Sicherheit auch nicht erzählen, nehme ich an, wo ich mich doch so für deinen kleinen Laufburschen eingesetzt habe.« Er trat näher, Helene wich vor ihm zurück.

Plötzlich stand Greta an der Tür, einen Schürhaken in der Hand. »Meine Tochter und ich sind Ihnen sehr dankbar, für das, was Sie für unseren Mitarbeiter getan haben, jedoch ist damit unsere Dankbarkeit auch erschöpft, Herr von Hohenfels. Sie werden sicherlich verstehen, dass uns an weiteren Zusammenkünften mit Ihnen nicht sehr gelegen ist. Soll ihr kleines Geheimnis unter uns bleiben, würden wir es vorziehen, wenn Sie bei weiteren Treffen unserer Familien leider unabkömmlich verhindert sind. Ich dulde es nicht, dass Sie meiner Tochter weiterhin unter die Augen treten. Habe ich mich deutlich genug ausgedrückt, Herr Doktor von Hohenfels?«

Helene starrte ihre Mutter an, die geräuschlos den Raum betreten haben musste. Sie wirkte auf Helene zwei Meter groß, als würde sie auf Gideon herabblicken, dabei war sie einen ganzen Kopf kleiner, doch die Art und Weise, wie sie es wagte, mit ihm zu sprechen, verlieh ihr Dominanz und Stärke.

Gideon öffnete den Mund, schloss ihn dann aber wieder. Er sah aus wie ein Fisch auf dem Trockenen und Helene hätte gerne gelacht, wäre die Situation nicht so angespannt.

»Nun gut, gnädige Frau. Ich werde Ihrem Wunsch Folge leisten, doch eines lassen Sie sich gesagt sein – ich weiß, dass Sie ein Geheimnis hüten, und ich werde herausbekommen, um was es sich dabei handelt. Und eines Tages werden Sie dafür büßen oder Helene. Wir werden sehen.«

Greta trat langsam näher. »Mein lieber Herr von Hohenfels, es gibt kaum einen Menschen, der es wagt, mir zu drohen, und wissen Sie auch warum? Weil ich mir noch nie habe etwas gefallen lassen. Sollte ich auch nur den geringsten Anlass sehen, dass Sie meinen Forderungen nicht nachkommen, werden Sie sich wünschen, niemals geboren worden zu sein. Ich habe keine Skrupel, meine Familie zu verteidigen, und wäre es mit meinem Leben. Sie wissen, wie vermögend wir sind, und in Zeiten wie diesen finden sich immer Leute, die für den richtigen Preis alles tun. Da zählt ein Menschenleben nicht viel. Also seinen Sie auf der Hut.«

Gideons Gesicht lief vor unterdrücktem Zorn rot an. Er wollte etwas sagen, doch als Greta den Schürhaken erhob, nickte er. »Guten Abend, meine Damen.« Er verließ den Raum, ohne Helene noch einmal anzusehen.

»Danke, Mama.« Helene kippte den Rest des Cognacs in einem Zug hinunter.

»Ich glaube, ich kann jetzt auch einen gebrauchen«, wisperte Greta.

Helene bot ihr ein Glas an.

»Später. Tante Dörte und die anderen wollen sich verabschieden. Kommst du?«

Helene nickte. »Ich bin sofort bei euch.« Sie brauchte noch einen Moment, um ihre Fassung wiederzuerlangen.

»Ihr müsst unbedingt Heiligabend mit uns verbringen. Ich werde kein Nein akzeptieren«, erklärte Dörte, als sie das Haus verließen. »Wo ist denn Gideon abgeblieben?«, rief sie aufgeregt.

»Er hat den Wagen geholt«, erklärte Ingrid und lief die Treppen hinunter.

»Nun, was sagt ihr? Wir sehen uns Heiligabend, nicht wahr?« Ohne auf eine Antwort zu warten, lief sie winkend Ingrid hinterher.

»Darauf kannst du warten, bis du schwarz wirst«, sagt Helene leise, aber sehr bestimmt.

Kapitel 21

»Frohe Weihnachten, Großvater.« Helene überreichte Levi ein kleines Päckchen, das sie in braunes Papier gewickelt und mit einer roten Schleife versehen hatte.

»Frohe Weihnachten, mein Mädchen.« Levi lächelte milde.

»Ich weiß, dass du ja kein Weihnachten feierst, aber bis morgen ist noch Chanukka, also kannst du es dir aussuchen.« Helene schlang ihre schlanken Arme um seinen Nacken, drückte ihn fest. »Ich soll dir auch liebe Grüße von Mama bestellen. Sie will später zu dir kommen. Wir müssen gleich zu den von Asperns.« Helene gelang es nicht, Freude zu heucheln. Wenn es ihm auffiel, so zeigte er es jedoch nicht.

»Na, was hast du mir da Schönes besorgt?« Mit zittrigen Fingern öffnete Levi die Schleife und packte das Geschenk aus. Auf dem Tisch hatte Levi den neunarmigen Leuchter angezündet.

»*Der kleine Grenzverkehr* von Erich Kästner«, las er vor.

»Es war nicht einfach, es zu bekommen. Aber ich bin mir sicher, dass es dir gefallen wird.«

»Du sollst nicht solche Risiken für mich eingehen, mein liebes Kind.«

»Doch Großpapa, gerade für dich muss ich das auf mich nehmen.«

Er griff nach ihren Händen und drückte sie fest. »Die Welt dort draußen ist gefährlich. Du musst vorsichtig sein.«

Helene legte ihren Kopf an seine Schulter. »Das bin ich, Großpapa. Mama und ich haben einen Plan, wie wir dich außer Landes schaffen können. Die Zeichen stehen auf Krieg. Wir müssen Vorkehrungen treffen. Bitte, sag nicht Nein. Mama wird später alles mit dir besprechen.«

Levi nickte. »Wir werden sehen, jetzt wünsche ich dir auch erst einmal frohe Weihnachten, mein Mädchen.«

Helene beeilte sich, dass sie wieder nach oben kam. Es kostete sie jedes Mal eine Menge Kraft, ihren Großvater so zu sehen. Heute war überhaupt kein guter Tag. Ihr war übel und das schon seit dem frühen Morgen. Vermutlich lag es daran, dass sie den Weihnachtsabend bei den von Asperns verbringen musste. Gideon würde wohl kaum der Familie am Heiligabend fernbleiben können, was im Umkehrschluss bedeutete, dass sie ihm über den Weg laufen würde. Kein schöner Gedanke.

Sie schloss gerade die Kellertür, als ihr Vater aus dem Arbeitszimmer kam. »Was hast du im Keller getan?«, fragte er überrascht.

Sie zuckte erschrocken zusammen. »Ich … habe nach einer Flasche Wein geschaut, die wir der Familie von Aspern mitbringen können. Mama hat mich darum gebeten.«

Carl nickte. »Ich habe schon eine rausgesucht.«

Helene strich sich über die Stirn. »Umso besser, ich hatte keine passende gefunden. Bitte entschuldige, ich muss mich jetzt fertig machen.« Sie lief geschwind die Treppe in die erste Etage hinauf.

»Beeil dich, wir wollen nicht zu spät kommen.« Helene hoffte, dass ihr Vater nichts bemerkt hatte.

Gerade noch rechtzeitig schaffte Helene es ins Badezimmer, dann übergab sie sich. Es dauerte einige Minuten, bis die Übelkeit nachließ und sie wieder normal atmen konnte.

»Lieber Gott«, murmelte sie und ließ sich auf dem Boden nieder. Alles in ihr sträubte sich dagegen, diesen Weihnachtsabend mit Ingrid und ihrer Familie zu verbringen. Warum konnten sie nicht zurück nach Düsseldorf fahren, wo sie doch lebten. Dann wurde ihr mit einem Schlag klar, wenn Ingrid Gideon heiratete, würden beide in Hamburg leben.

Sie schloss für einen Moment die Augen und wartete ab, bis der Schwindel nachließ. Helene musste einen Weg finden, Ingrid aus ihrem Leben zu verbannen. So konnte es nicht weitergehen. Ihre Leben waren zu verschieden, sie standen auf zwei unterschiedlichen Seiten und Ingrid heiratete einen Mann, den Helene verabscheute.

Schnell spülte sie sich den Mund aus, putzte die Zähne und tupfte sich das Gesicht ab. Dann legte sie neuen Lippenstift auf und band die Haare zu einem strengen Pferdeschwanz. Ihr war heute nicht danach, schön auszusehen. Sollte doch Ingrid glänzen wie der Edelstein an ihrem Verlobungsring. Helene hatte es nicht nötig, nur das Anhängsel eines Mannes zu sein. Sie wollte selbst etwas erreichen, es reichte ihr nicht, nur verheiratet zu sein und zu ihrem Mann aufzuschauen. Sie wollte eine gleichberechtigte Partnerin sein, etwas, das Ingrid nie erreichen würde.

Den ganzen Tag lagen die Temperaturen unter null und es hatte geschneit. Der Wagen kam nur langsam voran, weil mindestens zehn Zentimeter Schnee lagen.

»Wir hätten zu Hause bleiben sollen«, murmelte Helene, die den Kopf an die Scheibe lehnte und nach draußen blickte.

»Das können wir Tante Dörte nicht antun«, sagte ihre Mutter, wenn auch nicht sehr überzeugend.

Endlich hielt der Wagen vor dem Anwesen der Familie von Aspern. Eine Menge Automobile parkten vor der Eingangspforte.

»O nein, sie haben wohl alles eingeladen, was Rang und Namen hat.« Paul war auch nicht gerade begeistert. Er wäre lieber zu Hause geblieben und hätte etwas Schönes gekocht, doch Carl hatte darauf bestanden, dass die ganze Familie mitkommt.

»Lasst uns den Abend genießen, wir wissen nicht, ob es vielleicht das letzte Weihnachtsfest in Frieden ist«, erklärte Carl, stieg aus und half den Frauen aus dem Wagen.

Wie erwartet, gab es das ganz große Aufgebot der Parteielite, die Hamburg zu bieten hatte. Mehr als fünfzig Gäste waren anwesend und Helene ärgerte sich, dass sie nicht einfach zu Hause geblieben war.

»Ich habe noch nie ein so unpersönliches Weihnachten gefeiert«, raunte Helene ihrer Mutter zu, als sie an das Büfett traten.

»Wie dem auch sei. Nun sind wir hier und werden ein wenig bleiben. Was ist los mit dir, Kind. Du bist ganz blass um die Nase. Hast du heute noch nichts gegessen? Vielleicht solltest du von den gekochten Eiern probieren.« Greta hielt ihr einen Teller entgegen.

»Oh, bitte nicht, Mama. Mir ist gar nicht wohl.« Helene hielt sich eine Hand vor den Mund und sah sich hektisch um. »Bitte entschuldige mich.«

Mit schnellen Schritten lief sie in die Halle hinaus, zur Toilette. Zu ihrem Leid war sie besetzt. Helene sah keinen anderen Ausweg, als auf die Terrasse hinauszulaufen und sich dort zu übergeben.

Die frische, klare Luft tat ihr gut, sodass es ihr bald wieder besser ging. Als sie zurück in die Halle wollte, versperrte Greta ihr den Weg, die ihrer Tochter gefolgt war. Sie musterte sie neugierig.

»Was tust du hier draußen, Kind. Es ist kalt, du holst dir noch den Tod.« Helene nickte und wollte zurück ins Haus, da hielt ihre Mutter sie auf. »Ist dir schön länger übel?« Sie hielt ihre Hand fest.

»Mama, bitte, lass mich gehen.«

Doch Helene kannte ihre Mutter zu gut und wusste, dass sie in der Falle saß.

»Sag es mir. Hast du dich schon öfter übergeben?«

Helene schloss die Augen und nickte leicht. »Ja, in den letzten zwei Wochen nahezu täglich.«

»Wann hast du zuletzt geblutet?« Gretas Stimme war kaum zu hören.

Helene blickte in den klaren Himmel hinauf. Die Sterne waren so schön nah und so groß, wie sie nur im Winter aussahen. »Helene, antworte mir.«

»Findest du nicht auch, dass die Sterne in einer Winternacht mit nichts zu vergleichen sind?«, fragte Helene statt einer Antwort.

Langsam verlor ihre Mutter die Geduld. »Helene, mir ist unsagbar kalt in diesem dünnen Kleid. Gib mir eine Antwort. Erwartest du ein Kind?« Die Worte kamen ihr nur stockend über die Lippen. Leise flüsternd.

Helene schien es, als würden sie fast nur noch in diesem gedämpften Ton sprechen, als wenn jedes zu laute Wort eine Gefahr darstellte. »Ja, Mama. So ist es wohl.« Helene hatte mit vielem gerechnet. Mit lautem Geschrei oder vielleicht sogar einer Ohnmacht, doch dass ihre Mutter nichts sagte, überraschte sie.

»Warum sagst du nichts? Du bist enttäuscht von mir, nicht wahr?« Helene wurde es schwer ums Herz.

»Was redest du da? Ich bin nicht von dir enttäuscht. Ich stelle mir nur gerade unterschiedliche Vorgehensweisen vor, wie ich diesem Hauptsturmführer das Leben nehme«, zischte Greta gereizt.

»Nein, das darfst du nicht tun. Man würde dich dafür hängen.« Helene klopfte das Herz bis zum Hals.

»Keine Angst, mein Kind. Dieser Kerl ist es nicht wert, für ihn ins Gefängnis zu gehen. Aber er wird niemals von diesem Kind erfahren, hörst du. Du darfst ihm nicht verraten, dass das Kind von ihm ist. Nur so können wir dich schützen. Wir müssen mit Bedacht vorgehen.«

Helene zuckte die Schultern. »Was sollen wir nur tun, Mama? Ich hatte noch keine Zeit, darüber nachzudenken, weil es mir selbst erst heute in den Sinn kam. Aber es kann nicht anders sein. Diese Übelkeit, am Morgen ist es besonders schlimm, dann fühlt sich mein Körper ganz anders an.«

Greta nickte. »Wir werden zu einem Arzt gehen, der dich untersuchen wird.«

»Nein, ich will nicht, dass es bekannt wird. Stell dir nur den Skandal vor, Mama. Ich werde die ganze Familie ins Unglück stürzen.« Tränen sammelten sich in ihren Augen, die sie sofort wegwischte. Es war zu kalt für Tränen.

»Nein, mein Kind. Wir haben bisher immer eine Lösung gefunden und werden es auch diesmal. Eine ledige Mutter zu sein, ist bestimmt nicht einfach, aber es gibt Schlimmeres im Leben. Du bist nicht die erste Frau, der so etwas geschieht. Wir werden das überstehen.«

»Bitte versprich mir, dass du Papa und Paul nichts erzählst.«

»Nein, das bleibt unter uns, so lange es geht. Mir scheint, in unserer Familie gibt es nur noch Geheimnisse. Doch du musst bedenken, dass wir es nicht lange verbergen können. Bald wird man es sehen können. Aber jetzt lass uns reingehen, ich bin vermutlich schon am Boden festgefroren.«

»Können wir nach Hause fahren? Bitte. Ich ertrage es nicht, länger in diesem Haus zu bleiben, mit Gideon und all diesen Heuchlern, die dem Führer blind folgen und die Juden hassen.«

»Ja, ich werde deinem Vater Bescheid geben. Für mich ist es auch unerträglich. Wir werden gehen.«

»Da seid ihr ja.« Dörte kam in der Halle auf sie zu. »Es ist so schade, dass deine Helene das Weihnachtsfest ganz ohne Verehrer feiern muss. Wollen wir hoffen, dass sie bald einen geeigneten Kandidaten findet, der sich für sie interessiert. Aber vielleicht sind ihre Ansichten einfach zu modern und schrecken damit jeden Mann ab.«

Gretas Gesicht färbte sich rot vor Wut. »Dörte, ich muss uns leider entschuldigen. Aber wir müssen schon wieder gehen. Und weißt du, ich sehe mein Kind lieber allein, als in den Armen eines Mannes, der anderen Gewalt antut. Man kann den Männern heutzutage ja immer nur vor den Kopf schauen und nicht hinein.«

Das hochmütige Lächeln auf Dörtes Gesicht erstarb. »Du sprichst doch wohl nicht von Gideon?«, fragte sie unsicher.

»Ich spreche von den Männern im Allgemeinen. Du solltest auf jeden Fall besser hinsehen, bevor du die Hand deiner Tochter so freigiebig einem Mann überlässt. Sie ist eine junge Frau, die irgendwann ein großes Erbe antreten wird. Nicht jeder ist das, was er vorgibt zu sein.«

Helene schaute ihre Mutter überrascht an. So kannte sie Greta gar nicht.

»Nun, ich denke, aus dir spricht der blanke Neid, liebe Greta. Aber ich vergebe dir, wir haben schließlich Weihnachten und das ist das Fest der Liebe, nicht wahr?«

Greta nickte. »Ja, Liebe ist genau unser Stichwort. Manche Menschen bezahlen sogar Geld dafür. Frohe Weihnachten, Dörte. Wir werden jetzt gehen.«

»Ein Glück, dass wir nicht so lange geblieben sind.« Paul war sehr froh und lehnte sich entspannt zurück.

»Wir waren nicht einmal eine Stunde dort.« Carl schüttelte den Kopf. »Dann hätten wir auch zu Hause bleiben können.«

»Wir werden dort auch nicht mehr hingehen«, bemerkte Greta knapp.

»Aber Dörte ist deine beste und längste Freundin.« Carl konnte das alles nicht richtig einordnen.

»Manche Freundschaften sind nicht dazu gemacht, ein Leben lang zu halten. Ich kann Dörte nicht weiter als meine Freundin bezeichnen. Und erst recht werde ich nicht zulassen, dass sie meine Kinder beleidigt. Wer auf einem hohen Ross sitzt, der fällt tief. Ich bin mir sicher, dass Dörte und auch Ingrid einmal sehr tief fallen werden, und habe nicht die Absicht, mich ihnen anzuschließen. Begnüge dich mit meiner Erklärung, lieber Carl, eine andere habe ich im Augenblick nicht.«

Carl nickte, denn er wusste, wenn seine Frau in dieser Stimmung war, konnte er nichts weiter ausrichten. Sie würde zu ihm kommen, wenn es an der Zeit war. Er würde geduldig abwarten, das wusste Greta. Das war wohl eine seiner Stärken, ging es ihr durch den Kopf.

Helene lehnte sich müde an ihre Schulter und Greta griff nach ihrer Hand, drückte sie sanft. Jetzt, wo sie ihr Geheimnis endlich mit jemandem hatte teilen können, schien die Übelkeit ihrer Tochter wie durch ein Wunder verschwunden. Vielleicht waren auch die Sterne am Himmel dafür verantwortlich. Aber wer wusste das schon? Greta sah aus dem Fenster und es begann schon wieder zu schneien. Lautlos fiel der Schnee auf die Erde und sah wunderschön aus.

Kapitel 22

»Warum seid ihr denn schon zurück?«, fragte Johanna überrascht, als die gesamte Familie den Salon betrat. Sie saß dort
und strickte einen Schal. Im Kamin brannte das Feuer und
ließ den Raum behaglich erscheinen, ganz anders als die großen und kalten Räume in der Villa der von Asperns.

Helene nahm Johanna in die Arme. »Wir wollen doch das
Weihnachtsfest als Familie feiern und nicht mit fremden Menschen«, erklärte sie.

»Das ist schön, mein Kind. Familie ist etwas, das man in
Ehren halten sollte.«

Greta gab in der Küche Bescheid und es wurden Kaffee
und Christstollen gereicht. Der Weihnachtsbaum funkelte
im Feuerschein des Kamins, mit seinen silbernen und goldenen Kugeln und den feinen Lamettastreifen. Carl schaltete den Weltempfänger ein und suchte den Sender, der
am Heiligabend Weihnachtsmusik spielte. Er legte weitere
Scheite Holz auf und das Knistern verbreitete eine behag-
liche Atmosphäre. Trotz der Vorkommnisse des heutigen
Abends fühlte Helene sich wohl in diesem Moment und ge-
borgen.

»Du hast eiskalte Hände, Helene. Geht es dir nicht gut? Du
wirst doch nicht etwa krank?« Johanna sah sie eindringlich

an. Sie hatte schon immer feine Antennen, wenn es um die Kinder ging.

»Nein, Großmutter, es ist alles in Ordnung. Draußen herrschen Minusgrade. Es ist eisig kalt. Trotzdem ist es eine wunderschöne Weihnachtsnacht.«

»Soll ich noch mehr Holz auflegen?«, fragte Carl und sah sie ebenso besorgt an.

»Nein, danke, Papa. Mir geht es gut.« Sie wechselte mit Greta einen kurzen Blick.

Im Radio wurde *Stille Nacht, heilige Nacht* angestimmt und Johanna sang leise mit. Sie hatte einen wunderschönen Sopran und auch wenn die anderen nicht so gut singen konnten, stimmten sie mit ein. Besonders Paul fehlte die Begabung zum Musizieren, doch niemand störte es. Es war so schön, mit der Familie hier zu sitzen und zu singen, dass Helene Tränen in die Augen traten. Wie gerne würde sie Levi dazuholen und ihm sein ehrenwertes Leben zurückgeben. Doch sie verstand ihre Mutter, die Gefahr war zu groß. Niemand durfte von dem Versteck je erfahren. Sie sah ihren Vater an, der ebenso unwissend war. War es richtig, selbst vor ihm all diese Geheimnisse zu bewahren? Er hatte es nicht verdient, immerhin war er ihr Vater und hatte die gleiche Stellung wie ihre Mutter.

»Warum weinst du denn, mein Mädchen?« Johanna legte einen Arm um ihre Schultern.

»Das Lied, es ist so schön und gleichzeitig so traurig«, gab sie zu und putzte sich die Nase. »Vielleicht habe ich mich doch ein wenig erkältet«, versuchte sie, sich herauszureden.

»Dann wollen wir die Geschenke mal auspacken, die das Christkind gebracht hat«, erklärte Greta und erhob sich aus dem Sessel.

Unter dem Baum hatten sich einige Päckchen angesammelt und Paul machte sich daran, diese zu verteilen.

»Das mit dem grünen Papier ist von mir«, erklärte Johanna und legte es Helene in den Schoß. Schnell riss sie das Päckchen auf und eine von Johanna selbst gehäkelte Stola kam zum Vorschein. »Sie ist so wunderschön«, schwärmte Helene und ließ das filigrane Stück durch ihre Finger gleiten. »Vielen Dank, Großmutter.«

Paul bekam ein paar dicke Socken, die er sofort anzog. Für Carl hatte sie eine Krawatte gekauft und Greta bekam ein Fläschen Parfüm.

Aber auch Johanna wurde von der Familie gemeinsam beschenkt. Sie bekam ein in Leder gebundenes Buch, das sie als Tagebuch nutzen konnte, weil Johanna seit Kindertagen ihre Erlebnisse aufschrieb. »Da habt ihr mir wirklich eine große Freude gemacht.« Mit vorsichtigen Fingern strich sie über das feine Leder und ihre Augen strahlten geradezu. Die Blätter hatten einen Goldschnitt, auf dem Leder waren ihre Initialen in Goldlettern graviert.

»Ich habe auch für jeden etwas.« Paul lief kurz in die Küche, kam mit vier Tüten zurück, die er an seine Lieben verteilte. »Ich habe in den letzten Tagen jeden Abend in der Küche gestanden und Plätzchen gebacken. Ich hoffe, sie schmecken euch. Engelsaugen, mit einer feinen Prise Zimt, Zucker und Vanille.«

»Na, da werden mir bald meine Kleider nicht mehr passen, mein Junge«, erklärte Greta mit einem Lächeln. »Deine leckeren Plätzchen sind wirklich eine Sünde wert.«

Paul strahlte bis über beide Ohren und Carl ließ es sich nicht nehmen, direkt seine Tüte zu öffnen und sich ein Plätzchen in den Mund zu stecken.

»Carl!«, ermahnte ihn Greta.

»Was denn, ich habe von dem Büfett bei den von Asperns nichts abbekommen«, erklärte er mit vollem Mund. Er kaute schnell, dann holte er die drei Päckchen, die noch unter dem Tannenbaum lagen.

»Fangen wir mit Paul an. Für dich habe ich hier einen Umschlag«, erklärte Carl. »Ich vermute, dass dich der Inhalt sehr interessieren wird.«

Neugierig riss Paul den beigefarbenen Umschlag auf und holte eine Art Vertrag heraus.

»Was ist es denn?«, wollte Helene ungeduldig wissen.

Pauls Augen flogen quasi über das Schreiben, dann sah er seinen Vater überrascht an. »Ist das wahr?« Seine Stimme klang unnatürlich hoch.

»Jetzt spann uns doch nicht so auf die Folter.« Helene rutschte auf die Kante des Sofas, so gespannt war sie.

»Papa hat mir ein Praktikum in der Hotelküche des Hotels Atlantic Kempinski besorgt«, sagte Paul ein wenig atemlos.

»Und wenn du dich sechs Monate gut anstellst, wirst du danach auch eine Ausbildung machen können«, erklärte Carl mit einem feinen Lächeln auf den Lippen.

»Was? Ist das wahr?«, rief Helene begeistert.

»Und seine Stelle im Kontor?«, warf Greta ein.

»Meine geliebte Greta, wir wissen beide, dass unser Sohn dort nicht glücklich wird. Daher habe ich mit meinem Schulfreund Alfred gesprochen, der Küchenchef im Restaurant ist. Er ist bereit, Paul unter seine Fittiche zu nehmen, und ich bin mir sicher, dass unser Sohn diese einmalige Gelegenheit nutzen wird.«

»O Papa! Das ist das schönste Weihnachtsgeschenk, das ihr mir machen konntet.« Er umarmte seinen Vater, dann seine Mutter und sah plötzlich wieder wie der kleine Junge aus, der jedes Jahr mit leuchtenden Augen vor dem Weihnachtsbaum gestanden und Gedichte aufgesagt hatte, während Helene Blockflöte spielte.

»Jetzt ist meine Helene an der Reihe.« Ihr Geschenk war etwa größer. Voller Vorfreude packte sie das Paket aus. Es war eine elegante schwarze Handtasche.

»Sie ist wunderschön, Papa.«

»Es ist eine Handtasche von Hermès aus Paris. Sie hat sogar einen Namen, hat man mir gesagt. Ich wusste nicht einmal, dass es so etwas gibt. Die *Verrou* hat ihren Namen wegen des auffälligen Verschlusses, hat mir die Verkäuferin erklärt.«

»Danke, Papa. Sie ist todschick.« Helene gab ihm einen Kuss auf die Wange.

»Also für mich sieht der Verschluss wie der Riegel einer Pferdebox aus«, überlegte Paul laut und erntete von allen drei Frauen einen strafenden Blick.

»Wenn es um Handtaschen geht, sollten wir Männer lieber mit unserer Meinung hinterm Berg halten, da können wir nur verlieren, mein Sohn. Merk dir das«, erklärte Carl und wuschelte ihm durch das Haar. Dann überreichte er Johanna ein kleines Päckchen. Er hatte noch ein paar warme Lederhandschuhe für sie besorgt.

»Jetzt ist noch meine Greta an der Reihe.« Ihr Geschenk hatte nicht unter dem Baum gelegen, sondern er zog es aus seiner Hosentasche und reichte Greta eine Schatulle.

»Carl, du weißt, dass ich nicht so wertvolle Geschenke möchte«, erklärte sie, ohne den Inhalt zu kennen.

»Jetzt pack es doch erst einmal aus«, meinte Carl mit einem seltsamen Glanz in den Augen.

Das musste er Greta nicht zwei Mal sagen und sie öffnete das Kästchen. Dort fand sie, auf blauem Samt gebetet, einen goldenen Ring. In der Mitte war ein kleiner Rubin eingelassen.

»Es ist ein Vorsteckring, den man vor den Ehering schiebt«, erklärte Carl. »Der Rubin steht für Leidenschaft und es gibt keinen Menschen, den ich mehr liebe als dich, Greta.« Diese Worte aus Carls Mund wirkten etwas hölzern, er war nicht gut darin, solche Liebesbekundungen zu machen, doch der Glanz in seinen Augen sagte mehr als tausend Worte.

Greta blickte ihn ernst an. »Danke, Carl. Ich weiß gar nicht, was ich sagen soll. Steckst du ihn mir an?« Sie hielt ihm das Samtkästchen entgegen und er nahm den Ring, zog ihn Greta über den Ringfinger der rechten Hand, dort, wo schon ihr Ehering steckte. Da der Ring zart und schmal war, bildeten die beiden Ringe eine schöne Einheit.

»Du hattest schon immer wunderschöne Hände, meine Greta«, erklärte Carl und küsste ihren Handrücken.

Glücklich streckte Greta ihre Hand aus.

»Er sieht wunderschön aus, Mama«, bestätigte Helene und auch Johanna lobte Carls guten Geschmack.

»Ein Glück, dass ich keine Frau habe«, stöhnte Paul auf und brachte damit alle zum Lachen.

»Die arme Frau, die dich mal abbekommt«, entgegnete Helene mit einem Lächeln auf den Lippen.

»Mein Geschenk ist bei Weitem nicht so kostbar, aber es kommt von Herzen«, erklärte Greta und reichte Carl ebenfalls ein Päckchen. Es war schnell ausgepackt. Zum Vorschein kam ein goldenes Zigarettenetui, das auf dem Deckel seine Initialen trug. C.v.L. Auf der Innenseite fand Carl eine gravierte Widmung. *Für Carl. Danke für Deine Liebe, Deine Greta.*

Er schluckte hart. »Danke, meine geliebte Greta. Ich werde es immer bei mir tragen.« Er zog sie in seine Arme und küsste sie innig.

»Also bei so viel Liebesschmalz bekomme ich direkt wieder Hunger«, meinte Paul. »Ich werde mal in der Küche nachsehen, ob ich noch etwas zu essen finde.«

Sie hatten dem Personal am Heiligabend freigegeben und so machte sich Paul an die Arbeit und sorgte dafür, dass sie noch etwas zu essen bekamen. Lina hatte vorgesorgt und Kartoffelsalat zubereitet, den sie mit Würstchen aßen, während im Hintergrund leise die Weihnachtsmusik aus dem Volksempfänger drang. Johanna erzählte Geschichten aus ihrer Kindheit, wie damals Weihnachten gefeiert wurde und dass ihre Familie so arm gewesen war, dass es noch nicht einmal einen Weihnachtsbaum gab. Aber sie hatte schöne Erinnerungen an Bratäpfel, die sie mit Vanillesoße aßen, an die Christmette, die um Mitternacht in der Kirche abgehalten wurde, und an Tage voller Schnee und Schlittschuhlaufen auf der gefrorenen Binnenalster. Einmal war ihr Bruder ins Eis eingebrochen und musste von den Erwachsenen herausgefischt werden, was gar nicht so einfach war, weil er vorher heimlich alle Plätzchen aufgegessen hatte. Sie lachten herzlich über die Geschichten und so wurde es doch noch ein schöner Abend.

Es sollte für lange Zeit das letzte friedliche Weihnachtsfest sein, doch damals wusste noch niemand davon und sie genossen die Stille der weißen Winternacht.

Später lag Helene in ihrem Bett und sprach für Levi ein Gebet und wünschte sich, dass er bald wieder mit ihnen gemeinsam einen so schönen Abend verbringen konnte. Sie legte die Hand auf ihren Bauch und fragte sich, ob es wohl das letzte Weihnachten wäre, das sie allein verbringen würde? Noch spürte sie nichts, und die Vorstellung, dass sie ein Kind bekommen würde, war nur eine vage, doch was es wirklich bedeutete, ein Kind großzuziehen, davon hatte sie keine Ahnung.

Kapitel 23

»Bist du mir mit dem Reißverschluss behilflich?« Greta drehte ihrem Mann den Rücken zu und er zog ihn langsam herunter.

»Du bist so eine schöne Frau und gehörst mir«, flüsterte er ihr ins Ohr, obwohl sie allein im Schlafzimmer waren. Er streifte ihr das Kleid ab, das leise zu Boden glitt. Mit den Händen umfasste er ihre runden Schultern, deren Haut glatt und warm war. »Ich bin froh, dass wir die Feier bei den von Asperns schnell wieder verlassen haben. Weihnachten ist ein Fest der Familie, du hattest natürlich wie immer recht, mein Liebling.«

Sie drehte sich zu ihm um. »Danke, Carl. Für alles, was du für mich und unsere Kinder tust. Und auch für Johanna. Sie ist nicht einmal mit uns verwandt und trotzdem behandelst du sie wie eine Mutter.«

»Sie gehört zu uns. Egal, ob verwandt oder nicht«, erklärte Carl und ließ sie los, als Greta zum Bett ging, um ihren Pyjama anzuziehen. Im Winter trug sie gerne Schlafanzüge, die eigentlich Carl gehörten und ihr viel zu groß waren, aber sie liebte es, in seinen Sachen zu schlafen.

Auch Carl wandte sich ab, um sich zum Schlafen fertig zu machen. Er hatte sein Jackett abgelegt und das Hemd ausgezogen und stand unvermittelt in Unterhemd und Hose vor ihr.

»Was ist los, Greta? Du bist schon eine ganze Zeit so merk-würdig. Sag mir doch, was geschehen ist. Habe ich nicht die Wahrheit verdient? Etwas hat sich verändert und ich kann mir keinen Reim darauf machen, was es ist. Bist du nicht mehr glücklich mit mir?«

»Was redest du da, Carl? Natürlich bin ich glücklich mit dir. Ich liebe dich mehr als mein Leben. Wie kommst du nur auf diese Idee? Das ist völlig absurd. Wie kannst du so etwas auch nur denken?«

Er lehnte sich mit dem Rücken an den großen Kleider-schrank, sah sie aufmerksam an.

Greta seufzte laut. Er hatte ja recht. Sie war ihm die Wahr-heit schuldig und wusste nicht, warum sie ihn nicht schon längst eingeweiht hatte. Warum sie die ganze Last alleine auf ihren Schultern trug.

»Levi ist nicht in Amerika.« Die fünf Wörter kamen wie von selbst über ihre Lippen. Es einmal laut auszusprechen tat unendlich gut nach all dieser Zeit. Sie sagte sie schnell, damit sie nicht am Ende noch einen Rückzieher machte.

»Er ist nicht in Amerika? Aber er schreibt uns doch ab und zu eine Postkarte.« Carl schüttelte den Kopf, als würde er es nicht wirklich verstehen. »Wo ist er dann?«, fragte er gelassen.

Greta ließ sich auf der Bettkante nieder. Ihre rot lackierten Zehennägel lugten unter den viel zu langen Hosen hervor. Sie blickte darauf und sagte: »In unserem Keller. Seit fünf Jah-ren«, dann sah sie Carl ängstlich an.

Carls Reaktion war anders, als Greta erwartet hatte. Ein kleines Lachen drang aus seiner Kehle, obwohl er den Kopf schüttelte. »Nein, das kann nicht sein. Levi ist mit dem Schiff nach Amerika gereist, als es noch möglich war. Er hat uns geschrieben, dass es ihm gut geht. Was redest du denn da? Hast du vielleicht zu viel getrunken?«

»Carl, ich liebe dich zu sehr, als dass ich dir die Wahrheit länger verschweigen kann. Ich weiß gar nicht, warum ich nicht eher mit dir darüber gesprochen habe. Es tut mir so leid, aber ich habe solche Angst, dass Levi entdeckt wird. Wir müssen vorsichtig sein. Deshalb habe ich geschwiegen, doch wenn ich dir nicht vertrauen kann, meinem eigenen Mann, wem dann?«

Den Kopf schüttelnd wurde Carl ganz bleich. »Ich kann … ich kann das nicht glauben. Greta! Weißt du, was das bedeutet? Welche Folgen es haben kann, wenn das herauskommt?«

Sie zog den Kopf ein. »Ich weiß, Carl. Deshalb habe ich es ja für mich behalten.« Er war berechtigterweise böse. Das hatte sie doch erwarten müssen. Warum war sie davon ausgegangen, dass Carl zu allem Ja und Amen sagen würde? »Es tut mir so leid, dass ich nicht eher etwas gesagt habe«, sagte sie verzweifelt.

»Wie konntest du das all die Jahre vor mir verheimlichen?«, zischte Carl wütend, um ja nicht zu laut zu werden. Aber er war aufgebracht, das sah man in seinen Augen.

»Es tut mir leid. Aber es ging um das Leben meines Vaters. Es war schon zu spät, um ihn außer Landes zu bringen. Amerika nahm keine weiteren Juden mehr auf. Wo sollte er denn hin? Also blieb nur der Keller.«

»Wo in unserem Keller?«

»In dem kleinen Raum, der sich im Weinkeller befindet. Deine Eltern hatten das Weinregal davorgeschoben, sodass die Tür nicht zu sehen war. Ich hatte ihn nur durch Zufall entdeckt und erkannt, was für ein gutes Versteck es hergeben würde, weil die Regale die Tür ja verdeckten. Der Raum hat ein separates Badezimmer, früher hat dort der Chauffeur deines Vaters gewohnt, bevor er unter das Dach zog. Es sind nur zwei kleine Zimmer, aber recht verborgen. Niemand aus der Familie kennt das Versteck. Außer ...« Mit einem Mal wurde Greta bewusst, dass sie ja nicht allein von diesem Geheimnis wusste.

»Außer? Wer weiß noch davon? Bitte sag jetzt nicht, dass es Hans ist.« In Carls Augen trat ein panischer Ausdruck.

»Nein, natürlich nicht. Das wäre ja völlig absurd. Helene. Helene weiß davon, sie hat mich und Levi im Sommer erwischt, als ich eines Nachts für einige Minuten mit ihm draußen war.«

»Ich hatte diesen Raum vollkommen vergessen. Allerdings habe ich mich nie gerne im Keller aufgehalten. Ich hatte mich dort als Kind einmal versehentlich eingeschlossen und bekam die Tür nicht mehr auf, daher meide ich diesen Ort. Was geht hier noch alles unter meinem Dach vor, von dem ich nichts weiß?«, rief Carl nun aufgebracht.

»Pssst! Bitte, Liebling. Wir müssen leise sein.« So wütend hatte sie ihn wohl noch nie erlebt.

Carl fuhr sich über die Stirn. Er humpelte zum Bett.

»Was ist mit deinem Bein? Hast du Schmerzen?«, fragte sie besorgt.

»Ich habe Schmerzen, weil ich scheinbar als Einziger nicht weiß, was in meinem eigenen Haus passiert«, knurrte er mit gesenkter Stimme. »Ich werde wohl für einen Trottel gehalten, dem man nichts anvertrauen kann. Ich fasse es nicht, dass meine eigene Frau mich derart hintergeht. Was bin ich für dich? Eine Witzfigur?« Er musste sich zwingen, leise zu sprechen, damit weder die Kinder noch Johanna etwas von ihrem Streit mitbekamen.

Greta erhob sich und setzte sich auf Carls Bettseite neben ihn. »Es tut mir so unendlich leid. Ich kann dir nicht einmal sagen, warum ich dich nicht ins Vertrauen gezogen habe. Jetzt ist es mir auch unverständlich. Ich habe immer nur daran gedacht, dass niemand erfahren darf, dass Levi noch in Hamburg ist. Es hat quasi ein Eigenleben entwickelt und irgendwann war es zu spät, dir etwas zu sagen. Aber jetzt hole ich es doch nach.« Sie blickte ihn von der Seite an, sah, wie seine Kiefer mahlten. Sie fühlte sich so hilflos und versuchte verzweifelt, ihm ihre Gründe darzulegen, obwohl sie wusste, dass es kaum eine Entschuldigung dafür gab, was sie getan hatte.

»Fünf Jahre, Greta! Du hast fünf Jahre lang dieses Geheimnis vor mir bewahrt! Ich bin dein Mann!«, zischte er.

»Ja, ich weiß. Aber er ist mein Vater. Wenn wir aufgeflogen wären, hättet ihr von nichts gewusst. Ich wollte euch alle nur schützen.«

Erneut schüttelte Carl den Kopf, schlug die Hände vors Gesicht. »Wie hast du das hinbekommen. Er muss doch etwas essen und trinken.«

»Ich versorge ihn mit Brot, Wasser, Obst. Jeden zweiten Tag bringe ich ihm etwas vorbei, was ich aus der Küche hole, wenn alle schlafen.«

»Du bist ein sehr hohes Risiko eingegangen, Greta, ist dir das bewusst?«

»Ja, das weiß ich. Aber man hat in Amerika keine Juden mehr aufgenommen. Sie hätten Levi zurück nach Deutschland geschickt und das hätte seinen sicheren Tod bedeutet. Ich konnte nicht anders handeln, Carl. Ich bin meinem Gewissen gefolgt. Ich kann verstehen ...« Sie schluckte hart. »Ich kann verstehen, dass du unter diesen Umständen nicht weiter mit mir verheiratet bleiben willst.« Tränen sammelten sich in ihren Augen, doch sie drängte sie zurück. »Es tut mir wirklich leid, dass ich dir das antun musste, und ich würde anders handeln, wenn ich noch einmal die Wahl hätte. Ich kann verstehen, wenn du dich jetzt von mir trennen willst, Carl.« Ihr Herz wurde schwer, aber sie konnte ihm noch nicht einmal böse sein. Sie hätte vermutlich auch nicht anders reagiert.

Carl blickte sie verstört an. »Jetzt verlierst du wohl gänzlich den Verstand. Wie kommst du auf die Idee, dass ich mich je von dir trennen würde?«, fragte er, seine Stimme klang immer noch aufgeregt. »Ich liebe dich und nichts auf der Welt kann mich dazu bringen, dich oder die Kinder zu verlassen. Das ist vollkommen absurd.«

Greta atmete hektisch. Ihr Herz klopfte so laut, dass sie Angst hatte, es würde jeden Augenblick aus ihrer Brust springen. Tränen bahnten sich ihren Weg und sie war nicht in der Lage diese zurückzuhalten. Sie wischte sie einfach mit den Fingern fort.

»Du hattest doch schon immer deinen eigenen Kopf, meine Greta«, erklärte er und legte den Arm um ihre Schultern, zog sie an sich. »Ich bin dir sehr böse, dass du kein Vertrauen zu mir hattest, aber das geht nicht so weit, dass ich dich verlassen würde. Ich liebe dich, das weißt du doch.«

»Natürlich weiß ich das. Und ich hoffe inständig, dass du mir diesen Fehler irgendwann verzeihen kannst.« Sie blickte zu ihm auf und küsste seine Lippen.

»Aber sag, wie geht es Levi? Wie kommt er mit der Isolation zurecht?«

»Er ist in den letzten Jahren schnell gealtert. Aber er hält sich wacker. Im Sommer hatte er eine Erkältung, sich aber wieder vollständig davon erholt. Ich werde ihm sagen, dass du Bescheid weißt. Wir müssen uns etwas einfallen lassen. Mein Vater kann nicht bis zu seinem Lebensende in diesem Kellerverlies hausen. Niemand weiß, wie lange dieser Rassenhass noch geschürt wird. Oder ob es noch schlimmer wird.«

»Ich muss in Ruhe nachdenken, Greta. Wir dürfen nichts überstürzen. Aber du hast recht. Es wird immer gefährlicher. Wir werden einen Weg finden, Levi außer Landes zu bringen.« Er fuhr ihr zärtlich über die Wange. »Du hast das Talent, mich doch immer wieder zu überraschen. Egal, wie alt wir werden. Wollen wir nun zu Bett gehen? Oder hast du noch weitere Geheimnisse, die du mir mitteilen möchtest?« Er lächelte sie sanft an, während Greta zu ihm aufsah.

Langsam nickte sie und Carl wurde blass.

»Helene ist schwanger«, sagte sie im ruhigen Ton. »Aber das weiß ich selbst erst seit heute. Herzlichen Glückwunsch, du wirst Großvater.«

TEIL III

*Im Grunde ist jedes Unglück gerade nur
so schwer, wie man es nimmt.*

Marie von Ebner-Eschenbach

Kapitel 24

»Helene, ich brauche bitte deine Unterschrift!«, rief ihre Mutter aus dem Büro heraus, winkte ihr zu, damit sie kurz zu ihr kam.

Sie erhob sich von dem Schreibtisch im Kontor, an dem früher Paul gesessen hatte, und ging hinauf in Gretas Büro.

»Um was geht es denn?«, fragte sie neugierig.

»Ich muss bescheinigen, dass du bei uns angestellt bist, damit du nicht zum Landesarbeitsdienst herangezogen wirst. Das Gesetz gilt nur für unbeschäftigte Frauen unter fünfundzwanzig. Hier bitte einmal unterschreiben.«

Helene setzte ihre Unterschrift auf das Papier, wo ihre Mutter bereits ihre Unterschrift und einen Stempel gesetzt hatte, und Greta tütete es ein. »So, das wäre auch erledigt. Lina hat mich gebeten, Selleriesalz aus dem Lager mitzubringen. Besorgst du eine Tüte und meldest es am Zoll an?«

Helene nickte. »Ja, mache ich sofort.«

»Wie geht es dir?«, fragte Greta leise und blickte auf ihren Bauch.

»Gut, sehr gut sogar. Keine Übelkeit mehr.« Sie lächelte erleichtert und verdrehte gespielt die Augen.

»Soll ich dich zum nächsten Arzttermin begleiten?«

Helene schüttelte den Kopf. »Papa hat sich angeboten«, erklärte sie und lächelte. »Er muss sich daran gewöhnen, dass er Großvater wird, hat er mir erklärt. Ich bin sehr froh, dass er nicht böse auf mich ist.«

»Kommst du mit dem Arzt in Lübeck zurecht?«

»Ja. Die Fahrt ist zwar lästig, aber es ist mir lieber, einen Gynäkologen in einer anderen Stadt zu konsultieren, als wenn mich jemand hier in Hamburg erkennt. Sie werden früh genug zu tratschen beginnen, wenn man mir die Schwangerschaft erst einmal ansieht.«

Greta strich ihr über den Arm. »Wir schaffen das. Gemeinsam. Du kannst immer noch für einige Zeit nach Sylt fahren. Das Haus steht bereit.«

Helene beugte sich vor und küsste die Wange ihrer Mutter. »Ich weiß, Mama. Aber ich werde mich nicht für mein Kind schämen. Niemals.« Dann machte sie sich auf den Weg hinauf ins Lager.

Im Regal suchte sie bei den Gewürzen unter SE wie Sellerie, doch wurde nicht fündig.

»Guten Tag, Helene. Suchst du etwas Bestimmtes?«

Lasse Sandberg kam von der Anlieferung herunter ins Lager, einen schweren Sack auf der Schulter, als würde er nichts wiegen. Sein Haar war nachgewachsen und nicht mehr so kurz wie nach der Entlassung aus dem Konzentrationslager.

»Ja, ich brauche Selleriesalz. Aber im Regal unter SE finde ich es nicht.«

»Es steht unter SA, weil es zu den Salzen gehört«, erklärte er ihr, ging zum gegenüberliegenden Regal und zog ein Paket heraus. »Hier bitte.« Er reichte es ihr, doch es glitt Helene aus der Hand.

»Oh, Mist.« Die Tüte platzte auf und das Salz verteilte sich auf dem Boden. »Tut mir leid.« Tränen traten ihr in die Augen.

»Nur die Ruhe, das ist doch nicht so schlimm. Wir stülpen einfach eine neue Tüte darüber. Es ist ja noch etwas übrig.« Lasse hob die Tüte auf, drehte sie auf den Kopf, um eine weitere Tüte über die Verpackung zu geben. »Siehst du, schon behoben. Glaub nicht, dass uns so etwas nicht auch mal passiert.«

Helene wischte schnell ihre Tränen fort. »Danke, ich weiß auch nicht, was in letzter Zeit los ist, dass ich bei jeder Gelegenheit losheule.«

»Ist denn sonst alles in Ordnung mit dir?«, fragte Lasse und sah sie neugierig an.

»Ja, ja, alles in bester Ordnung«, versicherte Helene und versuchte, überzeugend zu klingen.

»Du siehst blass aus. Geht es dir nicht gut, bist du krank? Eine Erkältung vielleicht?«

Sie schüttelte den Kopf. »Nein, das ist es nicht.« Unbewusst legte sie schützend einen Arm über ihren Bauch. Es war eine ganz natürliche Geste, gedankenlos. Sie sah, wie Lasse dieser Bewegung mit den Augen folgte und Erkennen trat in seinem Blick. Seine Wangen wurden rot.

»Meine ältere Schwester sah auch immer so aus, wenn sie … nun, kurz nachdem sie geheiratet hat. Mittlerweile hat sie drei Kinder und hofft auf ein viertes, weil sie unbedingt das Mutterkreuz möchte.« Er lachte verlegen. »Bist du guter Hoffnung?«, fragte er zögerlich.

Helene wollte es sofort abstreiten, dann wurde ihr klar, dass es keinen Sinn hatte. Bald wurde sichtbar, wie es um sie stand.

Beschämt schüttelte Helene den Kopf und schloss kurz die Augen. Es war einfach so erniedrigend und sie wünschte, sie hätte sich nicht selbst verraten. Eine Träne löste sich aus einem Augenwinkel und sie wischte sie schnell weg.

»Helene, ich möchte dir sagen, wenn du meine Hilfe brauchst, dann stehe ich dir jederzeit zur Verfügung. Ich gehe mal davon aus, dass du nicht in naher Zukunft heiraten wirst?«

Sie wollte etwas erwidern, doch Lasse hob die Hand. »Warte, hör mich an. Ich weiß, dass ich dir mein Leben zu verdanken habe, das ist mehr, als ich jemals zurückgeben kann. Ich weiß auch, dass du mich nicht liebst. Aber solltest du jemals Hilfe brauchen, bin ich für dich da. Ich würde dich sogar heiraten, nicht dass du denkst, ich will mich in deine Familie einschleichen oder mir einen finanziellen Vorteil verschaffen. Ich würde mich auf alles einlassen, weil ich nur ahnen kann, was du für mich getan hast. Jedes Kind braucht einen Vater ... bitte, du weißt, was ich meine. In der heutigen Zeit ist eine alleinstehende Mutter nicht sicher.«

Helene ergriff seine Hand. »Ich weiß, was du meinst. Danke, Lasse, das ist sehr ritterlich von dir. Aber ich denke, ich werde allein zurechtkommen. Es ist ja noch ein wenig Zeit.«

»Ist er der Vater? Dieser von Hohenfels?«

Sie reckte das Kinn und ihr Blick wurde leer. »Es ist nicht wichtig, wer er ist. Am Ende wird nur mein Kind zählen.«

»Aber du bist nicht die Jungfrau Maria. Dein Kind wird irgendwann Fragen stellen. Was willst du ihm dann sagen?«

»Das werde ich entscheiden, wenn es so weit ist.« Helene nahm ihm die Packung Salz aus der Hand. »Vielen Dank, Lasse, für alles. Ich muss jetzt zum Zoll.« Damit lief sie zum Treppenhaus und ließ ihn einfach stehen.

»Ich bin für dich da, bitte vergiss das nicht«, rief er ihr hinterher, doch sie drehte sich nicht mehr um.

Ihr Vater hatte einige Zeit benötigt, um sich an den Gedanken zu gewöhnen, dass seine Tochter ein Kind bekam. Als Greta ihr erklärte, dass sie Carl hatte einweihen müssen, war Helene gar nicht wohl bei der Sache. Sie schämte sich und hatte große Angst vor einem klärenden Gespräch mit ihrem Vater.

»Du weißt, dass deine Mutter mit mir gesprochen hat. Ich muss zugeben, dass ihre Geheimnisse mir ein wenig den Boden unter den Füßen weggezogen haben.«

»Ich kann es mir vorstellen, Papa«, wagte Helene leise zu äußern.

»Dein Zustand wird nicht für immer verborgen bleiben, Helene. Gibt es jemanden, der dafür die Verantwortung übernehmen wird?«

Natürlich wollte er wissen, wer der Vater ihres Kindes war, doch den würde sie auf keinen Fall preisgeben. Wenn ihr Vater erfuhr, dass es Gideon war, dann würde er nicht nur seines, sondern auch das Leben von Ingrid ruinieren. Auch wenn sie die junge Frau nicht mehr als ihre beste Freundin ansah, so wollte sie diese jedoch nicht ins Unglück stürzen. Nein, sie konnte ihrem Vater nicht die Wahrheit sagen. »Ich bin die Einzige, die die Verantwortung trägt«, erklärte sie daher knapp.

»Warum werde ich das Gefühl nicht los, dass mehr hinter dieser Geschichte steckt? Du bist nicht der Mensch, der sich kopflos in sein Vergnügen stürzt, ohne an die Konsequenzen zu denken.«

»Und wenn doch? Was ist, wenn ich einfach nur ein dummes Mädchen bin, das ihr Vergnügen suchte?«

Carl blickte sie an, dann schüttelte er den Kopf. »Das ist nicht mein Mädchen, von dem du da sprichst. Sag mir, wer der Vater ist.«

»Ich kann es nicht, Papa. Es würde alles ... nur viel komplizierter machen. Ich will nicht ihn schützen, sondern dich, mich, die ganze Familie.«

Carl nickte nachdenklich. »Dann kann ich mir vorstellen, von wem wir hier sprechen. Nun gut, ich werde es erst einmal auf sich beruhen lassen, wenn es dein Wille ist.«

Traurig nickte Helene. »Es würde nichts ändern. Meine Situation würde dadurch keine bessere, es würde nur noch schwieriger werden. Dieses Kind war nicht geplant, doch will ich ihm nicht den Eindruck vermitteln, dass es nicht gewollt ist.«

Carl hatte nach ihrer Hand gegriffen und sie fest gedrückt. »Nein, das wollen wir auf keinen Fall. Jedes Kind ist ein Glück auf dieser Welt. Wir werden es so lieben, wie wir dich lieben. Was meinst du? Wird es ein Junge oder ein Mädchen?«

Helene lächelte. Diese Frage beschäftigte sie auch ständig. »Ich bin mir sicher, dass es ein Mädchen wird. Wir Frauen von Löwenstein müssen doch dafür sorgen, dass die Familie nicht ausstirbt.« Sie hatte gelacht und die Hand auf ihren Bauch gelegt.

Als das Wetter Anfang März besser wurde und es zu warm für Schnee war, beschloss Helene, den Führerschein zu machen. Es war praktischer, selbst fahren zu können, als ständig auf Wilhelms Dienste angewiesen zu sein. Wo er meist ihren Vater fuhr und sie dann lange auf den Fahrer warten musste.

Vor der Fahrschule gab es eine lange Schlange, nicht nur, weil der Polizeichef Heinrich Himmler im vergangenen Dezember allen Juden den Führerschein entzogen hatte und somit neue Fahrer gesucht wurden. Sondern auch durch die Fertigung des Volkswagens, der zu einem günstigen Preis produziert wurde, gab es immer mehr Menschen, die in den Besitz eines eigenen Autos kamen und somit den Führerschein erwerben mussten.

Helene taten die Füße weh vom langen Stehen, und sie hätte sich gerne hingesetzt, wollte aber den Platz in der Reihe nicht verlieren. Kurz vor Mittag war sie endlich dran.

»Name und Kennkarte«, brummte der ältere Mann, der bereits einen großen Stapel Anmeldungen neben sich liegen hatte.

»Von Löwenstein, Helene.«

Er blickte auf.

»Von Löwenstein? Ist Ihr Vater Carl von Löwenstein? Sie wissen, dass wir keine Juden aufnehmen können.«

Helene schüttelte entsetzt den Kopf. »Ich bin keine Jüdin, ich bin christlich getauft.«

»Das heißt ja nichts. Ich kenne Ihren Vater, er hat eine Halbjüdin geheiratet, somit sind Sie ein jüdischer Mischling. Tut mir leid, ich kann Ihnen keinen Antrag aushändigen. Der Nächste bitte.« Er sah an ihr vorbei, als wäre sie Luft.

»Entschuldigen Sie bitte, aber ich glaube, Sie haben mich nicht richtig verstanden. Ich bin …«

»Fräulein, ich habe Sie sehr gut verstanden. Sie haben doch einen Chauffeur, warum lassen Sie sich nicht von dem fahren?

Warum wollen Sie unbedingt selbst einen Führerschein machen? Frauen sollten sich lieber um die Familie kümmern, anstatt den Straßenverkehr unsicher zu machen. Und jetzt machen Sie den Weg frei. Der Nächste!« Er hielt ihr ihre Kennkarte entgegen.

Helene wurde zur Seite gestoßen und blickte in eine Reihe von Gesichtern, die sie abfällig musterten. »Judenhure, geh nach Hause«, murmelte jemand. Sie begriff schnell, dass es keinen Sinn machte, hier zu protestieren. Sie nahm ihre Kennkarte und stolzierte nach draußen, wo jemand vor ihr auf den Boden spuckte.

»Ich bin so deutsch, wie Sie es sind«, murmelte Helene und hielt mit letzter Kraft ihren Kopf oben, auch wenn ihr zum Weinen zumute war. Das war einfach nicht zu fassen. Sie lief zur Straßenbahn und erreichte sie noch im letzten Moment. Als sie sich auf einen Platz niederließ, liefen ihr Tränen über das Gesicht, obwohl sie gar nicht bemerkte, dass sie weinte. Erst als die Tropfen ihre Hände benetzten, wurde sie dessen gewahr.

Kapitel 25

Helene stand vor dem Spiegel in ihrem Zimmer und warf einen Blick auf ihre Seitenansicht. Ihr Bauch war in den letzten Wochen enorm gewachsen und trotz der großen Bluse, die ganz locker saß, sah man sofort, dass sie in anderen Umständen war. Da half auch der Mantel nicht, den sie überzog. Sie hatte keine Lust auszugehen, doch Lasse hatte sie überredet, an den Feierlichkeiten zum 750. Hafengeburtstag teilzunehmen. Sie hatte es nicht übers Herz gebracht, ihm zum zehnten Mal einen Korb zu geben, also hatte sie zugestimmt. Nun stand sie hier, schwanger und schlecht gelaunt. Missmutig nahm sie ihre Handtasche, die Carl ihr zu Weihnachten geschenkt hatte, und lief in die Halle hinunter.

»Moin! Wo willst du hin, Schwesterherz?« Paul zog gerade seine Jacke an.

»Zum Hafenfest und du?«

»Ich muss zur Arbeit. Es gibt eine Abendgesellschaft für die geladenen ausländischen Gäste des Festes. Die haben bestimmt großen Hunger, nachdem sie heute schon eine Hafenrundfahrt und einen Museumsbesuch absolviert haben. Die gesamte Mannschaft muss antreten. Ich bin für das Dessert eingeteilt.« Seine Wangen glühten förmlich.

»Na dann, gutes Gelingen.« Helene küsste Paul auf die Wange. »Wo sind Mama und Papa?«

»Sie sind ebenfalls auf dem Empfang eingeladen und gehören zu den Ehrengästen. Wer hätte gedacht, dass Papas Parteibeitritt auch etwas Gutes haben würde und wenn es nur ein köstliches Essen ist.« Paul verzog ironisch den Mund. »Tschüss, Schwesterchen, ich muss los.« Und schon war Paul zur Tür hinaus.

Vor dem Haus hupte es und Helene trat neugierig nach draußen.

»Lasse! Was ist das für ein Wagen?« Neugierig ging sie auf ihn zu.

»Der gehört einem Freund. Ich kann dich doch in diesem Zustand nicht so weit laufen lassen. Komm, steig ein, sonst verpassen wir noch das Beste.« Er hielt ihr die Tür des grauen Volkswagens auf und war Helene beim Einsteigen behilflich.

»Hast du denn überhaupt einen Führerschein?«, fragte sie verwundert.

»Klar, den habe ich schon vor drei Jahren gemacht. Direkt, als ich achtzehn wurde.« Er schwang sich hinter das Lenkrad und startete den Motor, der wie ein Kätzchen zu schnurren begann.

»Du siehst heute sehr schön aus«, bemerkte er ganz nebenbei.

»Danke, Lasse. Ich sehe ganz schön unförmig aus.«

»Wie lange hast du noch, bis das Kind auf die Welt kommt?«

»Noch drei Monate ungefähr. Ich bin nicht gerade begeistert, im Sommer mit diesem Bauch herumzulaufen. Aber vermutlich werde ich kaum noch laufen können, wenn der Bauch so weiterwächst und meine Beine anschwellen.«

»Ich wette, es wird ein Junge. Ein strammer Bursche, mit rosiger Haut und deinen grünen Augen.« Er lachte.

»Alle Babys haben blaue Augen, wenn sie zur Welt kommen. Ich habe gelesen, dass sich der Farbstoff für andere Farben erst noch bilden muss«, klärte sie ihn auf.

»Was du alles weißt«, gab Lasse überrascht zu und schaute sie anerkennend an.

»Ich weiß gar nicht so viel. Aber ich habe meine Großmutter und meine Mutter an meiner Seite. Sie haben beide zwei Kinder großgezogen und wissen eine ganze Menge.«

»Hast du Angst, ich meine vor den Schmerzen?«

Helene hob die Schultern. »Meine Mutter sagt, man kann sich später nicht mehr an die Schmerzen erinnern. Das hat die Natur so eingerichtet, sonst würde jede Frau vermutlich nur ein Kind gebären.«

»Und möchtest du noch weitere Kinder?«

Laut lachte Helene auf. »Lass mich doch erst einmal dieses eine Kind bekommen.«

Lasse bremste den Wagen ab. »Puh, es ist ganz schön voll. Ich denke, wir werden hier parken und laufen das letzte Stück zum Hafen. Zum Glück regnet es gerade nicht.«

Sie stiegen aus und spazierten zu den St. Pauli-Landungsbrücken, am Eingang zum Elbtunnel vorbei, Richtung Pegelturm, wo man den Wasserstand der Elbe ablesen konnte. Die bunten Fähnchen und Hakenkreuzfahnen flatterten wild im Wind. Es war kalt, höchstens zehn Grad und Helene zog ihren Schal enger um den Hals. Sie konnte es nicht riskieren, jetzt krank zu werden.

»Schau mal, die vielen Schiffe!«, rief sie begeistert und winkte den Segelschiffen zu, die mit voller Beflaggung im Hafen lagen. Kleine Boote segelten die Norderelbe entlang und wirkten neben den großen Kähnen wie kleine Papierboote, die man auf einem See ausgesetzt hatte.

»Möchtest du etwas essen? Vielleicht eine Zuckerwatte?«, lud Lasse sie ein.

»Nein, aber gebrannte Mandeln wären wundervoll.«

»Okay, dann gebrannte Mandeln.« Lasse stellte sich an einer Bude an, die neben bunten Luftballons auch Zuckerwatte, Lebkuchen und gebrannte Mandeln anbot.

»Eine Tüte Mandeln, bitte«, bestellte Lasse und legte die fünfzig Pfennig auf dem Tresen ab.

Er öffnete die Tüte und bot Helene die Nascherei an.

»Danke, du bist ein Schatz.« Sie schob sich eine in den Mund. »Wusstest du, dass Mandelbäume zu den Rosengewächsen gehören?«

Lasse nickte grinsend. »Manni Weseke ist ein guter Lehrer, wie ich höre.«

»Ich habe großen Appetit auf Lebkuchenherzen. Bitte kauf mir welche.« Die hohe quengelnde Stimme lenkte Helenes Aufmerksamkeit auf ein Pärchen, das hinter ihnen stand, und sie blickte über ihre Schulter.

»Ach, sieh einer an! Da ist ja Helene! Was für eine Überraschung. Wir haben uns schon so lange nicht gesehen.« Ingrid trat lächelnd näher. »Helene, wie geht es dir? Wie schade, dass du nicht zu unserer Hochzeit kommen konntest. Wir haben dich sehr vermisst, nicht wahr, Gideon?«

Hochzeit? Man hatte ihr nichts von einem Hochzeitstermin erzählt. Als ihr Blick auf Gideon traf, der neben Ingrid stand, erstarrte sie zu Eis. Ihm schien es nicht anders zu ergehen. Er war regelrecht geschockt, sie hier so plötzlich zu sehen. Als Helene sich zu den beiden umdrehte, fiel Ingrids Blick auf ihren Bauch.

»Oh, wie schön, du bist auch verheiratet!«, rief Ingrid laut und klatschte in die Hände. »Warum hast du denn nichts gesagt?«

Als sich ein Arm um ihre Schultern legte, spürte sie die Wärme eines anderen Körpers. »Helene und ich haben sehr überraschend geheiratet«, erklärte Lasse, ohne mit der Wimper zu zucken.

»Ja, das kann ich mir vorstellen«, sagte Ingrid und blickte erneut auf Helenes Bauch. »Du trägst ja gar keinen Ehering.«

Worauf ihre Freundin alles achtete. »Der Ring ist beim ... Juwelier. Er muss geweitet werden. Meine Finger schwellen an«, log Helene und die Worte kamen wie von allein über ihre Lippen.

»Darf ich zur Hochzeit und dem baldigen freudigen Ereignis gratulieren?« Gideon hatte wohl seine Stimme wiedergefunden. »Wann ist es denn so weit?«

»Im August«, erklärte Lasse und lächelte, als wäre er der glücklichste Vater der Welt.

»August?« Gideon hob fragend eine Augenbraue. »Schon so bald, also.«

»Ich wünsche mir auch alsbald Nachwuchs. Wir wollen den Führer doch glücklich machen. Ich möchte mindestens vier Kinder, schließlich will ich das Mutterkreuz verliehen bekommen.« Ingrid hakte sich bei Helene ein und zog sie einfach die Promenade entlang, gefolgt von Gideon und Lasse, die mit etwas Abstand zueinander hinter den Damen herliefen. »Du hättest bei unserer Hochzeit dabei sein müssen, Helene. Alle wichtigen Leute der Stadt waren anwesend. Sogar Reichsstatthalter Kaufmann und Graf von Eltz, er ist der Chef der Gestapo hier in Hamburg«, erzählte sie mit Stolz in der Stimme.

»Der Unterabteilung A. Graf von Eltz ist nur einer der Chefs, liebe Ingrid«, berichtigte Gideon sie.

»Aber das ist doch zweitrangig. Bei welcher Hochzeit ist schon ein echter Graf anwesend?« Ingrid war stehen geblieben, weil eine Flugformation über der Elbe Aufstellung nahm. »Schaut nur, wie wunderbar das aussieht.« Sie legte den Kopf in den Nacken und drängte sich durch die Menge nach vorn. Lasse folgte ihr, den Blick ebenfalls gen Himmel gerichtet.

»Wer ist der Vater deines Kindes?«, raunte Gideon Helene ins Ohr, als er sie am Arm zurückhielt.

»Ich habe keine Ahnung, worauf du anspielst.«

»Ich weiß, dass du nicht verheiratet bist. Wenn das Kind im August zur Welt kommt, kann Lasse nicht der Vater sein. Zu dieser Zeit saß er noch in Neuengamme.« Seine Stimme war fest, als wollte er sie kraft seiner Worte dazu bringen, die Wahrheit zu sagen.

»Mein Kind wird nur einen Vater kennen, den, der bereit ist, sich um es zu kümmern. Aber falls du denkst, es wäre dein Kind, muss ich dich enttäuschen. Es gab mehr als einen Mann in meinem Leben«, erklärte Helene hochmütig und ließ ihn einfach stehen, suchte in der Menge nach Lasse und hakte sich bei ihm unter.

»Ingrid, wir müssen jetzt leider gehen, ich muss mich ausruhen«, verabschiedete sie sich von ihrer Freundin und nickte Gideon, der ihr gefolgt war, stumm zu.

Lasse nahm ihre Hand und so bahnten sie sich zusammen den Rückweg zum Automobil. Erst als sie den Hafen hinter sich gelassen hatten, atmete Helene wieder befreit aus. Ihr Puls jagte durch ihren Körper, als wäre sie gerannt.

»Danke, dass du das für mich getan hast«, sagte sie, ohne Lasse dabei anzusehen.

»Ich habe es gern gemacht. Hat er Verdacht geschöpft?« Lasse sah sie kurz von der Seite an, dann richtete er den Blick wieder auf die Straße, um einem Pferdetransport auszuweichen.

»Natürlich denkt er, dass er der Vater ist. Aber eher würde ich in der Hölle schmoren, als ihm die Wahrheit zu sagen.«

»Ihm kann doch nicht daran gelegen sein, als Vater deines unehelichen Kindes aufzutreten. Was wohl seine Frau dazu sagen würde?« Lasse schüttelte den Kopf.

»Es ist mir egal. Ich hoffe, Ingrid wird glücklich mit ihm.«

»Und was ist mit dir? Wirst du auch glücklich?«

Helene lächelte. »Ich werde glücklich mit meinem Kind und meinem guten Freund Lasse.« Sie beugte sich vor und gab ihm einen Kuss auf die Wange.

Voller Ungeduld wartete Helene am Abend auf die Rückkehr ihrer Eltern. Sie hatte mit Johanna zu Abend gegessen und ihre Großmutter war schon früh zu Bett gegangen. Gegen halb elf hörte sie endlich die Tür und kurz darauf kamen ihre Eltern in den Salon.

»Du bist noch wach, mein Kind?« Greta zog ihre Schuhe aus. »Bitte entschuldigt, aber meine Füße schmerzen. Margot! Bitte bringen Sie mir meine Pantoffeln.«

»Sofort, gnädige Frau.«

Kurze Zeit später saß Greta mit Pantoffeln an den Füßen auf dem Sofa und trank ein Glas Cognac, das Carl ihr reichte.

»Wie war dein Tag, mein Kind?«, wollte sie wissen.

»Ich war auf der Hafenfeier und habe Ingrid getroffen. Warum habt ihr mir verschwiegen, dass sie und Gideon geheiratet haben? Warum sind wir nicht zur Hochzeit gegangen, wo wir doch eingeladen waren?« Ihre Fragen trafen ihre Eltern wie giftige Pfeile.

Carl erhob sich, nahm eine Zigarette aus der Schachtel und trat hinaus auf die Terrasse.

»Dein Vater und ich waren uns einig, dass es für dich und das Kind nicht gut wäre, der Hochzeit beizuwohnen. Ich hatte uns mit einer Reise entschuldigt, als die Einladung Anfang Januar eintraf. Ich war ohnehin verwundert, dass Dörte uns eingeladen hat, nach unserem frühen Verschwinden an Heiligabend. Vermutlich war diese Einladung eine reine Formalität.« Greta nippte an ihrem Glas. »Wolltest du dich dem wirklich aussetzen?«

Helene schüttelte den Kopf. »Nein, Mama. Natürlich nicht. Ich bin sehr froh, dass ich an dieser Propagandaveranstaltung nicht habe teilnehmen müssen. Nur hätte ich gerne gewusst, dass Ingrid inzwischen verheiratet ist. Glaubst du etwa, ich habe mir noch Hoffnungen auf Gideon gemacht? Das kannst du nicht wirklich von mir denken.«

»Hat Ingrid deinen Zustand bemerkt?«

Nun musste Helene doch lachen. »Sie müsste schon auf beiden Augen blind sein, wenn sie ihn nicht bemerkt hätte. Natürlich hat sie gefragt, wann ich geheiratet habe, und irgendwie kam ich nicht dazu aufzuklären, dass ich nicht verheiratet bin. Lasse hat es so aussehen lassen, als wäre er mein

Ehemann. Ingrid wird natürlich sofort zu ihrer Mutter laufen und diese Neuigkeit verbreiten.«

»Sie denkt, du bist mit Lasse Sandberg verheiratet?«

Helene nickte stumm.

»Nun, vielleicht ist das gar keine so schlechte Idee. Sandberg ist ein guter Mann.« Carl kehrte ins Wohnzimmer zurück.

»Papa! Du weißt, dass ich nicht heiraten will, nicht, um nur einen Vater für mein Kind zu haben. Ich möchte einen Mann, den ich liebe. Eigentlich hatte ich schon damit abgeschlossen, heiraten zu wollen, mich überhaupt wieder zu verlieben. Doch Mama hat recht, wir Menschen sind nicht dafür gemacht, allein zu leben. Vielleicht überlege ich es mir noch mal, wenn der richtige Mann kommt. Lasse ist ein feiner Kerl, aber eher wie ein … Bruder, ein freundlicher Cousin.«

»Er wäre zumindest ein Mann, der hart anpacken kann.« Ihrem Vater erschien dieser Gedanke, dass Lasse ein guter Ehemann für sie wäre, gar nicht abwegig.

»Du solltest aber nicht vergessen, dass Sandberg weit unter Helene steht. Ich meine das nicht despektierlich. Er kommt jedoch aus einer anderen Schicht und man munkelt, er ist Kommunist. Findest du nicht, wir haben schon genug Schwierigkeiten wegen Levis Glauben. Der Führer hat erst im Januar vor dem Reichstag von der Vernichtung der jüdischen Rasse in Europa gesprochen. Danach wird er sich vermutlich den Kommunisten zuwenden. Wir haben keine Ahnung, was dieser Verrückte noch für Ideen zutage fördert.« Greta redete sich richtig in Rage.

»Greta! Bitte hüte deine Zunge«, ermahnte Carl sie. »Man weiß nie, wer uns hören kann.«

»Ach, für unser Personal lege ich meine Hand ins Feuer«, winkte sie ab.

»Glaubt ihr wirklich, was Hitler gesagt hat? Dass er alle Juden vernichten wird. Was machen wir dann mit Großvater?«, flüsterte Helene und sah ihre Eltern verzweifelt an.

»Wir werden Levi außer Landes bringen«, erklärte Greta und trank den Rest ihres Glases aus.

»Wann? Aber bitte nicht bevor mein Kind geboren ist. Er soll doch noch seinen Urenkel kennenlernen.« Ihre Worte waren kaum zu verstehen.

»Viel Zeit haben wir nicht mehr. Wenn es Krieg gibt, werden die Grenzen geschlossen«, mahnte Carl und sah nicht sehr zuversichtlich aus. »Du solltest es dir noch einmal überlegen. Lasse Sandberg ist ein feiner Kerl. Und so wie es aussieht, macht es ihm nichts aus, dass du ein Kind von einem anderen Mann hast.«

»Papa!« Helene verdrehte die Augen. »Du kennst meine Meinung dazu. Ich werde heiraten, irgendwann. Aber bis dahin werde ich mir gut überlegen, wen ich heiraten werde. Ich will nicht jemanden, der nur die Notlösung ist. Ich will eine Liebe, weil meine Gefühle mir sagen, dass es das Richtige ist.«

»Es gibt Zeiten, mein liebes Fräulein, da muss man Taten sprechen lassen. Da stehen Gefühle in der zweiten Reihe«, erklärte Carl.

»Hast du Mama geheiratet, weil die Gefühle in der zweiten Reihe standen?«, fragte Helene gereizt.

»Nein, aber da war deine Mutter auch nicht schwanger«, rief er aufgebracht.

»Carl! Wenn du dich erinnerst, weiß man es nicht genau. Du misst mit zweierlei Maß und das lasse ich nicht zu«,

erklärte Greta und brachte so ihren Mann und Tochter glei-
chermaßen zum Schweigen.

Kapitel 26

Die kleine Karin Marianne von Löwenstein wurde in den Morgenstunden des 26. August 1939 geboren. Die Hebamme war mit Mutter und Kind äußerst zufrieden. Obwohl es die erste Geburt der jungen Mutter war, erblickte das Kind in weniger als drei Stunden das Licht der Welt. Das kleine Mädchen begrüßte die Familie mit einem kräftigen Schrei, hatte dunkles Haar und wunderschöne blaue Augen. Sie blickte ihre Mutter an, zog fragend die Augenbrauen zusammen, als würde sie darüber nachdenken, was sie auf dieser Erde sollte.

»Du wirst einmal eine tüchtige junge Frau, die das Kontor erben wird«, flüsterte Helene dem Mädchen ins Ohr. »Sieht sie nicht wunderschön aus?«

Greta, die ihr bei der Entbindung zur Seite gestanden hatte, blickte stolz auf das kleine Bündel hinunter. »Ja, sie ist genauso schön, wie du es bei deiner Geburt warst.« Zärtlich strich sie ihrer Enkelin über die Wange.

»Sie hat die Schönheit ihres Vaters geerbt und wird irgendwann allen Männern den Kopf verdrehen«, flüsterte Helene müde.

»Sie hat deine Schönheit und deinen Stolz, mein Mädchen. Schlaf jetzt ein wenig. Ich werde Karin mitnehmen. Ihr Großvater wird schon voller Ungeduld auf seine Enkelin warten.« Als Greta mit dem Kind das Zimmer verließ, war Helene bereits eingeschlafen.

Greta fand ihren Mann im Schlafzimmer. »Hier kommt dich deine Enkelin besuchen, lieber Carl.« Sie setzte sich zu ihm auf das Bett und reichte sie ihm.

»Grund Gütiger, ist sie klein. Ist sie denn gesund und wie geht es Helene?«

»Helene ist erschöpft eingeschlafen und beide sind wohlauf. Ist sie nicht ein wunderschönes Kind?«

Carl lächelte. »Ja, das ist sie. Hat Helene sich schon für einen Namen entschieden?«

»Das Kind wird den Rufnamen Karin tragen. Karin Marianne von Löwenstein. Ich glaube, sie wird einmal die Welt erobern«, meinte Greta stolz.

»Wenn es noch etwas zu erobern gibt, wenn Karin erst einmal erwachsen ist«, murmelte Carl grimmig.

»Wir müssen optimistisch bleiben.« Greta nahm ihm das Kind wieder ab. »Die Kleine ist genauso erschöpft wie Helene. Sie wird jetzt einige Stunden schlafen, bis der Hunger sich einstellt. Schlaf du weiter, ich werde im Kinderzimmer auf dem Sofa übernachten.«

»Wird es dir nicht zu viel?«, fragte Carl besorgt.

»Nein, ich mache es gern. Und in der nächsten Woche wird das Kindermädchen ihren Dienst antreten.« Sie küsste Carl und erhob sich. »Schlaf gut, mein Lieber.«

An diesem denkwürdigen Tag, kam nicht nur Karin zur Welt, sondern die NSDAP sagte auch den für Anfang

November geplanten Reichsparteitag ab. Und eine Woche später marschierte die deutsche Wehrmacht ohne Kriegserklärung in Polen ein.

Helene erholte sich erstaunlich schnell und kümmerte sich rührend um die kleine Karin, dass Else, das Kindermädchen, das Greta eingestellt hatte, sich manchmal nutzlos vorkam.

»Sie sollen sich doch schonen, gnädiges Fräulein Helene«, erklärte Else und nahm ihr die kleine Karin ab, nachdem Helene sie gestillt hatte.

»Bitte denken Sie daran, die Fenster in Karins Zimmer zu verdunkeln«, wies Helene sie an.

»Ja, natürlich. Ich finde diese ganzen Kriegsvorschriften unnötig. Nachts herrscht Verdunkelung, alle abendlichen Veranstaltungen sind bis auf Weiteres abgesagt, wir dürfen nur noch deutsche Rundfunksender hören und die Juden dürfen nicht mehr auf die Straße. Als wenn es noch viele von denen geben würde und es etwas am Krieg ändert.« Else schüttelte den Kopf. Sie war eine stämmige Frau von Mitte dreißig, die hervorragende Zeugnisse vorweisen konnte und deren Familie in Lübeck lebte.

»Ich bin froh, dass Karin noch zu klein ist, um das alles zu verstehen.« Helene strich dem Säugling über die weiße Mütze.

»Karin wird jetzt gewickelt und dann wird sie etwas schlafen.«

»Sie können dann auch Feierabend machen, Else. Ich werde mich heute Nacht um Karin kümmern«, erklärte Helene bestimmt.

»Wie Sie wünschen, gnädiges Fräulein.«

Helene war ihr dankbar, dass sie keine Fragen stellte, warum Helene nicht verheiratet war. Vielleicht hatte auch ihre Mutter Else darauf vorbereitet, doch im Grunde war es ihr egal.

Helene hatte vier Stunden Zeit, bis Karin sich wieder melden würde, weil sie der Hunger quälte. So nutzte sie die Gelegenheit, sich frisch zu machen und anzukleiden. Sie war es leid, ständig im Nachthemd herumzulaufen, auch wenn es für das Stillen bequemer war.

Helene wartete, bis es ruhig im Haus wurde und sie sichergehen konnte, dass alle schliefen. Dann nahm sie Karin aus dem Bettchen und stieg die Stufen ins Erdgeschoss hinunter, ging weiter in den Keller. Hier war es kühl und sie hatte die Kleine in eine dicke Decke gepackt. Ihr Mutter wartete bereits auf sie und gemeinsam betraten sie das Versteck.

Levi wartete schon voller Vorfreude und strahlte über das eingefallene Gesicht. »Meine kleine *Neschama*«, murmelte Levi und strich dem Kind über die Stirn. »Sie sieht dir so ähnlich, Greta, als du geboren wurdest. Ich erinnere mich noch genau, wie deine Mutter dich auf dem Arm hielt. Es ist nicht zu glauben, dass in diesen schrecklichen Zeiten noch solche Wunder geschehen.« Er nahm Helene und Greta in die Arme und drückte sie. »Danke, dass ihr mich nicht vergesst und euch um mich sorgt.«

»Ach, Papa, natürlich tun wir das.« Greta strich ihm über den Bart, der mittlerweile ganz weiß war.

»Sie haben im Rundfunk die Ansprache dieses Verrückten übertragen. Nun haben wir Krieg«, sagte Levi und seine Stimme schien zu brechen.

»Das werden wir auch noch überstehen, Papa. Du wirst sehen. Wir haben es nicht so weit gebracht, dass wir jetzt aufgeben.« Sie drückte seine Hand und er nickte zustimmend.

»Passt gut auf meine Urenkelin auf.«

»Das werde ich Großvater, in jeder Stunde meines Lebens«, versprach Helene aus vollem Herzen.

Paul war ganz verrückt nach der kleinen Karin und trug sie ständig im Haus herum, wenn er seinen freien Tag hatte, und brachte damit Else zur Verzweiflung. »Wenn das so weitergeht, werde ich wohl kündigen müssen. Ich habe ja fast nichts zu tun«, beschwerte sie sich.

»So weit kommt das noch. Ich bin froh, wenn Sie mir zur Hand gehen, liebe Else«, erklärte Helene, die einsehen musste, dass eine Entbindung doch keine so einfache Sache war. Sie wurde schnell müde und das Stillen war zusätzlich anstrengend, auch wenn Karin an sich ein ruhiges und braves Kind war.

Am nächsten Morgen beschloss Helene, mit Karin bei Johanna vorbeizuschauen. Ihrer Großmutter ging es seit einigen Tagen nicht so gut und sie hatte die Kleine erst einmal gesehen. Helene klopfte an ihre Tür. Als sie keine Antwort erhielt, trat sie vorsichtig ein. Johanna hörte mit der Zeit immer schlechter.

»Johanna? Bist du wach?« Die Verdunkelungsrollos waren noch zugezogen und es war finster im Raum. Es war ein schöner Spätsommertag und Helene öffnete eines der Fenster, ließ frische Luft herein.

»Johanna! Du hast verschlafen«, meinte sie gut gelaunt und hielt in der Bewegung inne. »Johanna?«, fragte sie und trat näher an das Bett.

Ihre Großmutter lag in dem Bett, als würde sie schlafen, doch etwas war anders. Ihr Brustkorb hob und senkte sich nicht. Die Augen waren geschlossen, der Kopf leicht zur Seite geneigt.

Karin bewegte sich unruhig in ihrem Arm. »Ja, meine Kleine. Es ist besser, du gehst jetzt mal zu Else.«

Laut rief sie auf dem Flur nach dem Kindermädchen. »Bitte bringen Sie Karin in ihr Bettchen. Wissen Sie, ob meine Mutter noch im Haus ist?«

»Nein, die gnädige Frau ist bereits vor zwei Stunden in die Firma gefahren.«

»Danke, Else.« Helene ging zurück in das Schlafzimmer ihrer Großmutter und tastete nach dem Puls. Ihre Haut fühlte sich kalt an, die Gelenke steif. Es gab keinen Zweifel. Johanna war in der Nacht verstorben.

Schnell machte sich Helene auf den Weg in die Halle und rief ihre Mutter im Büro an.

»Mama, du musst sofort nach Hause kommen.«

»Helene! Ist etwas mit Karin?«, fragte sie aufgeregt.

»Nein, mit der Kleinen ist alles in Ordnung. Aber Johanna ... sie ist ... heute Nacht gestorben. Kannst du kommen?«

»Ja, natürlich. Ich informiere deinen Vater und mache mich sogleich auf den Weg.«

Helene ließ sich auf dem Stuhl neben dem Telefon nieder und fuhr sich über das Gesicht. Johanna war tot. Ihre geliebte Johanna. Sie war so mit Karin beschäftigt gewesen, dass sie nicht mitbekommen hatte, wie schlecht es ihr ging. Johanna war gegangen, wie sie gekommen war. Ruhig, ohne großen Aufwand. Eine Frau, die niemals störte und immer einen guten Ratschlag parat hatte. Wie sehr würde sie ihre liebenswürdige Art vermissen. Wie sollten sie das nur Levi beibringen?

Sie war gestorben, ohne zu erfahren, dass er die ganze Zeit in ihrer Nähe gewesen war.

Nach einer halben Stunde kamen ihre Eltern nach Hause.

»Wo ist sie?«, fragte Greta aufgelöst.

»Oben in ihrem Bett.«

»Wer ist im Haus?«, wollte ihr Vater wissen.

»Nur Else und Karin. Lina ist mit Bille zum Markt. Rachel hat heute ihren freien Tag und ist zu ihrer Familie gefahren. Paul hat heute Frühschicht und ist schon seit sechs Uhr im Hotelrestaurant.«

»Gut«, nickte er. »Wir werden Else mit Karin auf einen Spaziergang schicken. Ich möchte nicht, dass jemand im Haus ist. Greta, wir ziehen alle Vorhänge zu. Es soll niemand ins Haus blicken können.«

Obwohl Helene nicht wusste, wofür das gut sein sollte, machte sie sich jedoch schnell auf den Weg. Es dauerte fast eine halbe Stunde, bis Else endlich mit dem Kinderwagen das Haus verließ.

»Wo ist der Schlüssel?«, fragte Carl.

»Er hängt unten im Keller am Regal«, erklärte Greta.

»Gut, Helene du bleibst hier oben und hältst Wache, dass niemand ins Haus kommt, der hier nichts zu suchen hat.« Zusammen mit Greta stieg er die Stufen des Kellers hinunter.

Greta schob das Weinregal zur Seite und Carl machte große Augen, als sie die verborgene Tür aufschloss. Sie hatte vorher drei Mal geklopft und eine Antwort erhalten.

»Levi?«, rief sie leise und betrat den Raum.

»Greta und … Carl!« Levi schien vollkommen überrascht, seinen Schwiegersohn nach so langer Zeit wiederzusehen.

»Was ... was macht ihr hier?« Seine Stimme klang ängstlich.

»Levi, ich freue mich, dich hier zu sehen«, meinte Carl und
schloss den kleinen Mann in die Arme.

»Dann hat Greta dich eingeweiht?«

Carl nickte. »Ja, schon vor einiger Zeit, aber ich wollte dich
nicht beunruhigen. Wie geht es dir hier?« Carl blickte sich
kurz um. Viel gab es nicht zu sehen. Das Bett, der Nachttisch
mit den Büchern, einen kleinen Tisch, an dem Levi sein Essen
einnahm. Durch den Lichtschacht fiel ein wenig Tageslicht.

»Ist etwas geschehen?«, kam Levi direkt auf den Punkt und
man sah die Angst in seinen Augen.

Greta knetete nervös ihre Hände. »Bitte setz dich, Papa.«

Levi nickte und sie wusste nicht, womit er rechnete, doch
es schien das Schlimmste zu sein.

»Papa, ich kann es dir leider nicht ersparen, aber du solltest wissen, dass heute Nacht Johanna von uns gegangen ist.
Sie ist im Schlaf gestorben.« Bei den Worten schossen Greta
die Tränen in die Augen und sie warf sich an Levis Brust. »Es
tut mir so leid. Sie hat bis zuletzt daran geglaubt, dass es dir in
Übersee gut geht.« Sie spürte das Beben in der Brust ihres Vaters. »Ich hätte ihr so gerne die Wahrheit gesagt, aber es war
zu gefährlich, wegen Hans und Clara. Ein falsches Wort kann
in einer Katastrophe enden.«

Levi nickte. Ihm fehlten die Worte, er hatte regelrecht seine
Stimme verloren.

»Wir müssen uns beeilen, die Zeit drängt«, mahnte Carl.

Greta nickte. »Ja, natürlich. Papa, möchtest du dich von Johanna verabschieden? Es ist nur Helene im Haus. Wir müssen
uns aber beeilen, das Kindermädchen wird bald zurückkehren.«

Für einen Moment flammte Leben in Levis Blick auf. »Ist es nicht zu gefährlich?«

»Nicht, wenn wir uns beeilen. Komm, Levi, wir bringen dich zu ihr.« Carl führte den alten Mann die Treppe hinauf, der nicht mehr so sicher auf den Beinen war, wie vor einigen Jahren.

»Wartet, ich helfe euch.« Helene nahm die Hand ihres Großvaters, führte ihn geduldig die Treppe hinauf.

Greta war bereits vorgegangen, hatte Johanna ein wenig hergerichtet, ihre Hände über der Bettdecke gefaltet und den Rosenkranz hineingelegt.

Vorsichtig ließ Levi sich auf der Bettkante nieder.

»Sollen wir dich allein lassen, Großvater?«, wollte Helene wissen.

»Nein, bitte bleibt. Geben wir Johanna noch ein paar Minuten mit ihrer Familie. Denn das waren wir für sie. Ihre Familie. Ich hätte sie gerne geheiratet, doch mir haben kluge Menschen geraten, es nicht zu tun, zu ihrem Schutz. Sie hat mir all ihre Liebe gegeben und war der feinfühligste Mensch, den ich in meinem Leben habe kennenlernen dürfen.« Levi zog den Siegelring von seinem kleinen Finger, den er schon sein ganzes Leben trug und schob ihn Johanna über den Ringfinger. »Ich werde dich nie vergessen, mein Liebling. Warte auf mich, es wird nicht lange dauern, meine geliebte Johanna.« Er beugte sich vor und gab ihr einen Kuss auf die kalten, leblosen Lippen.

»Wir warten draußen auf dich, Papa.« Greta winkte Carl und Helene vor die Tür und gemeinsam warteten sie, bis Levi Johannas Schlafzimmer verließ.

»Es bricht mir das Herz, dass ich an ihrer Beerdigung nicht teilnehmen kann«, sagte er traurig und wischte sich eine Träne aus dem Augenwinkel.

Plötzlich waren Geräusche im Erdgeschoss zu hören und alle erstarrten vor Angst und hörten sofort auf zu sprechen. Schritte auf der Treppe wurden laut, als Pauls Gesicht langsam zum Vorschein kam.

»Was macht ihr denn alle hier oben?« Als er Levi sah, erstarrte er zu Stein. Sein Mund stand offen, als wollte er etwas sagen, hätte jedoch vergessen, was es war.

»Hallo Paul, mein Junge«, sagte Levi und zog ihn in seine Arme.

»Großvater! Du bist wieder zurück? Wo kommst du her?« Endlich fand Paul seine Stimme wieder.

»Das ist eine lange Geschichte, Paul, das erklären wir dir später. Wir haben eine traurige Nachricht für dich ... Johanna ist gestorben. Heute Nacht.« Greta nahm seinen Arm. »Möchtest du dich von ihr verabschieden?«

»Johanna? Nein, das kann nicht sein«, murmelte er. »Nicht sie. Warum?«

»Paul, deine Großeltern sind alt und irgendwann findet das Licht unseres Lebens ein Ende«, sagte Levi leise und strich seinem Enkel über den Kopf. »Ich muss gehen, mein Junge. Sag deinem Großvater auf Wiedersehen.«

Paul schlang die Arme um seinen Hals. »Aber warum musst du wieder weg? Wo willst du denn hin?« Er wollte ihn einfach nicht loslassen.

»Dorthin, wo es sicher für mich ist, mein Junge. Deine Mutter wird es dir erklären.« Er drückte Paul und Helene an sich. »Macht es gut, meine Lieben. Ihr seid die Zukunft.«

Carl begleitete Levi hinunter in den Keller, während Greta mit Helene und Paul zusammen ein kurzes Gebet für Johanna sprach, bevor sie den Bestatter informierte.

Johannas Beisetzung fang vier Tage später im kleinen Kreis auf dem Hauptfriedhof Altona statt. Hans kam aus Berlin angereist, nachdem Carl ihn über den Tod seiner Mutter informiert hatte. Clara, ihre Tochter, konnte nicht kommen, weil sie keine Erlaubnis erhielt, da das Schuljahr gerade begonnen hatte. Evi und Felix nahmen ebenfalls daran teil.

Hans fuhr danach mit den anderen zur Villa, um ein Mittagessen einzunehmen, was Helene gar nicht recht war. Da sie sich lange nicht gesehen hatten, wusste er nichts von ihrem Kind, sie hatte keine Ahnung, wie er darauf reagieren würde. Dass sie unverheiratet war, würde er bestimmt nicht gutheißen.

Ihre Mutter sorgte dafür, dass das Essen zügig serviert wurde. Johanna hatte keine lebenden Verwandten mehr, ihr Bruder war schon vor Jahren verstorben, daher hatten nur die Familie und Hans an der Beisetzung teilgenommen. Sie hatte ein einsames Leben geführt, da alle Freunde sich zurückgezogen hatten, nach dem sie sich für einen Juden entschieden hatte.

Gleich nachdem sie zu Hause eingetroffen waren, ging Helene ins Kinderzimmer, um Karin zu stillen. Danach brachte sie das Baby hinunter in den Salon.

»Onkel Hans, ich möchte dir hier jemanden vorstellen«, erklärte Helene mit fester Stimme. »Das ist Karin Marianne von Löwenstein, meine Tochter.«

Ihr Onkel wandte sich um und bekam große Augen. »Deine Tochter? Aber wie ... wann ... warum hast du nichts gesagt?«

Alles Blut war aus seinem Gesicht gewichen. »Wo ist dein Mann? Wo ist der Vater des Kindes? Greta! Carl! Wie konnte das geschehen? Ist Mutters Tod nicht schon schlimm genug?«, rief er aufgebracht.

Helene trat einen Schritt zurück, als hätte man sie geschlagen. »Ich wüsste nicht, was an einem Kind schlimm sein sollte, an meinem eigenen Fleisch und Blut schon gar nicht.«

Hans beachtete ihre Worte gar nicht, sondern wandte sich an Greta. »Wie konntest du das zulassen? Wer ist der Vater dieses Kindes? Ich hoffe doch, dass er Arier ist und nicht irgend so ein dahergelaufener Jude.«

Helene schnappte aufgebracht nach Luft. Sie brachte vor Wut kaum ein Wort über die Lippen. »Der Führer ist auch alleinstehend«, murmelte sie widerspenstig.

»Er hat aber keine unehelichen Kinder«, erwiderte Hans empört. »Außerdem ist er mit dem Deutschen Reich verheiratet.«

»Mein lieber Hans, der Vater der kleinen Karin ist Arier durch und durch. Würden wir Kontakt zu ihm wünschen, wärst du sicherlich sehr stolz. Doch dieser Mann befindet sich in einer Lage, die wir nicht hinnehmen können. Es würde ihn derart kompromittieren, dass wir alle Schaden davontragen würden. Im Übrigen hat er nur Helenes Nähe gesucht, um dir zu schaden.« Greta blickte ihn vielsagend an.

Es war so offenkundig, wer dieser Mann war, von dem sie sprach, dass Hans schon mit Dummheit gestraft sein musste, wenn er diesen Wink nicht verstand.

Hans zupfte nervös an seiner Krawatte und warf einen Blick auf seine Armbanduhr. »Nun, ich fürchte, dass es mit dem Essen zu lange dauert. Ich werde dringend in Berlin gebraucht. Da ich auch keine weiteren Kontakte mehr hier in Hamburg pflege, werde ich keine Zeit verschwenden. Wir befinden uns mit Großbritannien und Frankreich im Krieg. Ich weiß nicht, ob das schon zu euch durchgedrungen ist.«

Seine blasierte Art brachte Helene zum Lachen. »Als wenn das jemandem entgehen könnte. Im Radio gibt es ja kaum ein anderes Thema, über das gesprochen wird. Propagandaminister Goebbels teilt es uns ja täglich eindringlich mit.«

Hans schnaufte verächtlich. »Ihr solltet euch mit Lebensmittel eindecken, es ist nur ein guter Rat. In Kürze wird es eine neue Lebensmittelverordnung geben. Um die Nahrung gerecht zu verteilen, werden Lebensmittelkarten eingeführt. Carl, du solltest dich bereithalten, wir werden dich in Berlin gebrauchen können.«

»Ich brauche meinen Mann hier in Hamburg. Die Kriegsmarine stört den Seeverkehr mit Großbritannien, das bedeutet, dass viele unserer Lieferungen nicht mehr ankommen«, sagte Greta im scharfen Ton.

»Wir alle müssen in Kriegszeiten Opfer bringen, liebe Schwester, nicht nur du. Ich werde mich jetzt auf den Weg machen. Eine Frage noch, warum trug meine Mutter den Siegelring von Levi. Den habe ich noch nie an ihr gesehen.«

»Ich habe ihn ihr angesteckt. Mein Vater hatte ihn mir überlassen, als er von uns wegging«, erklärte Greta schnell. Für Helenes Geschmack ein wenig zu schnell.

Doch Hans nickte und blickte Paul an, der die ganze Zeit stumm in der Ecke gestanden hatte. »Und du wirst auch bald eine Uniform tragen, gewöhne dich schon mal an den Gedanken, Heil Hitler.«

»Vielleicht möchte der Führer die Patenschaft für mein Kind übernehmen?«, rief Helene ihm hinterher, doch die Tür flog laut krachend ins Schloss.

Niemand rührte das Essen an, das Lina gekocht hatte. Alle befanden sich in einer Art Schockstarre, nach dem Auftritt, den Hans sich geleistet hatte.

»Ich werde die Kinder und Levi nach Sylt schaffen. Dort können wir sie verstecken und zur Not schnell ins Ausland bringen. Ich werde nicht dabei zusehen, dass Paul als Soldat ins Feld zieht und sein Leben lässt«, erklärte Greta bestimmt.

»Nein, Mama, ich will nicht nach Sylt. Ich werde das Haus auf keinen Fall verlassen. Hier wurde ich geboren und niemand wird mich und mein Kind verjagen können.« Helene schüttelte vehement den Kopf und wiegte die kleine Karin auf ihrem Arm.

»Ich werde auch nicht gehen, Mama. Ich gebe meine Stelle im Atlantic nicht auf. Ich werde einen Weg finden, dass ich nicht eingezogen werde. Noch bin ich viel zu jung dafür.«

»Greta, die Insel wurde besetzt, es ist nicht möglich. Wir sollten nichts überstürzen. Warten wir doch erst einmal ab. Polen leistet so gut wie keinen Widerstand. Vielleicht ist dieser Krieg schneller vorbei, als wir alle denken.« Carl spielte mit den Zacken seiner Gabel.

»Nun gut, vielleicht hast du recht, aber wir müssen Levi außer Landes schaffen, darin sind wir uns doch einig.« Sie blickte Carl und ihre Kinder an.

Paul nickte. Greta hatte nun auch ihn eingeweiht, dass der Großvater nicht nach New York geflohen war, sondern im Keller des Hauses ausharrte. »Hans hat was bemerkt, wenn ihr mich fragt. Ich traue ihm nicht mehr. Er hat diesen Wahnsinn im Blick, den ich in der Wochenschau auch bei Goebbels und Göring sehe.«

Helene musste ihrem Bruder recht geben. Auch sie hatte diese Veränderung an ihrem Onkel bemerkt.

»Jetzt, wo Johanna tot ist, gibt es keinen Grund mehr, dass wir zu Hans eine Verbindung halten. Ich habe ihn immer nur um ihretwillen hier geduldet. Doch diese Zeiten sind jetzt vorbei«, erklärte Greta mit fester Stimme. »Ich werde heute Abend mit Levi sprechen, dass er dringend fliehen muss. Die Lage ist zu gefährlich, besonders da wir jetzt Karin im Haus haben. Hans ist unberechenbar, ihm ist zuzutrauen, dass er uns die Gestapo auf den Hals hetzt.«

»Ich werde dich begleiten, Liebes.« Carl griff über den Tisch nach ihrer Hand und drückte sie fest.

Helene warf Paul einen traurigen Blick zu. Der Stuhl, auf dem Johanna gesessen hatte, würde nun für immer leer bleiben und hinterließ eine große Lücke.

Kapitel 27

Greta wartete, bis die übliche Ruhe im Haus einkehrte. Es dauerte lange, bis Karin endlich einschlief. Sie litt an Koliken und Else schaffte es erst nach elf Uhr, sie zu beruhigen. Zur Sicherheit wartete sie noch eine weitere halbe Stunde und ging dann mit Carl zusammen in den Keller. Sie klopfte drei Mal gegen die Wand, erhielt aber keine Antwort.

»Vielleicht schläft Levi schon? Er rechnet nicht mit uns«, sagte sie leise und klopfte erneut, doch nichts geschah.

Leichte Panik machte sich in Greta breit. In all den Jahren, in denen Levi nun schon hier im Keller saß, hatte sie nicht erlebt, dass er nicht geantwortet hatte.

Sie nahm den Schlüssel und wollte die Tür öffnen, da nahm Carl ihn ihr ab und schloss die Tür auf. »Warte hier, ich schaue nach.«

Es kam selten vor, dass Carl ihr Anweisungen gab, doch wenn er es tat, dann gehorchte Greta, weil sie wusste, dass Carl immer nur ihr Bestes wollte.

Es dauerte nicht lange, da kam er wieder heraus.

»Was ist, warum hat er nicht geantwortet?« Greta wollte an ihm vorbei, doch Carl hielt sie auf.

»Nicht.«

Dieses eine Wort ließ Greta innehalten und sie erkannte an Carls Blick, dass sie auf keinen Fall den Raum betreten sollte.

»Was ist geschehen?«, fragte sie leise, bewegte sich nicht von der Stelle.

»Er ist … hat … es ist kein schöner Anblick. Er ist mit Johanna gegangen.« Carl zog sie in seine Arme.

»Nein! Nein, das darf er nicht!«, schrie Greta, doch ihre Worte wurden von Carls Schulter erstickt, sodass kein Laut zu hören war. Tränen bahnten sich ihren Weg. Sie weinte hemmungslos um einen Mann, der sie ihr ganzes Leben begleitet hatte und dem sie jetzt nicht einmal eine anständige Beerdigung zukommen lassen konnte. Wie sollte sie erklären, wer er war? Greta war der Ohnmacht nahe. Ihr ganzes Leben schien auf einmal in Trümmern dazuliegen. Alles hatte seinen Sinn verloren.

»Was ist mit ihm? Sag es mir«, schluchzte sie auf.

»Er hat einen Strick genommen. Er hatte ihr versprochen, dass er ihr folgt, und das hat er getan.« Carl sprach mit ruhiger Stimme, auch wenn es ihm nicht leichtfiel.

»Wie konnte er mich alleine lassen?«, murmelte sie vollkommen verzweifelt und wegen ihrer Tränen konnte man kaum etwas verstehen.

»Weine, Liebes, dein Vater hat jede Träne verdient. Aber wir müssen dafür sorgen, dass man ihn hier nicht findet. Was wollen wir tun?«

Greta hob den Kopf und sah ihren Mann ratlos an. Sie konnte nicht denken, aber er hatte recht. Levi konnte nicht im Haus bleiben, würde man ihn hier finden, egal, ob tot oder lebendig, man würde sie verhaften.

»Ich hätte niemals gedacht, dass Johanna ihn am Leben gehalten hat. Jetzt, wo sie tot ist, war auch sein Lebenswille am Ende«, versuchte sie das Geschehen zu verstehen.

»Ja, sie war sein Augenstern«, stimmte Carl zu.

»Glaubst du, sie haben Johannas Grab bereits zugeschüttet?«, fragte Greta nachdenklich.

Verstehen glomm in Carls Blick auf. »Wenn wir Glück haben nicht. Der Pastor hat mir erklärt, dass er heute drei Beerdigungen hatte. Aber wir können ihn doch nicht einfach dort hinbringen.«

»Ich habe keine Ahnung, wie wir ihn sonst bestatten wollen. So wäre er bei Johanna. Ich glaube, das würde ihm gefallen. Aber ich kann das nicht.« Greta war verzweifelt.

»Ich werde Wilhelm bitten, mir zu helfen«, sagte Carl.

»Wilhelm?«

»Ja, er ist mehr als nur unser Fahrer. Er war unserer Familie immer treu ergeben. Er wird uns nicht verraten. Er ist selbst nicht mehr der Jüngste und wird es verstehen, vertraue mir. Wie müssen wir Levi vorbereiten?«

Greta überlegte und versuchte, sich daran zu erinnern, was ihr Vater über die Rituale erzählt hatte. »*Baruch atah Adonai Eloheinu melech ha'olam, dayan ha-emet.* Gesegnet seist du, Herr, unser Gott, König des Universums, Richter der Wahrheit. Das ist der Segensspruch, der gesprochen wird, wenn man vom Tod eines geliebten Menschen erfährt. Wir brauchen ein Leinentuch, um ihn darin einzuwickeln. In der Waschküche werden wir sicherlich eines finden. Wir müssen seinen Leichnam nach einem Ritual reinigen, nur weiß ich nicht wie und dafür haben wir auch keine Zeit. Ich werde das Leinentuch suchen und du holst Wilhelm.«

Carl nickte. »In Ordnung.« Er verließ mit schnellen Schritten den Keller.

Greta fand ein weißes Bettlaken aus Leinen, das groß genug war, um Levi darin einzuhüllen, und fand auch seinen Gebetsmantel.

Kurze Zeit später kamen Carl und Wilhelm in den Keller.

»Wilhelm, ich will nicht, dass Sie in Schwierigkeiten geraten.«

»Moin, gnädige Frau, wenn Sie denken, dass ich nicht bemerkt habe, wer sich hier in meiner alten Wohnung befindet, dann kennen Sie mich schlecht. Seien Sie unbesorgt, Ihr Mann und ich werden uns um Ihren Vater kümmern. Mein Beileid, gnädige Frau. Lassen Sie uns nur machen. Sie wissen, dass Sie sich auf mich verlassen können.«

Greta ergriff seine Hand und drückte sie fest. »Ich bin Ihnen zu Dank verpflichtet. Das werde ich Ihnen nie vergessen und es wieder gutmachen.«

Er tippte an seine Mütze. »Das haben Sie bereits. Schon vor langer Zeit.«

»Carl, bitte zieh Levi den Gebetsmantel an, ich habe ihn gefunden und es ist Tradition. So können wir ihm zumindest einen kleinen Teil seines Glaubens mitgeben.«

»Das mache ich. Geh jetzt nach oben. Ich habe gehört, dass Karin geweint hat. Kümmere dich um die Kleine, nicht, dass jemand uns hört oder sieht.«

»Aber was sagen wir den Kindern?« Greta war vollkommen kopflos und zu keinem klaren Gedanken fähig.

»Wir werden sagen, dass Levi das Land verlassen hat. So wie wir es besprochen hatten. Es ist der einfachste Weg«, erklärte Carl und küsste ihre Stirn. »Und jetzt geh schnell.«

»Aber darf ich ihn nicht noch einmal sehen?«

Carl schüttelte den Kopf. »Nein, es ist besser, wenn du ihn so in Erinnerung behältst, wie du ihn gekannt hast, mein Liebling. Vertraue mir.«

Greta schloss die Augen und nickte. Ja, das tat sie. Das Bild ihres Vaters war in ihrem Herzen verschlossen, das würde ihr niemand nehmen können.

Helene fragte sich, was mit ihrer Mutter los war. Seit Tagen verließ sie kaum ihr Bett, das hatte es noch nie gegeben. Hatte der Tod von Johanna ihr so zugesetzt, dass sie darüber krank wurde? Oder waren es Onkel Hans' Worte, die sie getroffen hatten? Auch ihr Vater gab ihr keine Antworten darauf, was mit Greta los war.

Jeden Abend saßen sie vor dem Volksempfänger und hörten die täglichen Nachrichten. Französische Truppen rückten ins Saarland ein. Warschau wurde von deutschen Truppen eingenommen. Sowjetische Truppen marschierten in Polen ein, die polnische Regierung floh nach Rumänien. So ging es jeden Tag, neue Meldungen, die einem Angst machten, obwohl die deutsche Regierung sie als Siege feierte. An dem Abend, als von der neuen Lebensmittelverordnung gesprochen wurde, erschien Greta pünktlich zum Abendessen. Sie hatte ihr Haar frisiert und ein Kleid angezogen.

»Geht es dir besser, Mama?«, fragte Helene verwundert.

»Ja, mein Kind. Es geht mir gut. Was gibt es zum Abendessen?«

»Frühlingssuppe mit Markklößchen. Onkel Hans hatte recht. Sie haben gerade im Radio verkündet, dass es Nahrungsgüter nur noch auf Bezugsscheine gibt. Ich werde mich

morgen darum kümmern, dass wir diese Karten bekommen.«
Helene rückte ihrer Mutter den Stuhl zurecht. Sie wirkte dünn
wie Papier. Ihre Haut war blass, doch das Grün ihrer Augen
hatten nicht an Intensität eingebüßt.

»Wo ist Paul?« Greta blickte zur Uhr, die auf dem Kaminsims stand.

»Er hat heute Spätschicht im Restaurant und Papa ist
zu einem Parteitreffen. Wir beide werden wohl alleine essen.« Helene nahm den Deckel von der Suppenschüssel und
füllte die Brühe in ihre Teller. »Geht es dir wirklich wieder
gut?«

»Ja, mein Mädchen, es geht mir wieder besser. Wie geht es
Karin?«

Helene lächelte. »Du wirst es nicht glauben, aber sie hat
heute Nacht zum ersten Mal durchgeschlafen.«

»Das ist gut, mein Kind. Sie kommt eben nach dir. Wie
steht es um die Firma, hat Papa etwas erzählt?«

»Ich war heute im Kontor. Wir haben einige Schwierigkeiten mit den Lieferungen, auch bezahlen einige ausländische
Firmen ihre Ware nicht. Ich denke, ich werde ab nächste Woche regelmäßig ins Büro fahren.«

Greta schüttelte den Kopf. »Nein, jetzt werde ich mich wieder um die Dinge kümmern. Du musst für Karin da sein.«

»Vormittags schläft Karin, nachdem ich sie gestillt habe.
Dann kann ich arbeiten. Vier Stunden sind doch nicht viel. Ich
kann nicht nur zu Hause sitzen. Bitte Mama, nimm mir das
nicht weg.« Helene legte ihre Hand auf die von Greta.

»Nein, mein Kind, natürlich nicht. Aber ich möchte nicht,
dass du dich überanstrengst. Ein Kind großzuziehen ist eine
fordernde Aufgabe.«

»Ich weiß, Mama. Ich liebe Karin mehr als mein Leben. Niemals werde ich zulassen, dass ihr etwas geschieht. Glaubst du, Großvater geht es gut, dort, wo er jetzt ist? Papa hat mir erzählt, dass er das Land verlassen hat.«

Gretas Hände begangen zu zittern und sie legte den Löffel auf den Tisch, sah Helene nachdenklich an, dann nickte sie. »Ja, Helene. Ich bin mir sicher, dass es ihm gut geht. So wie Johanna. Ihnen geht es beiden gut und ich bin froh, dass sie nicht miterleben müssen, was in diesem Land geschieht.«

»Dann hast du Großvater gar nicht nach Sylt gebracht, habe ich recht?«, fragte sie so leise, dass man es kaum verstand. »Ist er noch am Leben?«

Tränen rannen Greta über die Wangen und sie ließ sie einfach laufen.

»Ist er auch gestorben?«, wollte Helene fassungslos wissen.

Greta schüttelte den Kopf. »Nein, er hat sich entschieden, Johanna zu folgen.« Es war ihr anzusehen, wie schwer es ihr fiel, darüber zu sprechen.

»Ach Mama, warum hast du mir nicht eher Bescheid gegeben. Ich hätte dir beigestanden.« Helene erhob sich, zog sich einen Stuhl heran und setzte sich direkt neben ihre Mutter. »Warum hat es keine Beerdigung gegeben?«

»Kind, wie hätten wir ihn beerdigen können, wo er doch seit Jahren angeblich im Ausland lebt?«

»Aber wo habt ihr ihn denn hingebracht?« Helene sah sie verzweifelt an. Die Ereignisse der letzten Wochen lagen wie ein böser Fluch über dem Haus.

Sie beide sprachen so leise, dass es kaum möglich war, ihre Worte zu verstehen, wenn man nicht direkt danebenstand.

»Wir haben Levi gemeinsam mit Johanna beerdigt. Papa hat sich darum gekümmert.«

»Weiß Paul Bescheid?«

Ihre Mutter schüttelte den Kopf. »Nein, und es ist auch besser, wenn er es nicht erfährt. Paul ist noch jung, jedes unbedachte Wort kann uns in Gefahr bringen.«

Das sah Helene ein. Paul war so auf seine Arbeit im Restaurant konzentriert, er hatte ohnehin kaum den Kopf für andere Dinge frei.

Ein lautes Klopfen an der Haustür schreckte sie auf. »Ist Papa schon zurück?« Helene erhob sich, da hörte sie einen lauten Schrei und männliche Rufe.

Greta und Helene liefen zur Tür, aufgescheucht durch den Krawall und Margots Schreie.

Margot hatte unbedacht die Tür geöffnet und laut aufgeschrien, als eine ganze Kompanie Männer an ihr vorbei in die Halle strömte.

»Darf ich fragen, was hier los ist?«, rief Greta laut und verschaffte sich so Gehör. Helene hatte noch nie gehört, dass ihre Mutter diesen arroganten Ton anstimmte. Wo sie gerade noch unter Tränen beinah zusammengebrochen wäre, zeigte sie jetzt eine ungeahnte Stärke.

»Wer sind Sie?« Ein Mann löste sich aus der Gruppe von schwarzen Uniformen. Er trug einen langen Ledermantel und eine Schirmmütze mit dem silbernen Totenkopfabzeichen.

»Sie wissen genau, wer ich bin, Graf von Eltz«, erklärte Greta und musterte ihn mit zusammengekniffenen Augen.

»Obergruppenführer, Frau von Löwenstein«, verbesserte er sie. Er wusste also genau, wer sie war. »Durchsucht die Räume!«, gab er den Befehl.

»Moment! Hier wird nichts durchsucht! Was wollen Sie von uns?« Sie blickte ihn streng an und hob die Hände, um die Männer aufzuhalten.

»So sieht man sich wieder. Wie heißt es doch so schön? Man sieht sich immer zweimal im Leben. Wie hießen Sie noch vor Ihrer Heirat? Rosenthal? Wir haben Hinweise erhalten, dass Sie hier Juden versteckt halten. Wie Sie wissen, ist das unter Strafe verboten. Wir haben Befehl, ihr Haus zu durchsuchen.« Er zog ein Schreiben aus der Innenseite seines Mantels und reichte es Greta.

»Ich glaube, Sie haben keine Ahnung, wer mein Mann ist«, sagte Greta und sah sich das Schreiben nicht einmal an, reichte es an Helene weiter. Erst jetzt bemerkte sie, wie Helene einen Mann in der Gruppe der Männer fixierte. Er stand direkt hinter von Eltz und sah Helene ebenso entgeistert an.

»Ah, wie ich sehe, haben Sie Doktor von Hohenfels mitgebracht. Ist er die Quelle Ihrer Informationen?« Mehr Verachtung konnte man nicht in Worte packen.

»Gnädige Frau von Löwenstein, ich kann Ihnen versichern, Sie liegen mit Ihren Verdächtigungen falsch«, erklärte Gideon, ohne Helene dabei aus den Augen zu lassen.

»Wie geht es Ihrer Frau?«, wollte Greta wissen. »Ich nehme mal an, dass Ingrid von Ihren Aktivitäten nichts weiß.«

Darauf wusste er wohl keine Antwort und von Eltz übernahm das Kommando. »Also los jetzt! Durchsucht die Räume. Vier Leute in die oberen Etagen.«

Sofort machten sich die Männer auf den Weg, liefen die Treppe hinauf.

»Zwei in den Keller, der Rest schaut sich im Erdgeschoss um.«

»Karin!«, rief Helene und lief den Männern hinterher, die von Eltz nach oben geschickt hatte.

»Helene! Warte! Lass die Männer ihren Befehl ausführen.« Gideon lief ihr mit schnellen Schritten hinterher, doch Helene war schneller, rannte in das Kinderzimmer, wo Karin in ihrem Bastkörbchen lag und friedlich schlief. Der Krach hatte sie zum Glück nicht aufgeweckt.

Gideon betrat hinter ihr das Zimmer und blickte auf das schlafende Kind. Als einer der Soldaten ihnen folgen wollte, schickte Gideon ihn weg. »Hier übernehme ich, Müller! Nehmen Sie sich eines der anderen Zimmer vor.«

Helene sah ihn wütend an. »Sprich leise, ich will nicht, dass Karin wach wird«, flüsterte sie und lehnte die Tür an, weil der Krach aus den anderen Zimmern immer lauter wurde.

»Wo ist dein Mann?«

Helene sah, dass er einen Blick auf ihre Hände warf. »Wir … haben uns getrennt. Es hat nicht funktioniert.« Sie strich sich eine Strähne aus dem Gesicht.

»Weißt du, dass ich dich erstaunlich gut kenne. Immer wenn du lügst, fährst du dir durchs Haar. Ein sicheres Zeichen, dass du nicht die Wahrheit sprichst. Dieser Sandberg ist nicht der Vater deines Kindes, habe ich recht?«

»Wie kommst du nur darauf?« Helene hob erneut die Hand, ließ sie aber wieder sinken, als sie sich dessen bewusst wurde.

»Das Kind hat fast schwarzes Haar und blaue Augen, Sandberg ist blond und hat grüne Augen. Dieses Mädchen hat nichts von ihm, dafür eine Menge von ihrem wirklichen Vater.« Er zog ein Foto aus der Uniformtasche und reichte es ihr. Es war ein Babyfoto, das Karin erstaunlich ähnelte. »Sie ist mein Kind, nicht wahr? Ich bin der Vater von Karin.«

Gideon spürte geradezu, dass dieses kleine Mädchen sein Kind war. Es war kaum zu fassen, wie ähnlich sie ihm sah, wenn man das Babyfoto betrachtete, das er von sich mitgebracht hatte. Er wollte die Wahrheit von Helene hören.

»Wirst du mir mein Kind wegnehmen?«, fragte Helene leise.

»Wieso sollte ich? Ich will nur wissen, ob ich der Vater bin.«

Helene schnaufte. »Als wäre das nicht offensichtlich.«

»Warum hast du mir nichts gesagt, dass unser Treffen Folgen hatte.«

»Unser Treffen? Du hast mich vergewaltigt, Gideon! Hast du das etwa schon vergessen?« Sie schüttelte ungläubig den Kopf. »Gideon, ich kann dich nur warnen.«

»Helene.« Er berührte ihren Arm. Als sie sich abwenden wollte, griff er fester zu und zog sie an seinen Körper. »Du weißt, dass ich dich liebe, und ich werde dieses Kind lieben. Aber ich bin verheiratet, mit einer Frau, für die ich nichts empfinde. Ingrid raubt mir den letzten Nerv und ich habe mich zum Militärdienst gemeldet, um ihr und ihrer Familie zu entgehen. Du und Karin, ihr werdet immer in meinem Herzen sein.« Er berührte ihre Wange und sah, wie eine Träne in einem Augenwinkel schimmerte.

»Du darfst dein Leben nicht aufs Spiel setzen.« Helene spürte ein wenig Mitleid aufwallen. Nicht für ihn, aber für Karin.

»Es ist für eine gute Sache. Wir werden diesen Krieg schnell gewinnen. Du musst dir keine Sorgen machen.«

Helene blickte zu ihm auf. »Ich wünschte, das zwischen uns wäre anders verlaufen, aber ich kann dir nicht vergeben, was du mir angetan hast. Karin ist meine Tochter, daher will ich vergessen, wie sie gezeugt wurde. Es hatte nichts mit Liebe zu tun und das sollte man keinem Kind antun.«

Ihre Worte schnitten ihm ins Herz. »Es tut mir leid, was ich dir angetan habe. Auch wenn du mir vermutlich niemals vergeben wirst, werde ich dich lieben, Helene, bis zu meinem letzten Atemzug.« Er trat auf sie zu und küsste sie leidenschaftlich. Dann ging er hinüber zum Weidenkorb, in dem Karin lag, strich dem Baby sanft über die Wange. »Du bist eine Kämpferin, meine Kleine.« Er warf Helene einen letzten Blick zu und verließ das Zimmer.

Es wurde gemeldet, dass sich keine unerlaubten Personen im Haus befanden und die Laune von Graf von Eltz wurde zusehends schlechter. Das Personal hatte sich zwischenzeitlich in der Halle eingefunden.

»Ich befürchte, mein Bruder scheint Sie falsch informiert zu haben.« Greta konnte nicht anders, als ihn weiter zu provozieren. Ihr Hass auf diesen Mann, mit dem sie bereits vor Jahren aneinandergeraten war, hatte sich in all der Zeit nicht gelegt.

»Ich denke nicht, dass Sturmbannführer Stöver eine Schwester hat, die ein jüdischer Mischling ist.« Sein Blick zeugte von Verachtung. »Haben Sie etwas gefunden, von Hohenfels?«, rief von Eltz aufgebracht.

»Nein, Obergruppenführer. Auch in den oberen Räumen befindet sich niemand«, meldete Gideon.

Durch die Haustür, die die ganze Zeit offen stand, trat plötzlich Carl und blickte sich irritiert um. »Was ist denn hier los?«, fragte er aufgebracht.

»Carl! Bitte entschuldige unser Eindringen in dein Haus, aber es lagen Informationen vor, dass sich hier Juden verstecken.«

Von Eltz war es sichtlich unangenehm, dass Carl hier so unverhofft auftauchte.

»Diese unverschämte Unterstellung wird Konsequenzen haben. Ich habe in der nächsten Woche ein Treffen mit Backe, an dem auch Heydrich teilnimmt. Wenn ich richtig informiert bin, ist er dein direkter Vorgesetzter. Ich bin mir nicht sicher, dass ihm gefallen wird, was ich ihm zu berichten habe. Und jetzt wirst du augenblicklich mein Haus verlassen.«

»Ich tue nur meine Pflicht, Carl. Das kannst du mir nicht vorwerfen.« Von Eltz' Stimme war bei Weitem nicht mehr so dominant wie noch vor einigen Minuten.

»Und du wirst verstehen müssen, dass ich meine Familie schütze.«

»Du bist mit einem jüdischen Mischling verheiratet, was erwartest du?«

Carl trat auf ihn zu, überragte ihn um einen Kopf. »Du wirst jetzt deine Gefolgschaft einsammeln und mein Haus verlassen. Ich habe überhört, was du über meine Frau gesagt hast. Du hast zwei Minuten, sonst vergesse ich mich.« Er ließ seinen Blick über die Gruppe der Männer schweifen und blieb bei Gideon hängen. »Von Hohenfels! Sie hätte ich am allerwenigsten hier erwartet.«

»Herr Major! Bitte entschuldigen Sie die Unannehmlichkeiten.«

»Wir rücken ab«, gab von Eltz den Befehl und seine Schergen setzten sich in Bewegung.

Greta atmete erleichtert aus, auch wenn sie nicht sicher war, ob das der letzte Besuch dieser Art war. Sie sah den Blick, den Gideon ihrer Tochter zuwarf.

»Bitte entschuldigen Sie die Störung, gnädige Frau.« Von Hohenfels verbeugte sich und verließ als Letzter das Haus. Carl ließ es sich nicht nehmen, die Tür voller Wut zuzuknallen.

Greta schloss die Augen und atmete erleichtert aus.

»Ich werde noch einmal nach Karin sehen, dieser Tag hatte es wirklich in sich«, seufzte Helene und ging zur Treppe. »Gute Nacht, Papa.« Sie küsste ihn auf die Wange und warf Greta ein erleichtertes Lächeln zu.

»Danke, ihr könnt jetzt alle zu Bett gehen. Wir werden morgen das Durcheinander beseitigen«, bedankte sich Greta bei dem Personal und zog Carl in sein Arbeitszimmer.

»Wie konnte das nur geschehen?«, rief Greta verzweifelt und war kurz davor, den Verstand zu verlieren. Jetzt, wo die Gefahr vorüber war, stand sie kurz vor einem Nervenzusammenbruch.

Carl schloss sie in seine Arme. »Komm her, Liebling. Du hast großartig reagiert. Sie haben gewartet, dass ich für einige Zeit aus dem Haus war. Es war eine geplante Aktion der Gestapo.«

»Papa hat uns mit seinem Tod das Leben gerettet«, murmelte Greta an seinem Hals.

»Ja, das hat er. Dafür sollten wir ihm dankbar sein.«

Nun flossen bei Greta die Tränen, die sie die ganze Zeit nicht um ihren Vater hatte weinen können. Sie hatte die letzten Tage wie in einer Blase gelebt, die nun geplatzt war, und das Leben floss wieder herein. Die Luft, die sie wieder umgab, machte ihr das Atmen möglich, ließ sie Hoffnung schöpfen.

»Ich werde dafür sorgen, dass sie uns künftig in Ruhe lassen«, versprach Carl.

»Aber wie willst du das schaffen? Ich werde immer als ein jüdischer Mischling gelten.«

»Die Familie eines Soldaten, der das Eiserne Kreuz erhält, wird als arisch angesehen, auch wenn es jüdische Vorfahren gab«, erklärte Carl ihr.

Greta dachte einen kurzen Moment darüber nach, dann wurde ihr der Sinn seiner Worte bewusst. »Das Eiserne Kreuz? Aber das bedeutet, dass du an die Front musst. Nein, das werde ich nicht zulassen, Carl. Das ist vollkommen absurd. Schlag dir das aus dem Kopf.«

Carl hielt sie ein wenig auf Abstand. »Greta, bitte schau mich an. Ich verfüge über Informationen, die beängstigend sind. Du hast keine Vorstellung, was das Regime mit den Juden vorhat. Sie wollen sie auslöschen, die ganze Rasse, jeden Einzelnen. Es ist unvorstellbar. All die Menschen, die verschwunden sind ... sie werden in Güterwaggons verladen, wie Tiere, und in Konzentrationslager gebracht, wo man sie eiskalt ermordet. Ich muss verhindern, dass man dir und den Kindern etwas antut. Wenn ich dazu in den Krieg ziehen muss, werde ich es tun. Es wäre nicht der erste Krieg für mich.«

»Carl, nein, ich werde dich nicht gehen lassen. Das wäre unverantwortlich.«

»Ich fürchte, du hast keine andere Wahl, ich habe bereits einen Befehl erhalten, mich nächste Woche in Berlin zu melden. Vorerst werde ich Senator Backe zur Seite stehen und für den Lebensmittelnachschub an die Front verantwortlich sein.«

»Was ist mit dem Kontor?«, fragte Greta atemlos.

»Ich muss dich bitten, dass du die Leitung übernimmst. Felix wird dich unterstützen, solange er noch nicht eingezogen ist. Du bist ohnehin der bessere Kaufmann, als ich es je werden könnte, mein Liebling.«

Greta war mit ihren Nerven am Ende. Es kam ihr vor, als würde sich ein großer Abgrund vor ihr auftun.

»Du hast Helene und Paul an deiner Seite. Alle gemeinsam werden wir es schaffen. Wir werden das hier überleben«, sagte Carl und küsste sie innig.

Greta drückte sich fest an ihn, als wollte sie ihn nie wieder loslassen. Wenn er erst einmal in Berlin war, würde sie ihn vermutlich nie mehr wiedersehen. Blanke Angst schnürte ihr die Kehle zu.

Kapitel 28

»Es ist so warm, Mami.« Karin warf sich Helene in die Arme und wischte sich den zuckerverschmierten Mund an ihrer Schürze ab.

»Wo hast du denn die Zuckerschnute her?«, fragte Helene überrascht. Zucker war schwer zu bekommen, nur noch auf Lebensmittelkarten, wenn man Glück hatte.

»Lina hat Zuckerkuchen gebacken und ich durfte probieren. Ich möchte Zuckerkuchen zu meinem Geburtstag, er ist so lecker.« Helene nahm Karin auf den Arm und trug sie ins Haus. Hier war es wesentlich kühler als im Garten. Seit Tagen war das Wetter mit hohen Temperaturen gesegnet, die langsam zur Plage wurden. Normalerweise war es in Hamburg nie richtig heiß, doch das Thermometer kroch stetig auf die dreißig Grad zu. Den ganzen Tag hatten sie die hölzernen Jalousien vor die Fenster geschoben, damit die Wärme draußen blieb. So war es im Haus nicht ganz so heiß. Das Gemüse und Obst, das sie im Garten anpflanzten, brauchte dringend Wasser, es würde sonst verdorren. Helene kam gar nicht hinterher, so schnell trocknete der Boden aus. Die Kartoffelstauden ließen die Blätter hängen, diese Ernte würde spärlich ausfallen. Der Salat wurde von den Schnecken befallen. Helene fühlte sich wie in einem Hamsterrad.

»Dein Geburtstag ist doch erst in einem Monat. Wenn wir dann Zucker haben, wird Lina dir sicherlich einen leckeren Kuchen backen. Aber jetzt wird es erst einmal Zeit für deinen Mittagsschlaf.«

»Ich will aber nicht.« Karin stampfte mit dem Fuß auf.

»Karin, du kennst die Regeln. Du schläfst ein wenig, und Mami fährt schnell ins Kontor, um Oma bei der Arbeit zu helfen. Wenn du wieder wach bist, wird Else einen Spaziergang mit dir machen und heute Abend essen wir gemeinsam. Abgemacht?« Helene blickte ihre kleine Tochter fragend an.

»Abgemacht.« Sie trug die Kleine hinauf in ihr Bettchen. »Mach schön die Augen zu.« Karin nickte und schlief kurz darauf ein. Mit einem Lächeln auf den Lippen blickte Helene auf das schlafende Kind. Sie war ihrem Vater so ähnlich. Nicht nur im Aussehen, sondern sie hatte auch die gleichen grauen Augen und das hinreißende Lächeln. Wenn sie groß war, würde sie bestimmt den Männern die Köpfe verdrehen. Sollte es dann noch Männer geben. Immer mehr wurden zum Wehrdienst eingezogen, immer weniger kehrten nach Hause zurück. Helene glaubte schon lange nicht mehr den Lügen, die die Propaganda über das Radio und in die Deutsche Wochenschau, die in den Kinos ausgestrahlt wurde, verbreitete. Zu viele Dinge warfen Fragen auf, doch nur hinter vorgehaltener Hand durfte man alles infrage stellen.

Sie hatten schon lange nichts von ihrem Vater gehört, der in Berlin war, er rief nur sporadisch an. Von Gideon hatte sie überhaupt nichts mehr gehört, was sie mit Wohlwollen feststellte. Ihr Vater hatte berichtet, dass er als Frontarzt im Russlandfeldzug eingesetzt worden war. Helene fragte sich, wie es ihm wohl ging. Ingrid war mit ihrer Mutter zurück nach Düsseldorf gefahren, nachdem ihre Großeltern kurz hintereinander an Diphtherie verstorben waren. Ob Gideon das überhaupt wusste?

Helene zwang sich, den Blick von ihrem Kind zu nehmen und sich schnell umzuziehen. Das Kleid war ganz durchgeschwitzt. Sie wusch sich und beeilte sich, in die Speicherstadt zu fahren. Wilhelm wartete wie verabredet pünktlich um dreizehn Uhr vor der Villa auf sie, um Helene zu fahren. Es gab im Kontor nicht mehr so viel zu tun wie vor dem Krieg. Ihre Mitarbeiter waren ebenfalls an der Front, sodass sie sich mit Arbeitern aus den Straflagern behelfen mussten. Der Seehandel war erheblich gestört, es kamen nur noch wenig Schiffe im Hafen an. Aus Übersee schon gar nicht mehr, sodass es kaum noch möglich war, an exotische Gewürze zu kommen. Selbst einfache Zutaten, wie Salz, Zucker, Mehl, erreichten auf dem Schwarzmarkt Höchstpreise, doch daran zu gelangen war ebenso schwierig, weil überall Mangel herrschte. Wenn dieser Krieg noch lange andauerte, würde alles zusammenbrechen. Der Widerstand in der Bevölkerung wuchs zusehends.

»Danke, Wilhelm.« Helene stieg aus dem Wagen und begab sich in ihr Büro.

Manni Weseke saß an seinem Schreibtisch und schien schon auf sie zu warten. »Da sind Sie ja! Moin, Fräulein Helene. Sie werden es nicht glauben, aber uns hat eine Lieferung Pfeffer erreicht. Gleich mehrere Farben, suchen Sie sich eine aus«, rief er gut gelaunt.

»Ich komme sofort, Herr Manni, aber ich muss erst mit meiner Mutter sprechen.« Sie stieg die Stufen zu den Büros hinauf, klopfte an die Tür und trat ein.

»Ja, ich freue mich, wenn du kommst. Pass auf dich auf, ich liebe dich.« Sie legte in dem Moment auf, als Helene den Raum betrat. »Ich habe mit deinem Vater gesprochen, er wird nach Hause kommen.« Ihre Mutter strahlte über das ganze Gesicht.

»Du meinst, er hat Heimaturlaub bekommen?«

Greta schüttelte den Kopf und faltete die Hände wie zu einem Gebet. »Nein, er wurde nach Hamburg versetzt. Ist das nicht eine wundervolle Nachricht? Endlich kommt er zurück zu uns.«

Helene ging um den Schreibtisch herum und umarmte ihre Mutter. »Ja, das ist wirklich wundervoll! Vielleicht ist er schon zu Hause, wenn wir Karins vierten Geburtstag feiern. Sie hat sich einen Zuckerkuchen gewünscht.«

»Na, wenn es mehr nicht ist. Ich denke, den Wunsch werden wir ihr erfüllen können. Zur Not werde ich Zucker herausschmuggeln«, erklärte Greta.

»Mama!« Helene traute ihren Ohren nicht. »Das sind ja ganz neue Töne. Wenn das Papa hört, wird er dich verhaften lassen.« Sie lachten beide auf, dann wurde Greta ernst. »Ich wünschte, er wäre schon hier. Weißt du, wen ich heute im Lager getroffen habe? Lasse Sandberg, er ist auf Heimaturlaub und hat vorbeigeschaut.«

»Was? Lasse? Ist er noch da?«

Greta hob die Schultern. »Ich weiß es nicht. Aber wenn, dann wirst du ihn im Lager finden.«

Helene machte sich sofort auf den Weg. »Ich komme gleich zurück«, rief sie Weseke zu, der noch immer auf sie wartete.

Mit schnellen Schritten lief sie in den sechsten Stock hinauf. Wenn Lasse noch in der Speicherstadt war, dann oben bei den Arbeitern, die die Winden bedienten.

»Moin, Fräulein von Löwenstein. Welch seltener Besuch?«, rief einer der Vorarbeiter.

»Moin, sagen Sie, war Lasse Sandberg hier?« Helene war ganz aufgeregt.

»Jau, dat is aber schon nen büschen her.«

»Wo ist er jetzt?«

Der Vorarbeiter hob die Schultern. Das half Helene wenig weiter. »Danke«, rief sie und machte auf dem Absatz kehrt. Wie sich die Lage verändert hatte. Wo früher pralle Säcke standen, war der Boden leer. *Die wirtschaftliche Lage eines Landes, erkennst du an der Anzahl der Säcke auf dem Speicherboden,* ging es ihr durch den Kopf. Ein Satz, der auf einem gestickten Bild im Büro hing. Es stammte von ihrer Urgroßmutter. Früher hatte man noch Zeit, Bilder zu sticken.

Sie lief ins Lager hinunter und dort stand er, unterhielt sich mit Manni.

»Lasse!«, rief sie und warf sich in seine Arme. Sie hatte so viel Schwung, dass sie ihn fast von den Beinen holte.

»Hey, Mädchen, nicht so stürmisch. Hätte ich gewusst, dass du dich freust, mich zu sehen, hätte ich eher Heimaturlaub beantragt.«

Helene wollte ihn gar nicht mehr loslassen. »Ist alles in Ordnung mit dir?« Sie tastete ihn ab.

»Natürlich. Du weißt doch, einen Seemann haut so schnell nichts um.«

»Seit wann bist du ein Mann der See?«, wollte Manni Weseke wissen und lachte auf. »Ich dachte, du bist Fahrer? Ich lasse euch mal allein.« Er machte sich auf den Weg zurück ins Büro.

»Sag schon, wie geht es dir?«, wollte Helene wissen.

»Gut, ich bin froh, wieder in Hamburg zu sein.«

»Wie lange hast du Urlaub bekommen?«

»Ich bin noch zwei Wochen in der Stadt. Wir müssen uns unbedingt treffen. Wie geht es Karin? Wollen wir mit ihr nicht mal zusammen in den Tiergarten oder eine Fahrt mit dem Kanu im Stadtpark machen?«

»Ich denke, das würde Karin gefallen. Sie wird vier am 26. August, aber dann bist du ja sicher nicht mehr in Hamburg.«

Er schüttelte den Kopf. »Nein, da muss ich bereits zurück.« Sein Blick trübte sich, doch im nächsten Moment lächelte er wieder. »Es ist wirklich schön, dich zu sehen. Du bist immer noch so hübsch wie vor vier Jahren.« Er berührte ihre Wange. »Geht es dir gut?«, fragte er. »Gibt es einen Mann in deinem Leben?«

Helene lächelte milde. »Ja, es geht mir gut, und nein, du weißt doch, dass es niemanden gibt. Ich halte mich von gut aussehenden Männern fern. Es sind ja fast alle im Krieg.«

»So, dann bin ich also kein gut aussehender Kerl? Denn von mir hältst du dich ja nicht fern.«

»Ach, Lasse, du bist mein Freund. Das ist viel mehr wert, glaube mir.«

Er schob seine Schlägermütze in den Nacken. »Na, ob ich dir das glauben soll? Also hole ich euch am Samstagnachmittag ab und wir gehen mit Karin in den Tiergarten. Ich bin so neugierig auf die Kleine.«

»Ich freue mich. Wir sehen uns am Samstag.« Sie gab ihm einen kleinen Kuss auf die Wange und kehrte ins Büro zurück.

Ihre Erinnerungen wanderten zurück zu dem Tag, als sie beide zusammen im Tierpark gewesen waren. Es war der Abend, an dem Lasse im Gefängnis gelandet war und später im Konzentrationslager. Um ihn dort herauszuholen, war sie bei Gideon gewesen und dann ... wäre sie nicht dort gewesen, würde es Karin jetzt nicht geben. Jede Medaille hatte immer zwei Seiten. Für nichts in der Welt würde sie auf Karin verzichten wollen und dass Lasse am Leben war, war auch ihr Verdienst. Doch was Gideon ihr angetan hatte, darüber würde sie wohl niemals hinwegkommen.

Gretas Hände krallten sich so fest in das Papier, das sie in den Händen hielt, dass es fast zerriss. Es war der Brief, den sie schon lange erwartet und den sie so sehr gefürchtet hatte. Es war der Einberufungsbefehl für Paul von Löwenstein. Lange hatte sie geglaubt, dass dieser Albtraum sich nicht einstellen würde, doch nun hielt sie den Beweis schwarz auf weiß in den Händen. Er hatte sich am Donnerstag, den 29. Juli 1943 auf dem Hauptbahnhof in Hamburg-Altona einzufinden. Das durfte doch einfach nicht wahr sein. Nicht ihr Junge. Nicht der kleine Paul, der vor ein paar Jahren noch Fußball gespielt hatte und lieber in der Küche stand und kochte, als im Kontor zu arbeiten. Wie sollte er mit einer Waffe auf andere Menschen schießen? Das ging über ihren Verstand hinaus.

Ihr musste etwas einfallen. Wenn Carl nicht rechtzeitig in Hamburg eintreffen würde, dann musste sie handeln. Es würde einen Weg geben, Paul davor zu bewahren. Sie war doch eine kluge Frau. »Denk nach, Greta! Lieber Himmel, dir muss etwas einfallen. Es geht um das Leben deines Sohnes«, murmelte sie verzweifelt und war zu keinem klaren Gedanken

fähig. Sie war müde. So unendlich müde. Dieser Krieg dauerte nun schon so lange an und niemand schien ihn beenden
zu können. Wie viele Attentate hatte es jetzt schon auf Hitler
gegeben? Mehr als dreißig, einige waren nicht einmal an die
Öffentlichkeit gedrungen, und er hatte jedes einzelne überlebt. Carl hatte ihr davon berichtet. Woher er davon Kenntnis
hatte, wusste sie nicht, und er wollte es ihr auch nicht erzählen. Vielleicht war es auch gut so, dass sie nicht alles wusste.
Dieser Österreicher schien mehr als nur einen Schutzengel zu
haben. War er überhaupt aus Fleisch und Blut oder war er der
Teufel in Menschengestalt?

Sie blickte auf das Papier in ihrer Hand, das mittlerweile
ganz zerknittert war. Vorsichtig strich sie es glatt. Durch die
Scheibe sah sie, dass sich Helene ihrem Büro näherte und
steckte das Schreiben schnell in ihre Handtasche. Es sollte erst
einmal niemand wissen, in welcher Gefahr ihr Sohn schwebte.
Helene nicht und Paul erst recht nicht.

Kapitel 29

Am Samstag war es noch wärmer als an den Tagen zuvor. Helene wischte sich über die Stirn und war durchgeschwitzt, obwohl sie Karin nach dem Mittagsschlaf nur angezogen hatte.

»Wohin gehen wir, Mami?«, fragte Karin neugierig.

»In den Tierpark. Dort wirst du Elefanten sehen, Tiger, Flamingos, Pinguine und lustige Erdmännchen. Ein Freund von Mama wird uns begleiten.«

»Sind dort auch Zebras? Ich mag ihre Streifen.«

»Ja, Zebras werden wir auch sehen. Komm, wir müssen los, Lasse wartet bestimmt schon unten auf uns.«

Sie nahm die Kleine an die Hand und führte sie die Treppe hinunter. In der Halle sah sie Lasse stehen, der nervös seine Mütze in der Hand drehte.

»Hallo, Lasse. Darf ich dir meine Tochter Karin vorstellen?«

»Moin, Karin! Du bist ja ein großes Mädchen«, begrüßte Lasse sie und ging vor dem Kind in die Hocke, reichte ihr die Hand.

»Bist du mein Papa?«, fragte Karin und sah ihn mit ihren großen grauen Augen an.

Verlegen lachte Helene und strich Karin die Zöpfe über die Schultern. »Nein, mein Schatz. Das ist nicht dein Papa. Lasse ist ein Freund von Mama.«

»Aber wo ist dann mein Papa?«, fragte sie und ihre Augen füllten sich mit Tränen.

»Nicht weinen, mein Mäuschen. Wollen wir uns die Tiere im Park ansehen?« Lasse nahm Karin auf den Arm und sie legte ihre dünnen Ärmchen um seinen Hals. »Bekomme ich ein Eis? Mir ist so warm.«

»Natürlich bekommst du auch ein Eis«, versprach er und sofort hellte sich Karins Gesicht auf.

»Für ein Eis läuft sie zum Feind über«, sagte Helene leise und lachte.

»Mami, was ist ein Feind?«

»Na kommt, wir wollen los, sonst schließt der Tierpark noch«, lenkte Lasse sie ab.

»Soll Wilhelm uns fahren?«, fragte Helene, doch Lasse schüttelte den Kopf.

»Nein, ich bin mit dem Wagen hier. Hab ihn mir von meinem Onkel geliehen. Also ab mit dir nach hinten. Und schön sitzen bleiben.« Er setzte Karin auf den Rücksitz und hielt dann Helene die Tür auf. »Bitte schön, gnädiges Fräulein.«

»Du verrückter Kerl.« Helene lachte und freute sich auf einen schönen Tag. Sie beobachtete Lasse, wie er den Wagen durch die Straßen manövrierte. Es gab immer wieder Luftangriffe in der Nacht, aber nur selten wurden Gebäude getroffen. Hier und da gab es beschädigte Häuser und Trümmer auf den Straßen, denen es auszuweichen galt. Doch Lasse war ein guter Fahrer.

»Wie ist es so an der Front?«, wollte Helene wissen. »Ist es gefährlich?«

»Ich bin Fahrer. Ich kämpfe nicht mit der Waffe, Helene. Wenn der Krieg erst einmal vorbei ist, dann werde ich ein

Transportunternehmen gründen. Damit kann man eine Menge Geld verdienen.«

»Glaubst du, dass der Krieg bald aus sein wird?«

Er nickte zuversichtlich. »Als Fahrer erfährt man eine ganze Menge, wenn man die Ohren offen hält. Der Krieg wird bald vorbei sein. Er ist für uns nicht mehr zu gewinnen, wenn man den Obersten Glauben schenkt.«

»Aber im Radio erzählen sie uns etwas ganz anderes«, berichtete Helene.

»Ja, natürlich. Man will die Menschen bei Laune halten. Doch unsere Kompanien ziehen sich immer weiter zurück. Immer mehr ergeben sich. Die Alliierten rücken näher. Es wird nicht mehr lange dauern, dann wird auch der Führer einsehen müssen, dass er diesen Kampf nicht gewinnen kann.«

»Ich wünschte, es wäre schon so weit. Mein Vater kommt aus Berlin zurück. Endlich. Ich habe ihn schon so lange nicht mehr gesehen. Ich kann es gar nicht abwarten. Er wird Mittwochnacht mit dem Zug ankommen.«

»War er an der Front?«

»Nein, er ist dem Ministerium für Landwirtschaft und Ernährung unterstellt. Hat sich jetzt aber nach Hamburg versetzen lassen. Ich bin wirklich froh, wieder einen Mann im Haus zu haben.«

Lasse sah sie kurz an. »Du weißt, dass mein Angebot immer noch gilt. Ich würde dich sofort heiraten, Helene.«

Bei seinen Worten wurden Helenes Wangen ganz rot. Ja, sie wusste, dass er das tun würde. »Lasse, ich will aber keinen Mann, der mich heiratet, nur weil er denkt, dass er mir etwas schuldig ist«, sagte sie leise.

Er steuerte den Wagen auf den Parkplatz und stellte den Motor ab. »So, wir sind da! Jetzt geht es zu den Elefanten«, rief er gut gelaunt.

»Hurra!« Karin riss ihre kleinen Arme in die Höhe. »Jetzt bekomme ich ein Eis.«

Karin war begeistert von den großen Tieren, die es hier zu sehen gab. Das Eis war längst vergessen. Sie fütterte die Elefanten mit Erdnüssen, ließ sich von den Seerobben nass spritzen. Gemeinsam fuhren sie mit der Bahn, die an den Tiergehegen vorbeifuhr, bestaunten die Tiger und andere exotische Tiere. Karin kletterte auf Lasses Schoß, um besser sehen zu können. Am Ende schlief sie in seinen Armen ein und er trug sie zum Auto, legte sie auf die Rückbank und breitete eine Decke über ihren Körper, dann setzte er sich neben Helene auf den Fahrersitz.

»Danke, das war wirklich ein schöner Tag.« Sie lächelte glücklich.

»Weißt du, Helene. Du liegst mit deiner Vermutung falsch«, sagte er, schaute sie überlegend an.

»Womit liege ich falsch? Dass es ein schöner Tag war? Wenn er für dich nicht so schön war, dann tut mir das wirklich leid.«

Er schüttelte den Kopf. »Nein, davon spreche ich nicht. Ich meine, dass du denkst, ich würde dich heiraten wollen, weil ich dir nichts schuldig bleiben möchte. So ist es nämlich nicht«, sagte er sehr leise und warf einen Blick auf den Rücksitz, wo Karin friedlich schlief. »Ich liebe dich, Helene, schon lange. Du bist der Grund, warum ich an der Front am Leben bleibe. Warum ich nach Hamburg zurückkehre. Mir ist egal, dass du mich nicht liebst. Aber ich könnte Karin ein guter Vater sein und dir ein guter Ehemann. Ich weiß, ich stehe weit unter dir, aber ich kenne mich mit dem Geschäft aus, weiß, wie es läuft. Das zählt doch auch etwas. Ich wäre dir auf ewig treu. In diesen Zeiten weiß man nie, was noch alles geschieht.«

Für Helene kam dieses Geständnis nicht überraschend. Sie wusste, dass Lasse sie liebte. Sie erkannte es in seinen Augen, in jedem Wort, das er mit ihr wechselte. Er war ein Mann, auf den sie sich immer hatte verlassen können, und er war ehrlich und weckte Gefühle in ihr, die sie nicht verdrängen konnte. Sie konnte sich noch genau an den Kuss erinnern, den er ihr gegeben hatte. Es schien schon ewig her zu sein.

»Ja.«

»Was ja?«, fragte er verdutzt.

»Ja, ich nehme deinen Antrag an.« Sie schenkte ihm ein scheues Lächeln.

Lasse schob seine Schlägermütze in den Nacken. »Verdammte Hacke, ist das dein Ernst? Du willst mich zu deinem Mann? Ich werde verrückt.« Er beugte sich zu ihr herüber und nahm ihr Gesicht in seine Hände, dann drückte er ihr einen Kuss auf die Lippen. »Du hast nicht den leisesten Schimmer, wie sehr ich dich liebe.« Er ließ seinen Blick über ihr Gesicht wandern. »Du machst mich zu einem sehr glücklichen Mann.« Dann sah er auf die Rückbank. »Ich werde Vater«, murmelte er und strahlte Helene an.

Sie nahm seine Hand in ihre und drückte sie. »Ich weiß, du wirst ein wunderbarer Vater für Karin sein. Komm, lass uns nach Hause fahren.«

»Bleibst du zum Abendessen?«, fragte Helene, nachdem Lasse die kleine Karin ins Bett gebracht hatte. Sie war so müde, dass sie nicht einmal aufwachte, als sie vor der Villa hielten. »Karin wird bis morgen durchschlafen. Sie ist sehr erschöpft von diesem aufregenden Tag.«

Lasse nahm seine Mütze ab und drehte sie nervös in den Händen.

»Du brauchst keine Angst zu haben. Meine Mutter wird sich freuen, wenn wir einen Gast haben. Mein Bruder arbeitet mit Sicherheit im Hotel und es ist eine schöne Abwechslung, wenn wir beide nicht alleine essen müssen.«

»Ich möchte nicht stören.« Lasse war plötzlich gar nicht mehr so selbstsicher, wie er immer tat.

Sie nahm seine Hand und führte ihn ins Erdgeschoss hinunter. »Margot, wir haben heute einen Gast. Bitte legen Sie ein zusätzliches Gedeck auf und in Karins Zimmer habe ich bereits die Verdunklungsrollos heruntergezogen. Sie wird sicherlich bis morgen durchschlafen.«

»Sehr wohl, gnädiges Fräulein.«

»Komm mit in den Salon.« Sie nahm ihn bei der Hand und gemeinsam betraten sie den Raum.

»Schau mal, Mama. Wir haben heute Besuch.« Helene stellte das Radio ab.

Greta, die in einem der Sessel saß und Rundfunk hörte, schaute erstaunt auf. »Herr Sandberg, wie schön.«

»Nenne Sie mich bitte Lasse, gnädige Frau.« Er verbeugte sich höflich.

»Frau von Löwenstein reicht auch. Wie war euer Ausflug mit Karin?«

Helene nahm seine Hand und gemeinsam setzten sie sich aufs Sofa. »Wir hatten einen sehr schönen Tag. Lasse wird mit uns zu Abend essen.«

»Wenn es Ihnen recht ist, gnädige Frau«, fügte Lasse unsicher hinzu.

»Aber natürlich ist es mir recht.«

»Außerdem werde ich Lasse heiraten«, erklärte Helene ohne große Umschweife und sah Lasse an, der plötzlich ganz blass wurde.

Greta blickte von einem zum anderen. »Na endlich, das wurde auch langsam Zeit, dass aus dir eine ehrbare Frau wird.«

»Dann sind Sie also einverstanden? Ihr Mann ist ja nicht hier, sonst hätte ich offiziell um Helenes Hand angehalten.«

»Das ist nicht notwendig. Unsere Helene weiß was und, vor allem, wen sie will. Ich bin mit ihrer Wahl sehr zufrieden.« Sie nickte Lasse zu und ihr Ausdruck war äußerst freundlich.

»Gnädige Frau, das Essen kann serviert werden«, meldete Margot.

»Sehr schön, ich sterbe vor Hunger«, erklärte Helene.

»Margot, bitte holen Sie zur Feier des Tages eine Flasche Wein aus der Küche.«

Zum Abendessen gab es Reibekuchen mit Zwiebeln und Apfelmus. Helene füllte Lasses Teller mit einer großen Portion und er aß alles auf.

»Das schmeckt wirklich hervorragend«, lobte er.

»Ja, unsere Lina ist eine wunderbare Köchin. Wir können uns glücklich schätzen, dass wir sie haben.«

»Und Paul arbeitet im Atlantic?«, wollte Lasse wissen.

»Ja, er hat seine Kochlehre absolviert und mit Bravour bestanden. Wir sind sehr stolz auf ihn«, erzählte Greta und reichte Lasse die Flasche Wein. »Sind Sie so freundlich, Lasse, und schenken uns ein?«

»Aber natürlich.« Lasse öffnete die Flasche und goss Wein in die Gläser.

»Paul ist jetzt Chef de Partie, so nennt man den Gesellen. Keine Ahnung, warum es unbedingt französische Begriffe sein müssen. Er strebt den Posten des Souschefs an. Das ist die Vertretung des Küchenchefs. Aber er ist noch ein wenig jung dafür«, erklärte Helene und aus ihrer Stimme hörte man den Stolz.

»Ich finde es bemerkenswert, dass er seinen Traum verwirklicht und seinen Interessen treu bleibt.«

»Lasst uns auf eure Zukunft anstoßen, Kinder. Wenn Papa erst einmal zurück ist, dann wird er sicherlich genauso begeistert sein, wie ich es bin. Auf euch beide, Helene und Lasse.« Greta erhob ihr Glas.

»Und auf Karin. Die endlich ihren Papa bekommt«, fügte Helene hinzu und sie ließen die Gläser klirren.

Kaum war der Ton der Kristallgläser verklungen, ging der Alarm los. Die Sirenen gaben drei an- und abschwellende Töne von sich – Fliegeralarm.

Helene stöhnte auf. »Nicht schon wieder. Es ist bestimmt wieder falscher Alarm und die Flugzeuge fliegen an Hamburg vorbei.«

»Wir sollten das ernst nehmen, Helene, und einen Schutzbunker aufsuchen«, erklärte Lasse besorgt. Es war seinem Gesicht anzusehen, dass er es ganz und gar nicht für einen Fehlalarm hielt.

»Wir gehen in keinen Bunker. Unser Keller ist schon beim Bau der Villa zu einem Schutzraum ausgebaut worden. Er hat sogar einen zusätzlichen Ausgang, falls wir verschüttet werden«, erklärte Greta. »Helene, du solltest Karin holen.«

In der Halle kam Else schon mit dem Kind auf dem Arm die Treppe hinuntergeeilt. Ihnen folgten Wilhelm, Lina und auch Bille, die aus der Küche kamen. Im nächsten Moment waren Bombeneinschläge zu hören.

»Das ist heute wirklich kein Fehlalarm«, bestätigte Lasse und half Greta die Treppe hinunter.

»Danke, mein Junge. Sie bleiben doch die Nacht über hier?«, fragte sie leise und lächelte vielsagend.

»Wenn wir die Nacht überleben, sehr gern. Sie haben sicherlich noch ein Gästezimmer frei.«

Greta hob die Schultern. »Ich fürchte nein. Aber in Helenes Zimmer steht ein großes Bett.«

»Was flüstert ihr denn da?«, wollte Helene wissen, die zusammen mit Margot die Kerzen anzündete.

»Wir hätten den Wein mit hinunternehmen sollen«, erklärte Greta. »Es wäre doch schade, wenn er schal würde.«

»Wie kannst du in diesem Augenblick an Wein denken, Mama?«, fragte Helene besorgt und schrie auf, als eine Detonation die Wände erzittern ließ.

Über eine Stunde dauerte es, bis die Bombardierung durch die Royal Air Force abflaute. Immer wieder waren Einschläge zu hören und man hatte den Eindruck, das Haus würde über dem Kopf zusammenbrechen.

Lasse hatte seinen Arm um Helenes Schultern gelegt, die die schlafende Karin in ihren Armen hielt. Sie hatten sich auf den Holzkisten und Säcken niedergelassen. Sprachen nur wenig. Lina betete leise, dass ihrer Familie nichts geschah. Sie war weitverzweigt und alle lebten in Hamburg oder ganz in der Nähe.

Als das erlösende Signal der Sirenen ertönte, dass der Luft-
angriff vorüber war, stiegen sie die Stufen der Kellertreppe
wieder hinauf. Helene übergab Karin an Else. »Bitte bringen
Sie Karin in ihr Zimmer. Ich schaue später noch nach ihr.«

»Natürlich, gnädiges Fräulein. Gute Nacht.«

»Gute Nacht, zusammen.« Helene öffnete die Haustür und
trat in die Nacht hinaus. Es roch verbrannt. Überall sah man
in Flammen stehende Häuser.

»Offenbar hatten sie es diesmal auf Harvestehude abge-
sehen«, meinte Lasse und sah sich sogleich um, ob die Villa
Schaden genommen hatte.

»Wir sind verschont geblieben«, berichtete er und Greta
schlug ein Kreuz.

»Was für ein Glück. Ich werde jetzt zu Bett gehen. Hoffen
wir, dass die Flieger nicht umkehren.«

»So wie es aussieht, haben sie all ihre Munition abgeworfen. Es brennt in vielen Häusern und die Luft ist voller Rauchschwaden.«

»Gute Nacht, Kinder. Schlaft gut.« Greta machte sich auf
den Weg ins Obergeschoss und Helene sah Lasse eindringlich an.

»Von meinem Zimmer hat man einen Blick auf die Außenalster. Wollen wir von dort nachsehen, wie groß die Schäden
sind?« Als er nicht sofort antwortete, nahm sie seine Hand,
führte ihn hinauf in ihr Zimmer und schloss leise die Tür hinter sich.

»Wir dürfen kein Licht machen, wenn wir das Rollo öffnen«, erklärte sie und zog dieses ein kleines Stück nach oben.
Der Anblick verschlug ihnen den Atem. Der Himmel schien
wie ein roter Ball zu glühen. Er spiegelte die Feuerstellen rund

um die Alster wider. Viele der Häuser brannten. Sirenen von Feuerwehrwagen waren in der Ferne zu hören.

»Das war ein gewaltiger Angriff. Wann hört das endlich auf?«, fragte Helene entmutigt.

Lasse schloss das Rollo und zog sie in seine Arme. »Bald. Bald wird der Krieg vorbei sein, glaube mir.«

Sie schlang ihre Arme um seine Taille und schmiegte sich an seine Brust. »Ich schaue noch kurz nach Karin. Wenn du willst, kannst du dich schon ins Bett legen.« Ihre Stimme zitterte bei den Worten und sie wagte nicht, ihm ins Gesicht zu blicken.

»Beeil dich, ich werde auf dich warten.« Er küsste sanft ihre Wange.

Helene verließ kurz das Zimmer, warf einen Blick auf die schlafende Karin. Was war sie doch für ein pflegeleichtes Kind. Schon früh hatte sie als Säugling durchgeschlafen und war auch jetzt mit einem tiefen Schlaf gesegnet. Nicht einmal die lauten Sirenen konnten sie aus der Ruhe bringen. Helene war dafür ungemein dankbar.

Wieder zurück in ihrem Zimmer, lag Lasse bereits im Bett. Er hatte das Licht gelöscht und das Fenster geöffnet, das Rollo allerdings wieder zugezogen. Aber die Nacht war so schwül, dass man lieber den Brandgeruch in Kauf nahm, als an einem Hitzschlag zu sterben.

Schnell zog Helene ihr Kleid aus, warf es achtlos zur Seite, und auch der Büstenhalter folgte dem gleichen Weg. Nur in Unterhose bekleidet, stieg sie zu Lasse ins Bett. Es war so dunkel, dass man kaum die Hand vor Augen sehen konnte.

Lasse zog sie an seine Brust und seufzte leise. »Ich habe immer gewusst, dass es sich so gut anfühlen würde, dich in meinen Armen zu halten«, flüsterte er leise.

»Wir haben viel Zeit verloren, weil ich so blind war. Es tut mir leid, Lasse.«

»Das muss es nicht.« Er beugte sich hinunter und küsste Helene.

Dieser Kuss war ein anderer als der, den sie bisher getauscht hatten. Er war fordernder, gewaltiger als alles, was sie bisher erlebt hatte. Er machte ihr ein wenig Angst.

»Lasse, ich muss dir etwas sagen«, wisperte sie an seinen Lippen und er hob den Kopf, unterbrach ihre Zärtlichkeit.

Er war ihr so nah, dass sie seine Augen erkennen konnte.

»Es stimmt, dass ich früher einmal in Karins Vater verliebt gewesen war, aber das hat sich in dem Augenblick geändert, als er sich ... mit Gewalt nahm, was er von mir wollte. Karin ist nur deshalb auf der Welt.«

Lasse sagte kein Wort und im ersten Moment glaubte sie, dass es ein Fehler war, ihm die Wahrheit gesagt zu haben. Was dachte er nun über sie? Würde er sie jetzt nicht mehr heiraten wollen?

»Bist du jetzt enttäuscht von mir?«, fragte sie verzweifelt.

»Nein, mein Liebling, wie könnte ich. Ich bin nur so wahnsinnig aufgebracht, dass ich nicht weiß, wohin mit meiner Wut«, knurrte er.

Helene legte eine Hand auf seine Brust und spürte, wie schnell sein Herz schlug.

»Es ist vorbei, schon lange, und es spielt in meinem Leben keine Rolle mehr. Jetzt sind nur noch Karin wichtig und du.«

Er umfasste sanft ihr Gesicht. »Und du, Helene, du bist das Wichtigste für mich. Ich liebe dich.«

Erleichtert atmete Helene auf und küsste Lasse, so wie er sie gerade geküsst hatte. Mit einer einzigen Bewegung streifte er ihr das Höschen ab, fuhr mit seinen rauen Fingern über ihre weiche Haut, streichelte sie zärtlich, dass sie eine Gänsehaut bekam, obwohl es so warm im Zimmer war.

Er drehte sie auf den Rücken, ohne von ihr abzulassen, und drang vorsichtig in sie ein. Ohne Hast, ohne Eile. Er bewegte sich in ihr und Helene passte sich ihm an. Es kam ihr vor wie in einem Traum. So lange hatte sie darauf gehofft, dass es einen Mann geben würde, der sie so liebte, wie sie war. Nicht weil er in ihr die Tochter ihrer Eltern sah.

»Du bist alles, was ich mir je erhofft habe«, raunte sie ihm zu.

»Helene«, keuchte Lasse und küsste sie verlangend.

»Ich liebe dich, Lasse. So lange schon, nur war es mir nie bewusst. Bitte verzeih mir, dass ich so dumm war«, flüsterte sie erneut.

Er strich ihr das Haar aus dem verschwitzten Gesicht. Bewegte sich in ihr und gemeinsam erlebten sie den Höhepunkt, kurz, heftig, in der Gewissheit, dass noch viele dieser Nächte folgen würden.

Sie schliefen eng umschlungen ein, und Helene wusste nicht, ob es bereits wieder dämmerte oder der Himmel noch immer vom Flammenmeer erhellt wurde.

Kapitel 30

High Wycombe, Juli 1943
Hauptquartier der Royal Air Force

Lieutenant Jonathan Andrews blickte in die Gesichter seiner Männer, die alle zu ihm aufsahen, als wäre er der Heilsbringer. Keiner wagte einen Scherz oder hatte einen lockeren Spruch auf den Lippen und das war auch gut so. Witze konnten sie machen, wenn ihr Einsatz von Erfolg gekrönt war, doch jetzt galt es, die volle Konzentration zu bewahren.

Andrews räusperte sich. »Meine Herren, Operation Gomorrha beginnt morgen um Punkt achtzehn Uhr. Insgesamt werden sich siebenhundert Maschinen auf den Weg Richtung Nordosten machen. Der Feind hat zur Täuschung schwimmende Stadtviertel aus Holz aufgebaut, um uns zu verwirren, doch wir lassen uns davon nicht beeindrucken. Ich bitte die Navigatoren, sich am vorliegenden Kartenmaterial zu orientieren, dieses ist auf dem neusten Stand. Für morgen wird ein sternenklarer Himmel vorausgesagt, es wird zunächst auf Sicht geflogen. Die Maschinen sollten vor Abflug auf Tüchtigkeit überprüft werden, um Notlandungen im feindlichen Territorium auszuschließen. Jede verlorene Lancaster schwächt unsere Armee, also geht präzise vor. Der Funkverkehr wird die ganze Zeit überwacht, so können wir schnell auf den Feind reagieren. Ich wünsche uns allen ein gutes Gelingen. Kommen Sie alle mit heiler Haut zurück. Gibt es abschließend noch Fragen?« Er blickte in die Gesichter seiner Männer, von denen er wusste, dass er nicht alle wiedersehen würde. Jeder gute Mann, der verloren ging, war ein herber Verlust, doch sie alle dienten einer guten Sache: Die Welt von einem Diktator zu befreien, der sie alle in Geiselhaft genommen hatte.

»Sie haben vorhin etwas von einem Ablenkungsmanöver erwähnt. Wie genau wird dieses aussehen?«, fragte einer der Männer und andere nickten zustimmend.

»Wir werden die deutsche Flugabwehr erblinden lassen. Eine Staffel wird unseren Fliegern vorangestellt, die bündelweise Stanniolpapier abwerfen und so Reflexionen am Himmel erzeugen, die wie ein Wolkenband erscheinen. Die Metallfolie erzeugt Radarechos, die die Jägerleitzentralen verwirren und glauben lassen, dass wir mit mehr als zehntausend Bombern angreifen. Die Flagschützen werden uns nicht von den Metallstreifen unterscheiden können, dazu werden sie geblendet, die Treffer der Schützen werden ins Leere gehen. Allenfalls werden sie Metallstreifen vom Himmel holen.«

Jubel und Applaus brach unter den Männern der Fliegerstaffel aus. Das war das Adrenalin, das sie benötigten, um diesen Einsatz mit Erfolg hinter sich zu bringen. Und sie würden erfolgreich sein, etwas anderes kam nicht infrage. Sie durften nicht versagen. Ein Scheitern der Aktion war undenkbar.

Helene erwachte mit einem Lächeln auf den Lippen. Sie hatte die ganze Nacht in Lasses Armen gelegen und konnte sich nicht erinnern, wann sie das letzte Mal so tief und fest geschlafen hatte.

Sie erhob sich, um die Verdunklung von den Fenstern zu entfernen und frische Luft ins Zimmer zu lassen.

»Komm wieder ins Bett«, murmelte Lasse und streckte eine Hand nach ihr aus.

»Sofort, aber ich will die frische Morgenluft nutzen. Es sieht so aus, als würde es erneut einen heißen Tag geben.« Rauchschwaden lagen immer noch in der Luft. Die Feuerwehr hatte es bisher nicht geschafft, alle Brandnester zu löschen.

Helene zog das dünne Nachthemd über ihren Körper. »Du solltest dir etwas anziehen. Karin ist eine Frühaufsteherin und kommt immer zu mir ins Bett, bevor wir zum Frühstück hinuntergehen.«

Lasse angelte nach seinen Hosen und zog das Unterhemd über. »Dabei hätte ich dich gerne noch ein wenig für mich allein«, murmelte er und küsste sie liebevoll.

»Du hast mich für den Rest deines Lebens«, erwiderte sie schelmisch.

»Wenn wir schnell heiraten, bekommst du dann nicht ein paar Tage Sonderurlaub?«

»Ja, schon möglich. Ich hätte nicht gedacht, dass es dir damit so eilig ist.«

»Wir wissen ja nicht, wann du das nächste Mal in Hamburg bist«, erklärte sie und spielte gedankenverloren mit seinen Fingern. »Dann wird ja Ina meine Schwägerin. Glaubst du, es wird sie freuen, wenn sie von unseren Absichten erfährt?«

»Da bin ich mir sicher. Sie mochte dich immer gern und ist dir auf ewig dankbar, dass ich durch dich aus Neuengamme entlassen wurde.«

Die Tür öffnete sich leise und kleine Schritte waren auf dem Parkettboden zu hören. Als Karin sah, dass jemand im Bett ihrer Mutter lag, blieb sie verwundert stehen.

»Hallo, mein Schatz. Komm ruhig näher«, sagte Helene und streckte die Hand nach ihrer Tochter aus.

»Komm zu uns in die Mitte. Wir haben noch Platz«, meinte Lasse und klopfte auf die Matratze.

Das ließ sich Karin nicht zweimal sagen. Sie kletterte über Helene hinweg und legte sich neben sie, blickte zu Lasse. »Schläfst du jetzt immer hier?«, fragte Karin neugierig.

»Würde dir das gefallen?« Lasse drehte sich auf die Seite und sah sie fragend an.

Karin nickte. »Ich schlafe immer mit Dorle.« Sie deutete auf die Schildkrötpuppe, die sie in ihrem Arm hielt.

»Das ist also deine Freundin?«

Karin nickte. »Wie eine Schwester, nur sprechen kann sie nicht.«

»Na, vielleicht können wir Mama ja dazu überreden, dass du bald ein Geschwisterchen bekommst.« Lasse blickte an Karin vorbei und sah, wie Helene ein Schmunzeln über die Lippen glitt.

»Aber erst, wenn wir verheiratet sind«, murmelte sie und strich Karin liebevoll über die Wange.

Nach dem Frühstück, das Greta zusammen mit Paul, Helene, Karin und Lasse einnahm, beorderte sie ihren zukünftigen Schwiegersohn in ihr Büro.

»Bitte nimm doch Platz, Lasse. Ich möchte etwas mit dir besprechen, was bitte unter uns bleiben soll.«

Er nickte und beugte sich vor, um sie besser verstehen zu können, denn Greta sprach sehr leise, damit niemand sie hören konnte.

»Das haben wir vor einigen Tagen erhalten. Können wir etwas dagegen unternehmen? Du bist doch bei der Wehrmacht. Was soll ich tun?« Sie reichte ihm ein Schreiben, das er nur zu gut kannte.

Es war der Einberufungsbescheid zum Militärdienst für Paul von Löwenstein.

Bedauern lag in Lasses Blick. »Ich fürchte, viel kann man nicht tun, wenn Paul nicht ein Attest vorlegen kann, dass er ernstlich erkrankt ist. Er ist bei der Untersuchung als tauglich eingestuft worden und ich wundere mich, dass er nicht schon viel eher einberufen wurde.«

Greta biss sich auf die Unterlippe und nickte. Das hatte sie befürchtet, Angst schnürte ihr die Kehle zu, doch so war sie nicht gestrickt, einfach kampflos aufgeben stand ihr wahrlich nicht zu Gesichte.

»Vielleicht kann Ihr Mann etwas bewirken?«, schlug Lasse vor.

»Wenn mein Mann es rechtzeitig schafft – Paul soll am Donnerstag seinen Dienst antreten. Carl kommt voraussichtlich erst am späten Mittwochabend zurück.«

»Dazwischen liegen nur wenige Tage, das wird knapp. Ich sehe Ihrem Blick an, dass Sie sich nicht darauf verlassen möchten.«

»Ich werde das Leben meines Sohnes ganz sicherlich nicht einer ausweglosen Sache opfern«, erklärte Greta mit

Nachdruck. Sie wusste, es war gefährlich, solche Sätze zu äußern, doch lieber ging sie ins Gefängnis, als ihre Ideale zu verraten.

»Sie wissen, es steht Todesstrafe auf Wehrkraftzersetzung«, gab Lasse zu bedenken, auch wenn es ihm schwerfiel. Er blickte aus dem Fenster. »Vielleicht kann ich doch etwas für Sie tun. Ich habe einen Freund, der in der Registratur arbeitet. Vielleicht können wir erreichen, dass Paul zurückgestellt wird. Darf ich den Befehl an mich nehmen? Sie bekommen ihn bis Donnerstag zurück, wenn ich nichts ausrichten kann.«

Greta nickte und ein kleiner Hoffnungsschimmer keimte in ihr auf. »Ich wäre dir sehr zu Dank verpflichtet, wenn du Paul helfen könntest. Er weiß es nicht und ich will erst mit ihm darüber sprechen, wenn Carl wieder in Hamburg ist. Ich hoffe, dass der Zug pünktlich eintrifft.«

Am Nachmittag gab es schon wieder Alarm und alle Bewohner des Hauses schleppten ihre Koffer mit den notwendigsten Habseligkeiten in den Keller und harrten dort aus.

»Ich werde morgen zu meiner Familie fahren. Ich muss wissen, ob alles in Ordnung ist«, erklärte Lasse leise an Helene gewandt.

Panik breitete sich in ihr aus. »Du darfst dort nicht hin. Nicht solange die Amerikaner tagsüber ihre Einsätze fliegen.«

Lasse nahm ihre Hand in seine und drückte sie fest. »Sobald es dunkel wird, machen sich die Amis aus dem Staub.«

»Aber dann kommen die Engländer und die bombardieren jetzt nicht nur die Industrieanlagen, sondern auch die Innenstädte, wie wir heute Nacht erlebt haben.« Ihre Stimme zitterte vor Angst. Sie wollte Lasse nicht gehen lassen. Es war egoistisch von ihr, das wusste sie, aber pure Verzweiflung sprach aus ihr.

»Liebes, du musst doch verstehen, dass ich mich um meine Mutter und Schwester kümmern muss, wo die beiden ganz alleine sind.«

»Du könntest sie hierherbringen. Es ist in der Innenstadt ohnehin viel zu gefährlich. Nicht wahr, Mama, wir haben doch genug Platz in der Villa.« Helene blickte hilflos zu ihrer Mutter, die nickte.

»Aber natürlich«, bestätigte ihre Mutter.

»Dann werde ich am Mittwoch die beiden holen. Diese Bombardierung wird ja nicht ewig andauern.« Er blickte zur Kellerdecke, als könnte er von hier den blauen Himmel sehen. Entfernt waren die Einschläge zu hören, die die US-Bomber im Hafen hinterließen.

In der Nacht erwachte Helene aus einem schrecklichen Albtraum. Sie konnte nicht sagen, was sie geträumt hatte, aber es war so fürchterlich, dass ihr Körper schweißgebadet war.

»Was ist los?«, fragte Lasse, der ihre unruhigen Bewegungen gespürt hatte.

»Nichts, mein Liebster, schlaf weiter. Ich schaue nur kurz nach Karin.« Helene erhob sich und ging hinüber in das Kinderzimmer, das direkt neben ihrem Zimmer lag. Sie würden Karin zu sich ins Zimmer holen, damit Ina einen eigenen Schlafraum bekam. Lasses Mutter würde in Johannas Zimmer ziehen, das seit ihrem Tod ohnehin leer stand.

Karin schlief friedlich mit ihrer Puppe im Arm und Helene strich ihr liebevoll über den Kopf. Sie wurde dieses ungute Gefühl nicht los, dass etwas Schreckliches bevorstand. Aber vielleicht hatte sie einfach verlernt, optimistisch zu sein. Jetzt, wo Lasse und sie sich endlich gefunden hatten, war ihre Angst groß, ihn bald wieder zu verlieren. Er musste in wenigen Tagen zurück an die Front und das schnürte ihr das Herz zu. Sie wollte ihn nicht gehen lassen. Was sollte sie nur tun, wenn er nicht mehr zurückkehren würde?

Helene verließ das Zimmer ihrer Tochter und ging hinüber ins Badezimmer, ließ Wasser laufen und wusch ihr Gesicht. Sie hatten gerade mal zwei Stunden geschlafen, nachdem es wieder Alarm gegeben hatte. Drei Stunden hatten sie im Keller ausgeharrt, bis es endlich Entwarnung gab. Immer wieder hörte sie Einschläge in ihrer Nähe. Man konnte körperlich spüren, wie der Krieg näher und näher kam. Der Tod sich mit großen Schritten einem entgegenstellte. Das alles war so schrecklich, dass Helene es nicht richtig fand, dass sie so glücklich war. Doch wie viel war ihr Glück wert? Wie lange würde es anhalten?

Sie blickte in den Spiegel und eine Frau mit schreckgeweiteten Augen starrte sie an. Dieser Traum war so intensiv gewesen, dass sie immer noch zitterte. Aber vielleicht machte sie sich ganz unnötig Sorgen und er blieb nur das, was er war: ein böser Albtraum.

Kapitel 31

Am Mittwochnachmittag verabschiedete sich Lasse von Helene, er versprach, am nächsten Tag wieder zurück zu sein.

»Ich werde mich um einen Termin beim Standesamt kümmern. Wir werden sicherlich schnell einen erhalten, wenn sie hören, dass ich bald zurück an die Front muss. Mach dir keine Sorgen.« Er küsste sie auf die Stirn.

»Bitte beeil dich. Wir bereiten die Zimmer für deine Mutter und Schwester vor. Ich hoffe, sie willigen ein, die Innenstadt zu verlassen.«

Lasse nickte. »Natürlich, ich glaube, sie werden sich freuen.«

»Ich liebe dich, Lasse«, sagte Helene, weil sie wollte, dass er sich dessen bewusst war.

»Ich liebe dich auch, Helene.« Dann küsste er sie, als wäre es das letzte Mal und wandte sich der Tür zu. »Ich habe auch noch etwas für deine Mutter zu erledigen.« Er klopfte auf die Brusttasche seiner Jacke.

»Was denn?«, fragte Helene neugierig.

»Das ist ein Geheimnis zwischen ihr und mir. Aber ich bin guter Dinge. Wir sehen uns morgen. Gib Karin einen Kuss von mir.« Er winkte ihr zu und dann verließ er das Haus. Helene trat an die Tür und winkte ihm nach, bis das Auto nicht mehr zu sehen war.

Am Nachmittag fuhr Helene ins Kontor und war überrascht, dass ihre Mutter haufenweise Säcke und Fässer auf einen LKW verladen ließ.

»Was ist hier los?«, wollte sie wissen und sah auf die Verladeliste. Salze, Zucker, Gewürze waren dort aufgeführt, dazu auch Mehl, Mais und Reis.

»Wir haben einen Großauftrag der Stadtverwaltung erhalten, um die Versorgungsstellen aufzufüllen«, rief Greta ihr zu, die die Verladung überwachte.

Irritiert sah Helene ihre Mutter an, da sie erst vor dem Wochenende eine große Lieferung auf den Weg gebracht hatte.

Greta schob sich eine Haarsträhne aus dem verschwitzten Gesicht. »Es gab Einschläge in der Speicherstadt. Einige Gebäudeteile wurden getroffen und es ist nur eine Frage der Zeit, wann die Alliierten diese vollständig zerstören werden. Wir bringen in Sicherheit, was wir können«, flüsterte Greta so leise, dass niemand sie hören konnte. »Wenn es so weitergeht, werden wir weitere Menschen in unserem Haus aufnehmen müssen und die wollen versorgt werden. Was wir mit den Lebensmittelkarten bekommen, reicht vorne und hinten nicht.«

»Aber allein mit Gewürzen bekommen wir die Leute auch nicht satt.«

»Aber wir können sie gegen andere Dinge tauschen«, raunte sie Helene zu. Sie blickte ihre Mutter anerkennend an. Diese praktische Denkweise entsprach ganz ihrem Wesen. Schon immer hatte sie klug und umsichtig gehandelt.

»Wohin genau geht diese Lieferung?«

»Zum Harvestehuder Weg. Das neue Außenlager der Versorgungsstelle«, sagte ihre Mutter und zwinkerte ihr zu.

»Na, ich bin gespannt, was Papa sagen wird, wenn er nach Hause kommt und der ganze Keller voller Salzfässer steht.«

»Er wird sagen, dass ich eine vorausschauende Geschäftsfrau bin.«

Beim Abendessen fühlte es sich merkwürdig an, dass sie nur zu dritt waren. Zu schnell hatte sich Helene an Lasses Anwesenheit gewöhnt.

»Wann habt ihr die Hochzeit geplant?«, fragte Greta und zerteilte eine Kartoffel für Karin.

»So schnell wie möglich. Für seine Hochzeit darf Lasse Sonderurlaub beantragen. Es wäre schön, wenn er ein paar Tage länger bleiben könnte. Wir werden allerdings nur standesamtlich heiraten. Wenn der Krieg erst einmal vorbei ist, können wir immer noch kirchlich heiraten und feiern. Ich denke, ein Mittagessen mit Ina und Lasses Mutter wird reichen.«

»Wir können froh sein, wenn wir euren Hochzeitstag nicht im Keller abhalten müssen, wenn es wieder Alarm gibt«, meinte Greta.

Sie hatte recht. In den letzten Tagen hatte es so oft Bombenalarm gegeben, dass man es kaum noch wahrnahm. Oft war es falscher Alarm und die Flieger überflogen Hamburg nur, um weiter ins Land vorzudringen, doch oft detonierte es am Hafen oder in der Stadt selbst.

»Bekomme ich dann endlich einen Papa?«, fragte Karin, steckte sich ein Stück Kartoffel in den Mund und kaute laut.

»Ja, mein Engel. Lasse wird dein Papa sein, wenn Mama ihn geheiratet hat.«

318

»Wirklich?« Die Augen des kleinen Mädchens wurden groß. »Darf ich dann Papa zu ihm sagen?«

»Ich glaube, darüber würde er sich sehr freuen.« Helene hatte das Bild vor Augen, wie er winkend mit dem Auto davongefahren war. Sie vermisste ihn und wäre froh gewesen, wenn er morgen wieder bei ihr wäre.

»Wollen wir Vater heute Abend vom Zug abholen?«, schlug Helene vor.

Greta schüttelte den Kopf. »Der Zug kommt erst um Mitternacht an. Ich weiß nicht, ob es eine gute Idee ist, so spät noch unterwegs zu sein.«

»Dann werde ich ihn allein abholen. Wenn der Zug keine Verspätung hat, wird es nicht lange dauern. Ich will ihm unbedingt von Lasse erzählen.« Sie war ganz aufgeregt, was ihr Vater zu ihrer Wahl sagen würde. Es war bestimmt eine große Überraschung für ihn, dass sie endlich bereit war zu heiraten. Er hatte Lasse von Anfang an für den richtigen Mann gehalten, aber sie hatte ja nicht hören wollen. Das würde Carl ihr sicherlich unter die Nase reiben. Und sie freute sich schon darauf.

Das Dröhnen der vier Motoren ließ keine Unterhaltung zu. Lieutenant Jonathan Andrews saß allein im Cockpit seiner Lancaster und blickte seitlich zum Fenster hinaus. Der Himmel war tiefschwarz, wolkenlos. Die Sterne funkelten und waren so nah, als könnte man nach ihnen greifen. Es war seine siebzehnte Mission, die er flog, und zu Hause wartete eine Beförderung, sollte er diesen Auftrag überleben. Doch das würde sich erst am nächsten Morgen herausstellen. Es gab immer Risiken, die man nicht voraussagen konnte. Die Motoren könnten Feuer fangen, er konnte abgeschossen werden, mit einem seiner Kameraden zusammenstoßen, denn in der Schwärze der Nacht war aus seiner Pilotenkanzel kaum etwas zu erkennen. Einen Co-Piloten, der zusätzlich die Augen offen halten würde, gab es nicht. Doch er hatte nicht vor, heute sein Leben zu lassen. Nicht im feindlichen Deutschland.

Hinter ihm saß seine Crew. Peter, der Flugingenieur, Samuel, sein Navigator, Steven, der Funker, und die beiden Bombenschützen Harry und James. Er vertraute den Männern und sie vertrauten ihm, dass er die Maschine sicher durch die Mission steuern würde und sie lebend auf die Insel zurückbrachte. Im Flieger selbst war es stickig und heiß. Das Dröhnen der Motoren setzte sich in den Ohren so fest, dass es noch Tage später summen würde.

»Noch ungefähr fünfzig Kilometer, dann werden wir die Elbe erreichen«, rief Samuel ihm zu.

Jonathan hob den Daumen als Zeichen, dass er ihn verstanden hatte. Um ihn herum waren Hunderte von Lancaster-Bomber. Sie waren mit über siebenhundert Maschinen gestartet.

»Zielpunkt in Sicht!«, rief der Navigator und die beiden Bombenschützen machten sich bereit. Der Ingenieur öffnete die Sicherheitshalterungen. Die zweitausend Kilo Bombe war einsatzbereit, ebenso weitere zweitausendachthundert Brandbomben. Sobald sie das Zielgebiet erreichten, erwartete sie ein Metallteppich aus Stanniolstreifen, die zur Ablenkung abgeworfen wurden.

»Abwurf!«, gab der Navigator das Kommando und mit lautem Getöse öffneten sich die Scharniere. Jonathan wusste, er musste die Maschine gerade halten, damit sich die Bombe nicht in den Scharnieren verkantete. Plötzlich stellte sich eine gespenstische Ruhe ein. Einzig das Geräusch der Bombe, die den Weg zu ihrem Ziel suchte, war zu hören. Die Motorengeräusche blendete Jonathan aus. Nur das hohe Pfeifen sang in seinen Ohren ein grausames Lied.

Er steuerte die Maschine in einem großen Kreis über die Stadt, die weit unter ihm lag. Als Kind hatte er dort für einige Jahre gelebt. Kannte sie gut. Es tat ihm leid, um all diese schönen Gebäude, die er damals gesehen hatte. Ihm kam der Michel in Erinnerung, ein Kirchturm, der mit seiner kupfernen Spitze in der Sonne geleuchtet hatte. Jetzt leuchtete die Stadt unter ihm rot. Ein glühendes Inferno, das sich vor ihm ausbreitete. Explosionen flammten rot auf, als würde man das Licht immer wieder an- und ausschalten. Eine glühende Masse breitete sich aus, wie die Lava eines Vulkans. Qualm nahm einem die Sicht. Es war ein grausames Schauspiel, das sich unter ihm ausbreitete. So weit er blicken konnte, gab es Explosionen, die sich zu einem einzigen Feuermeer vereinten.

Jonathan verlor jegliches Zeitgefühl, es dauerte Stunden, bis seine Männer meldeten, dass alle Bomben abgeworfen waren. Nur dreimal musste er dem Beschuss der Flagabwehr der Deutschen ausweichen. Sie schienen da unten wirklich blind zu sein. Das Ablenkungsmanöver war ein voller Erfolg.

»Fly home!«, rief ihm Samuel zu und Jonathan flog eine letzte Runde über dem Zielgebiet, von dem nichts mehr zu sehen war. Es war begraben unter einem Meer aus roten Flammen, die nur den Tod bedeuten konnten.

»Ich fahre jetzt zum Bahnhof, Mama«, rief Helene in den Salon und zog ihren Mantel an.

»Es ist doch noch viel zu früh. Der Zug soll erst gegen null Uhr eintreffen.«

Helene warf einen Blick auf ihre Armbanduhr. »Aber was ist, wenn der Zug früher eintrifft, dann verpasse ich Papa. Es macht mir nichts aus, etwas zu warten. Ich freue mich so sehr, Papa endlich wiederzusehen.«

»Und wenn es Fliegeralarm gibt?« Greta tauchte am Türrahmen auf.

»Dann werde ich einen Schutzbunker aufsuchen. Vermutlich ist es dann wieder nur Fehlalarm.«

»Ich werde das gnädige Fräulein wohlbehalten nach Hause bringen«, versicherte Wilhelm.

»Bald gibt es kein gnädiges Fräulein mehr, dann bin ich Frau Helene Sandberg, Wilhelm. Gewöhnen Sie sich schon mal daran.«

»Jawoll, gnädiges Fräulein.«

Der Bahnhof war überfüllt von Menschen, die aufgeregt hin und her eilten. Die einen mussten einen Zug erreichen, die anderen kamen an und wussten nicht wohin. Aufgebrachte Mütter verabschiedeten sich von ihren Söhnen, Frauen von ihren Männern, die allesamt in den Krieg zogen und damit vielleicht in den Tod. Viele von ihnen würden nicht heimkehren.

Helene schaute ihnen traurig hinterher, weil sie daran dachte, dass sie bald auch hier stehen würde, wenn sie Lasse verabschieden würden. Dann wäre sie auch eine Frau, deren Mann an der Front diente. In einem Krieg, der schon längst verloren war, wenn man in die Gesichter der heimkehrenden Soldaten blickte.

Helene sah auf ihre Armbanduhr. 23:37 Uhr.

Noch fast eine halbe Stunde, bis der Zug eintraf. Sie hätte vermutlich doch später losfahren sollen. Helene kämpfte sich zu einem der Auskunftsschalter auf dem Bahnhof durch.

Verzeihen Sie, können Sie mir sagen, wann der Zug aus Berlin eintrifft?«

In diesem Augenblick ging der Fliegeralarm los.

»Nicht schon wieder!«, schimpfte der Mann hinter dem Tresen.

»Bitte sagen Sie mir, wann kommt der Zug aus Berlin an?«

»Gutes Fräulein! Hören Sie nicht, wir haben Luftalarm! Sie sollten schnellstens einen der Schutzbunker aufsuchen.«

»Bitte! Schnell! Wann trifft der Zug ein?«

Der Mann sah sie durch seine kleinen Brillengläser an und seufzte. »Berlin, sagten Sie?« Er sah kurz in einem Buch nach, dann auf seine Taschenuhr. »Er hat eine Stunde Verspätung. Der Zug wird um genau ein Uhr hier in Hamburg sein.«

»Danke!«, rief sie dem Mann zu und rannte los.

»Heil Hitler!«, hörte sie den Mann rufen, doch sie ignorierte es.

»Kommen Sie, Wilhelm, wir müssen über eine Stunde warten, bis der Zug eintrifft. Wir werden in einem der U-Bahn-Schächte abwarten, bis der Fliegeralarm vorüber ist.«

»Wir sollten lieber nach Hause fahren, Fräulein Helene.«

»Nein, es wird bestimmt nicht so schlimm werden. Wir warten in einem U-Bahn-Schacht und sobald Entwarnung gegeben wird, können wir wieder zurück auf den Bahnhof gehen.«

Helene sah etwas am Himmel aufblinken. »Was ist das denn?«, fragte sie laut.

»Was meinen Sie?« Wilhelm folgte ihrem Blick und sah aus dem Fenster des Automobils.

»Dort oben am Himmel, da blinkt etwas. Aber es ist kein Flugzeug. Es bewegt sich viel langsamer.«

»Vielleicht ein Luftschiff. Oder ein Stern, der sehr hell leuchtet. Wir sollten jetzt wirklich los.« Wilhelm stieg aus dem Wagen und gemeinsam liefen sie hinüber zum Eingang der U-Bahn, stiegen die Stufen mit anderen Passanten herab. Keiner hatte es besonders eilig. Denn noch waren keine Motorengeräusche am Himmel zu hören, allein das Auf- und Abschwellen der Sirenen durchbrach die Stille der Nacht.

Sobald Greta die Sirenen hörte, schaltete sie das Radio ein.

»Achtung! Achtung! Suchen Sie die Luftschutzkeller auf. Es wird mir starken Anflügen auf Hamburg gerechnet. Feindliche Bomberverbände befinden sich im Anflug auf unsere Stadt!«

»Onkel Baldrian ist wieder am Mikrofon«, stöhnte Paul auf, als er die Stimme von Staatssekretär Georg Ahrens erkannte.

»Paul! Was soll das? Wir sollten es ernst nehmen. Sag dem Personal Bescheid, wir werden in den Keller gehen. Hoffentlich kommt Helene gleich heim.« Sie knetete aufgeregt ihre Hände. Paul war gerade von seinem Dienst aus dem Restaurant gekommen.

»Ich schalte mal die Göbbelsschnauze aus.« Paul stellte den Weltempfänger ab. »Wo ist denn Helene?«

»Sie ist mit Wilhelm zum Bahnhof gefahren, um Papa abzuholen. Er kommt heute mit dem Zug aus Berlin an und sie wollte ihn unbedingt in Empfang nehmen. Hoffentlich sucht sie einen Schutzraum auf.«

»Du kennst doch Helene. Sie ist nicht leichtsinnig.«

Greta sah ihren Sohn an. »Paul, ich muss mit dir reden. Ich wollte eigentlich warten, bis Papa hier ist, doch es ist zu wichtig.«

»Was ist denn? Jemand gestorben?«, fragte er auf seine flapsige Art, die Greta manchmal zur Weißglut trieb.

»Paul, hör mir zu. Du hast einen Meldebefehl erhalten. Nächste Woche Donnerstag sollst du dich am Bahnhof einfinden.«

Im ersten Moment verstand er die Nachricht gar nicht. Er schüttelte den Kopf. »Aber ich bin noch viel zu jung.«

»Ich habe es schwarz auf weiß. Du sollst in den Krieg ziehen. Aber ich habe Lasse gebeten, uns zu helfen. Vielleicht kannst du noch einmal zurückgestellt werden.«

»Lasse Sandberg?«, fragte Paul nach.

»Ja, deine Schwester wird ihn heiraten. Du bist so wenig zu Hause, dass du gar nichts mehr mitbekommst. Ich werde nicht zulassen, dass sie dich mir auch noch wegnehmen, nachdem dein Vater schon nach Berlin musste.« Greta traten Tränen in die Augen.

»Ach Mama.« Er zog sie in seine Arme. »Es wird schon nicht so schlimm werden. Vermutlich werde ich einer Feldküche zugeteilt.«

»Es ist mir egal, ich habe Angst um dich. Verstehst du das nicht. So viele gute Männer kehren nicht mehr heim.« Sie schlang ihre Arme um ihn, hielt ihn so fest, als wollte sie ihn nie mehr loslassen.

Ein Klopfen an der Tür unterbrach ihr Gespräch. »Gnädige Frau, wir müssen in den Keller.« Else stand dort, mit Karin auf dem Arm.

»Oma! Wo ist Mama?« Das Kind streckte die Hände nach ihr aus.

»Mama kommt gleich, mein Mädchen. Wir werden jetzt erst mal in den Keller gehen.«

Plötzlich fing Karin an zu weinen. Dicke Tränen kullerten ihr über die Wange.

»Wer wird denn da weinen? Komm mal zu Onkel Paul auf den Arm.« Paul nahm dem Kindermädchen die Kleine ab und brachte sie in den Keller.

Greta hatte keine Ruhe, sie wartete in der Halle, in der Hoffnung, dass der Wagen jeden Augenblick um die Ecke biegen würde.

»Mama! Bitte komm mit uns. Helene hat mit Sicherheit in einem Bunker Schutz gesucht.« Paul nahm ihren Arm und führte sie hinunter, doch Greta hatte ein ungutes Gefühl.

»Was, wenn nicht, wenn sie auf dem Weg nach Hause sind?«

Paul schüttelte den Kopf. »Nein, du kannst dich auf Wilhelm verlassen. Er weiß, was zu tun ist. Er wird Helene in Sicherheit bringen. Und Helene wird auch nicht ihr Leben aufs Spiel setzen. Nicht, wo sie jetzt Karin hat und bald heiraten wird.« Er legte den Arm um ihre Schultern und drückte sie an sich. Doch auch das konnte Greta die Angst nicht nehmen.

Kapitel 32

Helene harrte mit den anderen Menschen in der U-Bahn aus, ohne dass etwas geschah. Sie sah immer wieder auf ihre Uhr. Es blieben noch zehn Minuten, dann würde der Zug einfahren. Sie konnte hier nicht länger warten, sonst würde sie ihren Vater noch verpassen. Jeden Augenblick musste es doch Entwarnung geben, es waren keine Flugzeuge oder Detonationen zu hören.

»Wilhelm, lassen Sie uns zum Bahnhof hinübergehen, der Zug kommt jeden Moment und wir können mit Papa nach Hause fahren.«

»Aber es gab noch keine Entwarnung.« Wilhelm sah sich hilflos um.

Die Menschen hatten sich auf dem Boden niedergelassen, oder standen ratlos herum. Viele hatten schon resigniert und sich zum Schlafen zusammengerollt.

»Es sind doch keine Flugzeuge zu hören, das ist wieder einer dieser Fehlalarme. Kommen Sie, seien Sie kein Hasenfuß.« Sie zog ihn am Ärmel und nur widerwillig gab Wilhelm nach. Sie liefen die Treppen der U-Bahn hinauf.

»Hey, Sie! Sie dürfen jetzt nicht raus!«, rief einer der Luftschutzwarte ihnen hinterher, doch Helene achtete nicht darauf. Sie blickte in den Himmel, den die Flugabwehr mit

Scheinwerfern ableuchtete und das Licht wurde vom Metall zurückgeworfen, das oben am Himmel schwebte.

»Wilhelm, schauen Sie nur! Was ist das?« Sie war stehen geblieben, um sich das Schauspiel genauer anzusehen.

»Ich weiß es nicht, Fräulein Helene. Schnell, wir müssen in den Bahnhof!«

Zuerst dachte Helene, es wären die Geräusche des einfahrenden Zugs, die laut in ihren Ohren dröhnten, doch dann kam ein Pfeifen dazu, schrill, das rasch lauter wurde.

»Schnell, Fräulein, das sind Bomben!«, rief Wilhelm, packte ihren Arm und zog sie Richtung Bahnhof, der Eingang zur U-Bahn lag zu weit entfernt.

Es war Helene, als würde plötzlich die ganze Welt um sie herum explodieren. Es zischte und pfiff um ihre Ohren, Bombeneinschläge überall um sie herum.

»Wilhelm!«, schrie sie voller Angst und suchte Deckung unter einer Eisentreppe im Bahnhof.

Sie konnte beobachten, wie in diesem Augenblick der Zug in den Bahnhof einfuhr. Im gleichen Moment gab es einen ohrenbetäubenden Knall und alles stand in Flammen. Holz und Metallsplitter flogen umher, Menschen schrien und wurden durch die Luft geschleudert, es gab eine ungeheure Druckwelle, die Helene und Wilhelm von den Beinen riss.

Helene schlug hart mit dem Kopf auf und verlor für einen Moment die Besinnung.

»Fräulein Helene! Hören Sie! Sie müssen aufwachen!« Jemand versuchte, sie aufzusetzen. Benommen schüttelte sie den Kopf.

»Wilhelm! Was ist los?«, stammelte sie.

»Wir müssen hier raus. Der Bahnhof wird bombardiert!«

»Aber mein Vater! Der Zug!«

»Der Zug wurde von mehreren Bomben getroffen und das Dach ist eingestürzt! Wir müssen hier sofort weg, kommen Sie.«

»Nein, ich lass meinen Vater nicht im Stich!«

»Wenn Ihr Vater in diesem Zug war, dann kann er unmöglich überlebt haben! Kommen Sie! Denken Sie an Ihr Kind!« Ohne lange zu zögern ergriff Wilhelm ihren Arm und zog sie so schnell es ging hinter sich her. Das Auto parkte in einer Seitenstraße des Bahnhofs und war noch unversehrt.

»Steigen Sie ein, schnell, wir müssen die Innenstadt verlassen!«

Wilhelm, der bereits im Weltkrieg von 1914 gedient hatte, wusste, worauf man achten sollte, fuhr einen großen Bogen, nahm die Nebenstraßen, durchquerte nicht den Stadtkern, der unter schwerem Bombenbeschuss stand.

Helene zitterte am ganzen Körper. Es war weniger die Angst um ihr Leben, die sie zittern ließ, als das schreckliche Schauspiel, das sich ihr in den Straßen bot. Überall wurden die Dächer der Häuser aufgesprengt. Dachziegel regneten auf die Straßen nieder, trafen Menschen, die aus den Häusern flüchteten. Dann explodierten Phosphorbrandsätze, die alles in Brand steckten, auf das sie trafen. Binnen weniger Minuten standen ganze Wohnblöcke in Flammen. Die Feuerwehren rückten aus, doch sie irrten umher, weil sie gar nicht wussten, wohin sie zuerst sollten. Seit dem letzten Angriff war in der Innenstadt die Wasserversorgung zusammengebrochen, was das Löschen unmöglich machte.

»Kurbeln Sie die Fenster hoch! Die Luft draußen ist höllisch heiß. Da schmelzen ja die Räder des Wagens«, wies

Wilhelm sie an. Trotz des Dramas, das sich vor ihnen abspielte, bewahrte er einen kühlen Kopf. Immer wieder musste er Menschen ausweichen, die einfach auf die Straße liefen, oder Trümmern, die vom Himmel fielen.

Als sie anhalten mussten, weil ein Feuerwehrwagen im Weg stand, kurbelte Wilhelm das Fenster ein Stück runter. »Was ist hier nur los?«, rief er einem Schutzmann zu, der versuchte, die Menschen von der Straße zu bekommen.

»Die Engländer bombardieren die ganze Stadt. Über eintausend Flugzeuge sind dort am Himmel. Im Osten der Stadt, in den Arbeitervierteln, ist es am schlimmsten, dort stehen alle Wohnblöcke in Flammen. Sehen Sie zu, dass Sie in einen Schutzbunker kommen«, rief ihnen der Mann zu und hustete, als würde er keine Luft bekommen.

Wilhelm gab Gas, doch der Motor des Wagens begann plötzlich zu stottern.

»Was ist los?«, rief Helene panisch.

»Es ist zu heiß, der Motor kann nicht abkühlen.« Er blickte besorgt auf das Armaturenbrett.

»Wilhelm, Hilfe! Was machen wir jetzt? Wir müssen Lasse und seine Familie herausholen.«

»Sind Sie des Wahnsinns? Wir werden niemals dorthin durchkommen. Sie haben doch gehört, dass dort alles in Schutt und Asche liegt. Ihr Lasse ist ein kluger Mann, er wird sich schon zu helfen wissen. Vielleicht ist er schon in der Villa und wartet auf uns.« Wilhelm gab Gas und der Wagen machte einen Satz, dann fuhr er die Straßen Richtung Norden entlang. Sobald sie die Innenstadt hinter sich ließen, wurde es ein wenig kühler, und der Motor hörte auf zu ruckeln, dafür gab es einen lauten Knall.

Ängstlich blickte Helene zu Wilhelm, klammerte sich an ihrem Sitz fest. »Wird auf uns geschossen?«

Er schüttelte den Kopf. »Nein, das sind die Reifen. Sie platzen, weil das Gummi schmilzt. Halten Sie sich gut fest, jetzt wird es holprig, wir werden auf den nackten Felgen weiterfahren. Die sind aus Eisen und stabil.«

Helene umfasste den Türgriff. Sie hatte noch nie hier vorne gesessen, sondern immer hinten im Fond des Wagens, doch sie war froh, hier direkt neben Wilhelm zu sitzen. Er schien in jeder Lage zu wissen, was zu tun war, während sie völlig kopflos war.

Sie kamen auf den Felgen nur langsam voran, doch als endlich der Harvestehuder Weg in Sicht kam, atmete sie erleichtert aus. Auch hier gab es Villen, die in Brand standen, aber es herrschte bei Weitem nicht so ein Chaos, wie in der Innenstadt.

Als sie die Villa erreichten, atmete sie erleichtert aus. Das Haus stand noch und so, wie es schien, war bisher nichts getroffen worden.

»Kommen Sie zur Kellertreppe.« Wilhelm nahm ihre Hand, zog sie zum Hintereingang, wo die Treppe zum Keller lag. Sie klopften und die Tür wurde sofort geöffnet.

»Paul!«, rief Helene und fiel ihrem Bruder um den Hals.

»Helene!«, schrie ihre Mutter auf und presste die Hand vor den Mund. »O mein Gott, Helene! Du bist am Leben! Ich hatte schon das Schlimmste befürchtet!«

»Mama!« Weinend warf sich Helene in ihre Arme. »O Mama! Da draußen geht die Welt unter!«, schluchzte sie auf.

»Wo hast du denn Papa gelassen?«, fragte Greta, die Helene die Tränen aus dem rußverschmierten Gesicht strich.

»Hier ist etwas Wasser.« Margot reichte Helene und Wilhelm jeweils ein Glas, das beide gierig tranken.

»Die Stadt scheint zu verglühen«, berichtete Wilhelm. »Die Engländer schmeißen Phosphorbomben auf die Innenstadt und zerstören alles. Besonders schlimm soll es im östlichen Arbeiterviertel sein. Der Bahnhof wurde komplett zerstört.«

»Und Carl?«, fragte Greta mit zitternder Stimme.

Tränen rannen Helene die Wangen hinunter. Sie war nicht in der Lage, auch nur einen Ton herauszubringen.

»Der Zug wurde gleich an mehreren Stellen getroffen und total zerstört. Sie glauben nicht, dass es jemand dort herausgeschafft hat«, erklärte Wilhelm mit leiser Stimme.

Im Keller war es totenstill. Niemand wagte, ein Wort zu sagen oder gar zu atmen.

»Sie meinen ... Wilhelm! Was reden Sie da?«, flüsterte Greta.

»Da draußen herrscht eine Feuersbrunst. Menschen sterben auf offener Straße. Fangen Feuer, versinken im Asphalt, der sich vor ihnen auftut. Es tut mir leid, gnädige Frau. Aber ich konnte nichts tun. Ich musste doch das gnädige Fräulein lebend nach Hause bringen.«

»Natürlich, Wilhelm! Sie trifft keine Schuld«, sagte Paul und legte ihm die Hand auf die Schulter. »Danke, dass Sie Ihr Leben riskiert haben.«

Greta starrte mit leerem Blick auf den Boden, sie war wie versteinert.

»Wo ist Lasse und seine Familie?«, fragte Helene plötzlich und sah sich hektisch um. »Ist Lasse nicht hier?« Abwechselnd sah sie in die Gesichter der Menschen, die sich im Keller befanden. Angefangen von Margot, zu Lina, über Bille, Else, Rachel bis hin zu ihrem Bruder. Er schüttelte den Kopf. »Nein, Lasse ist nicht hier.«

»Er wollte doch zu seiner Familie«, sagte jetzt ihre Mutter und sah sie ausdruckslos an.

»Mama! Seine Familie lebt im Arbeiterviertel!«, rief Helene und raufte sich vor Verzweiflung die Haare. »Wir müssen sie retten!«, schrie sie auf. »Wir müssen Lasse retten. Ich kann doch nicht Papa und ihn verlieren!« Sie blickte sich um und stand kurz davor, den Verstand zu verlieren.

»Helene, komm her!« Paul zog sie in seine Arme und hielt sie ganz fest an sich gedrückt. »Hör auf zu schreien. Du machst Karin Angst. Karin, deine Tochter, erinnere dich.«

»Natürlich erinnere ich mich«, murmelte sie. Als wenn sie sich nicht an ihre Tochter erinnern würde. »Ich bin doch nicht verblödet.«

»Nein, aber kurz davor durchzudrehen. Helene, wir müssen jetzt stark sein. Wenn die Welt den Verstand verliert, müssen wir unseren behalten.«

Ihr Bruder war ein kluger Junge. Sie hob den Kopf. Nein, er war gar kein Junge mehr. Paul war mittlerweile einundzwanzig und ein Mann. Warum war ihr das noch nie aufgefallen?

»Paul, wenn Papa in diesem Zug war, dann hat er nicht überlebt«, murmelte sie leise an seinem Ohr.

Beide schauten zu ihrer Mutter, die immer noch auf den Boden starrte.

»Mama?«, fragte Paul, doch sie reagierte nicht.

»Was ist nur mit dieser Welt los?«, rief Else aufgebracht. »Wann stoppt endlich jemand diesen Krieg?«

»Die Engländer sind gerade dabei. Aber auf eine Weise, die uns nicht gefällt.« Paul trat zu seiner Mutter. »Mama, du solltest dich setzen.«

In diesem Moment fiel Greta in Ohnmacht und Paul fing sie im letzten Augenblick auf.

Kapitel 33

Die erlösende Entwarnung kam erst am darauffolgenden Mittag. Der Himmel blieb allerdings dunkel. Es gab keine Sonne, die Licht spendete, denn die Luft war von Rauchschwaden durchzogen, brannte in der Kehle und in den Augen, das Atmen fiel schwer, kleine Mörtelstücke schwebten wie von Geisterhand durch die Luft. Das Glas der Fenster war an einigen Häuserfassaden geschmolzen.

Helene hatte keine Ruhe gegeben und so war Paul mit ihr in die Innenstadt gelaufen, um nachzusehen, ob es ein Lebenszeichen von Lasse oder Carl gab. Auch um Evi und Felix machten sie sich große Sorgen. Weit kamen sie jedoch nicht. Die Innenstadt war vollkommen zerbombt. Kein Stein war mehr auf dem anderen. Die Michaeliskirche war eingestürzt. Überall lagen Menschen tot auf den Gehsteigen und Straßen, oft in gekrümmter Haltung, als wollten sie sich vor dem Feuer schützen. Einige waren erblindet, das Feuer hatte Haut und Haar gefressen. Helene war kaum in der Lage, diesen Anblick zu ertragen. Das Haus von Evi und Felix war bis auf die Grundmauern niedergebrannt.

Man konnte nur schwer atmen, es schien, als hätte dieser Feuersturm sämtlichen Sauerstoff aus Hamburg gesogen. Wenn sie auf lebende Menschen trafen, war ihnen die

Verzweiflung anzusehen. Einige liefen wie Schlafwandler durch die Trümmer, handelten nur noch mechanisch, den Blick leer. Es gab alte Frauen, die wahllos einen Stein auf den anderen legten. Andere saßen apathisch am Straßenrand, außerstande, sich zu rühren.

Helene und Paul liefen zum Bahnhof, doch auch hier versuchte die Feuerwehr noch immer, einzelne Brandherde zu löschen. Es sah nicht aus, als könne hier ein Mensch überlebt haben.

»Wie bist du hier nur wohlbehalten wieder herausgekommen?«, wollte Paul wissen und schüttelte ungläubig den Kopf.

»Wilhelm hat mich gerettet«, sagte Helene und konnte ihre Augen nicht von dem zerstörten Gebäude abwenden.

»Lass uns nach Hause gehen, wir können hier nichts ausrichten.« Paul legte einen Arm um seine Schwester, die immer noch ihr rußverschmiertes Kleid trug.

»Warte.« Sie sah einen Mann, der eine Uniform trug, und etwas mit Kreide an eine Hauswand malte. Sie lief zu ihm hinüber.

»Sie sind Soldat, kennen Sie Major Carl von Löwenstein?«

Der Mann blickte sie an, schien sie aber gar nicht zu sehen. »Er wollte gestern aus Berlin nach Hamburg kommen.«

»Der Zug ist vollkommen zerstört worden«, murmelte er.

»Waren Sie in dem Zug?«

Er schüttelte den Kopf. »Nein, sonst wäre ich nicht mehr am Leben.«

Enttäuscht schloss Helene für einen kurzen Moment die Augen.

Der Mann drehte sich um, ließ die Kreide achtlos fallen und lief einfach davon. Seine Bewegungen waren kantig und hart, als wäre er nicht Herr über seinen Körper.

Helene hob die Kreide auf und schrieb auf eine freie Stelle an der Hauswand eine Nachricht:

Carl von Löwenstein! Deine Familie sucht dich. Melde dich am Harvestehuder Weg!

»Komm, Helene, lass uns zur Moorweide gehen. Ich habe gehört, dort können wir ein wenig zu essen bekommen.«

Sie liefen zur Moorweide, wo die Stadtverwaltung eine provisorische Versorgungsstelle für Lebensmittel eingerichtet hatte. Sie bekamen jeder ein Brot, etwas Butter und Milch.

»Kommen Sie morgen wieder, da gibt es für jeden eine Sonderration«, rief einer der Offiziere, der die Ausgabe der Brote überwachte.

»Damit bloß auch niemand zwei Brote bekommt«, murmelte Paul leise.

»Psst«, zischte Helene ihm zu. »Willst du, dass man dich inhaftiert?«

»Dann müssen sie erst einmal ein Haus finden, in dem noch ein Raum intakt ist. Schau dich doch um, die ganze Stadt ist zerstört. Wer glaubt denn da noch daran, dass wir diesen Krieg gewinnen werden?«

Der Offizier war auf sie aufmerksam geworden und spitzte die Ohren. »Hey, ihr da! Wartet mal!«, rief er.

Helene zog Paul an der Hand in die entgegengesetzte Richtung.

»Stehen bleiben!«, rief der Soldat.

»Verdammt! Du bist so ein Dummkopf«, schimpfte Helene.

»Gebt das Brot zurück!« Der Offizier rannte los, an ihnen vorbei. Erst jetzt bemerkte Helene, dass er gar nicht sie gemeint hatte, sondern zwei kleine Jungen, die mit jeweils zwei Brotlaiben davonliefen.

»Lass uns nach Hause gehen.« Helene war so müde, dass ihre Füße sie kaum noch trugen. Es war anstrengend, über Schutt und Asche zu klettern.

»Mit dem Brot werde ich uns Brotsuppe kochen. Ich werde im Garten eine Feuerstelle einrichten. Papa hat mir gezeigt, wie das funktioniert. Gas und Wasser haben wir nicht mehr.«

»Glaubst du, er ist noch am Leben? Papa, meine ich«, fragte Helene traurig.

»Wir dürfen die Hoffnung nicht aufgeben. Wenn er noch lebt, dann wird er so schnell es geht zu uns zurückkommen.«

Helene verkniff sich die Frage, ob er noch glaubte, dass Lasse am Leben war. So wie die Stadt aussah, schien es kaum möglich. Der östliche Teil der Stadt war am schwersten getroffen worden. Sie konnte und wollte nicht darüber nachdenken. Nicht jetzt. Nicht heute. Später, wenn sie allein war. Aber vielleicht geschah ja noch ein Wunder.

Am nächsten Tag machten sie sich zu sechst auf den Weg, um die Sonderration abzuholen, die an den Moorwiesen verteilt wurde. Bille, Margot, Lina und Wilhelm begleiteten Helene und Paul. Else blieb bei Karin und Greta, die teilnahmslos in ihrem Bett lag und kein Wort sprach.

»Das ist der Schock«, erklärte Wilhelm. »Geben wir ihr ein wenig Zeit. Sie hat euren Vater sehr geliebt und der Verstand schützt sie. Das wird wieder. Eure Mutter ist eine starke Frau, aber sie braucht ein wenig Ruhe.«

An der Vergabestelle erhielt jeder fünfzig Gramm Bohnenkaffee, zehn Zigaretten, hundertfünfundzwanzig Gramm

Süßes und einen halben Liter Schnaps zu der Ration von Brot, Butter und Milch.

»Die wollen wohl die Moral der Leute stärken«, meinte Wilhelm leise.

»Ich rauche doch gar nicht«, erklärte Bille und wollte die Zigaretten ablehnen, doch Paul flüsterte ihr ins Ohr: »Die kannst du später auf dem Schwarzmarkt tauschen«, und zwinkerte ihr zu.

Mit Rucksäcken bepackt traten sie den Heimweg an. Das würde erst einmal für einige Zeit reichen müssen, doch Hunger verspürte ohnehin kaum jemand.

Helene hielt ihre Augen offen, schaute in jedes Gesicht und hoffte, dass sie vielleicht Lasse in einem der Passanten erkennen würde. Möglicherweise hatte er sein Gedächtnis verloren oder war verletzt worden. Doch mit jedem Tag, den sie länger auf ihn wartete, schwand ihre Hoffnung, dass er oder jemand aus seiner Familie noch am Leben war. Auch von Evi und Felix fehlte jede Spur. Mittlerweile musste sie annehmen, dass sie es nicht geschafft hatten.

Eine Woche später fuhr ein Militärfahrzeug die Auffahrt hinauf und Helene eilte zur Haustür, weil ihr in den Sinn kam, dass es ihr Vater sein könnte. Paul war mit Bille und Margot unterwegs, um Milch zu besorgen, so öffnete sie die Tür.

»Wie kann ich Ihnen helfen?«, fragte sie laut, als sie erkannte, dass es nicht ihr Vater war.

»Wohnt hier Paul von Löwenstein?«, fragte der Offizier der Wehrmacht.

»Ja«, antwortete Helene und war unsicher, ob es eine kluge Entscheidung gewesen war, es zuzugeben.

»Und Sie sind, wenn ich fragen darf?«

»Ich bin Helene von Löwenstein, seine Schwester.« Sie sah dem Mann mutig ins Gesicht. Was auch immer er wollte, sie würde nicht so einfach aufgeben.

»Ich hätte gerne Ihre Mutter gesprochen.«

»Es tut mir leid, meine Mutter ist unpässlich. Mein Vater, Major von Löwenstein, wird seit einer Woche vermisst. Sie haben nicht zufällig Informationen, wo er sich aufhält?«

Der Offizier schüttelte den Kopf. »Es tut mir leid, Fräulein von Löwenstein. Aber ich muss darauf bestehen, mit Ihrer Mutter zu sprechen.«

»Worum geht es?«

Die Stimme ihrer Mutter hallte vom oberen Absatz der Treppe wider.

Der Offizier betrat die Halle und Greta kam langsam herunter. Sie trug ein schwarzes Kleid und ihr Haar war frisiert. Auch wenn sie furchtbar blass war, so machte sie doch einen aufgeräumten Eindruck.

»Wie kann ich Ihnen helfen? Was wollen Sie von meinem Sohn?«

»Frau von Löwenstein, ich muss Ihnen leider die traurige Nachricht überbringen, dass ihr Sohn bei dem schrecklichen Angriff unserer Feinde in der letzten Woche ums Leben gekommen ist.«

Helene traute ihren Ohren nicht. Das konnte ja wohl nur ein Irrtum sein. Verwechselte er ihren Vater mit Paul? Sie warf ihrer Mutter einen Blick zu, doch die beachtete Helene nicht, also hielt sie es für ratsam, erst einmal nichts zu sagen.

»Wie kommen Sie zu dieser Annahme?«, fragte Greta in strengem Ton.

Der Offizier holte etwas aus seiner braunen Aktentasche, die er bei sich trug, und die Helene erst jetzt ins Auge fiel. »Wir haben diesen Einberufungsbescheid in der Jackentasche ihres Sohnes gefunden. Er hätte sich heute zum Wehrdienst melden müssen, aber das erübrigt sich ja nun. Wir haben ihren Sohn von der Liste gestrichen. Er wurde in den Ruinen des Arbeiterviertels gefunden. Ich denke, er hat sein Leben für unseren Führer, Volk und Vaterland gegeben. Mein aufrichtiges Beileid. Heil Hitler, gnädige Frau.«

Greta starrte den Mann an und streckte die Hand aus. »Darf ich bitte das Dokument behalten?«

Im ersten Augenblick wusste der Offizier wohl nicht so recht, was sie damit wollte, doch dann nickte er. »Natürlich. Dann darf ich mich verabschieden.«

»Dürfen Sie«, murmelte Greta und sah dem Mann hinterher, wie er in das Militärfahrzeug stieg und davonfuhr.

Greta schloss die Tür.

»Mama, was wird hier gespielt? Was hat das zu bedeuten? Paul lebt doch. Es muss sich um eine Verwechslung handeln.«

Greta legte ihr einen Finger auf die Lippen. »Lass uns ins Arbeitszimmer deines Vaters gehen.«

Die Erwähnung von Carl ließ Helene zusammenzucken. Nach wie vor gab sie die Hoffnung nicht auf, dass er noch am Leben war.

Greta schloss sorgfältig die Tür und schaltete den kleinen Weltempfänger ein, der auf dem Kaminsims stand und mit Batterien betrieben wurde. Die Versorgung mit Elektrizität und Wasser war immer noch unterbrochen.

»Wir müssen sehr vorsichtig sein«, erklärte Greta leise. »Dein Bruder hatte vor einigen Wochen einen Einberufungsbescheid erhalten. Ich habe Lasse gebeten, sich darum zu kümmern, ob Paul nicht zurückgestellt werden könnte. Er wollte das erledigen.« Sie fuhr nachdenklich mit den Fingern über das amtliche Schreiben. »Lasse hatte dieses Schreiben eingesteckt.«

Helene brauchte einen kurzen Moment, bis ihr klar wurde, was das zu bedeuten hatte. »Aber dann heißt das, dass der Tote …«

Greta nickte. »Ja, mein Mädchen. Das heißt es. Der Tote kann nur Lasse sein.« Sie atmete angestrengt aus und wollte Helene tröstend in ihre Arme ziehen, doch die ging auf Abstand.

»Bitte, Mama, nicht jetzt. Ich brauche einen Moment.« Sie stützte beide Hände auf dem Schreibtisch ab, atmete hektisch ein und aus.

»Paul kann nichts dafür. Er hat es nicht einmal gewusst.«

»Das weiß ich, Mama. Wie kommst du nur auf die Idee, dass ich Paul die Schuld geben würde. Niemand hat Schuld. Doch … dieser verdammte Krieg hat Schuld, und die, die ihn angezettelt haben.« Helene trat ans Fenster und blickte auf die Terrasse. »Weißt du, ich habe die ganze Zeit gehofft. Ich habe gebetet, dass es ein Zeichen gibt. Nun habe ich mein Zeichen erhalten.« Sie nickte in Richtung des Dokuments, das Greta immer noch in der Hand hielt. »Damit habe ich allerdings nicht gerechnet.«

»Wir haben nun zumindest Gewissheit, Helene«, sagte Greta mit leiser Stimme. »Der Krieg bringt nie etwas Gutes hervor. Er bringt Leid und Tränen, Kummer und Einsamkeit. Das Einzige, was uns Halt gibt, ist die Gewissheit.«

Helene drehte sich zu ihrer Mutter herum und wischte ihre Tränen fort. »Ja, Mama, die habe ich. Jetzt weiß ich, dass der Mann, den ich liebe, nie wieder zu mir zurückkehren wird.

Lasse hat meine Liebe mit sich genommen und sie wurde mit ihm getötet.« Der Ton, in dem Helene diese Worte aussprach, war so voller Schmerz, dass sie ihre eigene Stimme nicht wiedererkannte, und es war ihr, als fresse der Kummer sie von innen auf.

Erst sehr spät kehrte Paul mit den anderen zur Villa zurück. Greta hatte erkannt, dass sie es war, die nun die Verantwortung für die Familie übernehmen musste, da Carl nicht mehr zurückkehren würde. Für eine Weile hatte sie nicht wahrhaben wollen, dass ihr geliebter Mann nicht mehr am Leben war. Dass ihr Telefonat vor wenigen Wochen das letzte Mal war, dass sie ihn gesprochen hatte. Es schien ihr so endlos lange her. Noch länger, dass sie ihn gesehen, ihn gefühlt hatte. Wie konnte ein Mensch von einer Sekunde auf die andere verschwinden? Warum hatten sie sich nicht darauf vorbereiten können, dass ihr gemeinsamer Weg nun zu Ende war? Sie war noch viel zu jung, erst Mitte vierzig, und verwitwet. Wer würde ihr zur Seite stehen, ihr den Weg weisen? Für einen kurzen Augenblick, einen Wimpernschlag lang, hatte sie Hoffnung geschöpft, dass Carl doch überlebt hatte. Verletzt in einem Krankenhaus lag oder unter Trümmern. Doch mit jedem Tag war ihre Zuversicht geschwunden, bis am Ende nichts mehr davon übrig war.

»Paul, wir müssen reden«, erklärte sie ihm und er war wohl derart überrascht, sie hier anzutreffen, angekleidet und bei Sinnen, dass er nur nickte, seinen Rucksack abstellte und ihr ins Arbeitszimmer folgte.

Mit kurzen einfachen Worten erklärte Greta ihm die Lage, dass Lasse mit seinen Papieren aufgefunden worden war und man ihn, Paul, nun für tot hielt. »Paul, diese Gelegenheit müssen wir nutzen, um dich vor diesem grausamen Krieg zu bewahren. Du bist unsere ganze Hoffnung, jetzt wo Papa nicht mehr da ist.«

»Welche Hoffnung denn? Worauf?«, murmelte er. »Wir waren in der Speicherstadt. Der Teil, in dem unser Lager war, ist vollkommen zerstört. Es ist nichts mehr übrig.« Er sah sie mit leeren Augen an, nun machte sich auch bei Paul diese Hoffnungslosigkeit breit, die Greta in sich spürte und gegen die sie anzukämpfen versuchte.

»Wir dürfen nicht den Mut verlieren. Wenn das Lager zerstört ist, werden wir es wieder aufbauen. Wir werden ganz neu anfangen, wenn es sein muss. Wir werden alles tun, nur nicht aufgeben, so habe ich meine Kinder nicht erzogen. Wir werden Papas Andenken bewahren. Und wenn es das Letzte ist, was ich tue.«

»Aber was bedeutet das für mich, Mutter?« Paul ließ sich verzweifelt auf einen Sessel vor dem Schreibtisch fallen. »Wenn ich als tot gelte, kann ich mich dort draußen nicht mehr sehen lassen.«

»Zumindest nicht, solange immer noch Männer an die Front geschickt werden.«

»Aber ich muss arbeiten!«

Greta ging vor ihm in die Hocke, legte ihre Hände auf seine Knie. »Unter normalen Umständen würdest du jetzt deine Sachen packen, um in die Kaserne einzuziehen, da könntest du auch nicht im Atlantic am Herd stehen. Wir müssen uns den Gegebenheiten anpassen. Die Lage wird nicht immer so sein. Wir müssen geduldig abwarten, bis sich die Situation in der Welt wieder ändert. Versprich mir, dass wir das gemeinsam durchstehen.« Greta blickte ihren Sohn flehend an, er musste doch verstehen, wie wichtig das hier war.

»Und was ist, wenn die Weltordnung sich nicht ändert?«

»Das wird sie, mein Sohn. Der Tod deines Vaters wird nicht umsonst gewesen sein. Die Menschheit ist schon längst erwacht und wird sich auflehnen.«

Darauf musste Paul allerdings noch zwei lange Jahre warten. Ein gut organisiertes Attentat auf Hitler am 20. Juli 1944 schlug fehl. Es war eines von 42 Anschlägen. Im April 1945 standen die britischen Bodentruppen vor Hamburg. NS-Gauleiter Karl Kaufmann übergab am 3. Mai 1945 die Stadt Hamburg kampflos den Alliierten. Am nächsten Tag wurde er verhaftet und interniert. Es war der Tag, an dem Paul von Löwenstein sein Leben zurückerhielt.

TEIL IV

Lügen können Kriege in Bewegung setzen,
Wahrheiten hingegen können ganze
Armeen aufhalten.

Otto von Bismarck

Kapitel 34

Helene stand in der Küche und schälte ein paar armselige Kartoffeln, die Paul angeschleppt hatte. Sie würden für eine Suppe reichen. Viele Mäuler hatte sie nicht mehr zu stopfen. Neben ihrem Bruder und ihrer Mutter waren nur noch Karin, Wilhelm und Bille übrig. Lina war im letzten Winter an einer Lungenentzündung gestorben. Else hatte Hamburg verlassen und war zu ihren Verwandten nach Lübeck gezogen und Rachel ... sie war eines Tages verschwunden, mit ein paar Löffeln des Silberbestecks. Ihre Mutter hatte es gelassen genommen. »Was wollen wir mir silbernen Löffeln essen, wenn nichts zu essen im Haus ist?«, hatte sie gefragt und einfach weitergemacht.

Paul aß meist im Restaurant des Atlantic Hotels. Nachdem der Krieg beendet war, hatte Greta zugestimmt, dass er wieder das Haus verlassen konnte, und er war dort mit offenen Armen empfangen worden. Bille war die meiste Zeit des Tages unterwegs, um für Brot, Milch und Butter anzustehen.

Der Krieg war zwar endlich vorbei, die Zeiten aber nicht wesentlich besser. Eher wurde alles noch schwieriger, zumindest, was die Versorgung der Bevölkerung betraf. Es gab unzählige Menschen in der Stadt ohne Wohnung oder andere, die nur in einer notdürftigen Behausung Unterschlupf gefunden hatten. Helene hatte keine Vorstellung davon, wie lange es dauern würde, bis die Stadt wieder einigermaßen aufgebaut war.

Die Motorengeräusche mehrerer Wagen zogen Helenes Aufmerksamkeit auf sich und sie lief die kurze Treppe des Souterrains hinauf, um nachzusehen, was draußen vor sich ging.

Es war eine Erleichterung, das Haus gegen Abend nicht mehr verdunkeln zu müssen. Obwohl die Tage jetzt Mitte Mai immer länger hell blieben.

Helene sah einige Männer in der Einfahrt stehen. Sie trugen Uniformen der British Army. Schnell wischte sie ihre feuchten Hände an der Schürze ab, die sie trug, und öffnete die Eingangstür.

Die Männer schoben Helene einfach zur Seite und stürmten in die Halle.

»Darf ich fragen, was Sie in meinem Haus zu suchen haben?«, fragte Greta, die aus dem Arbeitszimmer kam, vermutlich vom Lärm der Stiefel auf dem Marmorboden alarmiert.

»Excuse me, Madam. This house is confiscated!«, erklärte ein Mann mit leuchtend roten Haaren. Auf seinem Gesicht zeigten sich Sommersprossen. Obwohl er mit Sicherheit schon Ende dreißig war, sah er wie ein kleiner Junge aus. Seine grauen Augen blickten jedoch kühl und distanziert.

»Wie bitte?«, fragte Greta, obwohl sie ihn sehr wohl verstanden hatte, denn sie sprach hervorragend Englisch.

»You have to move out of here.«

Helene lachte freudlos. »Der spinnt wohl! Wo sollen wir denn hin?«

»Your cook can stay and work for us.«

»Ich bin weiß Gott keine Köchin. Ich bin Helene von Löwenstein und möchte, dass Sie augenblicklich unser Haus wieder verlassen.« Sie trat einen Schritt auf ihn zu, weil sie keine Angst zeigen wollte.

»Ich denke, das wird leider nicht möglich sein.« Hinter dem Mann trat ein zweiter hervor, der ausgezeichnetes Deutsch mit britischem Akzent sprach. Er lächelte milde.

»Entschuldigung, ich dachte nicht, dass Sie unsere Sprache sprechen.« Helenes Wangen begangen zu brennen. Wer hätte denn damit rechnen können, dass die Männer sie verstanden, oder zumindest einer von ihnen, so wie es aussah.

»Mit wem habe ich das Vergnügen?«, fragte Helene, während Greta langsam näher kam.

»Captain Jonathan Andrews, British Army, und das hier ist Colonel Winston Brooks. Wir haben den Befehl, das Haus zu räumen.«

»Und was haben Sie damit vor?«, fragte Greta streng.

»Der Colonel wird dieses Haus mit seinen Männern beziehen. Ich muss Sie bitten, die Zimmer zu räumen. Wie viele Zimmer haben Sie zur Verfügung?«

»Darf ich fragen, wo wir dann wohnen sollen? Wir müssen doch auch irgendwo schlafen. Ich weiß ja nicht, ob Ihnen aufgefallen ist, dass diese Stadt vollkommen von Ihnen zerstört wurde.« Helene schaffte es nicht, den Sarkasmus in ihrer Stimme zu unterdrücken. Zwar war sie froh, dass die Alliierten

endlich das Land befreit hatten, doch dieses großspurige Auf-
treten ging ihr mächtig gegen den Strich.

Die Männer wechselten leise einige Sätze, dann nickte der
Captain. »Haben Sie die Möglichkeit, andere Zimmer in diesem Haus zu beziehen?«

Helene blickte Greta an. »Wir haben die Räume der Angestellten unter dem Dach. Und dann gibt es noch ein Zimmer
unten im Keller und über der Garage, dort lebt unser Fahrer.«

»Das geht natürlich nur, wenn Sie für uns Arbeiten übernehmen. Können Sie kochen?«, fragte der Captain an Helene
gewandt.

»Ja, ich könnte das Kochen übernehmen. Wilhelm ist unser
Fahrer, einen besseren Mann werden Sie nicht finden, der sich
in Hamburg auskennt.«

»How many people live here?«, fragte Brooks.

»Five people«, antwortete Helene. »My mother, my brother, a kitchen help and the driver. He's also a good gardener.«

»Where is your brother?« Der Colonel ließ sie nicht aus
den Augen.

»He works. Paul is a cook. A sous chef at the Restaurant,
Atlantic Hotel.«

Der Colonel nickte Andrews zu. »Okay, they can stay. All
of them.«

Helene atmete erleichtert aus.

»Sie können alle bleiben. Aber Sie müssen die Zimmer im
Erdgeschoss und der ersten Etage zu räumen.«

»Das werde ich nicht zulassen«, meinte Greta unnachgie-
big.

»Mama, wir haben keine andere Wahl, wenn wir nicht auf
der Straße stehen wollen. Wir kommen schon klar. Es wird ja

nicht für immer sein.« Bei diesen Worten wanderte ihr Blick zu dem Captain, der sie auffällig musterte.

»Nun gut, dann werde ich meine Sachen packen«, erklärte Greta und stieg die Stufen der Treppe hinauf. »Und ich dachte, dieses Elend sei endlich vorbei, dass man mir vorschreiben will, was ich zu tun und zu lassen habe. Doch wie es aussieht, hat sich nicht viel geändert. Nur die Sprache, in der man mir die Befehle erteilt.«

»You have one hour«, rief der Colonel ihr hinterher.

»We well see«, antwortete Greta über ihre Schulter.

Helene verdrehte innerlich die Augen. Ihr war schon jetzt klar, dass ihre Mutter noch öfter mit dem Colonel aneinandergeraten würde. Das konnte ja heiter werden.

Helene beeilte sich, dass die Kartoffelsuppe auf den Herd kam, dann ging sie hinauf, um ihren Koffer zu packen. Sie trug einen Großteil der Kleidung direkt ins Dachgeschoss. Ein paar Wertgegenstände, ihren Schmuck, Seife, Handtücher, ein paar Bücher und einige Andenken, verstaute sie in dem Koffer.

»Wem gehört dieses Kind?«

Erschrocken blickte Helene sich um und sah Karin an der Hand des Captains.

»Karin! Gute Güte, dich habe ich vollkommen vergessen.« Helene schlug sich die Hand vor den Mund. Sie war heute mit Bille unterwegs gewesen. »Das ist meine Tochter«, erklärte Helene.

»Sie sagten, hier leben fünf Personen.« Er sah sie strafend an.

»Karin ist doch ein Kind. Ich sprach von Erwachsenen. Sie gehört doch zu mir.«

»Wo ist der Vater des Kindes?« Er musterte sie eindringlich.

»Es gibt keinen Vater«, sagte Helene schnell.

»Bullshit! Jedes Kind hat einen Vater«, erklärte er wütend.

»Mein Papa ist tot. Er kam nicht wieder, nach dem großen Brand«, erzählte Karin und drückte ihre Dorle an die Brust. Sie machte sich frei und lief in Helenes Arme.

Helene strich ihr über das Haar. Sie war schon so groß geworden. Sie wurde in diesem Jahr sechs Jahre und war viel zu klug für ihr Alter.

»War ihr Mann ein Nazi?«, wollte Andrews wissen.

Helene schüttelte den Kopf. »Nein, er war auch nicht mein Mann. Er war ... nur ein Freund.« Beschämt senkte Helene die Augen. Aus irgendeinem Grund war es ihr peinlich, dass sie ein uneheliches Kind hatte. Das war ihr noch nie passiert. Ihr sollte egal sein, was dieser Mann von ihr dachte.

»Darf ich?«, fragte er und deutete auf den Koffer in ihrer Hand. Sie übergab ihm ihren Koffer und nahm Karin an die Hand, führte sie die Treppe ins Dachgeschoss hinauf.

»Wohin gehen wir, Mami?«, wollte die Kleine wissen.

»Wir werden jetzt hier oben wohnen, Karin.«

»Habe ich jetzt kein eigenes Zimmer mehr?«

Helene schüttelte den Kopf. »Nein, du wirst mit mir in diesem Zimmer schlafen. Wir rücken ein wenig zusammen.« Sie betraten den kleinen Raum am Ende des Flurs. Es hatte ein kleines Fenster und zwei Betten. Hier waren früher Lina und Bille untergebracht. Doch Bille war, nachdem ihre Tante gestorben war, in das Zimmer von Rachel gezogen, das etwas mehr Platz bot, weil dort nur ein Bett stand.

»Aber warum denn?« Karin zog die Stirn kraus, wie immer, wenn sie nicht verstand, was um sie herum geschah.

»Die Soldaten, die wieder für Ordnung sorgen, müssen auch irgendwo schlafen.« Es war eine simple Erklärung, doch was sollte sie auch anderes sagen? Die Engländer rissen alles an sich, was ihnen nicht gehörte.

»Schau, ich habe hier etwas für dich.« Der Captain zog eine kleine Tafel Schokolade aus seiner Uniformtasche und packte sie aus.

Karin bekam große Augen. »Für mich?«, fragte sie voller Ehrfurcht.

»Ja, das ist ein Geschenk für dich.«

»Darf ich, Mami?« Sie sah Helene fragend an. Sie hatte ihr stets eingebläut, dass man von Fremden nicht alles annehmen durfte.

»Ja, natürlich.«

»O klasse. Das werde ich Oma zeigen.« Karin nahm die Schokolade und rannte davon.

Andrews hatte ihren Koffer auf dem Boden abgestellt und sah sich um. »Viel Platz haben Sie hier nicht.«

Sie hob die Schultern. »Ich schlafe nur hier. Dafür braucht man nicht viel Platz.«

»Wo waschen Sie sich?«

»Es gibt ein zentrales Badezimmer am anderen Ende des Flurs. Ich komme zurecht. Glauben Sie nicht, dass ich verwöhnt bin, nur weil ich in diesem großen Haus aufgewachsen bin. Ich habe nach der Schule in dem Kontor meiner Eltern gearbeitet. Ich bin es also gewohnt, für mein Geld zu arbeiten.«

Sie hob ihr Kinn und blickte den Captain herausfordernd an. Keine Ahnung, was er für ein Bild von ihr hatte, aber es war mit Sicherheit ein falsches.

Der Captain lachte leise. »Sie sind eine sehr interessante Frau. Sie arbeiten, ziehen ein Kind alleine auf und ihr Stolz ist größer als der Raum, in dem wir uns befinden. Sehr interessant«, murmelte er und ließ sie stehen.

Demonstrativ schloss Helene die Tür lautstark hinter ihm. Was für ein arroganter Kerl.

Kapitel 35

Wilhelm war in der Wohnung über der Garage geblieben, so gab es im Dachgeschoss einen Raum mehr, den Helene als kleines Wohnzimmer einrichtete, wo sie am Abend zusammensitzen konnten. Das Essen nahmen sie in der Küche ein, nachdem die Besetzer, wie Greta sie nannte, versorgt waren.

Der Captain brachte jeden Tag frische Zutaten, die Helene zu verarbeiten hatte. Allerdings durfte sie davon nichts für ihr Essen abzweigen. Aber man konnte auch aus Kartoffelschalen, die übrig blieben, oder Speckschwarten eine Suppe kochen. Paul war ihr eine große Hilfe mit einer Vielzahl an Ideen, wie sie noch das Letzte aus den Abfällen herausholen konnte. Er selbst war nicht viel im Haus, die meiste Zeit verbrachte er im Hotel, wo er auch oft übernachtete, wenn die Sperrstunde erreicht war. Seit Mitte des Monats galt ein Ausgehverbot von einundzwanzig Uhr bis sechs Uhr am nächsten Morgen. Paul besorgte sich zwar eine Sondergenehmigung, doch wenn es spät wurde, schlief er direkt im Hotel, da er um sieben Uhr wieder zum Dienst musste. So oft es ging, brachte er ein paar Lebensmittel mit, die in der Küche im Abfall landeten, aber noch genießbar waren.

Helene hatte im Garten Kartoffeln angepflanzt und ein wenig anderes Gemüse. Allerdings musste sie immer auf Regen hoffen, weil die Wasserversorgung unterbrochen war und das tägliche Herbeischaffen von Wasser sehr mühselig war.

Früh am Morgen holte Helene das Fahrrad aus dem Schuppen, um zur Speicherstadt zu fahren. Sie wollte nachsehen, wie weit dort die Aufräumarbeiten voranschritten.

»Miss Löwenstein! Warten Sie.«

Sie drehte sich um und sah Captain Andrews mit großen Schritten auf sie zueilen. Sie hoffte, dass mit dem Frühstück alles in Ordnung gewesen war. Die acht Soldaten, die in der Villa lebten, verhielten sich meistens ruhig, auch wenn abends oft Swingmusik bis nach oben dröhnte. Tagsüber waren sie, bis auf den Captain, außer Haus.

»Wem gehört das Fahrrad?«, wollte er wissen.

»Das ist meins.«

»Haben Sie dafür einen Erlaubnisschein?«, fragte er streng.

Warum verunsicherte dieser Mann sie immer wieder? »Brauche ich denn einen?«, entgegnete sie angriffslustig. »Für mein eigenes Fahrrad?«

»Das ist so vorgeschrieben.«

Genervt atmete Helene aus. »Nein, ich habe keinen ER-LAUB-NIS-SCHEIN.«

»Wo wollen Sie denn überhaupt hin?«

»Ich will zur Speicherstadt, um zu sehen, wie weit man dort mit den Aufräumarbeiten ist.« Was ging ihn das überhaupt an?

»Warten Sie hier.«

Er lief zurück zum Haus und kehrte kurze Zeit später zurück. »Steigen Sie ein.« Er deutete auf den Jeep, der vor der Tür geparkt war. »Na los, kommen Sie schon. Wir haben nicht den ganzen Tag Zeit.«

Was war er doch für ein ungehobelter Kerl. In aller Ruhe brachte Helene das Rad zurück in den Schuppen und stieg dann in den Jeep. Sofort gab Andrews Gas und sie musste sich festhalten, um nicht herumgewirbelt zu werden.

»Was wollen Sie in der Speicherstadt?«, fragte er neugierig.

»Wie gesagt, mich einfach umsehen. Oder benötige ich dafür auch einen Erlaubnisschein?«, fragte sie patzig.

Er grinste sie an. »Sie haben ein loses Mundwerk, Miss. War das schon immer so?«

Sie zuckte mit den Schultern. »Ja, und wenn Sie glauben, dass ich den Nazis hinterhergerannt bin, wie viele andere, dann muss ich sie enttäuschen.«

»Sind Sie Kommunistin?« Er sah sie von der Seite kurz an und bremste stark ab, als ein Pferdekarren ihm in den Weg fuhr.

»God damn it!«, rief er und hupte laut.

»Ich bin ein Mensch, das genügt doch, oder? Wenn Sie es mit den Vorschriften so genau nehmen, dürften Sie eigentlich gar nicht mit mir sprechen. Sie kennen das Fraternisierungsverbot.«

»Ich habe leider keine andere Wahl, Sie arbeiten für mich. Ich lade Sie ja nicht zum Tanzen oder Essen ein.«

»Ich würde auch niemals mit Ihnen tanzen oder essen gehen«, murmelte sie, allerdings laut genug, dass er es hörte.

Bis sie am Hafen ankamen, sagte keiner mehr ein Wort. Helene dirigierte ihn zum Brooksfleet und stieg aus. Mit offenem Mund blickte sie auf das Gebäude und die zerstörten Schiffe, die im Hafen lagen.

Captain Andrews folgte ihr, lief langsam neben ihr her. »Der zerbombte Teil wird übrigens nicht wieder aufgebaut.«

»Meine Eltern betrieben ein Kontor in der Speicherstadt, wie schon meine Urgroßeltern. Jetzt ist alles zerstört. Es wird Jahre dauern, bis der Hafen wieder frei ist.«

»Womit haben Sie gehandelt?«

»Gewürze«, sagte sie und lächelte. »Sie können sich nicht vorstellen, wie gut es dort geduftet hat. Nach Lavendel, Nelken, Vanille, Kurkuma, Muskatnuss und Knoblauch. Eine ganze Welt in einem Raum. Es war fantastisch. Und nun? Ist alles zerstört.« Ihr Blick ging auf den Horizont hinaus, obwohl sie nicht wirklich etwas sah.

»Dafür können Sie nicht die Alliierten verantwortlich machen«, sagte er leise.

Helene ging einige Schritte, kehrte dann zurück. »Das tue ich gar nicht. Ich wünschte, dieser ganze Albtraum wäre schon viel früher zu Ende gegangen, wünschte, eines der Attentate hätte zum Erfolg geführt.«

»Was hat Ihre Familie jetzt vor?«

Helene hob die Schultern. »Mein Vater ist aus dem Krieg nicht zurückgekehrt.«

»Ist er an der Front gefallen?«

Sich schüttelte den Kopf. »Nein, er hatte im Krieg von 1914 gedient und wurde verwundet. Hat später in Berlin im Ministerium für Nahrung und Landwirtschaft seinen Dienst absolviert. In der Nacht, als dieser Feuersturm losbrach, kam er nach Hamburg zurück. Das war dreiundvierzig. Sein Zug wurde bombardiert. Allerdings hat man seine Leiche nie gefunden, vielleicht lebt er ja noch, irgendwo.« Sie hob die Schultern. »Aber vermutlich ist das nur der Traum eines Mädchens, das seinen Vater vermisst.« Sie lachte, um ihre Verlegenheit zu überspielen.

»Haben Sie einen Suchantrag gestellt?« Andrews zog ein Etui aus der Uniformjacke, holte eine Zigarette hervor und bot ihr ebenfalls eine an. Helene schüttelte den Kopf.

»Danke, ich rauche nicht.«

»Nehmen Sie schon eine. Dafür bekommen Sie auf dem Schwarzmarkt sieben Reichsmark.«

»Sie sind sehr gut informiert.« Helene griff zu und nahm gleich eine zweite.

Er lachte auf. »Kommen Sie, steigen Sie ein, wir müssen Nachschub besorgen. In Ihrem Haus riecht es übrigens genauso gut. Diese Düfte, die Sie eben beschrieben haben, hängen in allen Räumen. Das gefällt mir.«

Am Abend saßen Helene und Greta in ihrem neuen Salon und tranken eine Tasse Tee. Sie hatte versucht, den Raum so gemütlich wie nur möglich zu gestalten. Einige Familienfotos aufgehängt, Kerzen aufgestellt. Karin lag nebenan im Bett und schlief bereits.

»Ich war heute am Kontor«, sagte Helene in die Stille hinein. »Ein Teil der Stadt liegt in Schutt und Asche und wird wohl auch nicht wieder aufgebaut. Unser Kontor gehört dazu. Wir könnten versuchen, in einem anderen Teil des Gebäudes unterzukommen. Allerdings liegen so viele zerstörte Schiffe in der Elbe, dass es Jahre dauern wird, die Rinne wieder freizubekommen.«

Greta seufzte auf. »Wenn doch nur dein Vater noch am Leben wäre. Er wüsste, was zu tun wäre.«

»Mama, dann müssen wir eben entscheiden, wie es weitergeht. Wir können nicht ewig davon leben, Gewürze auf dem Schwarzmarkt zu verkaufen.«

Greta nickte. »Du hast ja recht. Wir werden uns etwas einfallen lassen. Mir steht auch nicht der Sinn danach, noch länger in den Trümmern nach Ziegelsteinen zu suchen.«

Greta erhob sich. »Ich gehe jetzt zu Bett, ich bin sehr müde.« Sie küsste Helene auf die Stirn. »Schlaf gut, mein Kind.«

»Du auch, Mama. Ich werde noch ein bisschen hier lesen.«

»Du wirst dir noch die Augen verderben, wenn du bei Kerzenschein liest.« Sie lachte und verließ den Raum.

Helene suchte in dem neuen Schlafraum das Buch, in dem sie zuletzt gelesen hatte, fand es aber nicht. Dann fiel ihr siedend heiß ein, dass es unter das Bett gerutscht war, als sie ihren Koffer packte. Sie hatte es dort vergessen. So ein Mist.

Zurück im Flur hörte sie Stimmen aus dem Salon und laute englischsprachliche Bluesmusik. Vielleicht konnte sie es wagen, schnell in ihr altes Schlafzimmer zu huschen und das Buch zu holen? Womöglich wurde der Raum ja gar nicht genutzt.

Sie zog ihre Schuhe aus und lief auf nackten Füßen die Treppe in die erste Etage hinunter. Ihr war es eigentlich verboten, diesen Trakt am Abend zu betreten. Nur vormittags durfte sie hier die Betten machen, dafür war sie dann gut genug.

Sie lief den Flur entlang zu ihrem alten Zimmer, klopfte leise an die Tür, aber nichts regte sich. Schnell öffnete sie die Tür, schlüpfte hinein und schloss sie wieder. Es war dunkel, aber immerhin war es ihr Zimmer und sie kannte sich aus, lief um das Bett herum, ging auf die Knie und suchte darunter nach dem Buch. Es war tiefer gerutscht, als sie vermutet hatte. Mit langen Fingern angelte sie danach, endlich bekam sie es zu fassen.

In diesem Moment wurde die Tür geöffnet und wieder geschlossen. Vor Schreck verharrte sie einen Augenblick in ihrem Versteck. Möglicherweise hatte nur jemand in das Zimmer geschaut und war wieder gegangen, doch da flammte eine Kerze auf.

O nein! Und jetzt?

Nun, sie hatte keine andere Wahl. Früher oder später würde man sie ohnehin hier entdecken. Dann lieber früher als zu spät. Sie tauchte mit dem Kopf unter dem Bett hervor und kam auf die Füße. »Excuse me«, sagte sie schnell.

»Jesus Christ!«

»Bitte entschuldigen Sie, Captain Andrews. Ich dachte ... ich wollte Sie nicht ... ich habe nur mein Buch ... hier vergessen.« Sie hielt es in die Höhe.

Andrews stand auf der anderen Seite des Bettes, und hatte bereits sein Hemd ausgezogen. Er trug noch seine Hose und ein weißes Unterhemd. Sie starrte ihn an, als wäre er eine Erscheinung. Seine Erkennungsmarken, die er um den Hals trug, schimmerten im Kerzenschein.

»Miss Löwenstein, Sie haben mich erschreckt.« Er holte tief Atem.

»Bitte, entschuldigen Sie, ich dachte, dieses Zimmer würde nicht benutzt. Ich wollte nur mein Buch holen.« Es war ihr so peinlich, dass er sie hier mit nackten Füßen vorfand. Erst jetzt nahm sie die Umgebung wahr. Den Militärsack, der in einer Ecke stand. Die Uniformjacke auf dem Bett. Rasierzeug auf dem Tisch mit dem goldumrahmten Spiegel. Ein Holster für eine Waffe an der Wand, wo vorher ein Bild von Karin hing, das sie mitgenommen hatte.

Er blickte sie mit seinen dunkelbraunen Augen an, die leicht gerötet waren. Er schien getrunken zu haben. Sein kurzes braunes Haar war ein wenig zerzaust. Auf seinem Kinn erkannte sie schwarze Bartstoppeln, die sich den Tag über gebildet hatten. Der sonst so perfekte Mann war ein wenig derangiert, was ihn unwiderstehlich wirken ließ, doch das wollte Helene gar nicht denken. Was war denn nur mit ihr los? Er war doch nicht der erste gut aussehende Mann, der ihr über den Weg lief.

Andrews ging langsam um das Bett herum und blieb dicht vor ihr stehen, griff nach dem Buch. »*Die Verwandlung*, Franz Kafka. Galt das bei Ihnen nicht als verboten?« Er sah sie fragend an.

»Ich habe das Buch von meinem Großvater geschenkt bekommen, er war Jude. Allein das war schon verboten.« Sie wollte es ihm wieder abnehmen, doch er hielt es hoch über ihren Kopf.

»Was bekomme ich dafür, wenn Sie es zurückerhalten? Immerhin ist dies jetzt mein Zimmer.«

»Sie schlafen jetzt hier?«

»Ja, ich dachte mir, dass Ihnen bestimmt das beste Zimmer im Haus gehört und ich habe recht behalten.« Er grinste. »Also, was ist Ihnen das Buch wert?«

»Eine Menge und auch wieder nichts«, antwortete sie erbost und wollte sich abwenden, doch Andrews hielt sie auf.

»Helen, warten Sie.«

»Wenn Sie mich für so eine Art Frau halten, nur weil ich ein uneheliches Kind habe, dann sind Sie auf dem Holzweg, Captain«, zischte sie ihm aufgebracht zu.

Er schüttelte den Kopf. »Sie irren sich. Ich halte Sie ganz und gar nicht für so eine Frau.« Er reichte ihr das Buch. »Hier bitte. Und jetzt verlassen Sie mein Zimmer. Man darf Sie hier nicht sehen. Das würde uns beide in Schwierigkeiten bringen.«

Helene schloss kurz die Augen. »Bitte verzeihen Sie mir. Ich war in den letzten Jahren so vielen Anfeindungen ausgesetzt, dass ich wohl ein wenig empfindlich geworden bin.«

Als er lächelte, verschwand der harte Zug um seinen Mund augenblicklich. »Ich hatte gehofft, dass Sie mir ein wenig Ihrer Zeit schenken. Ich muss in drei Tagen nach Lübeck, um für Nachschub zu sorgen. Ich dachte, Sie begleiten mich, um die Lebensmittel aufzufüllen. Doch wenn Sie keine Zeit haben, dann ...«

»Doch!«, sagte sie schnell. »Natürlich. Wenn das zu meiner Arbeit gehört, werde ich Sie natürlich begleiten, Captain Andrews.« Helene erkannte sofort, dass es eine willkommene Abwechslung war, einmal aus dem Haus herauszukommen.

Er nickte.

»Wusste ich es doch, dass ich mich auf Sie verlassen kann.« Er hob eine Hand und fuhr mit einem Finger ihre Kinnlinie entlang.

Diese Berührung, mochte sie noch so leicht sein, fühlte sich ganz besonders an. So sanft und sinnlich, dass ein leichtes Zittern durch ihren Körper fuhr. Es fühlte sich gut an, nach so langer Zeit von einem Mann berührt zu werden. Er ließ die Hand sinken und sah sie nur an.

»Go! Quickly!«, flüsterte er und Helene verließ das Zimmer so schnell, als wäre sie vor ihm auf der Flucht. Sie hatte Glück, dass niemand sie dabei beobachtete, wie sie aus seinem Zimmer schlich. Nicht auszudenken, wenn jemand sie erwischt hätte.

Vermutlich hätte ihre ganze Familie das Haus verlassen müssen und sie ständen auf der Straße. Das durfte auf keinen Fall noch einmal geschehen, dass sie den Kopf verlor. Sie musste Abstand zu diesem Mann halten, sonst würde sie noch in ihr Unglück laufen, das spürte sie genau. Was war eigentlich mit ihr los? Sie legte es überhaupt nicht darauf an, Kontakt zu einem Soldaten zu knüpfen, oder zu irgendeinem anderen Mann. Ihr Interesse galt einzig und allein der Familie. Aber es war so lange her, dass jemand sie auf diese Weise gestreichelt hatte. Es war schön gewesen und verwirrend zugleich. Und äußerst verboten.

Kapitel 36

Ganz früh am nächsten Morgen fuhren sie mit einem LKW hinaus aufs Land. Für Helene war es das erste Mal seit sechs Jahren, dass sie aus Hamburg herauskam. Hier draußen war die Luft frischer, die Farben der Natur kräftiger, der Himmel blauer. Es kam ihr vor, als würde sie eine neue Welt betreten, dem Alltagsgrau, das in Hamburg herrschte, für einen Augenblick entfliehen. Sie konnte sich gar nicht sattsehen an den blühenden gelben Rapsfeldern, den dunkelgrünen Roggenfeldern, dem Rosa der prächtigen Magnolien.

»Sie strahlen geradezu.« Captain Andrews warf ab und an einen Blick zu ihr herüber.

»Sie haben keine Ahnung, was das hier für mich bedeutet. Ich wünschte, Karin würde das alles sehen. Sie kennt solche Farben gar nicht.«

Dann blickte sie wieder aus dem Fenster, kurbelte es hinunter, lehnte den Kopf hinaus und ließ ihr Haar im Fahrtwind wehen. Die brünetten Locken waren mittlerweile lang gewachsen, einen Friseursalon hatte sie schon lange nicht mehr von innen gesehen.

Auf der geschlossenen Ladefläche des LKWs saßen vier Soldaten, die Andrews unterwegs eingesammelt hatte. Sie waren dazu abgestellt, die Lebensmittel aufzuladen.

Helene hatte vermutet, dass sie direkt nach Lübeck fuhren, doch da hatte sie sich getäuscht. Nach einer Stunde bogen sie auf einen großen Hof ein. Sie wurden von drei bellenden Hunden nicht gerade freundlich begrüßt. Während Helene ängstlich im LKW sitzen blieb, stieg Jonathan aus.

»Kommen Sie, Miss Löwenstein. Die Hunde tun Ihnen nichts. Sie stellen keine Gefahr dar.«

»Das sagen Sie so«, meinte Helene und blieb im Wagen sitzen.

Der Captain lachte und öffnete ihre Tür, half ihr heraus. »Hunde, die bellen, beißen nicht. So heißt es doch.«

»Dann sollten Sie wohl öfter mal bellen«, murmelte Helene und sah zu ihm auf.

»Haben Sie Angst, dass ich Sie beiße?«, fragte er leise und grinste.

Oh, wie unfassbar gut er aussah, wenn er so lächelte. Sie sah schnell weg, damit er bloß nicht mitbekam, was dieses Lächeln in ihr auslöste. Es war vollkommen unangebracht und gefährlich, denn alles, was sich daraus entwickeln könnte, war mit Verboten und Strafen belegt.

»Moin, Captain!« Ein älterer Mann, der die Hunde mit nur einem Pfiff zum Schweigen brachte, kam auf sie zu. Nachdem es für die Vierbeiner hier wohl nichts zu holen gab und die Fremden auch auf dem Hof willkommen waren, trollten sie sich und liefen schnüffelnd Richtung Haus.

»Mister Ewald, guten Morgen. Ich bringe starke Männer mit, um die Bestellung abzuholen.«

Der Bauer nickte. »Aber Sie haben nicht nur starke Männer, sondern auch eine schöne Frau mitgebracht.«

Helene lächelte. »Sehr charmant. Helene von Löwenstein, Herr Ewald.« Sie reichte ihm die Hand.

»Sie sind Deutsche.« Bauer Ewald schien verwundert.

»So ist es. Von Löwenstein Im- und Exporte.«

»Womit handeln Sie denn?«

»Gewürze. Solange der Hafen allerdings blockiert ist, liegt der Handel brach. Mein Großvater hatte früher einen Gemischtwarenhandel, bis er fliehen musste«, sagte sie frei heraus. »Levi Rosenthal.«

»Levi! Levi Rosenthal ist ihr Großvater?«, rief Ewald überrascht und lachte. »Ich kenne ihn gut.«

»Er ist vor zwei Jahren verstorben«, sagte sie mit einer Traurigkeit in der Stimme, die sie selbst erschreckte.

»Das tut mir leid, Mädchen. Er war ein guter Mann.«

»Er war Jude, was ihn für viele zu einem schlechten Menschen machte. Für mich wird er immer das bleiben, was er war. Mein Großvater, der bis zuletzt mutig war.«

Bauer Ewald nickte. »Kommen Sie mal mit, junges Fräulein.«

Helene sah Andrews fragend an, er nickte zustimmend. »Ich werde in der Zwischenzeit die Verladung überwachen.« Er holte ein Notizbrett mit dem Lieferschein hervor und während die Männer die Säcke auf den Laster luden, hakte er die einzelnen Posten ab.

Bauer Ewald führte sie in einen großen Stall, wo er unterschiedlichste Waren lagerte. Er nahm eine handliche Holzkiste, packte frischen Salat, Rüben, Kartoffeln, zwanzig Eier, Lauch, Gurken, Karotten und Äpfel hinein. Dann reichte er die Kiste an Helene. »Das ist für Sie, aus alter Verbundenheit.«

»Herr Ewald, ich weiß gar nicht, ob ich das annehmen darf. Das ist sehr freundlich von Ihnen. Was soll ich sagen?« Im ersten Moment wollte sie es ablehnen, doch die Auswahl war zu verführerisch. Davon konnten sie eine ganze Woche leben.

»Ich habe hier noch zwei Grützwürste. Die lege ich unter den Salat.« Er packte die Wurstringe ein und zwinkerte ihr zu.

Helene blickte unsicher zum Scheunentor.

»Geben Sie her, ich mache das schon.« Er nahm ihr die Kiste ab und trug sie nach draußen.

Helene sah sich neugierig um und erkannte, dass Ewald wohl einer der Großbauern war, die es auf dem Land gab. Sie folgte ihm mit großen Schritten, bis er abrupt stehen blieb.

»Sagen Sie, Fräulein, gibt es Levis Laden noch? Vielleicht könnten wir ja ins Geschäft kommen. Ich suche Einzelhändler, die meine Waren in die Städte bringen, sonst verfault mir hier noch alles.«

Helene nickte ganz automatisch, auch wenn ihre Gedanken Purzelbäume schlugen. »Meine Mutter Greta und ich werden einen Laden eröffnen. Dort werden wir Gewürze verkaufen und wenn wir Gemüse und Obst von Ihnen erhalten, könnten wir diese ins Sortiment mitaufnehmen. Wir müssen uns natürlich noch um die Genehmigungen kümmern. Lebensmittel wird es ja auch weiterhin nur auf Bezugsschein geben«, sagte sie dann, als sie Andrews neugierige Blicke sah.

»Melden Sie sich, wenn Sie so weit sind, dann sprechen wir über die Konditionen, junges Fräulein. Sie scheinen ganz nach Ihrem Großvater zu kommen. So, die Kiste hier gehört der jungen Dame«, erklärte Ewald an den Captain gewandt. »Es ist ein Geschenk von mir. Geschenke sind ja heutzutage nicht verboten, oder?«

Andrews lächelte milde. »Nein, Geschenke nicht.« Er wollte die Kiste an einen Soldaten weiterreichen, doch Helene war schneller und schob sie in den Fußraum des Beifahrersitzes. Sie würde die Kiste nicht mehr aus den Augen lassen, bis sie zu Hause ankamen.

»Vielen Dank, Herr Ewald.« Sie gab ihm einen kleinen Kuss auf die Wange. »Ich werde Sie anrufen«, versicherte sie.

»Lübeck 1940, wie das Jahrzehnt. Können Sie gar nicht vergessen. Sie müssen es nur lange klingeln lassen. Wenn ich im Stall bin, höre ich es nicht immer sofort.«

»Wird gemacht.«

Andrews regelte das Finanzielle und stieg wenig später zu ihr in das Fahrerhaus, startete den Motor und sie winkte Ewald zum Abschied zu.

Der voll beladene LKW kam nicht so schnell voran wie auf der Hinfahrt. Helene saß gedankenverloren auf dem Sitz, blickte aus dem Fenster, doch jetzt nahm sie von der Umgebung nicht mehr viel wahr, sie war ganz woanders.

»Einen Penny für Ihre Gedanken, Miss Löwenstein.«

Sie sah Andrews an. »Helene, ich heiße Helene.«

Er nickte. »Dann einen Penny für Ihre Gedanken, Miss Helen.«

Sie lächelte. Aus seinem Mund hörte sich ihr Name so exotisch an. »Glauben Sie, ich könnte eine Genehmigung bekommen, einen Gemüsehandel in Hamburg zu eröffnen? Meine Mutter ist sehr erfahren damit. Sie hat mit ihren Vater schon als Achtzehnjährige im Laden gestanden und auch seine Bücher geführt.«

»Ihre Mutter ist eine starke Frau.«

»O ja. Sie hat sogar den Führerschein gemacht.«

»Sie nicht?« Andrews sah sie überrascht an.

Helene schüttelte den Kopf. »Nein ... ich wollte ja, doch ... ich galt als jüdischer Mischling zweiten Grades und man hatte es mir verwehrt.«

»Es wird eine Zeit geben, da werden Sie das nachholen. Ich bin mir sicher.« Er sah sie kurz an, dann blickte er wieder auf die Straße.

»Miss Helen, ich werde Ihnen später die Kiste in die Küche bringen. Das wirft weniger Fragen auf«, erklärte er und Helene nickte. Ja, das war sicherlich klug.

Nachdem sie wieder in der Villa waren, machte sich Helene direkt auf den Weg in die Küche, um das Abendessen vorzubereiten. Es war noch genügend Zeit, aber sie kochte ja nicht nur für die Männer der Army, sondern auch für die Familie und heute würde es etwas Besonderes geben.

Ihre Mutter war noch nicht von der Arbeit zurückgekehrt, die darin bestand, Ziegelsteine und anderes Brauchbare aus dem Schutt zu sortieren. Bille, die morgens im Haushalt half, die Zimmer sauber zu halten, kümmerte sich am Nachmittag um Karin, besorgte Wasser und stand für Lebensmittel an. Paul war wie immer in der Hotelküche, so waren sie ein eingespieltes Team.

Andrews hielt Wort und brachte ihr die Kiste, die sie vom Bauer Ewald als Geschenk erhalten hatte, direkt in die Küche.

»Vielen Dank, Captain. Ich möchte mich zudem bedanken, dass Sie mich mitgenommen haben.« Sie nahm ihm die Kiste ab, dabei berührten sich kurz ihre Finger und Helene blickte ihn überrascht an.

»Jonathan«, sagte er leise. »Mein Name ist Jonathan.«

»Jonathan«, wiederholte sie. »Ein sehr schöner Name.«

»Danke«, erwiderte er, machte jedoch keine Anstalten, wieder zu gehen. Sie beide wussten, dass es gefährlich war, wenn man sie hier so vertraut entdeckte. Jegliches private Wort war unter Strafe verboten. »Ich habe hier noch etwas für Sie.« Er zog ein Stück Papier aus der Hosentasche und reichte es ihr.

Neugierig warf Helene einen Blick darauf und las, dass es eine Erlaubnis war, ein Fahrrad zu benutzen.

»Danke, das ist sehr freundlich von Ihnen.« Schnell steckte sie das Dokument in ihre Schürzentasche.

»Was riecht hier so gut?«, fragte er und sah sich um.

Bille hat an einer Schur, die in einer Ecke gespannt war, frisch geschnittenen Lavendel zum Trocknen aufgehängt. Sie deutete in die Luft. »Der Lavendel. Wir trocknen ihn, um die Wäsche vor Motten zu schützen.«

Er nickte und ging hinüber. Er war so groß, dass er bis zu den lila Blüten reichte und roch daran. »Sehr schön. Die duften wie Sie«, sagte er und blickte Helene an.

Sie hatte nicht die geringste Ahnung, was sie darauf antworten sollte, verlegen sah sie zu Boden.

»Ich muss mich noch für mein Verhalten letztens entschuldigen, wegen Ihres Buches.« Er räusperte sich.

»Nein, ich muss mich entschuldigen, dass ich einfach so Ihr Zimmer betreten habe ... am Abend.« Jetzt standen sie sich erneut gegenüber und die Spannung zwischen ihnen war mit Händen zu greifen. Helene wollte auf Abstand gehen, doch sie rührte sich nicht von der Stelle.

Jonathan sah in Helenes Gesicht und hätte sie gerne berührt, doch er wusste, dass dies unmöglich war. Wenn er es einmal tat, würde er nicht mehr aufhören können. Er musste die Finger von ihr lassen. Sein Colonel war ein großzügiger Mann, der viel durchgehen ließ, doch sich mit dem Feind einzulassen, dafür hätte er sicherlich kein Verständnis, und er durfte seine Karriere nicht aufs Spiel setzen. Nicht für ein paar blaue Augen, mochten sie noch so wunderschön sein, und wilde brünette Locken.

Er fuhr sich mit einer Hand durch sein Haar. »Helen, ich muss Ihnen etwas sagen … etwas klarstellen.«

Sie drehte ihm den Rücken zu und begann, Kartoffeln zu schälen. Vermutlich dachte sie, er wolle ihr sagen, dass es so zwischen ihnen nicht weitergehen konnte oder etwas in der Art.

»Ich gehörte früher der Royal Air Force an, bis ich mich habe versetzen lassen«, sagte er in die Stille hinein.

Sie wandte den Kopf, ohne ihr Tun zu unterbrechen. »Royal Air Force? Sie waren Pilot?«

Er nickte. »Ja, ich wurde nach einem Einsatz befördert und habe mich versetzen lassen, weil ich Probleme mit diesem letzten Einsatz hatte.«

»Was ist geschehen?«, wollte sie wissen.

»Es war die Art des Einsatzes, die mein Gewissen bis heute plagt. Es war die Nacht vom 27. auf den 28. Juli 1943. Der Angriff hier auf Hamburg.«

Die Stille, die entstand, wirkte gespenstisch. Helene brauchte wohl einen Moment, um die Zusammenhänge zu erfassen. Bedächtig legte sie die Kartoffel beiseite. Blickte auf das Schälmesser in der rechten Hand, legte es dann auch behutsam auf das Schneidebrett. »Dann gehörten Sie zu den Männern, die uns hier bombardiert haben.« Es war keine Frage, sondern eine plausible Schlussfolgerung.

»Ja, ich war einer unter siebenhundert Piloten. Ich wollte nur, dass Sie es wissen. Ich werde mich nicht dafür entschuldigen. Das Recht war auf meiner Seite.«

Helene gab einen freudlosen Ton von sich. »Wenn Sie davon wirklich überzeugt sind, warum haben Sie sich dann versetzen lassen? Immerhin hat er Ihnen eine Beförderung eingebracht. So ganz scheint es nicht zu stimmen, was Sie mir da erzählen.«

Jonathan verschränkte die Arme vor der Brust, lehnte sich gegen die Arbeitsfläche. »Ich habe einen guten Freund bei diesem Einsatz verloren. Das hat mich tief getroffen und mich dazu gebracht, über mein Leben nachzudenken. Ich habe das Fliegen geliebt, aber Menschen zu töten, so viele Unschuldige, das hat nichts mit dem zu tun, was ich einmal wollte. Ich möchte nicht mit Ihnen über den Sinn oder Unsinn des Krieges diskutieren. Wir stehen auf unterschiedlichen Seiten und würden nie auf einen Nenner kommen, ich wollte einfach nur ehrlich zu Ihnen sein.«

»Wissen Sie, Jonathan, so unterschiedlich sind unsere Seiten gar nicht. Wir beide stehen auf der Seite des Friedens und sind der Meinung, dass zu viele Unschuldige in diesem Krieg ihr Leben verloren haben. Wir haben alle Schuld auf uns geladen. Sie können beruhigt sein, auch viele Deutsche haben Menschen verloren, die sie geliebt haben und die nicht aktiv an diesem Krieg beteiligt waren. Kinder, Großeltern, Mütter, Väter. Das Einzige, dessen sie sich schuldig gemacht haben, war, nicht früh genug die Stimme erhoben zu haben. Ich will damit nicht sagen, dass es nicht auch eine Menge Menschen gab, die Schuld an diesem Krieg tragen, weil sie das Regime unterstützt und ihm gedient haben. Aber die Medaille hat immer zwei Seiten, die man betrachten sollte.«

»Hallo, Schwesterchen, du glaubst nicht, was ich heute im Restaurant im Abfall gefunden habe. Ein echtes Lachsfilet, das werde ich ...« Paul kam in die Küche gestürmt und als er Jonathan erblickte, blieb er abrupt stehen. »Oh!«, sagte er.

Jonathan trat einige Schritte zurück und verstärkte dadurch den Eindruck, als hätte Paul sie bei etwas Verbotenem erwischt.

»Ich störe doch nicht?«

»Nein, der Captain und ich sind hier fertig«, erklärte Helene und nickte Jonathan zu. »Vielen Dank für die Erlaubnis.«

Jonathan machte auf dem Absatz kehrt und nickte Paul zu. Verdammt, das hätte schiefgehen können. Aber es war ihm wichtig, dass Helene wusste, was und wer er war. Vielleicht war er dafür mitverantwortlich, dass sie ihren Vater verloren hatte. Wer konnte das schon genau sagen?

Als Jonathan am nächsten Abend zu Bett ging und die Decke zurückschlug, entdeckte er ein kleines Säcken auf seinem Kopfkissen. Er nahm es auf und sog tief den Duft ein.

Lavendel.

Es roch nach Helene. Ein kleines Lächeln huschte über seine Lippen. War das vielleicht ein Friedensangebot? Er wusste es nicht, aber es sorgte dafür, dass er mit ihrem Duft in der Nase einschlief und davon träumte, dass sie in seinen Armen lag. Am nächsten Morgen verbannte er das Säckchen in den Wäscheschrank, sonst würde er wohl nie wieder in den Schlaf finden.

Kapitel 37

Helene benötigte einige Tage, bis die Gedanken in ihrem Kopf sortiert waren, sodass sie sie ihrer Mutter mitteilen konnte. Nach dem Abendessen, als Karin bereits im Bett lag und Paul und Bille sich auf ihre Zimmer zurückgezogen hatten, saßen sie noch in dem kleinen Wohnzimmer zusammen. Greta strickte einen Schal für Karin, obwohl es noch viel zu früh dafür war, doch sie hatte einen Knäuel sauberer Wolle in einem Schutthaufen gefunden und da niemand ihn haben wollte, hatte sie ihn mitgenommen.

»Die Kleine wird dankbar sein, wenn erst einmal der Winter vor der Tür steht. Noch ist genug Licht, dass ich etwas sehen kann.«

»Mama, ich habe mir Gedanken gemacht, wie es mit der Firma weitergehen kann«, setzte Helene statt einer Antwort an.

Überrascht blickte Greta auf. »Die Firma? Ohne Papa wird es mit dem Kontor nicht weitergehen«, erklärte sie mit ruhiger Stimme. Zu ruhig. Es zeigte, dass sie sich sehr zusammenreißen musste.

»Ich spreche nicht von dem Kontor. Ich spreche von dem Gemischtwarenhandel von Greta und Helene von Löwenstein.«

Greta blickte sie überrascht an.

»Wir werden es genauso machen wie Großvater früher. Ein Laden, in dem man alles bekommt, was man braucht. Dazu Eier, Gemüse, Kartoffeln und Obst.«

Greta schüttelte lachend den Kopf. »Das ist doch irrwitzig. Und wir müssten ein Ladengeschäft anmieten. Wo sollen wir das hernehmen? Die ganze Stadt ist zerstört. Dann brauchen wir Startkapital, um Ware zu beschaffen, das ist nicht möglich. Und zu allererst brauchen wir eine Genehmigung dafür.«

»Ach, Mama, du siehst nur die Hürden, aber ich sehe die Möglichkeiten, die sich uns bieten.«

»Du weißt doch, dass ich mit Jonathan bei Bauer Ewald war. Er hat mir ...«

»Jonathan?«, unterbrach Greta sie sofort und schenkte ihr einen strengen Blick. »Du wirst dich doch wohl nicht in Schwierigkeiten bringen?«

»Mama, ich bringe mich nicht in Schwierigkeiten, nur weil ich einen Mann beim Vornamen nenne.«

»Ich sehe die Blicke, die dieser Mann dir zuwirft. Sei auf der Hut, das meine ich ernst.«

Helene seufzte auf. »Mama, willst du jetzt über Captain Andrews diskutieren oder dir meine Ideen anhören?«

»Ich höre«, sagte Greta und legte das Strickzeug zur Seite. Es wurde langsam zu dunkel dafür.

»Bauer Ewald hat mir angeboten, uns mit Ware zu beliefern, die wir zunächst auf dem Wochenmarkt verkaufen, natürlich gegen Lebensmittelmarken. Wir haben doch noch die Gewürze im Keller, die du aus dem Kontor hierher hast liefern lassen.«

»Die meisten wurden von dem Colonel konfisziert, weil Papa Mitglied der NSDAP war. Es gibt aber einige, da konnte ich eine Rechnung vorlegen, die ich für den Haushalt gekauft habe, und diese dürfen wir behalten. Leider bekomme ich keine Lebensmittelkarten mehr als Frau eines NSDAP-Mitglieds.«

»Wie bitte? Warum hast du mir nichts gesagt, Mama?«

Greta schüttelte den Kopf. »Ich schäme mich so. Wie soll ich denn jetzt an Nahrungsmittel kommen?«

»Ein Grund mehr, dass wir meinen Vorschlag in die Tat umsetzen. Da fällt immer etwas ab. Sobald Karin im nächsten Jahr in die Schule geht, kann sie an der Schulspeisung teilnehmen, so haben wir sie auch versorgt.«

»Kannst du das denn bezahlen?«

»Paul hat mir versprochen, dass er es übernehmen wird.«

Greta atmete seufzend aus. »Vielleicht sollten wir uns von einigen Dingen trennen. Ich habe noch den Schmuck, den Papa mir geschenkt hat. Auf dem Schwarzmarkt werden wir bestimmt etwas dafür bekommen.«

»Nein, Mama. Nicht den Schmuck. Den müssen wir für Notfälle aufbewahren. Wer weiß, was noch auf uns zukommt. Es wird eine andere Lösung geben. Ich kümmere mich darum.« Helene spürte seit Kurzem eine Energie in sich, die sie schon lange verloren geglaubt hatte.

»Aber du bringst dich nicht in Schwierigkeiten, mein Kind.«

Die mahnenden Worte klangen Helene immer noch in den Ohren, als Greta schon längst im Bett lag. Helene war so aufgeregt, dass sie noch nicht schlafen gehen wollte. Sie erinnerte sich an die Zigaretten, die sie von Jonathan erhalten hatte. Sie wollte sie eigentlich auf dem Schwarzmarkt eintauschen, doch eine würde sie selbst rauchen. Sie blickte aus dem Fenster, der Himmel war sternenklar, die Luft angenehm. Es war zwar verboten, nach Sonnenuntergang rauszugehen, aber das schloss doch sicherlich den eigenen Garten nicht mit ein?

Vor dem Haus, direkt an der Straße, waren stets zwei Wachen postiert, doch die konnten den Garten nicht einsehen. Wenn sie durch den Keller in den Garten gelangte, würde sie niemand entdecken. Sie horchte im Treppenhaus, alles war still. Schnell holte sie eine Zigarette aus dem Versteck und steckte Streichhölzer ein. Dann schlich sie durch den Keller hinaus in den Garten. Der Mond stand hell am Himmel, es war fast Vollmond. Sie ließ sich auf dem obersten Absatz der Außentreppe nieder, die in den Kellergang führte und steckte die Zigarette an. Sie musste husten, denn es war seit Jahren ihre erste Kippe.

»Hey! What are you doing?« Die dunkle Stimme eines Mannes ließ sie erschrocken aufspringen.

Ein schwarzer britischer Soldat stand plötzlich mit einer Pistole im Anschlag vor ihr. Ihr rutschte das Herz in die Hose.

»Lieber Himmel! I smoke«, erklärte Helene erschrocken. Vor Angst hatte sie den Glimmstängel fallen gelassen, hob ihre Hände in die Höhe. Er würde sie doch wohl nicht erschießen, nur weil sie hier draußen eine Zigarette rauchte?

»Sorry, ich wollte nicht …«

»Sergeant McAllister! It's okay, you can go.«

»Captain Andrews.« Der Soldat hob salutierend die Hand an die Schläfe, steckte die Waffe zurück in das Holster und machte auf dem Absatz kehrt.

Jonathan hob die Zigarette auf und zog kurz daran, dann gab er sie an Helene zurück. »Ich dachte, Sie wollten die Zigaretten auf dem Schwarzmarkt verkaufen?«

»Das ist doch verboten«, meinte Helene und zog daran. Die Glut spendete ein wenig Licht.

»Sich nach Einbruch der Dunkelheit hier draußen aufzuhalten ist ebenfalls verboten«, erklärte er ernst, zog das Etui aus der Tasche und zündete sich ebenfalls eine Zigarette an.

Helene setzte sich wieder auf den Treppenabsatz. »Die Treppe gehört zum Haus, also, wenn man es genau nimmt, bin ich noch im Haus.«

Jonathan ließ sich neben ihr nieder und nahm seine Schirmmütze ab. Die Treppe war eng, sodass sie sich fast berührten.

»Sie nehmen es immer ganz genau, nicht wahr?« Er blickte sie kurz an, dann zog er an der Zigarette.

»Ja, sehr genau sogar«, gab sie zu. »Wenn ich nicht gerade mit einer Waffe bedroht werde, weil ich eine Zigarette rauche.«

»Danke übrigens für den Lavendel. Das war eine nette Überraschung.«

Sie lächelte. »Das war doch nichts.«

»Doch, Helen, es war zumindest so viel, dass es mich fast um den Schlaf gebracht hat«, murmelte er.

»Oh, das wollte ich nicht. Ich dachte, Sie mögen den Duft.«

»Das tue ich auch. Er hat mich an Sie erinnert, an Ihren Geruch, Helen.«

Sie sah ihn an und ihre Gesichter waren nur Zentimeter voneinander entfernt.

»Ich habe mir gewünscht, Sie würden neben mir liegen«, sprach er in sanftem Ton weiter.

Das machte Helene sprachlos. Sie blickte in seine braunen Augen, die aus der Nähe betrachtet gar nicht dunkelbraun waren, sondern kleine goldene Sprenkel aufwiesen.

»Das dürfen wir nicht, Jonathan«, wisperte sie, ohne sich zu bewegen. Es war Irrsinn. Das hier war genau das, wovon ihre Mutter gesprochen hatte. Sie brachte sich mal wieder in Schwierigkeiten, in große Schwierigkeiten. Dafür hatte sie wirklich ein gutes Händchen. »Bitte, gehen Sie einfach.«

Er sah sie an, ohne sich zu bewegen. »Warum gehen Sie nicht?«

»Ich kann nicht«, murmelte Helene und konnte den Blick nicht von seinen schön geschwungenen Lippen abwenden. »Sie müssen gehen, Ihr Kamerad weiß, dass wir hier sind.«

»Sergeant McAllister wird nichts sagen. Ich bin sein Vorgesetzter.«

»Jetzt geh doch endlich«, flüsterte Helene und schloss die Augen. Im nächsten Moment spürte sie seine Lippen auf den ihren. Sie fühlten sich warm und weich und so lebendig an. Es war, als würde sie nach langer Zeit zum Leben erwachen. Wie eine Blume, die nach großer Dürre endlich etwas Regen abbekam.

Jonathan legte eine Hand an ihre Wange, strich zart darüber, ohne seine Lippen von ihrem Mund zu nehmen. Er küsste sie intensiv und es fühlte sich so schön an, dass Helene wünschte, es würde niemals enden. Er schmeckte herb, ein bisschen nach Bier, aber eben nur einen Hauch.

Doch jeder schöne Moment nahm einmal ein Ende. Als er den Kopf hob, sah er sie verlangend an.

»Jonathan, hast du in England eine Frau?«, fragte sie. Er trug zwar keinen Ring, aber das hatte nichts zu bedeuten. Viele Männer trugen keinen, obwohl sie gebunden waren.

Als er der Kopf schüttelte, war sie erleichtert, doch es änderte nichts an der Situation. »Wir dürfen das nicht. Es ist gefährlich, für dich und auch für mich. Ich könnte ins Gefängnis kommen und was wird dann aus Karin? Ich darf nicht den Kopf verlieren und du solltest es auch nicht.« Sie erhob sich schnell und trat die Zigarette aus. Er drückte seine an der Hauswand aus.

»Helen, bitte. Du bist für mich nicht einfach nur eine deutsche Frau.« Er fuhr sich durch das Haar. »Ich weiß nicht genau, wie ich es sagen soll. Da ist mehr, ich fühle mehr.«

»Du darfst aber gar nichts fühlen. Wir dürfen das nicht und du weißt es ganz genau.« Sie lief die Treppe hinunter, betrat den Keller und wollte die Tür schließen, doch Jonathan folgte ihr.

»Warte!« Er ging mit ihr in den Keller, schloss die Tür hinter sich ab und zog sie in seine Arme. »So, wie für dich, habe ich noch nie für eine Frau empfunden. Das musst du mir glauben, Helen.«

Sie hielt sich an seinen starken Armen fest. Es war so lange her, dass ein Mann sie gehalten hatte. Er ließ sie all dieses Furchtbare vergessen, was sie in den letzten Jahren erlebt hatte. Wenn er sie anblickte, dann fühlte sie sich wie die schönste Frau auf der Welt. Es waren aber nur nette Worte, die man ihr schon einmal gesagt hatte, und sie waren alle gelogen gewesen.

»Ich will dich, Helen, ich gebe es zu. Aber denke nicht, dass es so ist, dass ich irgendeine Frau will. Ich will nur dich. Willst du mich auch? Oder gibt es einen anderen Mann in deinem Leben, von dem ich nichts weiß?«

Langsam schüttelte Helene den Kopf. »Nein ... nein, es gibt keinen Mann. Schon lange nicht mehr. Und ja, ich will dich auch, egal, welche Vorschriften es gibt, egal, was man später über mich sagen wird. Ich bin es leid, immer nur vernünftig zu sein«, flüsterte sie an seinen Lippen. Sie war so schwach und hasste sich dafür. Warum konnte sie nicht stark wie ihre Mutter sein? Warum brachte sie sich nur wieder in Schwierigkeiten? Weil sie jung war und weil sie endlich wieder leben wollte. Das Leben spüren, so wie es war. Wild, ungezwungen und frei.

»Willst du mit auf mein Zimmer?«, fragte er.

Helene schüttelte den Kopf. »Nein, ich habe eine bessere Idee.«

Sie holte den Schlüssel aus dem Versteck und schob das Regal zur Seite, schloss die kleine Wohnung auf, die dort hinter verborgen war. Sie führte Jonathan hinein und schloss die Tür, zog die Vorhänge zur Seite, damit etwas Mondlicht hereinschien.

»Was ist das hier?«, wollte er wissen.

»Hier haben wir meinen Großvater vor den Nazis versteckt«, erklärte sie knapp. »Niemand wird uns hier finden.«

Das Bett war nicht breit, aber mehr brauchten sie auch nicht. Es reichte ihnen, dass sie hier ein wenig Privatsphäre hatten.

Schnell zogen sie sich aus und Helene breitete eine Decke über sie aus.

Sie hatte sich nicht getäuscht. Unter der Uniform verbarg Jonathan seine muskulöse Gestalt. Mit den Fingern fuhr sie durch sein schwarzes Brusthaar und streichelte die weiche Haut. Er tat es ihr gleich, strich mit den rauen Fingerkuppen über ihren samtigen Rücken und ihr Haar.

»Du bist so schön, ich möchte dich immer wieder ansehen«, murmelte er und verteilte kleine Küsse auf ihrem

Gesicht. Sein Bartschatten des Tages kitzelte sie und Helene lachte leise. Als Jonathan sich über sie schob und in sie eindrang, hielt sie kurz den Atem an.

»Was ist los?«, fragte er besorgt.

»Es ist so lange her. Tut mir leid, ist alles in Ordnung«, sagte sie verlegen. Sie wagte nicht, in sein Gesicht zu schauen.

»Ich werde vorsichtig sein, du brauchst keine Angst haben, Darling. Sieh mich an.«

»Ich habe keine Angst, aber vielleicht bist du enttäuscht von mir.«

»Wie kannst du so etwas sagen?« Er lächelte und küsste sie innig. »Du bist die schönste Frau, die ich kenne.«

Sie hatten nicht viel Zeit und mussten leise sein. Sie liebten sich im Schein des Mondlichts, still, mit unterdrückten Lauten, einer Zartheit, die sie seit Langem vermisste, weil die raue Welt dort draußen ihr hässliches Gesicht zeigte.

Nachdem der Höhepunkt wieder abebbte, zog er Helene an seine Brust, schloss seine Arme um sie.

»Warum sprichst du eigentlich so gut Deutsch?«, wollte sie wissen und fuhr mit ihren Händen durch sein braunes gewelltes Haar.

»Meine Mutter war Opernsängerin und war viele Jahre in Hamburg an der Oper engagiert. Ich bin quasi hier in Hamburg groß geworden«, erzählte er. »Sie ist vor einigen Jahren an der Grippe gestorben.«

»Das tut mir leid. Hat es dir hier gefallen? Bevor die Stadt zerstört wurde?«

»Ja«, gab er zu. »Und es hat mir im Herzen wehgetan, dass ich daran beteiligt war.«

Als es Zeit wurde, zogen sie sich schnell an und Helene ließ ihn durch den Keller in den Garten hinaus. Sie selbst würde die Treppe zu ihrem Zimmer hinaufschleichen. Vorsichtig ließ sie die Stufen aus, die knarrten. Sie kannte das Haus schließlich besser als jeder andere.

Kapitel 38

Das Knarren einer Tür ließ Helene zusammenfahren. Sie stand mitten im Flur des Dachgeschosses. Hier gab es keine Möglichkeit, sich zu verstecken. Was sollte sie Bille sagen, die aus ihrem Zimmer kam, dass sie um vier Uhr morgens mit Schuhen in der Hand auf dem Flur herumschlich. Doch zu ihrer Verwunderung war es nicht Bille, die aus ihrem Zimmer kam, es war Paul, ihr Bruder.

Er drehte sich um und blieb wie angewurzelt stehen, als er Helene entdeckte. Beide sahen sich einige Sekunden sprachlos an.

»Was machst du hier?«, flüsterte sie und trat näher.

Paul sagte nichts, sondern lächelte nur. Mit seinen dreiundzwanzig war er mittlerweile so groß gewachsen wie ihr Vater, sah ihm dazu noch erstaunlich ähnlich. Er hatte das gleiche schwarze Haar und diese sagenhaften blauen Augen. Mit seinem Lächeln konnte er jede Frau um den Finger wickeln, selbst seine Schwester.

Er fuhr sich durch das strubbelige Haar. »Bille und ich …« Weiter wusste er wohl nicht.

»Wie lange geht das schon?«, wollte Helene wissen.

Paul hob die Schultern. »Drei Jahre, ungefähr. Ich liebe Bille und werde sie heiraten.«

»Bist du dir sicher?«

»Natürlich bin ich mir sicher. Bille ist nicht so ein Mädchen, das mit jedem ins Bett steigt. Sie liebt mich auch«, erklärte er im ruhigen Ton und legte ihr eine Hand auf die Schulter.

»Aber warum trefft ihr euch dann heimlich?« Helene war so baff, sie wusste nicht, was sie sagen sollte.

»Wegen Mama. Ich glaube nicht, dass sie es gutheißt, wenn ich eine Beziehung mit dem Personal eingehe.«

Helene schüttelte den Kopf. »Hältst du Mama für so rückschrittlich? Sie selbst hat Papa geheiratet, obwohl sie nicht den höheren Kreisen angehörte. Ich denke nicht, dass sie euch Steine in den Weg legen würde. Wir leben doch nicht mehr im letzten Jahrhundert. Schau uns doch an, wir gehören mittlerweile doch selbst zum Personal. Die Zeiten ändern sich, und das unaufhaltsam. Du solltest zu Bille stehen, wenn es dir ernst mit ihr ist.«

Anstatt ihr eine Antwort zu geben, sah er sie fragend an. »Was machst du eigentlich hier? Wir haben Ausgangssperre, du wirst also nicht unterwegs gewesen sein.«

Unruhig trat Helene von einem Bein auf das andere, sie biss sich auf die Unterlippe, weil es ihr unangenehm war zuzugeben, woher sie kam.

»Der schnieke Captain, nicht wahr? Ich seh doch, wie er dich immer ansieht.«

»So, wie schaut er denn?«, zischte Helene ertappt.

»Als wenn er dich jeden Augenblick auffressen wollte. Gib es ruhig zu, du magst ihn auch. Es wird langsam Zeit, dass du einen Mann findest und Karin endlich einen Vater bekommt.«

Helene deutete ein freudloses Lachen an. »Du glaubst doch nicht, dass ein englischer Offizier mich zur Frau nehmen würde. Dir dürfte klar sein, dass solch eine Beziehung verboten ist. Er würde alles verlieren. Glaube mir, das ist keine Frau wert.«

Paul zog die Stirn kraus. »Und wenn er sich verliebt hat? Wäre es die Liebe nicht wert, Schwesterchen?«

Am Sonntagnachmittag der darauffolgenden Woche ging Helene mit Karin in den Tierpark. Karin war enttäuscht, dass es nur noch wenige Tiere gab. Einige waren bei den Bombardierungen gestorben, andere weggelaufen und andere, wie die Elefanten, halfen bei den Aufräumarbeiten. Aber sie erfreute sich an den Seelöwen, Pinguinen und Delfinen. Helene opferte sogar ein paar Lebensmittelkarten, damit sie ein Eis essen konnten. Sie saßen im Café am Jungfernstieg, beobachteten die Menschen, die es genossen, anständig gekleidet durch die Straßen zu laufen, selbst wenn sie über Schutt steigen mussten. Die Menschen brauchten etwas, das ihnen den harten Alltag versüßte, etwas, das ihnen Normalität vorgaukelte. Ihr selbst erging es nicht anders. Sie gönnte sich eine Tasse echten Bohnenkaffee und erfreute sich an der milden Sonne, die ihnen ins Gesicht schien, und am zufriedenen Gesichtsausdruck ihrer Tochter, die sich eine Kugel Eis schmecken ließ.

»Entschuldigung, gnädiges Fräulein, ist hier noch Platz? Leider sind alle anderen Tische besetzt.«

Überrascht blickte Helene in Jonathans Gesicht. Er trug einen eleganten Anzug, keine Uniform. Im ersten Moment hätte sie ihn fast nicht erkannt.

»Ich kenne dich, du wohnst in Mamas Zimmer«, plapperte Karin darauflos.

Jonathan lächelte. »Ja, so ist es. Darf ich?« Er deutete auf den freien Stuhl.

»Bitte«, bedeutete ihm Helene und sah sich unsicher um. Doch niemand beachtete sie. Jeder war damit beschäftigt, die Seele baumeln zu lassen.

»Ich habe Pinguine gesehen«, erzählte Karin mit dem Löffel im Mund.

»Karin, bitte. Iss anständig.«

»Pinguine?«, fragte Jonathan nach.

»Ja und einen Löwen, der hatte aber keine Frau mehr.«

»Wir waren im Tierpark«, erklärte Helene.

»Oh, da würde ich auch gerne mal hingehen.« Jonathan sah Karin freundlich an.

»Wirklich? Dann gehen wir nächsten Sonntag wieder hin und du gehst mit. Wie alt bist du?« Karin musterte ihn aufmerksam.

Jonathan lachte über ihre Frage. »Ich bin zweiunddreißig und noch nicht zu alt für den Zoo, oder?«

»Wir gehen alle zusammen, das wäre dann, als hätte ich einen Papa.«

»Karin!«, meinte Helene verlegen.

»Dann hättest du also gerne einen Papa?«, hakte Jonathan unverdrossen nach.

Karin nickte und steckte sich einen weiteren Löffel Eis in den Mund, obwohl kaum noch etwas vorhanden war. Aber Helene konnte sich nur eine Kugel leisten. Sie selbst trank nur einen Kaffee, für Kuchen waren ihr die Lebensmittelmarken zu wertvoll.

»Möchtest du vielleicht noch eine Kugel Eis?«, fragte Jonathan, als schien er ihre Gedanken erraten zu haben.

»Oja! Darf ich, Mama, bitte. Erdbeere hatte ich noch nicht. Mit Sahne.«

Jonathan sah Helene fragend an, die ergeben nickte.

»Und du? Darf ich dich zu einem Stück Schwarzwälder Kirschtorte einladen?«

Helene wollte ablehnen, aber ihr lief das Wasser im Mund zusammen und ganz automatisch nickte ihr Kopf.

»Fräulein!«, rief Jonathan nach der Bedienung. »Wir hätten gerne noch zwei Tassen Kaffee, zwei Mal Schwarzwälder Kirsch und zwei Kugeln Erdbeereis mit Sahne.«

Als die Bedienung weg war, beugte sich Helene vor. »Du musst das nicht für uns tun«, flüsterte sie ihm zu.

Er berührte ihre Hand unter dem Tisch. »Ich mache es gerne und habe gute Beziehungen zur Besatzung, das weißt du doch.« Er grinste breit über seinen Scherz.

»Wir dürfen hier gar nicht zusammensitzen.«

»Ich habe dienstfrei und sitze zufällig an dem Tisch, an dem ihr auch sitzt.« Er hob die Schultern.

Sie fragte sich, ob es tatsächlich reiner Zufall war, dass sie sich hier trafen.

Karin erzählte von weiteren Tieren, die sie im Tierpark gesehen hatten, und Jonathan hörte ihr mit einer Engelsgeduld zu. Helene war sehr schweigsam, weil sie sich seit ihrer gemeinsamen Nacht nicht wieder gesehen hatten. Sie konnte damit nicht recht umgehen, wusste nicht, wie sie sich verhalten sollte. Bereute er es, mit ihr geschlafen zu haben? War er ihr in der letzten Woche womöglich aus dem Weg gegangen?

Sie genoss den frischen Kaffee, den zweiten an diesem Tag und die köstliche Torte. Wenn man die Augen schloss und nur auf die Geräusche hörte, könnte man sich einbilden, dies wäre ein wunderschöner Frühlingssonntag im schönen Hamburg. Doch wenn man die Augen wieder öffnete, sah man das Elend der Stadt um sich herum.

»Wollen wir noch ein wenig spazieren gehen?«, fragte Jonathan, nachdem er die Rechnung beglichen hatte.

»Oh, wir müssen leider nach Hause, weil ich mich um das Essen für Colonel Brooks und meine Familie kümmern muss.«

»Der Colonel ist bei einer Konferenz in Berlin. Du musst dich also nicht mit dem Essen beeilen. Dann begleite ich euch nach Hause.«

»Nein, bitte. Wenn du noch etwas vorhast, wollen wir dich nicht aufhalten«, erklärte Helene und streckte ihm die Hand entgegen. »Danke für das Eis und den Kuchen.« Schnell ließ sie die Hand sinken, weil sie sich daran erinnerte, dass den britischen Soldaten jeglicher Körperkontakt verboten war, selbst das Händeschütteln. Keine Verbrüderung mit dem Feind.

»Ich habe nichts mehr vor und bin außerdem mit dem Jeep hier. Kommt, ich nehme euch mit. Wir haben schließlich denselben Weg.«

»Wir fahren wirklich mit einem Auto?«, fragte Karin aufgeregt und machte große Augen. Ohne lange zu fragen, ergriff sie Jonathans Hand und spazierte mit ihm davon. Helene blieb nichts anderes übrig, als den beiden zu folgen.

»Ich suche Oma und erzähle ihr, was ich alles für Tiere gesehen habe«, rief Karin und rannte die Treppe zum Haus hinauf, sobald sie vor der Villa ankamen.

»Dann haben wir also nächsten Sonntag eine Verabredung für den Zoo«, meinte Jonathan und trat auf Helene zu.

»Du weißt, dass es verboten ist?«

»Was? Dass ich den Tierpark besuche, in dem ganz zufällig ihr auch die Tiere bestaunt? Ich denke nicht, dass man mir daraus einen Strick drehen kann.« Sein sanfter Ton erzeugte bei Helene eine Gänsehaut. »Sehen wir uns heute Nacht?«, raunte er ihr zu und sah in die Ferne, so als würde er nicht mit ihr sprechen.

»Ich weiß nicht. Mein Bruder hat mich erwischt, als ich letztens aus dem Keller kam. Was wäre geschehen, wenn mich einer deiner Kameraden oder der Colonel gesehen hätte?«

»Der Colonel ist außer Haus, daher hat er der Kompanie Heimaturlaub gegeben. Sie sind nach London gefahren, bis auf zwei Männer, die draußen Wache halten – und mir. Sie alle kehren erst in drei Tagen wieder zurück.« Sein Blick bohrte sich förmlich in ihre Seele und ein kleines Lächeln umspielte seine Lippen, von denen Helene nur zu gut wusste, wie sie sich auf ihrem Mund anfühlten.

»Ich komme, wenn alle schlafen«, versprach sie und verschwand schnell Richtung Haus.

Sobald Helene an seine Tür klopfte, nachdem sie sich davon überzeugt hatte, dass Karin tief schlief und auch der Rest ihrer Familie zu Bett gegangen war, öffnete er die Tür und zog sie ins Zimmer.

»I missed you«, murmelte er an ihr Ohr und verteilte kleine Küsse auf ihrem Gesicht. Wie hatte er sich nach ihr gesehnt. Aber in den letzten Tagen hatte er sich um viele Dinge kümmern müssen, sodass ihm kaum Zeit blieb, sie zu sehen. Es schien ihm, als hätte Helene sich mit Absicht vor ihm versteckt.

Sie war eine Person, die man in der Vergangenheit tief verletzt hatte, das spürte er. Sie ließ niemandem zu nah an sich heran, als hätte sie Angst, diesen Menschen bald wieder zu verlieren.

Er konnte verstehen, dass sie sich nicht auf ihn einlassen wollte, er würde nicht für immer in Hamburg bleiben. Auf lange Sicht gesehen werden die Alliierten irgendwann wieder abziehen. Wann das sein würde, stand in den Sternen, aber wenn man ihn versetzte, muss er dem Befehl Folge leisten. Das lag nicht in seiner Hand.

In diesem Augenblick jedoch konnte er sich nicht vorstellen, sie je wieder zu verlassen.

Helene in dem großen Bett zu lieben, war wesentlich angenehmer als in dem kleinen Feldbett, das im Keller stand. Während sie sich auszog, hatte er seinen Blick nicht von ihr nehmen können. Sie war so schön. Schlanke, feste Oberschenkel, einen flachen Bauch, feste Brüste, einen zierlichen Hals, schmale Schlüsselbeine. Er wünschte, er wäre ein Maler und könnte sie zeichnen, ihre Schönheit für die Ewigkeit festhalten. So musste er ihr Antlitz in seinem Gedächtnis abspeichern, damit er das Bild immer wieder abrufen konnte.

Sobald Helene in seinen Armen war, legte sie ihre Scheu ab. Sie war mutig, wenn es darum ging, ihn zu erforschen. Liebkoste jede Stelle an seinem Körper mit ihren Lippen, so wie er es mit ihrem tat. Tastete sich stetig mit ihren Händen vor, berührte ihn, wie ihn noch nie eine Frau berührt hatte. Die kleinen leisen Laute, die ihr über die Lippen kamen, wenn er in sie eindrang, einen gemeinsamen Rhythmus mit ihr fand, waren Leidenschaft in Perfektion. Er liebte es, so intim mit ihr zu sein, und konnte sich nicht vorstellen, jemals wieder auf sie zu verzichten. Er musste einen Weg finden, der ihnen erlaubte, zusammen zu sein. Ein gemeinsames Leben führen zu können. Die Zeit sollte ihr Verbündeter sein und er hoffte, sie würde nicht zu ihrem Feind werden.

Kapitel 39

Auf dem Flur der Stadtverwaltung war eine Menge los. Helene hatte sich auf den Weg gemacht, um eine Reisegewerbekarte zu besorgen, damit sie auf dem Markt einen Stand aufstellen durften. Es dauerte eine Ewigkeit, bis sie endlich an der Reihe war. Sie klopfte an die Tür des Zimmers achtzehn und trat ein, nahm vor dem hellen Holztisch Platz, um den Zuständigen zu sprechen.

»Was kann ich für Sie tun?«

Die Stimme ließ Helene innehalten. Das Grauen krabbelte ihr den Nacken herauf, als sie aufsah und in zwei eiskalte Augen blickte.

»Man sieht sich immer zwei Mal im Leben. Schau mal einer an, das hübsche Fräulein von Löwenstein. Wie kann ich Ihnen dienen?« Albert Graf von Eltz grinste hämisch und lehnte sich genüsslich auf seinem Holzstuhl zurück. Ohne seine schwarze Uniform der SS hatte sie ihn auf dem ersten Blick gar nicht erkannt.

Sie brauchte einen Moment, um sich zu fangen. »Scheinbar haben Sie in der Schule nicht aufgepasst und können nicht zählen. Es ist bereits das dritte Mal«, murmelte sie vor sich hin.

»Pardon?«

Helene blickte ihn stumm an, nicht in der Lage, auf seine Frage zu antworten.

»Was tun Sie hier?«, fragte sie stattdessen. »Sie gehören ins Gefängnis.«

Er lachte bitter auf. »Einen Graf von Eltz steckt man nicht ins Gefängnis. Das sollten Sie sich merken, liebes Fräulein. Ich habe meine Zeit nicht gestohlen, also, was wollen Sie?« Er fuhr sich ungeduldig durch sein blondes Haar.

Sein harter Ton löste etwas in Helene aus, das sie nicht unter Kontrolle hatte. Ihre Hände begannen zu zittern, sie konnte es nicht stoppen. Die Unterlippe vibrierte, als würde sie jeden Moment zu weinen beginnen, doch davon war sie weit entfernt. Sie sprang von dem Stuhl auf und fixierte ihn. »Sie … Sie sind ein Monster und gehören ins Gefängnis. Ich werde dafür sorgen, dass Sie Ihre gerechte Strafe erhalten!«, schrie sie laut und deutete mit dem Zeigefinger auf ihn. Dann drehte sie sich um und rannte aus dem Raum.

Sie hörte erst auf zu rennen, als sie mitten auf der Straße stand. Vor lauter Panik hatte sie ihr Fahrrad vergessen, sie rannte zurück, schloss es auf und fuhr dann, so schnell sie konnte, zur Villa nach Harvestehude.

Als sie dort ankam, schmiss sie das Fahrrad achtlos ins Beet und stürmte ins Haus. Lief geradewegs zum Arbeitszimmer und hoffte, dass der Colonel da war. Sie riss die Tür auf, ohne anzuklopfen, und sah vier Augenpaare, die sie verstört anblickten. Zwei der Männer griffen zu ihren Waffen, doch der Colonel hob die Hand.

»It's okay. Calm down, guys«, murmelte er.

»Miss Löwenstein, was ist los?«, fragte Jonathan und trat auf sie zu.

»Miss Helen, kommen Sie.« Mittlerweile sprach der Colonel ein wenig Deutsch, nachdem er fast einen Monat in Hamburg stationiert war.

»Er ist ein Kriegsverbrecher!«, rief sie laut.

»Gentlemen, see you later.« Er nickte seinen Offizieren zu, die Anstalten machten, den Raum zu verlassen. Nur Jonathan bewegte sich nicht von der Stelle.

Er zog ihr einen Stuhl heran. »Bitte, setzen Sie sich.« Er goss ihr, ohne zu fragen, ein Glas Wasser ein, und reichte es ihr. Sie trank mit hastigen Schlucken und hustete.

»Ich war beim Meldeamt, im Haus der Stadtverwaltung ...«, begann sie zu erzählen.

»Why?«, fragte Brooks.

»Ich wollte eine Genehmigung für einen Marktstand beantragen und da sah ich ihn.«

»Wen denn?«, fragte Jonathan ungeduldig nach. Er hatte neben dem Colonel Stellung bezogen, der sich hinter den Schreibtisch gesetzt hatte.

»Graf von Eltz, er ist ein Nazi. Er war Obergruppenführer der Gestapo, für die Verfolgung von Straftaten von Mitglie dern der NS-Regierung, hier in Hamburg. Wie kann er jetzt in der Stadtverwaltung sitzen und dort einen Posten bekleiden?«

Die beiden Männer tauschten lautlos Blicke.

»Miss Löwenstein, sind Sie sich sicher?« Jonathan schien ihren Worten nicht sofort Glauben zu schenken. »Jemanden fälschlicherweise zu denunzieren, kann Ihnen großen Ärger einbringen.«

»O nein! Ich irre mich ganz bestimmt nicht. Glauben Sie, ich erkenne denjenigen nicht, der den Mann, den ich einst heiraten wollte, ins KZ gesteckt hat, nur weil wir die falsche

Musik gehört haben? Der ihm die Haare geschoren und ihn fast totgeschlagen hat? Nein, dieses Monster würde ich unter Hunderttausenden wiedererkennen. Zumal er seinen Namen vorhin selbst genannt hat. Wie kann es sein, dass so jemand nicht längst im Zuchthaus sitzt?«

Der Klang von harten Stiefelabsätzen hallte von den Wänden des Gebäudes wider, in der die Stadtverwaltung untergebracht war. Die Menschen, die sich auf den Fluren drängten, um nach Arbeit zu suchen, sich registrieren zu lassen oder für Lebensmittelkarten anstanden, bildeten eine Gasse, um nur nicht mit den britischen Soldaten aneinanderzugeraten.

Jonathan öffnete die Tür, ohne anzuklopfen.

»Herr Albert Graf von Eltz?«, fragte er, wartete die Antwort des Mannes jedoch gar nicht erst ab. »Sie sind festgenommen.« Er nickte zwei britischen Militärpolizisten zu, die den Mann in Gewahrsam nahmen.

»Was fällt Ihnen ein? Wissen Sie nicht, mit wem Sie es zu tun haben?«, rief von Eltz aufgebracht.

Jonathan sah den Mann mit Verachtung an. »Nein, das weiß ich nicht und es interessiert mich auch nicht.«

»Wo bringen Sie mich denn hin?«

»Sie werden auf direktem Weg nach Nürnberg gebracht. Dort wird Ihnen der Prozess gemacht«, erklärte Jonathan.

»Was wird mir überhaupt vorgeworfen?«

Jonathan konnte nicht fassen, mit welcher Arroganz dieser Mann ihm entgegentrat. »Ihnen wird der Prozess als Hauptkriegsverbrecher vor dem Internationalen Militärgerichtshof nach dem Londoner Status gemacht. Haben Sie wirklich geglaubt, wir würden Ihnen nicht auf die Schliche kommen?«

»Und die Anklage?«

»Die Anklageschrift wird Ihnen noch ausgehändigt werden.«

Von Eltz spuckte vor ihm auf dem Boden aus. »Ich weiß genau, wem ich das zu verdanken habe. Der Kleinen von Löwenstein. Man hätte sie vergasen sollen, so wie ihre gesamte Familie. Zum Glück haben wir zumindest den Vater beseitigen können, bevor er noch mehr Schaden anrichten konnte.« Er lachte freudlos.

»Wie meinen Sie das? Ich dachte, von Löwenstein wäre ein Mitglied der Partei gewesen?«

Von Eltz verzog das Gesicht zu einer Fratze. »War er auch, allerdings hat er sich als eine Laus im Pelz entpuppt und war an einem Anschlag auf den Führer beteiligt. Zum Glück haben wir seine wahre Gesinnung früh genug entdeckt.«

»Wo ist von Löwenstein jetzt?«, hielt Jonathan ihn auf, als seine Leute ihn abführten.

Von Eltz blickte über seine Schulter. »Dort, wo alle sind, die mit den Juden sympathisiert haben. Hinter Gittern, wenn er nicht schon krepiert ist.« Sein teuflisches Lachen war über den ganzen Flur zu hören.

Als Helene zu Colonel Brooks ins Büro gerufen wurde, rutschte ihr das Herz in die Hose. Was konnte er nur von ihr wollen? Hatte er vielleicht herausbekommen, wie tief ihre Beziehung zu Jonathan ging? Das wäre eine absolute Katastrophe. Sie hatte weniger Angst um sich als vielmehr um Jonathan, der eventuell versetzt werden würde. Daran wollte sie gar nicht denken.

»Kommen Sie herein, Miss Löwenstein.« Der Colonel winkte sie zu sich, woraufhin Helene die Tür hinter sich schloss. »Bitte, nehmen Sie Platz.«

Sie setzte sich auf die Kante des Sessels. Entspannt war das nicht, ihre Knie zitterten merklich und sie konnte sich nicht zurücklehnen.

»I have to thank you. Wir haben von Eltz überprüft und Sie hatten rescht. He is a Nazi.«

Erleichtert nickte Helene. »Sie haben ihn also verhaftet?«

»Yes, he is on the way to Nuernberg.«

»Very good.« Sie schloss für eine Sekunde die Augen. Dieser Mann würde nicht weiter sein Unwesen hier in Hamburg treiben. Dafür hatte sie gesorgt.

»Isch habe hier etwas for Sie.« Brooks reichte ihr ein Dokument. »Isch wünsche Ihnen good luck.«

Helene erkannte sofort, dass es die Reisegewerbekarte war, die sie eigentlich am Vortag hatte beantragen wollen.

»Thank you, Colonel. What a suprise. I'm very happy.« Sie lächelte ihn dankbar an.

Er nickte ihr zu und blickte zur Tür.

»Vielen Dank, ich werde Sie jetzt wieder arbeiten lassen.« An seinem Gesicht war zu erkennen, dass er kein Wort verstand, aber trotzdem nickte.

Sie verstaute die Karte in ihrer Schürze und verließ mit einem Lächeln auf den Lippen das Büro.

Schnellen Schrittes lief sie ins Obergeschoss. Ihre Mutter war heute früher nach Hause gekommen und saß im Wohnzimmer bei einer Tasse Tee.

»Mama! Mama! Schau, was wir bekommen haben!« Helene wedelte mit dem Ausweis und war ganz aus dem Häuschen.

»Wir haben die Erlaubnis, auf dem Markt einen Stand zu betreiben.«

»Aber was wollen wir verkaufen?«, fragte Greta ein wenig mutlos.

»Lass das mal meine Sorge sein. Ich werde mit Paul anfangen, Gewürze in kleinen Tüten abzupacken. Von Löwenstein Gewürze ist noch nicht am Boden. Es steigt gerade wieder auf, wie Phönix aus der Asche. Du wirst sehen, vertrau mir einfach.« Sie nahm ihre Mutter in die Arme und drückte sie sanft. Sie waren noch lange nicht am Ende.

Kapitel 40

Am Sonntag führte Jonathan Helene mit Karin erst in den Tierpark aus, dann ging es zum Rudern auf die Außenalster. Es war mittlerweile Juni und ein schöner Sommertag. Er trug wieder einen eleganten Anzug, sodass er sich nicht von den Hamburger Männern unterschied. Helenes Nervosität ließ ein wenig nach. Sie hakte sich bei ihm ein, schlenderte mit ihm an der Alster entlang, während Karin mit ihrem Holzroller vor ihnen herfuhr.

»Es ist schön, dass endlich wieder ein wenig Normalität einkehrt«, sagte sie glücklich. »Weißt du, dass ich von Colonel Brooks die Genehmigung für den Marktstand erhalten habe?«

Er nickte grinsend. »Ich habe sie ausgestellt. Hast du meine Unterschrift nicht erkannt?«

Darauf hatte sie gar nicht geachtet. »Und ich bin froh, dass von Eltz zur Verantwortung gezogen wird. Hat er wirklich geglaubt, dass er damit durchkommt?«

»Sein Ego ist größer als der ganze Mann. Sag mal, weißt du eigentlich etwas darüber, was dein Vater in Berlin getan hat?«

Helene schüttelte den Kopf. »Nein, ich weiß nur, dass er im Ministerium für Ernährung und Landwirtschaft gearbeitet hat. Ich habe ihn viele Jahre nicht gesehen, nur wenige Male mit ihm telefoniert. Er fehlt mir unendlich. Allerdings ist es für meine

Mutter wesentlich schlimmer. Sie haben so viele Widerstände überwunden, um zu heiraten, nicht nur weil Mama Halbjüdin ist, sondern weil auch die Mutter meines Vaters gegen diese Verbindung war. Und nun haben sie nur ein halbes Leben verbringen können. Ich hätte ihnen mehr Zeit gewünscht.«

»Und was ist mit dir? Bist du je einem Mann begegnet, mit dem du dein Leben verbringen wolltest?« Jonathan sprach die Worte mit Bedacht aus. Als hätte er Angst, sie mit seinen Fragen zu verschrecken.

»Lasse war so ein Mann. Er war nicht Karins Vater, wollte es aber werden. Es war nicht die große Liebe, doch er hat in der Firma meines Vaters gearbeitet und wir mochten uns sehr. Es wäre eine solide Beziehung und Ehe geworden, wenn er nicht im Feuersturm ums Leben gekommen wäre. Es tut mir im Herzen weh, dass ich ihn verloren habe. Er war mein bester Freund.«

»Und was ist mit dem Vater von Karin? War er deine große Liebe?«

Helene atmete schwer. »Vielleicht. Aber er war ein deutscher Offizier und stand auf der falschen Seite. Er hat meine Freundin geheiratet, sie weiß nicht einmal, dass er der Vater meines Kindes ist. Es wurde auch nicht in Liebe gezeugt. Er hat sich genommen, was er wollte, gegen meinen Willen.« Sie flüsterte, den Blick in die Ferne gerichtet. Es tat weh, darüber zu sprechen, doch etwas in ihr wollte, dass Jonathan die Wahrheit erfuhr. Auch wenn sie keine Zukunft für sie beide sah, so vertraute sie ihm und es tat gut, einem Fremden diese Dinge zu erzählen, sich einmal alles von der Seele zu reden.

»Es tut mir leid, dass du solche Erfahrungen machen musstest. Manchmal möchte man jemanden schützen, ihn vor Unheil bewahren, das ihm widerfahren ist, obwohl es längst geschehen ist. Ich wünschte, ich hätte dich viel eher kennengelernt, Helen. Du bist eine so wundervolle Frau.« Er blickte auf sie hinunter, als wollte er sie jeden Moment küssen. Und sie hätte diesen Kuss in aller Öffentlichkeit sogar erwidert. Doch er tat es nicht.

»Wir sollten nach Hause gehen, es wird Zeit, dass Karin ins Bett kommt«, sagte Helene deshalb schnell.

»Wirst du heute Nacht wieder zu mir kommen?«, fragte er ernst.

»Wir werden sehen.«

Vor der Villa standen einige Menschen, die lautstark diskutierten, als sie dort ankamen. Erst auf den zweiten Blick erkannte sie Ingrid.

»Da ist ja Helene!«, rief Ingrid laut und zog ihre Mutter am Ärmel ihres Kleides.

»O Helene! Die Männer wollen uns nicht zu deiner Mutter ins Haus lassen. Das kann doch nicht wahr sein«, beschwerte sich Dörte lautstark.

»Es tut mir leid, Tante Dörte, aber das Haus wurde konfisziert. Wir wohnen nur deshalb noch dort, weil wir die Männer versorgen«, erklärte Helene beschämt.

»Was? Ihr arbeitet für die Alliierten? Soll das etwa heißen, dass wir nicht bei euch wohnen können?«, fragte Ingrid überrascht.

»Aber ihr habt doch ein eigenes Haus.« Helene verstand nicht ganz, was die beiden von ihnen wollten.

»Das Haus meiner Eltern wurde zerstört«, erzählte Dörte und funkelte Jonathan an, als wäre er die Wurzel alles Bösen.

»Aber lebt ihr denn nicht in Düsseldorf?«

Tränen sammelten sich in ihren Augen. »Wir wurden enteignet und Jan sitzt im Gefängnis.« Sie weinte bitterliche Tränen. »Ich habe keine Ahnung, wo wir unterkommen sollen.«

»Was ist mit Gideon?« Die Frage kam nur zögerlich über Helenes Lippen.

»Er ist an der Front gefallen«, brach es aus Ingrid heraus und sie schluchzte auf, warf sich in Helenes Arme.

Der Schock saß tief. Auch ihr kamen die Tränen. Das hatte sie nicht gewusst und dass Karins Vater nicht mehr am Leben war, war eine schreckliche Erkenntnis. Mehr für Karin als für Helene. Sie hatte schon lange mit diesem Mann abgeschlossen, dennoch tat es ihr unendlich leid für ihre Tochter.

»Wo sollen wir denn jetzt hin?«, fragte Ingrid unter Tränen.

Helene blickte zu Jonathan, der ein wenig hilflos neben ihnen stand.

»Sie müssen zurück nach Düsseldorf, Madam. Es wird bald eine Zuzugsbeschränkung für Hamburg geben. Die Stadt ist voll, wir können keine weiteren Bewohner mehr aufnehmen.«

Dörtes Tränen versiegten augenblicklich. »Sie sind britischer Soldat?«

»Captain Jonathan Andrews, Madam«, stellte er sich vor.

Dörte blickte zwischen Helene und Jonathan hin und her. »Das war ja klar, dass die Juden sich direkt mit dem Feind verbrüdern.«

Helene schnappte nach Luft. Ingrid machte sich von ihr frei und stellte sich zu ihrer Mutter.

»Ich darf doch sehr bitten, Madam«, erklärte Jonathan im strengen Ton. »Sie sollten sich bei Miss Löwenstein entschuldigen.«

»Darauf können Sie lange warten, junger Mann. Da wird eher die Hölle gefrieren. Helene und Greta haben nie für unsere Sache gekämpft. Lass uns gehen, Ingrid, wir werden schon irgendwo unterkommen. Hier werde ich keine Sekunde länger bleiben.«

Ingrid blickte Helene voller Verachtung an. »Du bist nicht mehr als ein billiges Flittchen. Das warst du schon immer.«

»Verschwinde augenblicklich, Dörte!« Greta trat durch das Tor, das von den beiden Wachen versperrt wurde, die ihr jedoch Platz machten.

»Ach, traust du dich aus deinem Mauseloch heraus? Für dich hat sich ja wenig geändert. Wohnst immer noch in der schönen Villa, während das ganze Land am Verhungern ist.«

»Na, du hast ja in den letzten Jahren sehr gut in diesem Land leben können. Du wirst doch ganz sicher nicht am Hungertuch nagen. Und wenn doch, dann zeigst du zumindest etwas Solidarität mit deinem deutschen Volk, das uns Juden so sehr verachtet.« Greta blickte ihre ehemalige Freundin voller Zynismus an.

»Wie konnte ich dich nur all die Jahre als meine Freundin betrachten? Meine Eltern hatten recht, man soll sich nicht mit Juden einlassen. Komm, Ingrid, wir gehen.« Sie nahm ihre Tochter wie ein kleines Kind an die Hand und zerrte sie hinter sich her.

Greta und Helene sahen den beiden nach, bis sie die nächste Biegung erreichten und dahinter verschwanden.

»Es tut mir leid, dass sie Sie beleidigt haben«, sagte Helene an Jonathan gewandt.

Er winkte ab. »Wir müssen uns hier so einiges anhören, Sie haben keine Vorstellung.«

Greta schüttelte den Kopf. »Was Geld doch so aus den Menschen macht«, murmelte sie. »Helene, ich werde zu Bett gehen, du brauchst nicht für mich zu kochen.«

»Mama! Geht es dir gut?«, rief sie ihrer Mutter hinterher.

Diese hob die Hand, ohne sich umzudrehen. »Ja, natürlich. Ich bin nur müde.«

Helene wollte hinter ihr her, doch Jonathan hielt sie auf. »Lass sie. Ich denke, deine Mutter möchte ein wenig allein sein.«

»Ist Oma traurig?«, fragte Karin, als sie gemeinsam zum Haus gingen.

»Ja, mein Schatz. Wir sollten sie ein wenig in Ruhe lassen. Lauf schon mal vor und wasch dir die Hände. Bille hat vielleicht ein Glas Eistee für dich.« Die Kleine rannte augenblicklich voraus.

»Gehst du nächste Woche mit mir aus?«, fragte Jonathan unvermittelt.

»Aber du weißt doch …«

»Das Kontaktverbot wurde gelockert«, erklärte Jonathan. »Noch nicht offiziell. Aber Colonel Brooks hat mir zugesichert, dass ich nicht ins Gefängnis wandere, wenn ich mit der netten Miss Löwenstein ins Kino gehe.« Er lächelte. »Bitte, tue mir den Gefallen, Darling. Samstagabend.«

»Okay, Captain. Ich werde zur Stelle sein.« Sie lächelte, auch wenn die Worte ihrer Freundin wie ein Stachel tief in ihrer Brust saßen.

Und Gideon war nicht mehr am Leben. Diese Nachricht schnürte ihr die Kehle zu und trieb Helene erneut die Tränen in die Augen. Sollte sie nicht froh darüber sein, dass ihr Peiniger das bekommen hatte, was er verdiente? Nein, so war sie nicht. Er hätte seine gerechte Strafe verdient, aber sein Leben zu verlieren, wünschte sie nicht einmal ihrem ärgsten Feind. Gideon. Sie war einmal sehr verliebt in ihn. Das schien so endlos lange her, als wäre es ein anderes Leben gewesen, eine andere Welt. Karin würde niemals die Möglichkeit haben, ihren Vater kennenzulernen. Und diese Erkenntnis tat Helene unendlich leid, sie ließ ihren Tränen freien Lauf. Weinte bitterlich um einen Mann, der es gar nicht verdient hatte.

Kapitel 41

»Ja, Herr Ewald, ich habe endlich die Erlaubnis für einen Marktstand erhalten. Können Sie uns mit Salat, Kartoffeln, Eiern und Gemüse beliefern? Einmal in der Woche? Das wäre wunderbar. Ja ... Dammtorhalle. Die Rechnung an die gleiche Adresse wie die der britischen Alliiertenverwaltung, Harvestehuder Weg. Ich freue mich, vielen Dank, Herr Ewald.« Helene legte den Telefonhörer auf und jubelte innerlich. Am Samstag würde sie auf dem Markt stehen und zum ersten Mal ihre Ware verkaufen. Die ganze Woche füllte sie Kräuter und Gewürze in kleine braune Papiertüten ab, beschriftete diese mit den Namen des Inhalts. Wann immer Greta und Paul Zeit hatten, halfen sie ihr. Es waren die Gewürze, die sie für den Eigenbedarf hatten behalten dürfen. Zu Helenes Verwunderung lagerten mehr Säcke im Keller, als sie erwartet hatte.

Paul überraschte sie, als er eines Abends mit einem Handkarren ankam, auf dem sie die Ware anbieten konnten. »Den habe ich im Hotel gefunden. Sie hatten ihn früher zur Dekoration benutzt, jetzt wird er nicht mehr gebraucht und der Concierge hat ihn mir geschenkt«, berichtete er voller Stolz.

Helene fiel ihrem Bruder um den Hals. »Oh, das ist so wunderbar, danke, danke, danke.«

»Ich hoffe, du kommst früh genug aus dem Bett, um auf dem Markt zu sein«, neckte er sie.

»Du wirst sehen. Das ist der Startschuss der Firma von Löwenstein.« Sie schloss Paul und ihre Mutter in die Arme. »Wir werden weiter bestehen.«

Greta hatte Tränen in den Augen. »Wenn nur dein Vater das noch erleben könnte«, erklärte sie und sah stolz auf ihre Kinder.

Das Stadtbild war noch immer geprägt von Bettlern und Kriegsversehrten. Menschen, die körperlich eingeschränkt waren oder keine Unterkunft hatten, fanden kaum Arbeit. Die Not der Bevölkerung wurde immer größer und Helene fragte sich, wie die Lage erst einmal im Winter aussehen würde. Immer mehr Flüchtlinge aus dem Osten drängten in die Stadt, sodass über eine Zuzugssperre offen diskutiert wurde. Mittlerweile wurden halbrunde Wellblechbaracken errichtet. Sie waren nicht beliebt, aber besser, als überhaupt kein Dach über dem Kopf zu haben. Dennoch gab es Menschen, die lieber in baufälligen Ruinen lebten – was nicht ungefährlich war – als in den Obdachlosenunterkünften oder den Nissenhütten.

Am Samstagmorgen war Helene so aufgeregt, dass sie sehr zeitig aufstand und das Frühstück für die Briten vorbereitete, das immer als Büfett im Esszimmer serviert wurde. Dann machte sie sich zusammen mit Bille auf den Weg in die Innenstadt. Sie zogen den Handwagen abwechselnd hinter sich her, was nicht immer einfach war, wenn Trümmer im Weg lagen.

Ein Mitarbeiter der Stadtverwaltung wies ihnen einen Platz zu, den sie in Zukunft immer belegen konnten.

»Der Platz ist prima. Direkt am Eingang des Marktes, da sind wir immer die Ersten«, meinte Bille und packte die Gewürztüten aus.

Helene nickte abwesend und hielt Ausschau nach Bauer Ewald. Er wollte die Ware am frühen Morgen liefern. »Was machen wir, wenn Bauer Ewald nicht kommt?«, fragte sie mit Panik in der Stimme. Noch war es ruhig auf dem Markt, doch bald würden die Kunden vorbeischauen und wenn sie dann keine Ware hätten, könnten sie gleich wieder einpacken.

»Schau, da kommt ein Lieferwagen!«, rief Bille und deutete hinter sich. Der dreirädrige Wagen rumpelte die steinige Straße entlang und hielt vor dem Stand.

»Moin, Fräulein Helene. Pünktlich wie die Maurer!«, rief Bauer Ewald gut gelaunt und half ihnen, die Ware auszuladen.

Sobald das Gemüse und Obst am Stand zur Verfügung stand, strömten Menschen herbei und kauften ein. Meistens mit Lebensmittelkarten, die Briten bezahlten bar und es gab auch Leute, die hofften, sich etwas erbetteln zu können. Es reichte bei Weitem nicht, was Helene und Bille im Angebot hatten, um dem Ansturm gerecht zu werden. Sie mussten schon frühzeitig den Stand schließen.

»Wir werden nächste Woche mehr Ware bestellen müssen«, meinte Bille, während sie am Mittag mit dem Karren nach Hause liefen.

Helene lächelte. »Du bist eine gute Geschäftsfrau. Da hat Paul ja einen guten Fang mit dir gemacht.«

»Du weißt von uns?«, fragte Bille vorsichtig.

»Ja, und ich finde es klasse. Er sollte Mama endlich reinen Wein einschenken, sie ist bei Weitem nicht so blind, wie Paul denkt.«

»Was ist mir dir und deinem Captain? Wirst du ihn heiraten?«

»Was?«, fragte Helene erschrocken. Woher wussten nur
alle davon? Waren sie so unvorsichtig? »Nein, er wird mich
doch nicht heiraten wollen. Jonathan wird irgendwann nach
England zurückgehen und ich … ich werde hierbleiben. Ich
kann weder Mama noch die Firma im Stich lassen. Wir kommen gerade wieder auf die Beine. Die Firma ist das Erbe für
Karin … und eure Kinder, wenn ihr welche bekommt.« Sie
schüttelte den Kopf. »Nein, ich würde Hamburg niemals verlassen.«

Obwohl Helene am Abend sehr müde war, zog sie ihr bestes
Kleid an. Sie wählte das dunkelblaue mit den weißen Tupfen.
In der Hoffnung, dass es ihr noch passen würde, zog sie es an
und stellte fest, dass es fast zu groß war. Sie hatte abgenom-
men, die Mangelernährung und die harte Arbeit hatten über
die Jahre ihre Spuren hinterlassen. Doch in diesem schönen
Kleid war das kaum zu bemerken. Sie zog die weißen Schuhe
dazu an und eine dünne Strickjacke. Von Greta lieh sie sich
eine weiße Handtasche.

»Wohin gehst du?« Greta sah sie fragend an.

»Ins Kino. Würdest du dich um Karin kümmern? Ich weiß
nicht genau, wann ich heimkomme.« Sie biss sich auf die
Unterlippe.

»Ich nehme mal an, dass du mit dem Captain ausgehst?«

Stumm nickte Helene, weil sie nicht wusste, was ihre Mutter davon hielt.

»Natürlich kümmere ich mich um Karin. Sie kann heute
Nacht bei mir schlafen. Das Bett ist groß genug.«

»Danke, Mama.« Helene fiel ihrer Mutter um den Hals und spürte Gretas Arme, die sich um ihre Taille schlossen. »Ich will doch, dass du glücklich wirst.«

»Ich bin nicht unglücklich.«

»Nicht unglücklich zu sein bedeutet nicht, dass man glücklich ist. Er mag dich sehr, das sehe ich.« Greta lächelte zufrieden. »Leg ein wenig Lippenstift auf«, sagte sie und zwinkerte ihr verschwörerisch zu.

Helene genoss es, im Kinosaal zu sitzen, ohne Propagandanachrichten ertragen zu müssen. Allerdings bemerkte sie die vielsagenden Blicke der anderen Besucher. Jonathan trug seine Uniform, doch ihr machte das nichts aus. Sie stand zu dem, was sie tat.

Im Capitol wurde *Gefährtin meines Sommers* gezeigt. Ein Film mit Gustav Knuth und Anna Dammann. Der Saal war gut besucht und Helene fühlte sich wohl in Jonathans Gegenwart, der sie immer wieder ansah.

Auf dem Weg nach draußen wurde sie mehrmals angerempelt und jemand zischte ihr *Brillenschlampe* zu. Es war ihr unendlich peinlich, dass Jonathan das hören musste, doch er tat so, als wäre nichts geschehen. Draußen nahm er ihren Arm und führte sie zum Jeep, half ihr beim Einsteigen. Doch anstatt in Richtung Harvestehude, fuhr er zur Binnenalster und über die Lombardsbrücke.

»Glaubst du, du kannst die Nacht über Karin alleine lassen?«, fragte er mit einem kurzen Seitenblick.

»Karin schläft bei meiner Mutter«, sagte sie leise.

»Gut.«

»Aber wir müssen bis zur Ausgangssperre zu Hause sein.«

Er nickte, sagte aber nichts dazu.

Den Wagen parkte Jonathan an der Außenalster und führte sie geradewegs zum Atlantic Hotel.

»Was wollen wir hier? Du weißt, dass mein Bruder hier als Koch arbeitet?«, fragte sie ein wenig unsicher.

»Natürlich weiß ich das. Immerhin habe ich hier ein Zimmer, wie alle britischen Offiziere.« Er nahm ihre Hand und führte sie durch die Lobby, die Treppe hinauf in die dritte Etage. Er zog einen Schlüssel aus der Tasche und erst, als er die Tür hinter sich abschloss, wagte sie, eine Frage zu stellen.

»Aber du wohnst bei uns in der Villa. Warum hast du hier ein Zimmer?«

»Weil man uns diese Zimmer von der Kommandantur zugeteilt hat, aber ich will lieber weiterhin in der Villa wohnen«, gab er zur Antwort und zog seine Jacke aus, löste die Krawatte und öffnete die ersten beiden Knöpfe seines Hemds.

»Warum?« Helene ließ nicht locker.

»Weil ich in deiner Nähe sein möchte«, gab er offen zu, schenkte zwei Gläser Cognac ein und reichte ihr eines davon. »Außerdem bin ich Colonel Brooks Vertreter, daher ist diese Nähe erforderlich.«

»Ist unsere Nähe auch erforderlich?«, fragte sie und blickte ihn über den Rand des Glases an, während sie einen kleinen Schluck trank.

»Unerlässlich«, antwortete er, trank das Glas mit einem Schluck leer und stellte es auf dem Nierentischchen ab. Er nahm ihre Hand, zog sie an seine Brust. »Ich will in deiner Nähe sein, es bereichert meinen Tag, wenn ich dein Lächeln am frühen Morgen sehe. Ich will einfach nicht darauf verzichten.« Jonathan beugte sich zu ihr und küsste sie. Er nahm ihr das Glas aus der anderen Hand, stellte es ebenfalls ab, ohne seine Lippen von ihren zu lösen. »Ich will diese Nacht mit dir, ohne Sorge haben zu müssen, dass man uns erwischt.«

»Du meinst, wir haben die ganze Nacht?«

Er nickte. »Ja, ich habe es so eingerichtet.« Er löste den Reißverschluss ihres Kleides und streifte es von ihren Schultern. Führte sie zum Bett, und es dauerte nicht lang, da liebten sie sich, als würde es keinen Morgen mehr geben. Seine heißen Küsse, die fordernden Berührungen und seine endlosen Beteuerungen, wie schön sie sei, erfüllten den Raum und ließen Helene einen Blick in die Zukunft werfen, wie diese sein könnte mit Jonathan für immer an ihrer Seite.

Jonathan betrachtete Helene beim Schlafen und konnte nicht genug von diesem Anblick bekommen. Er hatte sie heimlich fotografiert, weil er eine Erinnerung an diesen Moment haben wollte. Als sie die Augen öffnete, hatte er die Kamera längst wieder weggepackt.

Hektisch setzte sie sich auf und sah sich um. Sie schien im ersten Augenblick nicht zu wissen, wo sie war.

»Du kannst dich wieder hinlegen. Wir haben noch Zeit«, sagte er und zog sie in seine Arme.

Sie stöhnte auf. »Ich dachte, ich hätte verschlafen.«

»Nein, mach dir keine Sorgen. Ich habe mit deinem Bruder gesprochen. Er kümmert sich heute um das Frühstück in der Villa.«

Verwundert sah sie ihn an. »Dann hast du diese Nacht hier geplant?«

Sie war wirklich eine intelligente Frau.

»Ja, das habe ich.«

Helene spürte, dass etwas in der Luft lag. Sie drehte sich aus seiner Umarmung, blickte ihn unsicher an. »Was ist los, Jonathan? Wirst du Hamburg verlassen? Ist das hier so etwas wie ein Abschied?«

Er atmete tief ein. Das würde nicht einfach werden. Helene war keine Frau, die sich kopflos in eine Affäre stürzte, und sie würde mit Sicherheit nicht einfach so auf sein Angebot eingehen.

»Ja, ich werde Hamburg für eine Weile verlassen«, gab er zu.

»Du gehst zurück nach England? Bist du versetzt worden, weil du dich mit mir eingelassen hast?«

Langsam schüttelte Jonathan den Kopf und legte sich die Worte gut zurecht. »Ich wurde nicht versetzt. Aber ich habe etwas in Berlin zu erledigen. Es wird einige Zeit in Anspruch nehmen. Daher werde ich dich für eine Weile nicht sehen können. Bitte denke nicht, dass ich dich verlasse. Ich muss zugeben, ich empfinde mehr für dich, als mir zu Anfang klar war. Ich liebe dich, Helen. Dich hier zurückzulassen, fällt mir ungemein schwer, doch es geht nun einmal nicht anders, wir sind schließlich nicht verheiratet.«

Traurig schüttelte Helene den Kopf. »Nein, das wäre auch gar nicht möglich.«

»Es wäre möglich. Das Fraternisierungsverbot wird bald aufgehoben. Wir hätten die Möglichkeit zu heiraten, wenn ich wieder in Hamburg bin. Die Frage ist natürlich, ob du das willst?« Er sah sie erwartungsvoll an und sein Herz klopfte ihm bis zum Hals. Was sollte er tun, wenn sie Nein sagen würde?

»Ich ... du willst ...« Sie räusperte sich. »Du willst mich heiraten?«, brachte sie es auf den Punkt.

Er nickte. »Ja, das ist meine Absicht. Wir müssen bis Oktober warten, denn vermutlich werde ich vorher nicht zurückkehren.«

»Du wirst vier Monate fort sein? Wer weiß, ob du nicht in Berlin eine andere Frau findest, die du mehr begehrst als mich?«

Sofort ergriff er ihre Hände. »Helen! Das wird niemals geschehen. Dass ich dich liebe, ist nicht nur so dahingesagt. Es sind echte tiefe Gefühle, die ich für dich empfinde. Ich möchte mein Leben mit dir teilen.«

Helene wirkte nicht gerade glücklich. »Ich liebe dich auch, Jonathan, mehr als ich sagen kann. Doch ich kann mein Herz nicht öffnen, ich darf es nicht. Denn es wird für uns keine gemeinsame Zukunft geben. Du wirst irgendwann Hamburg wieder verlassen, deine Heimat ist England. Aber meine Heimat ist, wo meine Familie ist. Ich kann hier nicht weg, selbst wenn ich es wollte. Ich kann Karin nicht ihrer Zukunft berauben. Das musst du verstehen.« Sie sah so traurig aus, als würde die Welt erneut für sie zusammenbrechen. Hastig wischte sie eine Träne fort.

»Ich kann dich verstehen, Helen. Weißt du, wo meine Heimat ist?«

Sie schüttelte den Kopf.

»Meine Heimat ist dort, wo mein Herz ist, und mein Herz ist bei dir. Wo immer du sein wirst, werde ich auch sein.«

Sie schwankte zwischen Erstaunen und Unglauben. »Aber du bist beim Militär. Du musst dort sein, wo man dich hinschickt.«

»In erster Linie bin ich Pilot und das bedeutet, dass ich nicht für immer bei der Army bleiben muss. Die Zukunft wird zeigen, wohin es mich beruflich führt. Aber meine Priorität bist du, my Darling.«

»Und Karin?«, warf sie ein. Es war, als würde sie unbedingt einen Grund finden wollen, der deutlich machte, dass sie nicht zusammen sein konnten.

»Ich werde sie lieben, als wäre sie meine Tochter. Sie ist ein liebes Mädchen und man muss sie einfach gern haben. Sie ist kein Grund, dich nicht zu lieben oder dich nicht zu heiraten. Also, was sagst du? Willst du meine Frau werden?«

»Hier im Bett? Einfach so?«, rief sie und endlich lachte sie. »Ja, ja natürlich will ich das!«

»Dann bitte nimm den hier und trage ihn so lange, bis ich dir einen richtigen Ring besorgt habe.« Er zog seinen Siegelring vom kleinen Finger und steckte ihn ihr an. Er zog sie in seine Arme und küsste sie zärtlich. »Du wirst es nicht bereuen, Darling. Ich werde dich immer lieben, bis zum Ende unserer Tage.«

Helene hoffte so sehr, dass er es ernst mit ihr meinte. Eine weitere Enttäuschung würde sie nicht überleben.

Kapitel 42

Hamburg, Oktober 1945

Paul lief aufgeregt auf dem Flur des Standesamts hin und her. Er trug einen dunkelblauen Anzug, der seinem Vater gehört hatte, ihm aber passte, als wäre er extra für ihn geschneidert worden.

»Was ist, wenn sie nicht kommt?«, fragte er aufgeregt, doch Greta griff beruhigend nach seiner Hand.

»Natürlich wird Bille kommen. Sie ist eine zuverlässige junge Frau und sie liebt dich von Herzen.« Greta war mit seiner Wahl mehr als zufrieden. Als Paul vor einem Monat mit Bille zu ihr kam und Greta verkündete, dass sie beide heiraten würden, war sie nicht einmal verwundert. Das junge Paar dafür umso mehr, als sie ihnen gratulierte. Paul schien sich wohl auf ein Wortgefecht eingestellt zu haben, denn er stand sprachlos vor ihr.

Greta hatte Bille in die Arme geschlossen und sich gefreut, nun eine weitere Tochter zu haben.

Jetzt standen sie hier und warteten auf Bille und Helene. Sie mussten jeden Augenblick kommen. Der Termin war in fünf Minuten, und Greta hoffte, dass sie recht behielt und die beiden Frauen pünktlich eintrafen.

Als Bille drei Minuten später den Gang in einem weißen Spitzenkleid entlanglief, das Greta ihr geschenkt hatte, sah man die hektischen Flecken auf ihren Wangen.

»Es tut mir leid, es ist meine Schuld. Ich habe einfach nicht mehr in mein Kleid gepasst«, rief Helene, die Karin hinter sich herzog. Sie hatte ein kleines Körbchen in der Hand, gefüllt mit Blütenblättern.

»Blumen sind hier auf dem Flur verboten!«, sagte eine Frau in strengem Ton, die ihnen, bepackt mit einem Stapel Ordnern auf dem Arm, entgegenkam.

»Wir verstreuen sie ja nicht hier«, erklärte Helene in schnippischem Ton. Für Regeln und Verbote hatte sie jetzt keinen Kopf. Sie hatte ganz andere Probleme. Ihr wunderschönes geblümtes Kleid, das sie sich hatte schneidern lassen, wollte einfach nicht mehr passen. Sie wusste auch warum. Schon seit einiger Zeit fühlte sie sich unwohl, hatte aber davor die Augen verschlossen. Es durfte einfach nicht sein. Nicht jetzt.

»Was ist denn mit dem Kleid?«, wollte Greta wissen.

»Der Reißverschluss ist gerissen«, sagte Helene schnell und blickte zur Tür, wo der Standesbeamte sie schon hereinbat.

Die Trauung war eine schnelle formelle Sache. Der Beamte sprach ein paar Worte, zählte die Rechte und Pflichten auf, fragte das Brautpaar, ob sie die Ehe mit dem jeweils anderen eingehen wollten. Pauls Antwort laut und kraftvoll, Billes ein wenig schüchtern, aber ebenso entschlossen. Die Ringe wurden getauscht, Dokumente unterzeichnet und Hände geschüttelt. Dann standen sie wieder auf der Straße und Karin durfte endlich ihre Blütenblätter, die sie seit gestern mühevoll gerupft hatte, den frisch Vermählten entgegenwerfen.

Sie waren nur eine kleine Gruppe, weil Bille keine Verwandten mehr hatte. Zu Hause hatte Helene einen Sektempfang organisiert. Es war die letzte Flasche, die noch im Keller lag.

Zu Fuß schlenderten sie zurück zur Villa. Als sie am Jungfernstieg vorbeikamen, sah Greta einen Mann, der das Bein leicht nachzog. Er trug einen schweren Mantel der Wehrmacht, allerdings war er dunkelblau eingefärbt, was nicht ungewöhnlich war, da man die Mäntel noch auftragen konnte, aber von dem verhassten Grau oder Grün der Wehrmacht ablenken wollte. Jedoch war es eigentlich noch zu mild für solch einen Mantel. Der Mann erinnerte Greta von seiner Silhouette und dem Gang an Carl, doch es war eine Täuschung. Ihr Gehirn gaukelte ihr etwas vor, was es nicht gab.

»Mama! Kommst du?«, rief Paul ihr zu.

Sie löste sich von dem Anblick und lief ihrer Familie schnell hinterher. Wie lange würde sie noch in jedem großen schlanken Mann Carl sehen, nur um dann wieder enttäuscht zu werden? Vermutlich, bis sie die Augen für immer schloss.

Der Colonel kam persönlich in die Küche, um dem glücklichen Brautpaar zu gratulieren. Er schleppte einen großen Kasten an, in dem sich silbernes Essbesteck befand, was Helene für eine sehr freundliche Geste hielt. Sie hoffte, dass Brooks etwas über Jonathan sagen würde, doch er gratulierte nur, trank ein Glas Sekt mit und verließ die kleine Gesellschaft wieder.

»Geht es dir nicht gut?«, fragte ihre Mutter, die wie immer ein waches Auge auf sie hatte.

»Doch, natürlich«, erklärte sie schnell und machte sich daran, das Essen auf den Tisch zu bringen. Zur Feier des Tages gab es Wurst. Sie hatte auf dem Schwarzmarkt zwei ganze Grützwürste erstanden, dafür die letzten Zigaretten eingetauscht. So gab es Kartoffelpüree mit Apfelkompott und gebratene Grützwurst mit Zwiebeln. Es duftete himmlisch in der Küche, nur Helene atmete flach. Als das Essen endlich auf den Tellern angerichtet war, konnte sie nicht länger an sich halten und rannte zur Toilette, um sich zu übergeben.

Sie versuchte, sich einzureden, dass es daran lag, dass sie den ganzen Tag noch nichts gegessen hatte. Doch der Blick ihrer Mutter, die vor der Toilette auf sie wartete, zeugte davon, dass ihr Geheimnis nicht länger eines war.

»Wie weit bist du?« Greta musterte ihren Bauch, der sich bereits leicht wölbte, wenn man genauer hinsah.

Helene hob die Schultern. »Ich glaube, im vierten Monat«, sagte sie leise.

»Für mich sieht es eher nach dem fünften Monat aus. Weiß der Captain davon? Ist er deshalb weg?« Es war keine Anklage, eher Besorgnis, die aus Greta sprach.

Helene schüttelte den Kopf. »Nein, er weiß es nicht. Das ist nicht der Grund. Ich habe auch keine Ahnung, warum mein Bauch schon so sichtbar ist«, murmelte Helene verzweifelt.

»Nun, beim zweiten Kind sieht man es viel schneller. Das Bindegewebe ist nicht mehr so straff und es gibt Frauen, denen sieht man die Schwangerschaft eben direkt ab dem dritten Monat an. Mach dir keine Gedanken, Helene. Wo ein Kind satt wird, werden wir auch ein zweites durchbringen.« Sie nahm ihre Tochter in die Arme.

»Dann bist du nicht böse auf mich? Du weißt, was uns bevorsteht. Sie werden es als Besatzungskind beschimpfen.« Tränen schimmerten in ihren Augen, die ihr die Sicht nahmen.

»Haben wir je etwas darauf gegeben, was die Leute sagen? Das Kind wird ein von Löwenstein und die haben eine Menge Stolz und lassen sich nicht unterkriegen. Und du solltest es auch nicht. Denk daran, es ist in Liebe entstanden und das solltest du dem Kind zeigen. Schenke ihm all deine Liebe und Zuversicht.« Greta küsste Helene auf die Stirn und sie war so glücklich in diesem Moment, dass ihre Mutter zu ihr stand und sie nicht verurteilte. Dafür würden schon andere sorgen.

»Komm, lass uns die neue Frau von Löwenstein feiern«, erklärte Greta und nahm ihre Hand, drückte sie fest. Es war für Helene, als würde Gretas Mut in ihr übergehen. Ihre Mutter hatte recht. Egal, was geschehen würde, sie würde dieses Kind lieben.

Zurück in der Küche blickte Paul sie fragend an. »Geht es dir gut?«, wollte er wissen.

Helene hob die Schultern. »Das werden wir in neun Monaten erfahren. Nein, wohl eher in fünf«, verbesserte sie sich schnell.

Statt Verwunderung sah sie ein Lächeln auf den Lippen ihres Bruders. »Na, dann wird unser Kind ja nicht als einziges dieses Haus mit Geschrei füllen. Bille und ich bekommen ebenfalls ein Kind«, verkündete er und zog seine Braut in die Arme.

»Wie bitte?« Greta sah erstaunt von einem zum anderen. »Ist das der Grund eurer Heirat?«

Paul schüttelte den Kopf und sah Bille liebevoll an. »Nein, ich hätte meine Bille auch ohne Kind geheiratet. Sie ist die Frau, die das Schicksal für mich vorgesehen hat.«

»Das hast du sehr schön gesagt«, sagte Bille und küsste ihn auf den Mund.

»Heißt das, dass ich ein Geschwisterchen bekommen werde?«, fragte Karin mit großen Augen.

Helene lachte. »Ja, Liebes, aber du wirst dich noch eine Weile gedulden müssen, bis die Babys auf die Welt kommen.«

»Hurra!«, rief Karin ausgelassen. »Endlich jemand, mit dem ich spielen kann.«

Kapitel 43

Es kostete Helene eine Menge Überwindung, einen Arzt aufzusuchen. Sie war in die Innenstadt gefahren und hatte eine Rolle Nähgarn gekauft, dafür stolze achtzehn Reichsmark bezahlt und hatte sich dann kurzerhand entschlossen, sich untersuchen zu lassen. Danach trat sie jedoch erleichtert auf die Straße. Der Gynäkologe hatte bestätigt, dass mit dem Kind alles in Ordnung war. Er hatte keine Fragen nach dem Vater gestellt, wofür sie ihm sehr dankbar war. Mittlerweile war es Ende Oktober, die Temperaturen für einen Herbst äußerst mild. Langsam schob sie ihr Fahrrad den Gehsteig entlang, der inzwischen vom Schutt befreit war. Das Bild der Stadt hatte sich in wenigen Monaten erheblich verändert, wie Helene feststellte. Wenn man mit offenen Augen durch die Straßen lief, sah man den Fortschritt. Viele Trümmer waren zur Seite geräumt. Täglich schafften Straßenbahnen den Schutt aus der Stadt hinaus, zu einem Gelände, wo er aufgearbeitet wurde, um daraus neues Baumaterial zu schaffen. Noch immer gab es eine Menge Ruinen, doch Menschen arbeiteten daran, Neues aufzubauen. Ihr Blick fiel auf den Michel, der wie durch ein Wunder nicht zerstört worden war. *So lange der Michel steht, ist die Welt in Ordnung,* sie hatte die Worte ihres Großvaters im Ohr und musste feststellen, dass er recht behielt.

Helene wollte eben die Straße überqueren, da blieb ihr Blick an einem Pärchen hängen, das aus dem Atlantic trat. Vor dem Hotel wimmelte es vor Menschen, sodass sie keinen freien Blick hatte, doch wenige Sekunden später blieb sie wie angewurzelt stehen.

Ein Mann kam in ihr Sichtfeld, der eine schöne elegante Frau an seinem Arm führte und herzlich mit ihr lachte. Ihr erster Impuls war Flucht, doch als der Blick des Mannes sie traf, war es zu spät.

»Helen?«, fragte Jonathan und sah sie überrascht an, dann glitt sein Blick über ihren Bauch.

»Jonathan«, hauchte Helene und sah kurz die junge Frau an. Beschämt senkte sie den Blick. Im Gegensatz zu der jungen, gut aussehenden Frau, fühlte sich Helene alt und schäbig. »Du bist also wieder in der Stadt«, kam es ihr über die rauen Lippen.

Übelkeit stieg in ihr auf und sie befürchtete, direkt vor dem Paar in Ohnmacht zu fallen. Es kam ihr vor, als hätte sie eine Lok bei voller Fahrt erwischt. Ihre Hände, die fest ihren Fahrradlenker umfassten, begannen zu schwitzen. Sie wusste einfach nicht, was sie sagen sollte, und auch Jonathan schien es die Sprache verschlagen zu haben. Die junge Frau blickte von Jonathan zu Helene und wieder zurück und wartete wohl darauf, dass er sie einander vorstellte.

Das Schweigen, das sich zwischen ihnen ausbreitete, wurde mit jeder Sekunde unangenehmer. Da das Paar ihr den Weg versperrte, wollte Helene in einem Bogen um sie herumfahren. »Dann wünsche ich dir noch einen schönen Tag«, brachte sie mühsam hervor. Zu mehr war sie nicht in der Lage. Ihre Zunge fühlte sich an, als hätte sie die Wüste durchquert.

»Helen, warte doch.« Jonathan griff nach dem Lenker und hielt sie so auf.

»Ich wüsste nicht, warum. Wie ich sehe, hast du doch jemanden gefunden ...« Ihre Worte zeigten, wie verletzt sie war, und sie wollte so schnell wie möglich hier weg. Er würde ganz sicher keine Tränen sehen. Niemand würde das, denn sie würde keine vergießen. Es war doch nichts, was sie nicht schon kannte. Männer, die sich für einen kurzen Moment die Zeit mit ihr vertrieben und sie dann fallen ließen wie eine heiße Kartoffel. Warum war sie nur so dumm und ließ sich immer wieder blenden? Ihr Blick fiel auf ihren Ringfinger, an dem sie die ganze Zeit seinen Siegelring trug. Wie eine hässliche Fratze lachte er ihr im Sonnenlicht entgegen, verhöhnte sie regelrecht. Sie zog den Ring ab und reichte ihn Jonathan. »Den brauche ich nicht mehr. Du kannst ihn zurückhaben und deiner neuen Freundin schenken.« Als er ihn nicht nahm, warf sie ihn vor ihm auf den Boden.

»Helen, was soll das?« Jonathan sah sie verständnislos an, bückte sich nach dem Ring, ohne das Rad loszulassen.

»Was das soll?«, fragte Helene gefährlich leise. »Das ist doch wohl offensichtlich.«

Jonathan richtete sich auf. Gut sah er aus. Sein Gesicht von der Sonne gebräunt, mit einem leichten Bartschatten. Das Haar wie immer akkurat geschnitten und die braunen Augen mit den goldenen Sprenkeln ganz auf sie gerichtet. »Das Einzige, was hier wohl offensichtlich ist, dass du mir etwas zu sagen hast.« Er blickte auf ihren Bauch, der unter ihrer Bluse deutlich sichtbar war.

Beschützend legte sie eine Hand darauf. »Das geht dich nichts mehr an. Es ist mein Kind.« Sie zerrte an dem Lenker, doch er ließ sie nicht gehen. »Jonathan, was soll das? Lass endlich los«, rief sie aufgebracht.

Ein Schutzmann, der in der Nähe stand, kam auf sie zu. Doch Jonathan hob eine Hand. »It's okay«, rief er und der Polizist nickte, ging an ihnen vorbei.

»Würdest du mich jetzt bitte gehen lassen. Du hast mich schon genug gedemütigt«, raunte Helene Jonathan zu und warf einen kurzen Blick auf die Frau neben ihm, die inzwischen seinen Arm losgelassen hatte.

»Wann kommt das Kind zur Welt?«, fragte er.

»Ende März, Anfang April«, erklärte sie und Tränen sammelten sich nun doch in ihren Augen. Sie musste hier weg, sonst würde alles in ihr zusammenbrechen.

»Dann haben wir nicht mehr viel Zeit, um unsere Hochzeit zu planen«, sagte Jonathan und blickte die Frau neben sich an.

Helene entfuhr ein freudloses Lachen. Das war wirklich unglaublich. »Dann wünsche ich euch alles Glück der Welt.« Endlich bekam sie das Fahrrad frei und schob es schnell weiter.

»Bitte! Warten Sie.« Die junge Frau lief hinter ihr her. »Sie sind Helen Löwenstein? Oh, wie ich mich freue, Sie endlich kennenzulernen. Jonathan hat bei Ihrem Anblick wohl seine guten Manieren verloren und ganz vergessen, mich vorzustellen. Ich bin Juliette Andrews, Jonathans Schwester. Er hat mich gebeten, ihn hier in Hamburg zu besuchen, weil er in Kürze heiraten wird.«

Helene traute ihren Ohren nicht. »Seine Schwester?« Sie zog die Stirn kraus. »Er hat nie erwähnt, dass er eine Schwester hat.«

Juliette winkte ab. »Jonathan ist eben ein Mann. Sie glauben nicht, wie lange ich ihn bearbeiten musste, bis er schließlich damit herausrückte, dass er eine Frau gefunden hat, für die er sein Leben in London aufgeben will. Ich freue mich so sehr für meinen Bruder.« Sie umarmte Helene, die das Ganze hilflos über sich ergehen ließ.

»Juliette, darf ich meine Verlobte jetzt auch endlich mal in den Arm nehmen, nachdem ich sie so lange nicht gesehen habe?« Jonathans ungeduldige Stimme ließ seine Schwester auflachen.

»Du hattest die Gelegenheit, doch du hast sie verpasst, mein Lieber.« Endlich gab sie Helene frei, die vollkommen verwirrt dastand.

»Wir waren gerade auf dem Weg zu dir«, sagte Jonathan sanft und schob ihr eine Haarsträhne, die sich aus ihrem Dutt am Hinterkopf gelöst hatte, aus dem Gesicht. »Ich habe dich so vermisst und kann nicht sagen, wie glücklich ich bin, dich endlich wieder bei mir zu haben.« Er zog sie fest an sich. »Ich werde dich nie, nie wieder allein lassen.«

Helene atmete hektisch. »Ist das dein Ernst? Du willst mich auch jetzt noch, obwohl du weißt, in welchen Umständen ich bin?«

Er sah sie lächelnd an. »Was ist das für eine Frage, my Darling? Ich könnte nicht glücklicher sein, auch wenn mich diese Neuigkeit im ersten Moment ein wenig sprachlos gemacht hat. Aber ja, und ich will, dass wir beide heiraten. So schnell wie möglich, wenn du mich noch willst?«

Nun war der Bann gebrochen und Helene ließ ihren Tränen freien Lauf. »Natürlich will ich dich. Ich liebe dich doch und habe die Situation wohl falsch interpretiert. Es tut mir so leid!«

»Dann wirst du diesen hier wieder tragen?« Er hielt ihr seinen Siegelring entgegen.

»Natürlich, den gebe ich niemals mehr her, egal, was geschieht.«

Jonathan schob ihn ihr über den Finger und dann küsste er sie endlich. Es war ein Kuss, der Helene den Boden unter den Füßen wegzog, doch zum Glück hielt Jonathan sie so fest in seinen Armen, als wollte er sie nie wieder loslassen. »Ich werde Vater. Du machst mich zum glücklichsten Mann auf dieser Welt«, murmelte er an ihren Lippen und strich zärtlich über ihren Bauch.

»Und ich werde Tante! Na, das ist ja eine Neuigkeit. Ich glaube, ich brauche dringend einen Drink«, verkündete Juliette und lachte laut auf.

Kapitel 44

In der Villa am Harvestehuder Weg war die Freude groß, dass Jonathan nach Hamburg zurückgekehrt war. Colonel Brooks war froh, seine Vertretung endlich wieder an seiner Seite zu haben. Es überraschte ihn auch wenig, dass Jonathan in Kürze heiraten würde. Gestand ihm sogar eine Woche Sonderurlaub zu, sobald die Hochzeit hinter ihnen lag. Danach würde er in die Dienste der British Army zurückkehren.

Jonathan hatte Helene versprochen, dass er in Hamburg stationiert blieb. Würde sich das ändern, wollte er den Dienst quittieren und bei Helene bleiben. Er hatte bereits ein Angebot einer Fluglinie erhalten, Piloten wurden händeringend gesucht. Da sie bald zu viert waren, suchten sie nach einer Wohnung, weil die Räume im Dachgeschoss der Villa zu eng wurden.

Juliette besuchte die Familie für einige Tage und fuhr dann zurück nach London, versprach aber, für die Hochzeit zurückzukehren.

Damit Helene sich schonen konnte, ging Greta an den Samstagen mit Bille auf den Markt, um den Stand zu betreiben. Sie hatte vor Kurzem ein leer stehendes Ladengeschäft entdeckt und war bereits in Kontakt mit dem Vermieter getreten. Ihr schwebte ein Gemischtwarenladen vor, wie ihn ihr Vater betrieben hatte und wie es bereits Helenes Vorschlag gewesen war. Die Ware würden sie, neben Bauer Ewald, auch am Gemüsegroßmarkt in den Deichtorhallen kaufen, um so das Sortiment zu vergrößern. Sie würden von vorn beginnen, der Laden würde ihre Stunde null sein. Ein neues Leben, das an ihr altes anknüpfte.

Wie immer wurden ihnen die spärlichen Waren fast aus den Händen gerissen und Greta tat es im Herzen weh, dass sie viele Menschen wegschicken musste, weil ihr Angebot nicht für alle reichte. Selbst die Gewürze verkauften sich gut, doch das Geld wurde immer weniger wert.

»Wenn wir einen Gemüseladen eröffnen, können wir jeden Tag etwas zum Verkauf anbieten«, erklärte sie Bille.

»Das wäre wunderbar. Ich glaube, es würde mir gefallen, in einem Laden zu arbeiten. Solange Paul seine Anstellung im Atlantic hat, habe ich genug Zeit. Wenn das Kind erst einmal auf der Welt ist, könnte ich mir mit Helene die Ladenzeiten aufteilen.«

Greta nickte. »Du bist eine Schwiegertochter ganz nach meinem Geschmack. Ich bin so froh, dass Paul dich hat.« Sie drückte Billes Hand.

»Verzeihung, führen Sie auch Staubsauger?«, fragte jemand und unterbrach ihr Gespräch. Die Frage kam ihr merkwürdig vor, aber die Stimme klang seltsam vertraut in ihren Ohren.

Staubsauger.

Sie schloss die Augen und atmete angespannt aus, schüttelte den Kopf. »Tut mir leid, aber Staubsauger sind gerade aus«, gab sie leise zur Antwort und blickte langsam auf.

Der Mann, der vor ihr stand, war ihr unbekannt, seine Stimme jedoch nicht. Erst bei genauem Hinsehen in diese unsagbar blauen Augen sprang der Funke über. Das Aussehen eines Menschen konnte sich bis zur Unkenntlichkeit verändern, doch die Farbe seiner Augen nicht. Den Menschen konnte man brechen, den Stolz in einem Blick nicht.

»Carl«, flüsterte Greta und musste sich am Stand festhalten.

»Greta? Ist alles in Ordnung?«, fragte Bille und hielt sie am Arm, um sie zu stützen. »Möchtest du dich setzen?«

»Nein, danke. Es … geht mir gut.« Greta machte sich los und starrte den Mann vor sich an, ließ ihn nicht aus den Augen, als hätte sie Angst, er würde sich einfach in Luft auflösen, wenn sie auch nur eine Sekunde wegsah. »Du bist es wirklich, ich kann es nicht glauben. Ist es ein wunderschöner Traum oder nur eine grausame Einbildung?«

Der Mann starrte sie an, als könnte er sich an ihrem Gesicht nicht sattsehen. Das Lächeln in seinen Augen war ihr so vertraut. Immer wenn sie in seinen Armen lag, hatte sie es gesehen, seine Nähe gespürt. Mit zittrigen Knien lief sie um den Stand herum. Er trug diesen dunkelblauen Wehrmachtsmantel, der ihm viel zu groß war, ging leicht gebeugt und blickte auf sie hinunter. »Du bist nach all den Jahren immer noch so schön wie am ersten Tag, meine Greta«, sagte er leise und strich ihr zärtlich über das Gesicht. »Die Erinnerung an dich hat mich alles ertragen lassen, mir jeden Tag Mut gegeben weiterzumachen, weil ich dir noch einmal in dein wunderschönes Gesicht sehen wollte.« Eine Träne löste sich aus seinem Augenwinkel und lief seine Wange hinab. »Ich habe fast nicht mehr daran geglaubt, dass ich diesen Moment noch einmal erleben werde.«

»O mein Carl!« Sie schloss ihn in die Arme, spürte, wie wenig Mensch von ihm noch übrig war, dennoch war sie so glücklich wie noch nie in ihrem Leben. Stockend holte sie Luft und auch ihre Dämme brachen und sie weinte hemmungslos. Tränen des Glücks rannen ihr über die Wangen, doch es war ihre egal, wer sie dabei beobachten konnte. Dieser Moment gehörte nur ihnen. Carl und ihr. Inmitten von Trümmern und Chaos, von Menschen, die viel Leid und Not erlebt hatten, standen sie hier, umarmten sich und hielten sich fest, als wollten sie sich für den Rest ihres Lebens nicht mehr loslassen.

»Ich habe es immer gewusst«, flüsterte sie. »Tief in meinem Herzen habe ich gespürt, dass du noch am Leben bist. Dass dein Herz laut schlägt und dich irgendwann zu mir zurückführt.«

»Wir müssen Rücksicht auf Helene nehmen. Sie erwartet wieder ein Kind und der Schock ist vielleicht nicht gut für sie«, erklärte Greta Carl, als sie gemeinsam nach Hause liefen. Bille zog den Handkarren und folgte ihnen auf dem Fuße. Er hatte seine Schwiegertochter herzlich begrüßt.

»Sie ist schwanger?«, fragte Carl überrascht.

»Ja, unsere Helene bekommt nicht nur ein Kind, sie wird auch bald heiraten. Dass du zu dieser Feier zurückgekehrt bist, wird sie besonders freuen. Und Paul und Bille werden auch Eltern. Ich habe dir so viel zu erzählen.«

Carl nickte, sprach aber nicht. Greta ließ ihn. Sie konnte sich nicht annähernd vorstellen, was er durchgemacht haben musste, und würde es vermutlich auch nie erfahren, doch eines wusste sie: Carl brauchte Raum und würde sich öffnen, wenn er so weit war. »Vielleicht wartest du hier draußen vor dem Haus und ich bereite Helene ein wenig auf dich vor, damit sie nicht in Ohnmacht fällt. Paul wird auch gleich von seinem Dienst im Atlantic kommen«, erklärte Greta in ruhigem Ton.

Die Wachen am Eingang der Villa ließen Carl passieren, nachdem sie ihn durchsucht hatten, und er stimmte Gretas Worten zu. »Ja, das wäre vielleicht eine gute Idee.«

Er sah zu dem Haus auf, betrachtete es, als hätte er den Anblick vergessen.

»Es hat den Krieg unbeschadet überstanden«, flüsterte Greta. »Und wenn die Besatzung endet, wird es uns wieder allein gehören.«

Helene hörte die Schritte ihrer Mutter, wie sie die kurze Treppe in die Küche hinunterlief. Etwas an ihren Tritten war anders als in den letzten Monaten. Sie kam in die Küche, sah Helene an und noch bevor sie etwas sagen konnte, ließ Helene den Kochtopf laut scheppernd fallen. Es war etwas geschehen, das war in dem Gesicht ihrer Mutter zu lesen, und an dem Strahlen in den sagenhaft grünen Augen war zu sehen, dass es nur eine Sache gab, die geschehen sein konnte. Sie legte die Hände auf ihren Bauch. »Mutter?«, fragte Helene und hielt den Atem an.

»Es ist so unglaublich, Helene. Bitte reg dich nicht auf, aber er stand plötzlich vor mir …«

Weiter kam Greta nicht. Helene lief, so schnell sie konnte, die Treppe hinauf zur offen stehenden Haustür und blieb am oberen Absatz stehen. Sie blickte ihren Vater an, der mit Bille vor der Villa wartete, und dann entfuhr ihr ein lauter Schrei, der sich mehr nach einem Tier als menschlich anhörte. Sie warf sich in Carls Arme und musste sich zurücknehmen, damit sie ihn nicht von den Beinen zog.

»Papa! Papa, ist es wahr? Ich kann es nicht glauben!«, rief sie laut und lockte damit nicht nur Jonathan an, sondern weitere Soldaten kamen ebenfalls alarmiert angelaufen.

Jonathan schickte sie jedoch wieder zurück auf ihren Posten. Das hier war ein Moment, den man der Familie vorbehalten sollte.

Helene brach in Tränen aus. Freudentränen, die sie nicht stoppen konnte. Immer wieder fuhr sie mit den Händen über Carls Gesicht, ob er auch wirklich leibhaftig vor ihr stand. »Wo kommst du nur her, Papa? Wir dachten, der Zug ... in der Nacht. Wie kann es sein?«, stammelte sie und schluchzte hemmungslos auf.

»Es ist alles gut, mein Kind. Nicht weinen. Ich bin ja hier. Ich habe nicht in diesem Zug gesessen.« Carl strich ihr über das lange Haar.

»Aber warum nicht. Warum hast du den Zug denn nicht genommen?« Sie sah ihn fragend an. Sie musste es wissen, das alles war so unglaublich, ihn zu sehen, ihn zu berühren, dass ihr Gehirn es einfach nicht begreifen konnte.

»Die Nazis haben mich festgenommen, sodass ich nicht in den Zug steigen konnte. Ich glaube, das war eines der wenigen Dinge, die sie richtig gemacht haben. Hätte ich diesen Zug genommen, würde ich jetzt nicht vor dir stehen.«

»O mein Gott, Mama.« Sie drehte sich zu ihrer Mutter um, die ihr gefolgt war, und streckte die Hand nach ihr aus. Zu dritt umarmten sie sich und alle drei vergossen Tränen, die so lange ungeweint geblieben waren.

»Darf ich fragen, was hier los ist?« Paul kam die Einfahrt hinauf, sah alle verwundert an, als sein Blick an Carl hängen blieb. »Papa?«, fragte er leise, als hätte er Angst, dass ein zu lautes Wort diese Illusion platzen lassen würde. »Papa, bist du es? Nein, ich kann es nicht glauben! Papa!«, rief er, ließ seine Aktentasche fallen und rannte auf Carl zu. Lachend vor Freude fielen sich die Männer um den Hals. »Das gibt es doch gar nicht. Ich werde verrückt. Papa! Du lebst! Du hast keine Ahnung, wie sehr ich dich vermisst habe.«

»Ich euch auch, mein Junge, ich euch auch«, murmelte Carl und sein Blick wanderte über Pauls Schulter zu Greta, die mit Helene dastand und ihn liebevoll ansah.

Nur langsam löste sich Paul von Carl, wollte ihn am liebsten gar nicht mehr loslassen.

Helene griff nach Jonathans Hand, zog ihn zu ihrem Vater. »Papa, darf ich dir meinen Verlobten, Captain Jonathan Andrews, vorstellen?«

Die beiden Männer sahen sich in die Augen, dann reichte Carl ihm die Hand. »Hallo, Jonathan. Wer hätte gedacht, dass wir beide uns so schnell wiedersehen würden.«

»Ihr kennt euch?« Greta blickte Helene fragend an, die ebenfalls nicht wusste, was hier vor sich ging.

Carl klopfte Jonathan auf die Schulter. »Dieser Mann ist dafür verantwortlich, dass man mich aus dem Gefängnis entlassen hat. Er hat nach mir gesucht und sich dafür eingesetzt, dass ich freikomme. Ich habe ihm eine Menge zu verdanken.«

»Aber, ich verstehe nicht …« Helene blickte Jonathan mit großen Augen an. »Warum hast du mir nichts gesagt?«

»Weil ich dich schützen wollte. Ich wusste nicht, wann die Amerikaner deinen Vater entlassen würden. Es lag nicht in meiner Zuständigkeit.«

»Aber wie hast du erfahren, dass mein Vater noch am Leben sein muss?«

»Eine Bemerkung von Graf von Eltz hat mich auf die Spur gebracht und so habe ich Nachforschungen angestellt. Es dauerte eine ganze Weile, bis ich deinen Vater endlich fand. Er hat für die Briten gearbeitet und wurde wegen Verschwörung festgenommen. Die Nazis haben ihn gut versteckt, aber letztendlich habe ich ihn gefunden.«

»Wegen Verschwörung?« Greta sah ihren Mann angespannt an. »Was hatte das zu bedeuten?«

»Wir hatten ein erneutes Attentat auf Hitler geplant, doch dazu kam es nicht mehr.«

»Es hätte deinen sicheren Tod bedeuten können, Carl.« Greta presste die Hand vor den Mund.

»Nun ist der ganze Spuk endlich vorbei«, erwiderte dieser leise.

»Wollen wir nicht ins Haus gehen?«, unterbrach Bille, die bisher kaum ein Wort gesagt hatte. »Ich denke, wir könnten alle etwas zu essen gebrauchen.«

»Ich brauche einen Schnaps«, meinte Paul erleichtert.

»Dazu würde ich auch nicht Nein sagen«, sagte Carl und legte seinen Arm um Greta.

Als sie sich der Treppe zuwandten, kam eine verschlafene Karin eben die Stufen herunter. »Ach Gott, das Kind. Das hatte ich in der Aufregung ganz vergessen. Na, sie wird heute wohl erst spät zu Bett gehen, wenn sie so lange Mittagsschlaf gehalten hat«, rief Helene aufgeregt.

»Mama! Wer ist dieser Mann?«, fragte Karin neugierig und klammerte sich an ihrem Bein fest, als hätte sie Angst.

Jonathan nahm die Kleine auf seinen Arm. »Das Karin, ist dein Opa. Er war lange weg, doch nun hat er endlich den Weg zurück nach Hause gefunden.«

»Hast du dich verlaufen?«, fragte Karin in ihrer kindlichen Art.

Carl lächelte. »Ja, mein Mädchen. Aber jetzt bin ich wieder da und alles wird gut.«

Helene lächelte Jonathan dankbar an. »So gut, dass man schon Angst hat, so glücklich zu sein.«

Jonathan legte einen Arm um ihre Schultern. »In Zukunft wirst du nur noch glückliche Tage erleben. Dafür werde ich sorgen.«

»Solange du bei mir bist, kann ich gar nicht glücklicher sein.« Sie blieb auf der untersten Treppenstufe, die zum Haus führte, stehen, und gab Jonathan einen liebevollen Kuss, in dem nicht nur ihre Dankbarkeit steckte, sondern auch die Gewissheit, dass sie ihm vertraute und seinen Worten Glauben schenkte. Für den Rest ihres gemeinsamen Lebens.

Danksagung

Mein Dank, dass dieses Buch erscheinen konnte, gilt zuerst dem Heyne Verlag, der mir die Möglichkeit gab, dass auch der zweite Teil von »Kontor der Düfte« das Licht der Welt erblicken durfte. Ganz besonders bedanke ich mich bei Anna Baubin und Sarah Mainka. Ihr seid so klasse. Es war mir eine Ehre, mit euch zusammenzuarbeiten. Ein großer Dank geht an Michelle Stöger für die liebevolle Betreuung, das Lesbarmachen und für dein Verständnis. Ich habe wieder sehr gerne mit dir am Manuskript gefeilt.

Danke an alle, die an diesem Buch mitgewirkt haben. Egal, ob Lektorat, Korrektorat, Coverdesigner etc. Ohne euch gäbe es keine tollen Bücher!

Leider kann mein Herzensmensch, meine liebe Tante, die Veröffentlichung des zweiten Bands nicht mehr miterleben, sie ist inzwischen verstorben. Die Erinnerung daran, dass sie immer an mich geglaubt hat, werde ich im Herzen tragen.

Danke an meine Kinder, die immer hinter mir stehen und mir die Zeit und den Raum geben, dass meine Arbeit auf fruchtbaren Boden fällt. Ich liebe euch.

Zum Schluss ein großes Dankeschön an meine Leser. Ohne euch wäre jedes Buch nur ein Blatt mit Buchstaben. Ihr macht meine Arbeit zu etwas Wertvollem und ich danke euch für eure Treue.

Ich hoffe, wir lesen uns bald wieder.

Eure
Hanne Paulsen